Memorias y palabras

Ensayo

Biografía

Premio Cervantes en 1981 y Premio Nobel en 1990, es una de las figuras capitales de la literatura contemporánea. Su poesía –reunida precedentemente en *Libertad bajo palabra* (1958), a la que siguieron *Salamandra* (1962), *Ladera Este* (1969), *Vuelta* (Seix Barral, 1976) y *Árbol adentro* (Seix Barral, 1987)– se recoge en el volumen *Obra poética 1935-1988* (Seix Barral, 1990). No menor en importancia y extensión es su obra ensayística, que comprende los siguientes títulos: *El laberinto de la soledad* (1950), *El arco y la lira* (1956), *Las peras del olmo* (1957; Seix Barral, 1971), *Cuadrivio* (1965; Seix Barral, 1991), *Puertas al campo* (1966; Seix Barral, 1972), *Corriente alterna* (1967), *Marcel Duchamp o el castillo de la pureza* (1968) y su reedición ampliada *Apariencia desnuda* (1973), *Conjunciones y disyunciones* (1969; Seix Barral, 1991), *Postdata* (1970), *El signo y el garabato* (1973; Seix Barral, 1991), *Los hijos del limo* (Seix Barral, 1974 y 1987), *El ogro filantrópico* (Seix Barral, 1979), *In/mediaciones* (Seix Barral, 1979), *Sor Juana Inés de la Cruz o las trampas de la fe* (Seix Barral, 1982), *Tiempo nublado* (Seix Barral, 1983 y 1986), *Sombras de obras* (Seix Barral, 1983), *Hombres en su siglo* (Seix Barral, 1984), *Pequeña crónica de grandes días*.

Octavio Paz
Memorias y palabras
Cartas a Pere Gimferrer
1966-1997

Edición, prólogo y notas de Pere Gimferrer

Prefacio de Basilio Baltasar

Seix Barral

Obra editada en colaboración con Editorial Planeta – España

© Octavio Paz
© 1999 Marie José Paz
© 1999 Pere Gimferrer (edición, prólogo y notas)
© 1999 Basilio Baltasar (prefacio)

© 1999, Editorial Seix Barral, S.A.- Barcelona, España
Derechos exclusivos de edición en español reservados para todo el mundo.

Derechos reservados

© 2018, Editorial Planeta Mexicana, S.A. de C.V.
Bajo el sello editorial BOOKET M.R.
Avenida Presidente Masarik núm. 111, Piso 2
Colonia Polanco V Sección
Delegación Miguel Hidalgo
C.P. 11560, Ciudad de México
www.planetadelibros.com.mx

Adaptación de portada: Cáskara / design & packaging
Fotografía de portada: Granger Historical Picture Archive / Alamy Stock Photo /
Latinstock México
Fotografía del autor: © Rafael Doniz

Primera edición impresa en España: marzo de 1999
ISBN: 978-84-322-0784-6

Primera edición impresa en México en Booket: octubre de 2018
ISBN: 978-607-07-5285-8

Impreso en los talleres de Litográfica Ingramex, S.A. de C.V.
Centeno núm. 162-1, colonia Granjas Esmeralda, Ciudad de México
Impreso en México – *Printed in Mexico*

PREFACIO

DE LA FIDELIDAD Y OTROS SECRETOS

La edición de la correspondencia que Octavio Paz dirigió a Pere Gimferrer, agrupada cronológicamente en este volumen, se inició antes de mi incorporación a Seix Barral y como director editorial me he limitado a rubricar la idea, a celebrar la oportunidad de entrar con tanta facilidad en la intimidad intelectual de Paz y a conocer el diálogo fraterno que dos hombres de letras supieron prolongar durante más de treinta años. Porque este libro no es sólo el homenaje a un poeta desaparecido sino el insólito testimonio de cómo puede tejerse el respeto y la admiración entre dos poetas. No es habitual que una amistad tan fiel haya prevalecido, como se verá, por encima del tiempo, la distancia y la tentación cainita que enciende tantas rivalidades ociosas. El descubrimiento de esta larga conversación epistolar —que será desde ahora una de las más esmeradas piezas del género literario— explicará los orígenes de una relación personal que todos conocíamos y que ahora podremos explicarnos en su rica y matizada expresión.

El concurso de Marie José, la viuda de Octavio Paz, ha sido, otra vez, imprescindible. Personalidad sutil, aliento y emblema, figura encarnada en la vida de Paz, sigue siendo hoy, en la meticulosa edición de este volumen de cartas, la gentil centinela de una memoria que, como todo tesoro, necesita su severa custodia. Mientras tenía lugar la búsqueda de erratas y criterios de edición —ese enjambre de signos revoloteando sobre las palabras—, Marie José y Pere compartían la conciencia de estar removiendo pensamientos de alguien demasiado vivo. Importa poco en este caso la circunstancia de la muerte y creo que entre los dos han tenido ocasión de comprobar qué significado puede llegar a tener el sueño de la eternidad o, al menos, el de la permanencia más allá de la tumba. El lector familiarizado con la obra de Paz, o el que emprenda esta lectura dotado sólo con los rudimentos de su sensibilidad, verificará hasta qué extremo las palabras convocan el alma del que supo pronunciarlas o escribirlas.

Estando con Marie José en la sede de la Fundación Octavio Paz, en la ciudad de México, en ese barrio que ha conservado los luminosos aires de un pasado que nos vemos obligados a añorar, pude *ensoñar* las huellas del poeta. Y no hablo sólo del amor que trenzó las vidas de Marie José y Octavio. La metáfora poética nos permite afirmar que la intensidad espiritual de Paz, la que logró por sus desvelos, por la respetuosa invocación de la inspiración, por su acerada conciencia ética, por la insobornable disposición a buscar la verdad allí donde pudiera encontrarse —en su ubicua e infatigable peregrinación—, la densidad anímica que realizó en vida, es un aura sobre su nombre, en su casa, en sus libros. Marie José me los mostraba, restaurados, pero con la señal en sus lomos del incendio que un tiempo antes de la muerte de Paz destruyó parte de su biblioteca. El templo de un poeta abrasado por el fuego: es suprema la vinculación que hace de la alegoría parte sustancial de nuestra vida. Desconcertante que haya sido el fuego, con su poder sinfónico de premonición, el encargado de anunciar, de avisar. Porque el fuego es el lugar donde sueño y realidad se encuentran para abrir la puerta de un extraño vacío, la vía al imperio de un cielo que todavía no ha sido bautizado.

Leyendo las cartas de Paz hacemos tronar de nuevo su nombre y con él conmovemos las huellas de su obra poética. Es en estos textos —misivas, postales, a veces simples notas— donde comprobamos que el escenario de su poesía fue el mundo en su doble extensión. La mítica, que evocan las ciudades que habitó —«la ciudad como condensación histórica y espiritual»— y la simbólica, trazada con las obras y los autores que alimentaron su pasión literaria.

El lector podrá meditar con cautela, sin olvidar en lo posible que ha sido invitado a contemplar parte de un diálogo privado, un sorprendente y deslumbrante ramillete de asuntos directamente implicados en los dilemas éticos y estéticos de la creación. Lo sabrá todo sobre las inquietudes y complacencias de Paz y sólo por el énfasis que éste usa deducirá qué aspecto podría tener la voz de Pere Gimferrer.

La coquetería supersticiosa, que Paz invoca cada vez que estrena un nuevo año —«el ocho crucificado entre dos nueves»—, le permite poner en juego las combinaciones de la numerología y hacer de este modo un particular homenaje a Pitágoras, por la incitación espiritual que tales correspondencias producen: «nunca he olvidado que la poesía es número».

A menudo Paz expone la vinculación sensual que muchos reconocemos en las texturas de un buen libro. Alude a la tipografía, al tacto del papel, a la hermosura de los libros y no duda en apelar a las «divinidades de Seix Barral»: «faites-moi un joli volume».

Otros comentarios dejan al descubierto las habituales complicaciones domésticas que rodean al mundo de la edición. Lo oímos a lo largo de los años, insistiendo, y consultando a Pere, esperando la llegada de los *talones* que la administración, de aquí o de allí, debía remitir a uno o a otro a cambio de las colaboraciones o libros publicados. A pesar de la edad y la experiencia acumulada, Paz se considera obligado a decir que «esos asuntos me inspiran un horror enfermizo y no puedo hablar de ellos sin rubor. Huellas de mi mala educación hispánica».

La revelación de los juicios literarios de Paz, que expone a Gimferrer con dureza o cautela, surge de esa infatigable indagación crítica que no le importa corregir, matizar y dirigir contra sus propias opiniones cuando hace falta. Al lector sagaz no le pasarán desapercibidas las sutilezas que Paz emplea para hablar de las obras de sus amigos, mediante una jerarquía de adjetivos que sin ofender la amistad deje a salvo la dignidad de su espíritu crítico.

En estas cartas se despliegan las facetas coloquiales de Octavio Paz y el dominio sobre esa multitud de ánimos que desbordan a veces nuestra personalidad. Lo vemos enfadado, solemne, irritado, cariñoso, apesadumbrado, nostálgico y, lentamente, día a día, mientras se acumulan en su espalda los años y los pequeños fracasos de la salud, poseído por el vértigo de una vida que, vivida con plenitud, se va deslizando, incomprensiblemente, hacia la muerte. Será difícil para el lector comprender el sentido del tiempo que se oculta en estas cartas. Leerá el volumen en un par de semanas, en el caso de que no quiera devorarlo con apresuramiento, y deberá recordar que son más de treinta años y múltiples viajes —interiores y exteriores— los que la voz del poeta rasga. Fermentación del espíritu, desplazamiento imperceptible del ánimo, perspectiva creciente de una inteligencia que nunca quiso rendirse y la intuición poética más certera de nuestra época, quedan aquí retratadas en sus sucesivos ímpetus y quiebros, mediando siempre días, semanas y años: tiempo destilado en el alma tensa de un hombre despierto.

La crítica de nuestra cultura, en especial la hispanoamericana en su versión más amplia, ocupa un destacado papel en la correspondencia de nuestros dos poetas. Por ensimismada que sea la experiencia del lector y complaciente la ilusión de sus pleitos personales, no le costará trabajo conceder a Octavio Paz, de nuevo, el mérito de la lucidez ética. He aquí el valor de un hombre dispuesto a proclamar sus convicciones y he aquí, también, su inevitable colisión contra los que apelan a cierto género de obediencia o fomentan la sumisión, camuflada por el entusiasmo ideológico. Las confidencias de Octavio Paz a Pere Gimferrer adquieren en éste, como en otros lugares de su diálogo, la naturaleza de verdaderas y formidables confesiones: «Toda mi vida ha sido una larga pelea con los demonios que han chupado la sangre y sorbido el tuétano de los hombres de nuestro siglo.»

Los asuntos literarios que se esbozan en estas numerosas páginas no tienen, como cabía esperar, desperdicio. La complicidad de nuestros admirables poetas adquiere todos sus matices y distancias cuando es necesario, pero se sustenta en una identidad superior que dota a la literatura de un espléndido carácter trascendente. La apología de Paz sobre algunos de los artífices de la sensibilidad moderna —Proust, «perla venenosa», o Eliot, «un descendiente de Dante»— reproduce opiniones suficientemente conocidas, pero en esta correspondencia privada se ve lo que hay en ellas de convicción íntima, antes de ser ofrecidas como pedagogía pública.

Al buscar los parentescos que vinculan la obra poética de Paz y Gimferrer, el poeta mexicano se siente intrigado por los misterios de la edad y las apariciones del estilo, que sin cesar transmuta sus fórmulas: «los años que separan tu evolución poética de la mía introducen una diferencia capital: la ironía».

Quizá sea ésta la causa que hizo a Paz, en el fondo y a pesar de su fortaleza moral, tan vulnerable a la maledicencia y ferocidad de sus adversarios. Parco en la ironía de una época que la necesita para neutralizar a los sarcásticos, el personaje público Paz seguía esgrimiendo la deslumbrante belleza de los argumentos, la rotunda soberanía de la palabra veraz, el testimonio de un honor del que nadie estaba autorizado, según la caballerosidad poética, a dudar. Lo que le dolía de sus enemigos no era la discrepancia sino el modo en que éstos usaban la mentira, la infamia y el descrédito.

Dejando a todos ellos en el lugar que la vida dispone y que la voz de Paz propone —«¿se puede ser poeta y equivocarse tanto, creer que los asesinos son redentores?»—, hay que recomendar al lector que subraye frases y fragmentos y que vaya cuando le parezca a los libros de Paz y regrese a las cartas para encontrar correspondencias aleccionadoras y claves que enriquecerán la comprensión de la obra del poeta y ensayista mexicano. Hay que sugerir también al lector que se vea a sí mismo citado por Paz cuando, en un momento de melancolía, reconoce que «el verdadero y único premio del escritor son sus amigos desconocidos».

Este libro es una oportunidad valiosa, como todas aquellas que nos brinda la voluntad inspirada, el azar o el destino. La ocasión de entrar en casa de dos poetas y asistir al insólito despojamiento de Paz, que abre para nosotros los círculos de una intimidad que de otro modo permanecería velada. Es al cumplir los ochenta años cuando sus palabras adquieren el aspecto de una puntualización, como si Paz reclamara a la memoria de los hombres un respeto escrupuloso por la verdad que presidió los días de su larga y prolífica existencia: «mi estoicismo nunca me llevó a desdeñar la vida. Siempre la amé, siempre veneré al ser. En esto, a pesar de la influencia del budismo, fui fiel a mis orígenes mediterráneos y católicos».

Basilio Baltasar
Ca l'Hereu
Mallorca

21 de marzo de 1999

PRÓLOGO

Casi desde el mismo día de su muerte (uno de los más dolorosos y duros que recuerdo) fue para mí una evidencia que las cartas que Octavio Paz me había mandado a lo largo de nuestros más de treinta años de amistad debían publicarse. Con todo, no sé cuánto tiempo habría tardado en producirse tal hecho si Marie José Paz no hubiese tenido la lucidez y la valentía de abordar directamente el asunto en una de nuestras conversaciones telefónicas, pues tan evidente era como difícil de plantear por mi parte.

El lector puede legítimamente preguntarse por qué razón el otro legado epistolar extenso en mi poder de un gran poeta hispánico —las cartas que me mandó Vicente Aleixandre entre 1965 y 1983— no se ha publicado todavía. Existen para ello dos razones. En primer lugar, como señalé en mi discurso de ingreso en la Real Academia Española, era preciso publicar tales cartas «transcurrido el plazo adecuado». Dicho plazo, en el caso de Aleixandre, no ha transcurrido aún: muchas de sus cartas contienen información sobre la vida amorosa de varias personas que ni estimo sea hoy el momento de divulgar ni me pertenece a mí de forma exclusiva. Por otro lado, las cartas de Aleixandre (650 hojas escritas todas a mano y exactamente en la misma clase de cuartillas) en parte se confunden unas con otras al cabo de los años y restablecer su ordenación no es tarea fácil, aunque podrá emprenderse llegado el momento.

Las cartas de Octavio Paz tienen un carácter muy vario. En lo fundamental, por supuesto, documentan nuestra amistad y nuestra relación intelectual. Pero son, en gran parte, piezas ensayísticas o de crítica literaria y extensos fragmentos de memorias de la vida de Octavio. Además, documentan perfectamente el proceso de edición de la mayoría de sus libros entre 1971 y 1995 y también muchos aspectos de su actividad como director primero de *Plural* y luego de *Vuelta*.

La mayoría de estas cartas, incluso las que trataban en todo o en parte de asuntos editoriales, fueron dirigidas a mi domicilio y se hallan en mi poder. Algunas, dirigidas a Editorial Seix Barral, trataban cuestiones sólo editoriales; pero podía haberlas que, mandadas ahí, apenas hablasen de asunto editorial alguno. Parte de ellas están escritas a mano, en letra no siempre fácil de descifrar, especialmente en lo relativo a nombres propios; las mecanográficas pueden contener algún lapsus de Octavio o de su mecanógrafo. Sólo he corregido cuando el lapsus me resulta muy obvio y no ofrece duda acerca de su carácter puramente mecánico. He mantenido los escasos mexicanismos o coloquialismos (tales como «antier» u «ojalá y») las pocas veces que aparecen.

He reducido mis notas al mínimo indispensable. Tales notas se identifican con la indicación «*N. del E.*»; las restantes son notas que el propio Octavio puso a sus cartas y por lo tanto forman parte del texto de ellas. No me he creído con derecho a prescindir de ninguna carta. Alguna más centrada en detalles de edición puede ser útil en el futuro para quienes deseen llevar a cabo una edición crítica de las obras de Octavio. Las que contienen elogios a mi persona y a mi obra se compensan, creo, con la publicación de las que reflejan disentimientos, reservas e incluso valoraciones críticas adversas (así, las dos primeras cartas de 1967, de enorme interés por cierto). El lector apreciará, por lo demás, que, siendo numerosísimas nuestras coincidencias, existían momentos en los que, de modo claro, diferíamos en nuestra valoración de esta o aquella persona, de este o aquel escritor, de este o aquel político, de esta o aquella obra literaria, como se refleja en las cartas mismas o se infiere de la confrontación de éstas con lo por mí manifestado en otros textos. La verdadera amistad se advierte en tales diferencias de criterio también.

Por otra parte, en algunos casos la presente edición omite ciertas palabras o frases que a todas luces Octavio no habría deseado que se publicaran de modo inmediato, o en vida de las personas aludidas. Tales omisiones (reducidas al mínimo imprescindible, y que el tiempo permitirá en su día subsanar) representan una muy breve fracción del conjunto. La decisión al respecto correspondía en exclusiva a Marie José Paz y yo me he limitado (como amigo, destinatario de las cartas y editor) a dar mi opinión sólo en la medida en que pudiera ser útil. He juzgado preferible no indicar tipográficamente estos pasajes.

No hay carta alguna de 1970 y 1992. Me parece fuera de duda que intercambiamos alguna carta, de carácter editorial, en el último cuatrimestre de 1970; sin embargo, tales cartas no han sobrevivido a los tres cambios de domicilio que entre 1973 y 1982 tuvo Seix Barral, en cuyos archivos se hallaban. Por último, en 1992 Octavio residió algún tiempo en Barcelona, y ello puede explicar la ausencia de cartas de dicho año, suplidas por el contacto personal y sin duda, antes y después del período barcelonés, por la conversación telefónica.

He mencionado ya el papel decisivo de Marie José Paz en el proceso de edición de estas cartas. Debo además agradecerle que luego las haya leído todas, confrontando la transcripción con la fotocopia de los originales manuscritos (que ofrecían dudas, como dije, en algunos pasajes), y que además haya hecho honor a su enorme responsabilidad moral respecto a tales textos. Sólo ella (coautora moral, y, en algunas cartas, coautora material incluso en cierta medida) podía dar su visto bueno a la materialización final del proyecto, incluido el título. Además, Marie José Paz localizó en los archivos de Octavio la copia de dos cartas (la última de 1967 y la única de 1969) que se habían traspapelado cuando cambié de domicilio en 1971, aunque de la segunda de ellas yo recordaba perfectamente el tenor.

Debo agradecer, en otros sentidos, la colaboración de varias personas más: señaladamente, Luis Lagos en la coordinación general del proceso de edición y en el cuidado de los resultados de la transcripción de las cartas del período 1966-1979; Asunción Hernández, en la a veces difícil transcripción de las cartas del período 1980-1997; Elisa Dolberg y Rosa Maria Tarradas en la rebusca en los archivos de Seix Barral de las cartas ahí conservadas y no siempre fáciles de localizar.

La edición de este libro constituye, naturalmente, un homenaje a Octavio Paz. Pero no creo decir otra cosa que la pura evidencia si añado que además permite rescatar de su condición de inéditas algunas de las mejores, más conmovedoras, más bellas y más apasionantes páginas de prosa que haya escrito jamás Octavio Paz. No es de su destinatario epistolar el mérito, ciertamente.

PERE GIMFERRER

_1966 /_

1

Señor Don Pedro Gimferrer
Barcelona, España

Estimado amigo:

Su carta y su libro[1] me llegaron con cierto retraso. No es extraño: salí en enero de la India (volveré en junio) invitado por la Universidad de
Cornell durante un semestre. Su libro me dio alegría. La lectura de un
poeta, aun el más amargo o el más distante de nuestras preocupaciones,
da siempre una alegría: la del reconocimiento. En sus poemas encuentro,
además, cierta afinidad en lo que intentamos algunos en América. Afinidad no es semejanza ni parecido exterior. Es coincidencia en ciertas zonas de la sensibilidad, la imaginación o el lenguaje _desde_ las necesarias
diferencias de cada poeta. Creo, por ejemplo, que para usted el lenguaje
no es algo dado —como ocurre con la mayoría de los poetas españoles—
sino algo que debemos rehacer cada día. Algo que inventamos diariamente —y que diariamente nos inventa. Me explicaré: Cernuda, poeta al
que admiro, se servía de las palabras para expresar o desentrañar sus
conflictos y sus visiones. El lenguaje era un instrumento para crear objetos verbales (poemas) que fueran asimismo declaraciones espirituales o
psicológicas. Para un poeta como Huidobro, para escoger el otro extremo, el lenguaje en sí mismo (lea _Altazor_, ese magnífico y malogrado poema) es ya un conflicto, un problema: no se sirve de las palabras, sabe que

1. _Arde el mar. (N. del E.)_

13

son tan reales (o irreales) como los árboles, las casas, los aviones y las pasiones: son su ser mismo y lo que no es su ser, su vida y aquello que le será siempre ajeno. Huidobro o la pasión del lenguaje; Cernuda o el lenguaje de la pasión. La actitud del chileno, más allá de toda odiosa comparación sobre los «méritos» poéticos, es más radical. Es crítica y creadora: al enfrentarse con el lenguaje se enfrenta con los fundamentos mismos del mundo. El mundo *no* es lo que vemos ni, sobre todo, lo que *decimos*. Para decir al mundo hay que inventar otra vez todo el lenguaje —todo el mundo que es un lenguaje. Esta relación encarnizada con las palabras, constante en casi toda la poesía hispanoamericana contemporánea, es el origen, a mi juicio, de la poesía moderna en Occidente, desde Whitman y Mallarmé. Es el origen, asimismo, de los mejores poemas de usted y a ella le debe sus mejores líneas, las más violentas o las más luminosas. Poemas como «Mazurca en este día», «Cascabeles», «Invocación en Ginebra» o «Primera visión de marzo» (espléndido) son a un tiempo canto (y crítica) de la realidad y del lenguaje. Tiene usted entusiasmo (don del poeta) y luz, también rabia y lucidez. Podría señalar influencias (triste tarea de profesor) pero las que encuentro (Pound, por ejemplo) me parecen liberadoras. En su libro veo que amanece en España una nueva poesía, más cerca de América y de lo que, para mí, es realmente la poesía moderna. Además, y eso es lo importante, advierto que nuestra lengua tendrá pronto, tiene ya, un nuevo poeta.

A mi regreso a Delhi le enviaré copia de *Viento entero*. Apareció en edición limitada y está agotado. Pero saldrá en la antología de poetas hispanoamericanos que publicará el poeta argentino Aldo Pellegrini en Seix Barral. ¿Conoce *Los signos en rotación*?

Saludos afectuosos,

OCTAVIO

Recuerdos a Jaime Gil de Biedma y a Cristóbal Serra (a quienes escribo pronto).

14

2

Ithaca, a 6 de mayo de 1966

Estimado amigo:

Gracias por su carta. Me gustaría comentarla pero, por ahora, es imposible: salgo dentro de quince días y antes debo resolver y liquidar muchos asuntos pendientes, aquí y en Nueva York. Una verdadera lata.

No sabe la alegría que me dio el saber que usted prepara un comentario sobre mis cosas. Trataré, en lo posible, de completar su información: ya escribo a Delhi para que le envíen, por correo aéreo, un ejemplar de *El laberinto de la soledad* (un libro sobre México y los mexicanos) y *Los signos en rotación*. Este último es un texto de unas cuarenta páginas y en realidad es un nuevo capítulo de *El arco y la lira* (sustituye al Epílogo de la edición original). Lo escribí para la edición francesa, que salió el año pasado en Gallimard. Se trata de una edición corregida, aumentada y disminuida, que espero poder publicar en español apenas el Fondo (u otra editorial) se decida a hacer una segunda edición. Si usted lee francés le sugiero que lea la edición de Gallimard —es decir, que lea dos capítulos en los que aparecen cambios de cierta importancia: «Verso y Prosa» (hay una digresión sobre la poesía moderna en inglés, francés y español) y el Epílogo (o sea: *Los signos en rotación*). De todos modos procuraré que usted reciba pronto este escrito (*Los signos*) en la edición argentina. Por último, hay otro libro de ensayos: *Las peras del olmo* (crítica de poesía y arte). Trataré de que el editor (la Universidad de México) le envíe un ejemplar de la segunda edición, que acaba de salir. Además, este año saldrán otros dos libros (ensayos y comentarios sobre diversos temas): *Puertas al campo* y *Corriente alterna*. Y ya que hablo de publicaciones próximas: pienso terminar, este año, otro libro más, sobre el erotismo y el amor.[2] Algunos de esos ensayos aparecieron, hace tres años, en México (sobre Sade y Freud). No tengo ejemplares de *La hija de*

2. Se trata de *La llama doble*, que no terminó hasta 1993. *(N. del E.)*

Rappaccini. En cuanto a la poesía: después de *Salamandra* he publicado poemas en revistas y en ediciones limitadas. Algunos en *Papeles*, otras en *Diálogos*, la *Revista de la Universidad* y la revista que edita en La Habana la Casa de las Américas. Escribo a Delhi para que le manden también un sobretiro de *Diálogos*, «Vrindaban», «Madurai» y «Presente». «Vrindaban» es un poema largo y su título es el nombre de una ciudad india que es un centro religioso del culto a Krishna; «Madurai» es un poemita más bien satírico (Madurai es el nombre de otra ciudad, en el sur de India, dueña de un gran templo consagrado a la diosa Mineskhee); «Presente» es una serie de poemas líricos (apareció también en *Papeles*). No le envío *Viento entero* (quiero decir: una copia, pues no tengo ejemplares) porque usted me dice que está a punto de salir la Antología de Pellegrini.* Espero publicar (a fines de este año o el próximo) un nuevo libro de poemas, que incluirá los que han aparecido en revistas y algunos inéditos... Y ya no lo fastidio más con estas insignificancias.

No sé si, a nuestro regreso, podremos detenernos en Europa. Si así fuese, mi deseo sería ir a España. Ya le escribiré... Saludos a Jaime Gil de Biedma (aún no he visto su libro).

Un abrazo,

OCTAVIO PAZ

3

Delhi, a 14 de julio de 1966

Señor Pedro Gimferrer

Querido amigo:

Me pide usted un juicio sobre el artículo que ha escrito sobre mí. Es imposible. Me alegra —digo mal: me conmueve— todo lo que usted di-

---

* Ojalá que Carlos Barral me enviase por aéreo la Antología. Estaré aquí hasta el 17 de mayo...

ce. No sé si esté en lo justo (¿quién lo sabe y qué es lo justo?). Inclusive si, como es lo más probable, usted viese castillos donde sólo hay molinos, a mí me parece maravilloso que sean mis molinos los que hayan suscitado tanta pasión y tanta claridad. Marcel Duchamp dice que el objeto está hecho por la mirada. No es del todo cierto. Pero sí lo es que, sin ojos que lo miren o que lo lean, el cuadro no es cuadro ni el poema es poema. Gracias a usted, y a unos cuantos amigos, mis poemas empiezan a ser poemas. Y esto me reconcilia conmigo mismo. Ahora bien, si olvido por un momento (o hago como si realmente pudiese olvidarlo) el «tema» de su ensayo, encuentro varias cosas decisivas y que delatan al poeta: en primer lugar, entusiasmo —el bueno, el que no está reñido con la lucidez; enseguida, la mirada clara, que penetra las cosas sin destruirlas —no la mirada analítica sino sintética;* y sobre todo y ante todo, la transparencia de la escritura. Porque usted escribe bien en prosa, algo que no se puede decir de muchos prosistas jóvenes de nuestra lengua y, por desgracia, tampoco de muchos poetas. Además: su texto no es crítica de crítico sino crítica por necesidad, crítica de poeta, diálogo verdadero. Darle las gracias, después de todo esto, sería superfluo o hipócrita. Usted me ha dado, se lo aseguro, una gran alegría.

Una pequeña observación: tiene usted mucha razón en señalar mi relación con la tradición española. Siempre he afirmado que nuestra literatura es una, aunque se divida en dos vertientes (la europea y la americana). No me reconozco** en Aldana y, quizá, tampoco en Villamediana. Sí en Góngora, Quevedo, Sor Juana, Fray Luis de León —y en el teatro y en la poesía medieval. De chico leí con pasión —casi como se leen las novelas policíacas— las comedias y dramas de Lope, Mira de Amescua, Calderón, junto con los *Episodios Nacionales* de Galdós (Salvador Monsalud es, o fue, uno de mis héroes). Durante muchos años viajé acompañado por unos cuantos libros (los llamaría «libros de cabecera»). Entre ellos, la Antología de la poesía medieval de Dámaso Alonso y los

---

* La mirada creadora, diría, parodiando a Duchamp.
** Quiero decir: no me reconozco *deudor*.

cuatro volúmenes sobre el Hai-ku de R. Blyth. (Si no lo ha leído, le recomiendo ese libro.)

No sé si a usted le interesa publicar en Hispanoamérica. Si así fuese, envíeme algo, prosa o poesía. Yo me encargaría de que apareciesen sus cosas en *Diálogos* (México; el director es un paisano suyo: Ramón Xirau); *Zona Franca* (Caracas), *Eco* (Bogotá), etc. A mí me parece indispensable la comunicación entre España y nosotros (también con Brasil y Portugal). Es lo que llamaría la política de supervivencia. Aquí en India uno se da cuenta de la diferencia entre las colonizaciones españolas y las otras. No es un juicio «moral» sino histórico.

Un abrazo,

OCTAVIO PAZ

P.S. Releo su artículo y aclaro, en la página tres, sobre los juegos de palabras: se trata de algo tan antiguo como la poesía misma, es decir, viejo como el lenguaje; en mi caso, los antecedentes inmediatos, hasta donde me doy cuenta, serían: los conceptistas españoles (y aun Lope: ¡Hola, que me lleva la ola!); los surrealistas franceses y un poeta mexicano que no sé si usted conozca: Xavier Villaurrutia. Por cierto, una de las cosas que no encuentro en Cernuda y sí en Lorca es el gusto por el juego verbal. Cernuda amaba a la naturaleza pero ¿era natural? El *juego* es natural en el hombre; el *trabajo* es necesario.

4

[Embajada de México]
Delhi, a 23 de abril de 1967

Querido amigo:

Me apresuro a contestar su carta. De otro modo no lo haré nunca. Espero con impaciencia la aparición de su artículo en *Ínsula*. Una impaciencia natural: su artículo anterior fue de tal modo generoso que no sé si le di las gracias como debía...

Recibí también *Tres poemas*.[3] Me pide usted un juicio sobre ellos. Le daré algo menos pero tal vez más directo: mi impresión. Ante todo: usted es poeta (de eso no hay duda) y todo lo que usted escriba será escritura de poeta. La cita o epígrafe es irónica pero no sé si los poemas, salvo en momentos aislados, lo sean realmente. El tono es muy distinto a *Arde el mar*. Quiere ser más recogido y proceder por alusiones más que por menciones. Quiere usted contar —no sucesos sino emociones o descubrimientos psíquicos dentro de un contexto real, preciso, prosaico. Todo eso me parece muy bien como programa —aunque me recuerde el programa de cierta poesía de lengua inglesa. Pero me parece que entre su programa y su lenguaje, entre su idea y su temperamento, hay un espacio en blanco. No lo veo en ese realismo psicológico —como no veo a Aleixandre, que ha intentado algo parecido recientemente. Además, su lenguaje no se presta a esa clase de realidades. Habría que hacerlo más sobrio, y más coloquial,

3. Opúsculo mío publicado en Málaga en 1967 por Ángel Caffarena, con una nota de presentación de Alfonso Canales. Dos de estos poemas pertenecían a mi libro *Madrigales*, que he dejado inédito como tal, al igual que otros poemas de aquella época, a consecuencia de las observaciones de Octavio en esta carta y la siguiente. *(N. del E.)*

por una parte, y, por la otra, más «científico».* Ustedes —perdóneme la franqueza y acéptela como lo que es: interés apasionado— ven la realidad o como algo grotesco y terrible (ahí casi siempre aciertan) o de un modo sentimental. En uno y otro caso, se borra la distancia entre el autor y el poema. Y ese género de poesía reclama objetividad extrema. Es lo que no encuentro en sus tres poemas —ni en la mayoría de los que ahora se escriben en España bajo el rótulo del «realismo», sea o no «social». Habría que usar un lenguaje más ascético, más decididamente prosaico o más desgarrado, más seco... y sobre todo, que no se oiga la voz del autor, que la moral la extraiga el lector sin que el poeta se lo diga. Yo veo en la actual poesía española dos notas que *no* son modernas: el sentimentalismo y el didactismo —juicios sobre el mundo y expresiones sentimentales. Por otra parte, en sus poemas la frase, a mi juicio, es demasiado larga, abundan los adjetivos y muchas veces son los previstos. Pero como usted es poeta, una y otra vez la poesía vence al estilo, destruye *la manera* e irrumpe: «planeta de agua incandescente» = espejo con sol o luz, es memorable. La alusión a la muerte de Hitler también es eficaz pero la descripción que la precede es demasiado larga y convencional. (Ya sé que usted quiere que sea convencional pero podría lograrlo con mayor economía, y de una manera que hiera más al lector.) Aquello de la iglesia saqueada, el dragón y demás, merecía más que una enumeración —y sustantivos y adjetivos más enérgicos... Pero es posible que me equivoque. A mí me gusta más, muchísimo más, *Arde el mar*. Ese libro me entusiasmó. Rompía usted, precisamente, con esa poesía a la que ahora regresa y con la que estoy en desacuerdo, ya le dije, por dos razones: la primera porque no encuentro en ella la precisión, la ironía, las iluminaciones de ciertas zonas sombrías del alma o de la vida diaria, que me da la poesía de lengua inglesa y de la cual la española es, a un tiempo, una adaptación y una *amplificación*, a veces romántica (Cernuda, usted) y otras, las más, retórica; la segunda, porque esa poesía, inclusive en lengua inglesa, no es moderna ni representa la «vanguardia»

---

* Por ejemplo, en Lowell: lenguaje coloquial + lenguaje científico (psicológico) + Biblia + tradición poética europea.

(para emplear ese vulgar y antipático término). La poesía moderna en lengua inglesa es lo que está *después*, no *antes*, de Pound y W. C. Williams; en Francia, lo que viene *después* del surrealismo (que es bien poco); en lengua española, lo que hay después de *Poeta en Nueva York*, *Altazor*, *La destrucción o el amor*, *Poemas humanos*, *Residencia en la Tierra*. En Hispanoamérica sí han ocurrido cosas después de esos libros: Lezama Lima, Parra, Enrique Molina y otros más. Pero ¿en España? En España hubo un regreso y por eso yo saludé su libro con entusiasmo. Me pareció, me parece, que reanudaba la gran *tradición moderna* de la poesía de nuestra lengua y que no era un regreso —como dice la nota de *Tres poemas*— a la vanguardia de 1914 (eso es no saber lo que fue esa vanguardia), sino una ruptura del pseudorrealismo. *Arde el mar* fue *inactual* en España porque usted escribió un libro de poesía contemporánea y con un lenguaje de nuestros días, hacia adelante, en tanto que la poesía de la España actual es inactual por ser una poesía pasada. De nuevo: perdone la brutalidad de mis juicios pero crea que no se los comunicaría si no contase de antemano, primero, con su inteligencia y, enseguida, con su generosidad. Por último: los poetas contemporáneos en todo el mundo —excepto en España, en donde el realismo descriptivo, nostálgico y didáctico sigue imperando como si viviésemos a fines del siglo XIX— están fascinados por las relaciones entre la realidad y el lenguaje, por el carácter fantasmal de la primera, por los descubrimientos de la lingüística y la antropología, por el erotismo, por la relación entre las drogas y la psiquis y, en fin, por construir o por destruir el lenguaje. Pues lo que está en juego no es la realidad sino el lenguaje. Y lo está de dos modos: la realidad del lenguaje y el no menos formidable lenguaje de la realidad. En este sentido —no en el de la retórica verbal— el surrealismo ha pasado —aunque, como es natural y con otro nombre, reaparecerá, reaparece ya en la búsqueda de los poetas nuevos. Querido Gimferrer: ponga en duda a las palabras o confíe en ellas —pero no trate de guiarlas ni de someterlas. Luche con el lenguaje. Siga adelante la exploración y la explosión comenzada en *Arde el mar*. Hoy, al leer en un periódico una noticia sobre no sé qué película, tropecé con esta frase: el hombre no es un pájaro. Y pensé: decir que el hombre no es un pájaro es decir algo que por sabido debe callarse. Pero decir que un hombre es un pájaro es un lugar común. Entonces... entonces el poeta debe encontrar la *otra* palabra, la palabra no dicha y que los puntos suspensivos de «entonces» designan como silencio. Así, luche con el silencio.

El destino de un poeta —como el de todo ser humano— es imprevisible y misterioso. Quizá usted *debería* haber escrito *Madrigales*. Quizá sin *Madrigales* usted no escribirá lo que un día debe escribir y que será la negación de esos poemas y de *Arde el mar*. Si así es (y no lo dudo) esta carta es una necedad que no tiene otra excusa que ésta: la he escrito como si me la escribiera a mí mismo.

Su amigo,

OCTAVIO PAZ

5

Delhi, a 27 de mayo de 1967

Querido amigo:

Su respuesta a mi exagerada carta (porque fue exagerada) me ha dado una gran alegría. Además, confirma lo que yo pensaba de su salud (o temple) moral e intelectual. Nietzsche decía (lo cito de memoria) que el valor de un espíritu se mide por su capacidad para resistir a la verdad. Seamos un poco modestos y cambiemos levemente esa fórmula tan tajante: el valor de un espíritu se mide por su capacidad para tolerar las opiniones contrarias. Y ahora, puesto que usted me lo pide, continuemos nuestra charla con la misma franqueza con que la empezamos.

Usted dice que se propone escribir una «poesía objetiva... regida por un riguroso cálculo interior». En principio, al menos para mí, poesía objetiva quiere decir *aquello que está en el poema* y no en las cosas ni en el poeta. Las cosas —el mundo y los hechos— no son en sí mismos poéticos ni antipoéticos: están en otro plano, más allá del lenguaje. Lo mismo sucede con los sentimientos e intenciones del poeta —también están más allá (o más acá) del lenguaje. La poesía objetiva es la que se objetiviza en el lenguaje —en el poema, ese extraño *objeto* verbal que la lectura transforma en un *sujeto*: el poema nos habla y nosotros lo oímos. Es un texto que la lectura convierte en pretexto de una experiencia única y personal. El poema es un objeto o mecanismo de permutación: lo que dice el poeta *no* es lo que oye el lector. La distinción entre poesía objetiva y subjetiva es «misleading»: se refiere a los temas y significados del poema (objetos exteriores y objetos interiores, del mundo y el yo, etc.) pero no al poema mismo. Desde este punto de vista, la poesía «subjetiva» de Baudelaire no es menos objetiva que la de Homero: ambas son, por un momento (el del poema) *objetos verbales*. Usted designa con el nombre de poesía objetiva a una poesía que no estaría en la subjetividad del poeta sino en las cosas o en las situaciones. No importa: esas cosas y situaciones aparecen *nombradas* en el poema. Su realidad consiste en ser *nombres*. Así pues, trátese de poesía «subjetiva» u «objetiva» (por las intenciones del poeta o por sus temas), hablamos siempre de poemas, de objetos verbales. Hablamos de lenguaje. Mi crítica a gran parte de la poesía española contemporánea es una crítica de orden lingüístico-poético. Me parece demasiado subjetiva: más hecha de intenciones y declaraciones que de poemas. Ese subjetivismo la vuelve verbosa y sentimental, imprecisa y sin rigor. Cuando los surrealistas proclamaron la libertad de la escritura poética, querían disolver la antinomia (para mí falsa) entre el yo y el lenguaje, pero no en favor de la conciencia personal sino de la impersonalidad, la *objetividad*, del lenguaje inconsciente. En la barricada opuesta, cuando Eliot habla de «impersonalidad» o Pound de la imagen como arquetipo, coinciden con los surrealistas en el lugar privilegiado que otorgan al lenguaje como realidad objetiva. No creo que la diferencia de «temperamento» explique las diferencias entre la poesía angloamericana y la española de nuestros días. Yo diría más bien que esas diferencias se explican por una concepción distinta del lenguaje. El poeta angloamericano busca efectivamente una objetividad: considera a las palabras como cosas que pueden hablar por sí mismas y la voz del poeta sólo aparece incidentalmente, sea como ironía o como «correlativo subjetivo» (para parodiar a Eliot) de la situación objetiva. El poeta español cree todavía que el lenguaje le pertenece. Por eso lo usa, a veces con descuido, como si fuese un bien personal. Sospecho que la poesía española contemporánea no se ha planteado con entero radicalismo esto del lenguaje. Es lástima porque ése es el tema de la poesía moderna, lo que la distingue de las otras épocas. Nuestra relación frente al lenguaje ha variado fundamentalmente. Para decirlo de una manera un poco pedante: no es el hombre el que constituye al lenguaje sino éste al hombre... Pero es tiempo de volver a sus poemas. Mis comentarios no fueron juicios sino impresiones. Y más: impresiones exageradas, excesivas. Yo creo que usted debe seguir por el camino que ahora ha emprendido y llevar a su término la experiencia. Lo que me atrevería a aconsejarle es que la lleve a cabo con todo rigor, pues de otra manera no sería una experiencia sino un desliz. Los nuevos poemas que me ha enviado me gustan más que los anteriores pero no modifican sustancialmente mi impresión primera. Repito: no es un problema de temas sino de rigor. En primer término: el vocabulario. Yo suprimiría muchos adjetivos que son obvios o previsibles. Un ejemplo: el *sutil* paso del duende, el susurro *floral* de los sargazos, etc. También suprimiría las frases explicativas: la voz de las sirenas, que parece salir de nuestro propio pecho. ¿No habría una manera más «económica» de decir esto? Usted desea, me imagino, más *mostrar* que *evocar* pero muchas veces sus poemas no son instantáneas sino evocaciones: no deja usted hablar a las cosas e interviene. En otras ocasiones, los signos de las cosas (es decir, las palabras con que usted las nombra) no las descubren sino que las ocultan porque usted usa las palabras previstas: el lebrel y la caza en «Madrigal o Blasón»; los «cabos batidos por los tifones» o el viento que silba entre las jarcias en «Minué sin alegría»; en «Médicis», las estatuas, las corzas, los centauros; en «Larra», el moaré, el quinqué, el secreter, el plastrón... Todos estos signos son demasiado significativos y habría que emplearlos con mayor astucia, con un «cálculo más riguroso» (uso sus palabras). La extensión: yo daría sólo unos cuantos rasgos significativos, cortaría los enlaces demasiado obvios, suspendería los comentarios personales (los apartes en que usted se complace) o los reduciría a una mínima expresión (una línea irónica o una frase para deshacer el engaño verbal, no más) y, en suma, buscaría una mayor concentración. Darle al lector unos cuantos elementos y que él rehaga el retrato y haga para sí mismo el comentario. Por último, buscaría un lenguaje más ascético y trataría de dar la sensación de impersonalidad. El fotógrafo muestra sin comentarios y usted a veces nos cuenta la impresión que le producen ciertas fotografías.

Perdóneme tanta pedantería y tanto aburrimiento. Usted me pidió una opinión franca. Pero no crea usted que a mí me parecen «equivocados» esos poemas o «equivocada» la dirección que usted ha escogido. No: lo que digo es que, quizá, vale la pena ir hasta el fin de la experiencia y proceder con mayor rigor, tanto frente al lenguaje como frente a usted mismo. Y ya que hablamos de objetividad: me parece que los títulos y frases de canciones populares que figuran en «1939», no corresponden a las de esos años sino a las de la siguiente década... Una última observación: no se deje dominar por el tema, deje que las cosas y los hechos (las palabras) hablen por sí solos. El autor, el yo, debe desaparecer o aparecer bajo una máscara impersonal. Usted usa con frecuencia el monólogo: habría que hacerlo más rápido y menos explicativo, de modo que sea realmente el personaje (su máscara) el que hable *para sí mismo* y no para nosotros. Resumo (y repito): yo seguiría hasta el fin pero sometería los poemas a una crítica más rigurosa para convertirlos en textos más cerrados sobre sí mismos, más concentrados —una serie de instantáneas y no de evocaciones. El comentario debe ser *invisible* y la voz del autor debe aparecer más como un gesto (si es irónico tanto mejor) que como formulación expresa. Y dicho esto, yo también desaparezco, lleno de rubor y confusión pero con la esperanza (la seguridad) de que continuaremos siendo amigos.

Su lector y amigo,

OCTAVIO PAZ

P.S. Salgo el mes que entra. Estaré en Italia (Festival Internacional de Poesía, en Spoletto) y luego iré a México. Volveré a India en septiembre... Mi dirección en México

a/c Josefina L. Vda. de Paz
Denver, 39
México, 18, D.F.
MÉXICO

6

Nueva Delhi, a 13 de noviembre de 1967

Señor Pedro Gimferrer
Sanjuanistas, 16
Barcelona 6, ESPAÑA.

Querido amigo:

Perdón por mi silencio. En México no tuve un momento de respiro y, como es natural, a mi regreso me encontré con un número aterrador de papeles y trabajo acumulado.

No le diré nada sobre su nota acerca de *Puertas al campo*, excepto que me gustó muchísimo. *Gracias de todo corazón.*

Sus últimos poemas me impresionan. Lo veo más a usted en ellos que en los anteriores. Una levísima sugestión: valdría la pena concentrar más el lenguaje, hacerlo más seco y explosivo. Concentrar y contrastar. Lo digo porque me parece que la materia poética —el tema del cine— tiende a imponerse con exceso y de ahí que a veces se tenga la impresión de que se lee una variante del mismo poema. Habría que individualizarlos más. Pero lo que cuenta no es esto sino el *acento* —un entusiasmo que vence a la nostalgia...

Me imagino que ya habrá recibido *Corriente alterna* y el ensayo sobre Lévi-Strauss.

Un abrazo,

Octavio Paz

P.D.   Apenas esté más libre le escribiré con mayor desahogo.

7

[Embajada de México]
Delhi, a 29 de abril de 1968

Querido Gimferrer:

Recibí hace ya varias semanas *Arde el mar* y *La muerte en Beverly Hills* pero sólo hasta ahora tengo un rato de veras libre para acusarle recibo. Perdóneme. Aparte de las ocupaciones diarias, durante estos dos meses últimos hemos tenido amigos en casa, primero los Cortázar y después los Bonnefoy. La presencia de estos amigos —benéfica como la lluvia, por lo demás— me distrajo y retrasó mi correspondencia.

Yo no sabía que usted andaba apenas por los 23 años. Cuando lo supe dije: ¡Es extraordinario! Y Cortázar agregó: Y casi inmoral... la verdad es que ni él ni yo sabíamos —lo que se llama *saber*— que hay en el mundo gente más joven que nosotros. ¡Qué locura!

Nunca he creído que la juventud sea un mérito en sí —y aún menos una disculpa. En cambio, creo que hay una maestría juvenil y una maestría de la madurez. Hay poetas que son siempre jóvenes —Whitman, Apollinaire, García Lorca. Otros nacieron maduros —Eliot, Guillén. Me parece que usted pertenece a la primera familia. Aprenderá y olvidará muchas cosas, cambiará, amará lo que hoy aborrece y a la inversa, dentro de 10 años será usted un hombre joven y dentro de 40 un viejo, pero siempre será, estoy seguro, un poeta joven. Con esto no quiero decir: un poeta imperfecto sino un poeta dueño de esa perfección que sólo lo joven tiene. Cierto, sus poemas no son perfectos: anuncian la perfección. Y esa perfección será la de la juventud. Aunque tal vez la palabra perfección sea inexacta. ¿Qué quiere decir *realmente* perfección? Bonnefoy dice: «la imperfección es la cima». Yo diría: la cima es esa perfección abierta a lo inesperado, inconclusa en su misma conclusión: la perfecta imperfección de la juventud. Y eso, visible ya en *Arde el mar* (la segunda edición es una prueba más de que la poesía no está reñida con la crítica), es evidente en *La muerte en Beverly Hills*. Un pequeño libro, ágil y precioso. Pequeño también quiere decir, en este contexto, intenso; ágil, significa vivaz, veloz; y precioso, complejidad e ironía: ese abanico de imágenes cinematográficas (¡cincuenta años de películas!) que es un antifaz tras el que se oculta el rostro, alternativamente nostálgico y sarcástico, de un admirable poeta joven. El poeta y sus máscaras: nostalgia y burla de una juventud que no es la suya sino la nuestra. Pienso en el joven Pound y, sobre todo, en uno de los heterónimos de Pessoa: a Álvaro de Campos le habría gustado ser el autor de su libro.

Gracias por su dedicatoria y gracias por esos dos libros que anuncian la inminente resurrección de la poesía española.

Su amigo,

OCTAVIO PAZ

8

Delhi, a 9 de octubre de 1968

Sr. Pedro Gimferrer
Barcelona

Querido amigo:

Creo que nos veremos en diciembre. Salimos, mi mujer y yo, a fines de este mes de la India, y por barco. Desembarcaremos en Barcelona y lo buscaremos. He dejado la Embajada: después de lo ocurrido el 2 de octubre me pareció lo más decente. No es tanto un gesto político como una reacción moral. Con esta carta le envío copia de la que dirigí al Comité

Organizador del Encuentro Mundial de Poetas (deberían asistir pero es probable que, ante lo acontecido, hayan cambiado de opinión: Robert Graves, Neruda, Montale, Evtushenko, Elytis y otros). También le envío copia del poema «conmemorativo» que acompaña a mi carta. Ojalá que pudiesen publicarme ambos textos en alguna publicación *independiente* de España, como *Ínsula*...

Un abrazo,

OCTAVIO PAZ

[Anexo]

Nueva Delhi, a 7 de octubre de 1968

Señores Coordinadores
del Programa Cultural
de la XIX Olimpíada,
México, D.F.

Muy señores míos:

Tuvieron ustedes, hace algún tiempo, la amabilidad de invitarme a participar en el Encuentro Mundial de Poetas que se celebrará en México durante el presente mes de octubre, como una parte de las actividades del Programa Cultural de la XIX Olimpíada. Asimismo, me invitaron a escribir un poema que exaltase el espíritu olímpico.

Decliné ambas invitaciones porque, según expresé a ustedes oportunamente, no pensaba que yo fuese la persona más a propósito para concurrir a esa reunión internacional y, sobre todo, para escribir un poema con ese tema. No obstante, el giro reciente de los acontecimientos me ha hecho cambiar de opinión. He escrito un pequeño poema en conmemoración de esta Olimpíada. Se lo envío a ustedes, anexo a esta carta y con la atenta súplica de que se sirvan transmitirlo a los poetas que asistirán al Encuentro.

Les agradezco de antemano la atención que les merezca el ruego contenido en la parte final del segundo párrafo de esta comunicación. Sírvanse aceptar la expresión de mi atenta consideración.

OCTAVIO PAZ

MÉXICO: OLIMPÍADA DE 1968

A Dore y Adja Yunkers

La limpidez
        (Quizá valga la pena
Escribirlo sobre la limpieza
De esta hoja)
          No es límpida:
Es una rabia
        (Amarilla y negra
Acumulación de bilis en español)
Extendida sobre la página.
¿Por qué?
        La vergüenza es ira
Vuelta contra uno mismo:
              Si
Una nación entera se avergüenza
Es león que se agazapa
Para saltar.
        (Los empleados
Municipales lavan la sangre
En la Plaza de los Sacrificios.)
Mira ahora,
        Manchada
Antes de haber dicho algo
Que valga la pena,
        La limpidez.

Delhi, a 3 de octubre de 1968.

1969 /

9

Querido Pedro:

Perdona que conteste con tanto retraso a tu carta del 27 de septiembre. Por cierto, también ella se demoró un poco. Ya te imaginarás las razones de mi silencio: las idas y venidas, la vida errante que llevamos desde hace un año.

¡Magnífico que te hayan declarado inútil para el servicio militar! Otro título de honor para ti. Tú citas a Trakl. Yo recuerdo a Jarry, que estuvo a punto de disolver no sólo la moral sino la formación de su compañía... Magnífico también que hayas escrito esa *short-story*. No olvides enviármela si la publicas. En caso de que prefieras enviarme el texto inédito, aguarda un poco: salimos de Austin a principios de enero, de modo que sería mejor que me lo mandases, en la segunda quincena de enero, a Cambridge. Mis señas (provisionales pero seguras): Octavio Paz, Churchill College, University of Cambridge, England.

Tus poemas *de verdad* me gustaron —me gustan. Más, quizá, los cuatro publicados en la *Revista de Occidente* que los otros cinco. Aunque entre los últimos hay ese espléndido Homenaje a Poe con la inolvidable última línea: «Este rostro es mi rostro.» No, es difícil escoger; a pesar de ser muy distintos, hay una gran unidad. Has logrado crear un *personaje* —una *máscara* a la Yeats o a la Pound— que es un adolescente viejísimo y perverso y un viejo inocente, un poeta en cuyas visiones se cruzan curiosa e intensamente los héroes del cine y los de Stevenson, los de las historietas dibujadas y los de Conrad, Bach y el napalm sobre Viet-Nam, los ciervos y los semáforos, un mundo de *drugstore* recorrido por la sombra

31

de Rimbaud de vuelta de Abisinia. Una voz personal, única en la poesía joven de nuestra lengua.

Qué bueno que hayas hecho amistad con Cristóbal Serra. Yo también lo quiero y lo estimo muchísimo. Lo que me dices acerca de *Ladera Este* me alegra y, sobre todo, *me anima*. Ojalá que puedas escribir algo sobre mi libro. Ya sabes cómo me interesa tu juicio.

Espero que nos veamos el año próximo. Nosotros pensamos ir a España en la primera ocasión —es decir, apenas tenga vacaciones. Y tú, ¿no podrías dar el salto y pasar unos días con nosotros en Cambridge?

Un abrazo,

OCTAVIO

1971 /

10

Muy querido Pedro:

Ante todo: gracias por tu hermoso, intenso libro.[4] Lo leí con cierta dificultad (no demasiada: Ramón Xirau me ayudó en la lectura) y con asombro creciente. Cada día que pasa eres con mayor madurez y autenticidad el poeta que fuiste desde tus primeros libros y que a mí, al leerte por primera vez, me sorprendió como una revelación. Ramón Xirau también está entusiasmado —contigo, con tu libro y con la antología de la nueva poesía española.[5] ¿Has leído el comentario que les dedica en el último número de *Diálogos*? Al cerrar tu libro pensé que era una lástima que no hubiese aparecido en castellano pero corregí inmediatamente este envidioso nacionalismo lingüístico y me dije: qué bueno que ese libro de poemas haya aparecido ahora —en catalán o en cualquier otro idioma— y que su autor sea un joven poeta amigo mío... Te imagino enterado de la situación mexicana: después de seis meses de reformas tendentes a la «liberalización» del régimen, el actual gobierno se enfrenta a una decisión mayor y que afectará la vida de la nación por muchos años: o la reforma prosigue (es decir: triunfa el ala democrática y el régimen corta con su horrible pasado inmediato) o damos un paso atrás y volvemos a 1968. Muchos de mis amigos —de Carlos Fuentes a José Emilio Pacheco— son optimistas. Yo también lo era pero, desde esta mañana, siento

---

4. Se trata de *Els miralls*, mi primer libro en catalán, aparecido en diciembre de 1970. *(N. del E.)*

5. *Nueve novísimos*, de J. M. Castellet. *(N. del E.)*

que paraliza al régimen una red no por invisible menos poderosa de intereses nacionales y extranjeros. Temo lo peor. Todo se aclarará dentro de unos días. Estamos en plena crisis.

Con estas líneas te envío el texto ya corregido de *Puertas al campo*, una copia de *La hija de Rappaccini* y el contrato de *Las peras del olmo*. Por cierto, les pido a ti y a Juan Ferraté[6] que me digan si están de acuerdo con las supresiones de *Las peras del olmo* y, sobre todo, si les parece que realmente vale la pena publicar *La hija de Rappaccini*.

Pedro: probablemente haremos, si no se viene abajo todo, una revista mensual en México, un poco como *The New York Review of Books* pero menos bibliográfica. Quiero decir, una revista de crítica pero asimismo de creación, discusión e invención. Apenas si necesito decirte que una de las colaboraciones de España que más *me interesan es la tuya*. Al mismo tiempo, quisiera pedirte un consejo: uno de los propósitos de la revista es convertirla en un lugar de confluencia de los escritores latinoamericanos y españoles —no en el sentido de un museo de notabilidades sino en el de un espacio en el que se desplieguen las corrientes vivas, lo mismo en el campo de la poesía y la ficción que en el de la crítica literaria, artística, filosófica y política. ¿Podrías sugerirme *diez* nombres de escritores españoles (inclusive catalanes)? Poetas, novelistas, ensayistas... No te pido diez nombres de *jóvenes* ni tampoco de gente *consagrada*, sino de autores vivos, que compartan nuestras preocupaciones... Gracias de antemano.

Saludos a Juan Ferraté.

Un abrazo,

Octavio

Decidí a última hora enviarle directamente a Ferraté los textos.

6.   Juan Ferraté era en aquel momento director literario de Seix Barral. (*N. del E.*)

1972

11

Querido Pedro:

Perdona que hasta ahora conteste a tu carta. En los últimos meses no he tenido muchas horas libres.

¿Recibiste el número de *Plural* en que apareció tu poema? Es muy hermoso. Ojalá que pronto nos envíes nuevas colaboraciones, prosa o poesía —lo que quieras.

Me preocupa el problema de la distribución de la revista en España. Según parece, nadie la ha visto. ¿Puedes recomendarnos a una agencia que se encargue de la distribución?

A mediados de junio estaré de vuelta en México. Así pues, a partir del 15 de junio será mejor escribirme a la dirección de *Plural*. Más adelante, apenas las conozca, te daré las señas de mi casa.

Un abrazo,

OCTAVIO

12

Cambridge, Mass., a 22 de junio de 1972

Querido Pedro:

Ante todo: aún no he recibido tu libro.[7] Me imagino que me lo habrás enviado a México. Yo tuve que retrasar unas semanas mi vuelta, de

7. *Hora foscant*, mi segundo libro de poesía en catalán. *(N. del E.)*

modo que no estaré allá sino hasta principios de julio. Ya te escribiré apenas llegue.

No te extrañe el silencio de Tomás Segovia. A mí tampoco me escribe. Es la maldita costumbre hispánica. Gastamos dinerales en conversaciones a larga distancia (Cambridge/México). Tu poema, que todavía no he visto pero que Segovia me dijo que ya había recibido, saldrá publicado en un número próximo. ¿No podrías hacer un suplemento para nosotros? Poesía catalana o provenzal, un autor no traducido, un clásico olvidado —lo que quieras. La extensión: una presentación de unas cinco cuartillas y una selección de unas treinta. Honorarios: entre 200 y 250 dólares. Ilustraciones: a veces el autor nos las envía o sugiere las que podríamos usar. *Anímate* y envíanos algo *pronto*.

Ya hablé con los de Era y espero su respuesta para concluir en firme el proyecto de editar en libro de bolsillo mi ensayo sobre Duchamp. Podría ir con otro texto más que debo escribir estos días (es un encargo del Museum of Modern Art de Nueva York) sobre la última obra de Marcel —la escultura de Filadelfia. Un texto de unas 10 páginas. Pero sobre esto y sobre tus otras proposiciones, hablaremos más tarde, apenas regrese a México.

Aquí corto (estoy ya en los días agónicos de los adioses) pero no sin decirte que te admiro y que te envío un gran abrazo,

OCTAVIO

13

Cambridge, Mass., a 27 de junio de 1972

Querido Pedro:

Tu carta del 27 de junio, dirigida a *Plural*, me alcanzó hace unos días. Todavía estoy aquí. Retrasé mi regreso a México —salgo, definitivamente, el domingo próximo.

Gracias por tu promesa de colaboración. Envíala pronto. Sí, claro, las

35 cuartillas a que me refería son hojas de papel para escribir a máquina —como ésta en que te escribo.

La reedición de mi ensayo sobre Duchamp: los de Era se oponen. Al menos eso es lo que me dice Vicente Rojo en una carta reciente. Procuraré convencerles pero, incluso si no lo lograse, no te preocupes: puedo dar algo distinto a Seix Barral. Por ejemplo, una nueva colección de ensayos —los aparecidos en los últimos años y que no han sido recogidos en volumen. Ese libro podría completar los dos que ustedes ya han publicado. ¿Qué te parece la idea?

Roman Jakobson está indignado por el silencio de ustedes. Tiene el genio vivo pero en este caso no le falta razón. ¿Qué pasó con la traducción y la edición de sus *Ensayos de lingüística*?[8] Debería haber salido hace más de un año. ¿Quieres enterarte del estado de este asunto y escribirle a Roman unas líneas? Te lo agradezco de antemano —en su nombre y en el mío.

Un abrazo,

OCTAVIO

Escríbeme a México.

14

[*Plural*, revista mensual de *Excelsior*]
24 de agosto de 1972

Querido Pedro:

Gracias por tu carta del 16. Me dio mucha alegría saber que ya tienes listo el Suplemento y que lo enviarás en los primeros días de septiembre. Lo publicaremos inmediatamente. ¿Cuál es por fin su tema?

---

8.   La obra de Jakobson había sido contratada gracias a la intervención de Gabriel Ferrater, amigo personal de Jakobson, que en principio debía traducirla o en todo caso supervisar la traducción. Gabriel se suicidó el 27 de abril de 1972. La traducción española apareció finalmente en 1976. *(N. del E.)*

¿Hablaste con Cristóbal Serra? «Trópico de Cáncer» (magnífico)[9] saldrá en este número de *Plural*.

Nos gustaría mucho consagrar parte de un número venidero a la nueva literatura española. Se me ha ocurrido que tú y Julián Ríos —no sé si lo conozcas— podrían encargarse de la recopilación y selección del material. Se necesitaría reunir unas 120 páginas, como sigue: un ensayo de presentación de la nueva literatura española (unas 20 páginas); 4 o 5 textos en prosa (cuentos, ficción, ensayos breves, etc. o de unas 10 a 15 páginas cada uno); el Suplemento (35 a 40 páginas) sería una antología de la nueva poesía española: un prólogo de unas 5 páginas y una selección de los jóvenes poetas más representativos (6 o 7). ¿Qué te parece la idea? El número podría salir en febrero o marzo del año próximo. Si el proyecto te interesa, ¿quieres ponerte en relación con Julián Ríos? No sé si ahora está en Londres o en España. Te doy sus señas en ambos sitios:

231 Elgin Av.
London, W9
Inglaterra
o
Ruiz de Alarcón, 3
3.º izquierda
Madrid 14

Tu consulta sobre Sakai: es un magnífico traductor y un hombre de gran sensibilidad literaria, además de ser un pintor y un artista plástico de verdadera distinción. Puedes tener plena confianza en él. Sakai es de origen japonés pero nació en Argentina y es bilingüe.

Dejo para más adelante lo del libro que me gustaría publicar con ustedes.

Un abrazo,

OCTAVIO

9. Poema de mi libro *Els miralls*. (*N. del E.*)

15

[*Plural*, revista mensual de *Excelsior*]
México, D.F., a 9 de octubre de 1972

Querido Pedro:

Contesto a tu carta del 26 de septiembre. Ante todo te ruego tomar nota de que desde hace meses estoy en México. Mi dirección (definitiva): Lerma 143, Apt. 601, México, 5, D.F.

Me alegra que tú y Julián Ríos se encarguen de hacer ese número sobre la nueva literatura española para *Plural*. Estoy absolutamente de acuerdo contigo: lo nuevo no es sinónimo de lo joven. También coincido en tus juicios sobre Benet y el último Goytisolo. ¿Cuándo puedes enviarnos la Antología de Raimundo Llull? Me interesa muchísimo. Durante una época me apasionó y ahora me gustaría volver a releerlo —y también a leerlo, ya que lo conozco poco.

Me gusta mucho tu idea de preparar otro Suplemento sobre Beowulf y la poesía sajona e islandesa.[10]

Sobre mi volumen de ensayos: dentro de muy poco tiempo haré una proposición concreta.

En el momento de escribir esta carta llegó la tuya del 6. Me produjo un gran alivio por todas las noticias que contiene: tu decisión de hacer con Julián Ríos ese número sobre la nueva literatura española; tu traducción de Lulio (la espero con verdadera impaciencia); y tu idea de enviar regularmente a *Plural* una «Carta de España». Esto último me entusiasma. Me parece que la periodicidad debería ser bimensual. La extensión: entre 12 y 15 páginas. Los temas: poesía, ficción, el movimiento de las ideas, las tendencias literarias. Las crónicas podrían ser sobre un libro o varios, una personalidad, un movimiento literario, etc. Los honorarios (más bien simbólicos) —entre $ 100 y $ 160 dólares.

10. A cargo no de mí sino de Luis Lerate de Castro. *(N. del E.)*

Antes de enviarte un abrazo más o menos ritual quiero repetirte que estoy encantado con tus promesas de colaboración.

Te quiere y admira,

Octavio

P.D.   ¿Recibiste ya el número en que apareció tu espléndido poema? ¿Recibes ya con mayor regularidad *Plural*?

16

[*Plural*, revista mensual de *Excelsior*]
México, D.F., a 27 de noviembre de 1972

Querido Pedro:

Unas líneas apresuradas para agradecerte el envío del suplemento sobre Llull. Espléndido. Sale en el número 15 (15 de diciembre). No tengas cuidado, en la nota correspondiente corregiremos nuestro error y aclararemos que tu último libro es *Hora foscant*. Es un libro precioso y del que me gustaría hablarte largamente —por ahora no puedo: estoy abrumado de trabajo.

Gracias también por la «Carta de España». Es excelente. La publicaremos en el número 16 (15 de enero). Tienes razón. El título no es muy afortunado. Quizá lo mejor sea indicar en una nota que se trata de una colaboración bimestral sobre las letras españolas y catalanas. Otra posibilidad sería usar como título genérico: «Letras Españolas» (o Catalanas cuando te ocupes de literatura de tu lengua natal). ¿Qué te parece?

Se me ocurre que el libro que podría darle a Seix Barral es *La tradición de la ruptura*. Se trata de las conferencias que di en Harvard. El título es provisional. En inglés aparecerá bajo otro rubro: *Modern poetry: A tradition against Itself*. Si estás de acuerdo, escribiré a Harvard para pedirles permiso. Ya te pondré al corriente del resultado de mi gestión.

Un gran abrazo,

Octavio

[*Plural,* revista mensual de *Excelsior*]
México, D.F., a 4 de diciembre de 1972

Querido Pedro:

Acabo de recibir tu carta del 29 de noviembre. Me entusiasma la idea de que tú te encargues del libro sobre mí en la nueva colección de Caballero Bonald.[11] Si el proyecto se formaliza —ojalá que así sea— cuenta con toda mi ayuda.

Me alegra que Julián Ríos vaya a Barcelona para hablar contigo sobre el número de *Plural* dedicado a la nueva literatura española.

Tu suplemento sobre Llull sale en el número de este mes y tu carta sobre España en el de enero o febrero. Ambas colaboraciones son magníficas.

En mi carta anterior te proponía publicar en Seix Barral mis conferencias de Harvard (título provisional: *La tradición de la ruptura*). Dime si están ustedes de acuerdo, para inmediatamente pedir el permiso en Harvard.

Un abrazo,

OCTAVIO

18

[Lerma 143-601, México, 5, D.F.]
A 28 de diciembre de 1972

Querido Pedro:

Me apresuro a contestar tus últimas cartas.

Me imagino que ya habrás recibido el último número de *Plural* con el Suplemento —excelente— de Raimundo Llull. Por favor dime si has

---

11.   Se trataba de un proyecto para la colección «Los poetas», de Ediciones Júcar, que no llegué a realizar. Se ocupó de él finalmente Jorge Rodríguez Padrón. Yo orienté mi proyecto hacia Seix Barral, y llegó a firmarse un contrato, pero otros proyectos pospusieron éste. *(N. del E.)*

recibido el cheque pues a veces los de la Administración —que es la del periódico *Excelsior*— cometen errores.

De acuerdo: lo mejor será intitular tus crónicas «Desde España». La primera saldrá en el número de febrero. Esperamos la siguiente sobre Tàpies. La publicaremos apenas la recibamos.

Si tú prefieres publicar nuestro libro (quiero decir tu estudio y mi antología) en Seix Barral, yo no tengo ninguna objeción. Al contrario. Acepto, en principio, la proposición que Juan me hace por tu conducto. Lo mismo digo por lo que toca a *La tradición de la ruptura*. Por cierto, acabo de escribir a Harvard University Press y espero dentro de unos días tener una respuesta favorable para inmediatamente formalizar el contrato con ustedes. En cuanto a tu idea acerca de nuestro libro: me parece excelente y colaboraré con mucho gusto en lo que me indiques. Por ejemplo, podría enviarte algunos poemas inéditos y otros textos.

Me entusiasma la idea de publicar en México un número de *Plural* dedicado a la nueva literatura española.

Un gran abrazo,

Octavio

19

[Lerma 143-601, México, 5, D.F.]
A 2 de febrero de 1973

Querido Pere:

Contesto a tus dos últimas cartas. El artículo sobre Tàpies es excelente y lo publicaremos en el número 19 (abril), ya que en el 17 (febrero) aparece tu texto sobre Benet. No olvides enviarnos —lo más pronto que puedas, por favor— las fotos que nos ofreces.

Me encanta la idea de publicar esa antología de Ausias March. Ignoraba que Montemayor y Quevedo lo hubiesen traducido. Claro que me doy cuenta de las dificultades que entraña esa traducción y de que necesitarías tiempo. ¿Qué te parece para el número de julio o el de agosto? En principio preferiría que el texto tuviese la extensión de un suplemento, es decir, entre 30 y 35 páginas.

Qué bueno que te parezca compatible con la antología que tú harás, el *Teatro de signos* que me propone Julián Ríos. Gracias.

Acabo de recibir carta de Harvard: en principio no se oponen a que *La tradición de la ruptura* también se publique en español y lo único que piden es que salga después o simultáneamente que la edición en lengua inglesa. Me dicen que el libro saldrá este año. Voy a contestarles para formalizar el trato y proceder desde luego con ustedes a firmar el contrato.

Sobre *El Mono Gramático*: ya pido ejemplares a Skira. Apenas los reciba, te enviaré uno. He pedido también a los de Skira que me autoricen a hacer una edición en castellano del libro.

En cuanto a los textos de tu antología: tal vez yo podría ayudarte escogiendo algo de lo no recogido en libro (poemas y algunos textos de *El*

Mono Gramático, La tradición de la ruptura, etc.). ¿Cuántas páginas crees que deberíamos dedicar a esa sección de textos no recogidos en volumen?

Un gran abrazo,

Octavio

Ya se hacen investigaciones para saber qué ocurrió con tu cheque. Ojalá que no se haya perdido —habría que hacer otro. O. P.

20

[Lerma 143-601, México, 5, D.F.]
A 23 de marzo de 1973

Querido Pere:

Contesto a tu carta del 20 de febrero (y a su «alcance» del mismo día).

Sí, ya recibimos las ilustraciones de Tàpies. Un pequeño contratiempo: como el Suplemento del 19 estará dedicado a Dubuffet (textos e ilustraciones), nos pareció que no era bueno publicar, además, tu ensayo sobre Tàpies. Saldrá en el número siguiente.

Ojalá que pronto nos puedas enviar el suplemento de Ausias March. Sería estupendo que lo enviaras en julio o agosto. ¿Cuándo tendrán listo el número sobre la nueva literatura española? Ya empieza a ser urgente.

Sobre nuestro libro: me parece muy bien la extensión —100 páginas de antología, entre ellas 25 de inéditos, y 100 de texto tuyo. Esto último, ¿no es mucho? ¿Cuándo quieres que empecemos a trabajar en serio sobre esto?

¿Has recibido ya *El Mono Gramático*? Escribí a Skira pero no me ha contestado...

Un abrazo,

Octavio

P.D. Me imagino que ya habrás recibido el número 17 con tu artículo sobre Benet —¿y el cheque? En el 19 aparecerá una buena nota de Xirau sobre tu libro de poemas.

Salgo el 6 de abril. Pasaré un mes en La Jolla (California). Regresaré a fines de mayo.

21

[Lerma 143-601, México, 5, D.F.]
A 8 de junio de 1973

Querido Pedro:

Estuve fuera de México y a mi regreso me encuentro con tus cartas. Te contesto muy brevemente, a reserva de escribirte pronto con más calma.

No se preocupen, tú y Julián, por el problema del tiempo. Por una serie de circunstancias —entre ellas la publicación de un número entero dedicado a los escritores jóvenes mexicanos, bastante decepcionante, por cierto— estamos muy atrasados. Así pues, podemos esperar dos o tres meses todavía. A mi juicio, el número quedaría incompleto si no incluyese esa conversación sobre la literatura contemporánea española que ustedes proyectan. Por otra parte, me alarma un poco el rigor de ustedes. En primer término, me parece indispensable que tu nombre figure entre los colaboradores. Además, ¿no podrían realmente incluir un grupo de poetas jóvenes? Yo había pensado que el número podía estar compuesto por una introducción general (la conversación que ustedes han ideado podría desempeñar esa función), algunos textos de ficción y prosa de imaginación (ya los tienen seleccionados y lo que conozco —*Larva*— me parece espléndido) y una breve antología poética en la que podrían figurar 4, 5 o 6 poetas. Se me había ocurrido que la antología fuese el Suplemento de este número.*

---

* Por supuesto: el número se hará como ustedes quieran. Lo que sí me parece esencial es tu colaboración y el coloquio.

Querido Pedro: ¿no podrían realmente ampliar un poco su selección?

Acabo de firmar el contrato de *Modern poetry: A tradition against Itself*, Harvard University Press, y quedó convenido que yo arreglaría directamente la cuestión de los derechos en español y en francés. Por lo tanto, te ruego que les digas a los de Seix Barral que me envíen lo más pronto posible el contrato para firmarlo. Yo les enviaré, apenas reciba el contrato, el manuscrito. Ojalá que mi libro pudiese salir a principios del año que viene.

Un abrazo afectuoso,

OCTAVIO

¿Has pensado en el suplemento que nos prometiste?

22

[Lerma 143-601, México, 5, D.F.]
A 4 de julio de 1973

Querido Pedro:

Me imagino que habrás recibido mi telegrama.

Espero que tú y Julián nos envíen el número español a fines de agosto o principios de septiembre. Gracias de antemano.

Tu poema es muy hermoso (no hay que tenerle miedo a la palabra hermosura). *Debe* aparecer en el número español. No te preocupes: indicaremos que se trata de una versión libre, tuya, del original catalán.

Es indispensable *el coloquio*. De otro modo el número quedaría trunco. Muy bien tu sugestión: publicaremos como Suplemento un fragmento de *Tiempo de destrucción* de Martín-Santos. También estoy de acuerdo con tus otras proposiciones: Benet, Juan y Luis Goytisolo, Valente y Julián Ríos. (Sí, el texto de Julián es excelente.) Ojalá que puedan incluir además algunos jóvenes.

Me encanta tu proposición de dedicar un Suplemento a la poesía catalana actual: Foix, Espriu y Brossa. Un reparo: me parece que hay que añadir un cuarto nombre: el tuyo.

Lo de *El Mono Gramático* me tiene indignado. Ya vuelvo a escribir a los de Skira. Y ya que hablo de eso: ¿les interesaría a ustedes publicar ese libro? Pienso que las ilustraciones son indispensables aunque, claro está, habrá que reducirlas a más de una tercera parte.

Con estas líneas te envío firmado el contrato. He cambiado el título por el siguiente: *Los hijos del limo (Del romanticismo a la vanguardia)*. Está tomado de un soneto de Nerval. ¿Qué te parece?

Un abrazo,

OCTAVIO

23

[Lerma 143-601, México, 5, D.F.]
A 20 de julio de 1973

Querido Pedro:

Ya tenemos todo el material del número español, salvo el «coloquio» y los poemas de Martínez Sarrión. El problema, como te decía en mi cable, es el suplemento. El texto de Martín-Santos es muy breve. Un suplemento no debe tener menos de 28 páginas. ¿Podrías enviar como suplemento los textos de los tres poetas catalanes? Piensa en el espacio y en la fecha (debe llegar a *Plural* a principios de septiembre). ¡Gracias! Por lo que toca a los honorarios, envíos del número y demás: haremos como lo indicas en tu carta. Los honorarios de *Tiempo de destrucción*: la mitad a Mainer y la otra mitad a los herederos.

Hoy te envío, por aéreo certificado, *Los hijos del limo*. También un ejemplar *hors commerce* de *Le Singe Grammairien*. Hubiera preferido enviarte un ejemplar corriente: la carátula es mucho más bonita y me gustaría repetirla en la edición castellana. Pero no tengo ejemplares. He escrito a Skira, propietario de los derechos, pidiéndole autorización para publicar el libro con ustedes pero no ha contestado. Lo mejor será que ustedes le escriban *directamente* expresándole el interés de Seix Barral en el libro. Las condiciones deben ser las normales. *Hay que aclararle que ustedes no pretenden hacer una edición ilustrada* y que no publicarían más de 6 ilustraciones (a lo más).

El número español me entusiasma. Y nada más por ahora, salvo un gran abrazo de tu amigo que te admira,

Octavio

P.D.   Ya corregimos el epígrafe de Nostradamus en tu poema.

Sakai acaba de decirme que recibió carta tuya y que ya se resolvió el problema del suplemento: enviarán ustedes más páginas de Martín-Santos y la antología de poetas catalanes irá más adelante. ¡Muy bien!

24

[Lerma 143-601, México, 5, D.F.]
A 1 de agosto de 1973

Querido Pedro:

Muchísimas gracias por la prontitud y la *generosidad* con que tú y Juan me han contestado. Me imagino que para estas fechas ya habrás recibido el manuscrito de *Los hijos del limo*. No me parece increíble que Juan instale en su casa cristales acústicos —creo que así se llaman. ¿Algún procedimiento especial? Te lo pregunto porque yo también quiero instalar en mi estudio —vivimos en un departamento en el centro de la ciudad— unas ventanas que me aíslen un poco del espantoso ruido citadino.

Un abrazo,

Octavio

P.D.   Me imagino que ya habrás recibido *El Mono Gramático*.

[*Plural*, revista mensual de *Excelsior*]
20 de agosto de 1973

Querido Pedro:

Ante todo: gracias a ti, a Julián Ríos y a los demás colaboradores del «número español» de *Plural*. Creo que será una verdadera revelación, no sólo para el lector hispanoamericano sino también para los críticos y los escritores. Ayer recibimos lo que faltaba: las tres respuestas a la Encuesta y los poemas de Martínez Sarrión.

Me imagino que habrás recibido la copia de *Los hijos del limo*. Con estas líneas te envío algunas páginas que deben sustituir a las que ustedes tienen: Índice General, Índice Capítulo VI y páginas 157 y 158. Además, te ruego que hagan las siguientes correcciones de texto: en la página 127, el subtítulo, que debe ser: *El revés del dibujo*; en la página 159, el otro subtítulo, que debe ser: *El ocaso de la vanguardia*; en la página 149, línea 324: «construye un texto como una torre —de nuevo la torre de Babel. En otros poemas, etc...»; en la página 153, línea 17: «el nativismo y el coloquialismo hispanoamericano»; en la nota 3, página 182, línea penúltima: «de la historia. La importancia del calendario en la cultura china (o en Mesoamérica) es otra consecuencia de la misma idea: el modelo del tiempo histórico es el tiempo natural, el tiempo del sol y del movimiento de los cuerpos celestes». Creo que eso es todo, por ahora.

Un gran abrazo,

OCTAVIO

P.D.   Espero la nueva crónica desde España y el Suplemento de los poetas catalanes. ¡Gracias otra vez!

En estos momentos acabo de recibir una carta de Skira. En principio estarían de acuerdo en autorizar la publicación en español de *El Mono Gramático* pero con esta condición: que la editorial que compre los derechos publique también toda la colección o, *al menos*, seis títulos. Tal vez esto último podría interesarles a ustedes. Entre los autores de *Les Sentiers de la Création* se encuentran: Aragon, Ionesco, Butor, Barthes, Caillois, Ponge, Miguel Ángel Asturias, Le Clézio, René Char, Bonnefoy, Michaux, y otros. Entre ellos hay más de seis títulos interesantes. Dime qué les parece la proposición pues, en caso contrario, quizá aquí el Fondo de Cultura podría interesarse. En caso afirmativo deben escribir a Alberto Skira, 4 Place du Morland, 1211, Genève, 3, con proposiciones concretas.

Otro abrazo,

OCTAVIO

26

[Lerma 143-601, México, 5, D.F.]
A 28 de agosto de 1973

Querido Pere:

Me imagino que habrás recibido ya todo —el texto de *Los hijos del limo* y las pequeñas enmiendas que acompañaban a mi última carta.

El número español ya está listo. Saldrá en octubre. Causará cierta sensación —estoy seguro.

Salimos esta semana. De nuevo a Harvard, por un semestre. Mi dirección hasta fines de diciembre:

BOYLSTON HALL / HARVARD UNIVERSITY
Cambridge, Mass. USA

Un abrazo,

OCTAVIO

[Lerma 143-601, México, 5, D.F.]
A 30 de agosto de 1973

Querido Pedro:

Ayer te escribí unas líneas y hoy recibo carta tuya. (¡Qué extraño: el correo se ha vuelto loco: tu carta tardó apenas tres días!) Me alegra que hayas recibido *Los hijos del limo* y *El Mono Gramático* —y que te gusten. En cuanto al último: te envío copia de la carta de Skira. Ya me dirás qué te parecen sus condiciones... Espero tus noticias sobre los cristales aislantes.

Un abrazo,

OCTAVIO

Cambridge, Mass., a 17 de septiembre de 1973

Querido Pere:

Tu carta del 31 de agosto llegó a mis manos cuando me disponía a salir de México. No te imaginas la alegría que me ha dado tu juicio sobre *El Mono Gramático*. Dígase lo que se diga, sólo nos importan unas cuantas opiniones. Una de ellas, en mi caso, es la tuya. Ojalá que Skira acepte las muy razonables proposiciones de ustedes. Por cierto, no sé si te habrás enterado de que Alberto Skira, el fundador de la editorial, murió la semana pasada. Es triste: hizo libros muy hermosos. Desde hacía tiempo estaba enfermo y los asuntos de la editorial, creo, los llevaban los hijos o un yerno.

El *copyright* de *Los hijos del limo* es mío (para la lengua castellana) pero hay que decir en alguna parte que el texto del libro es una versión de las Charles Eliot Norton Lectures 1971-1972 que dicté en la Universidad de Harvard. Valdría la pena mencionar algunos de los nombres de poetas y artistas que han dado esas conferencias: Stravinsky, T. S. Eliot, e. e. cummings, Jorge Guillén, Jorge Luis Borges.

Me parece excelente la idea de publicar un volumen con mi producción posterior a 1957 —pero no inmediatamente. Por una parte, quiero publicar antes un pequeño libro de unas 100 páginas que recoja lo de los últimos años, desde *Ladera Este*. Por la otra, aunque no tengo un compromiso formal con Mortiz, debo hablar con ellos —por cortesía y amistad— antes de decidir algo. Para mí lo mejor sería publicar con ustedes los dos libros, quiero decir, el nuevo volumen en 1974 y, un año después, otro que incluya *Salamandra*, *Ladera Este*, *Topoemas* y el nuevo libro.

En estos días saldrán tres libros míos en México: *Versiones y diversiones*, que recoge casi todas mis traducciones poéticas; *El signo y el garabato*, recopilación de artículos y ensayos; y *Apariencia desnuda*, dos ensayos sobre Marcel Duchamp, el viejo que tú ya conoces y uno nuevo, escrito para el catálogo de la gran retrospectiva que se inaugura estos días en Filadelfia —es sobre su última obra, el «ensamblaje» de la muchacha desnuda, una de las obras más desconcertantes y fascinantes del siglo. Ya recibirás ejemplares de todas estas cosas. Y tú ¿qué preparas, qué haces? Tengo unas ganas terribles de volver a Europa y, sobre todo, de visitar España. Más que nada: Barcelona. Tu ciudad me encanta y así se lo digo siempre a José Luis Sert, que vive aquí en Cambridge y al que veo con frecuencia. Rufino Tamayo regresó deslumbrado y conquistado por Barcelona. Me gustaría tanto conversar contigo.

Un abrazo de un amigo que te admira y quiere,

OCTAVIO

Mi dirección (hasta principios de enero): Boylston Hall 405, Harvard University, Cambridge, Mass. 02138.

En estos días he pensado mucho en Santayana. ¡Qué extraño destino! Madrid-Cambridge, Mass.-Roma.

¡Gracias por el prometido suplemento islandés![12]

12. A cargo de Luis Lerate de Castro. *(N. del E.)*

[Cambridge, Mass.]
a 20 de septiembre de 1973

Querido Pedro:

Contesto rápidamente a tu carta del 13. Se cruzó con la mía de ayer. Muchísimas gracias por el envío de la obra inglesa de Blanco White. Leeré el libro cuando regrese a México, en enero. Me interesa muchísimo. Me parece una buena idea, claro, que tu próximo artículo esté dedicado a Blanco White. Envíalo directamente a Sakai. Gracias también por el consejo de los vidrios dobles —veremos si realmente amortiguan el ruido.

Un gran abrazo,

OCTAVIO

Cambridge, Mass., a 20 de octubre de 1973

Querido Pedro:

Gracias por tus cartas del 26 de septiembre y del 1° del que corre. Siempre tan generoso. Me alegra de verdad que te hayan gustado mis traducciones de William Carlos Williams. Las hice con amor. Me impresionó lo que me cuentas de tu soledad en España. Es un mal general hispánico. Sí, en nuestros países —no en todos, además— hay poderosas individualidades aisladas pero no hay una atmósfera, una verdadera comunidad. Los hispanos no somos sociales: somos insociables. Gente de pandilla y montonera. Pero yo creía que en Barcelona las cosas ocurrían de otro modo. Tu ciudad me pareció más civilizada y humana, más mediterránea y cordial que los Madriles y los Méxicos. Y creo que lo es. Los catalanes son mejores que el resto de los españoles y también que los hispanoamericanos. El tono general puede ser mediocre hoy, como tú dices —pero no cainita. Las tierras del odio hispánico son otras. Y una de ellas es México. No es sólo la mediocridad general y la ignorancia abismal (esto último es nuevo: la degradación general de la cultura es impresionante y probablemente mayor que en otras partes) sino el rencor, la envidia. Pereza mental y mala leche. ¿Leíste «Petrificada petrificante»? Es mi defensa.

El número español ya salió pero yo aún no lo he visto. Espero recibirlo la semana próxima. Ojalá que tenga pocas erratas. Es algo que me desvela y exaspera: luchamos contra ellas pero, en cada número, hay dos o tres erratas garrafales.

La idea de tu ensayo me *conmueve*. No, no hay ningún libro, aparte de los que mencionas. En cuanto a las entrevistas: ¿conoces la de Rita Guibert? Yo te podría enviar un ejemplar del libro, en caso de que no hubiese llegado a tus manos (*Seven voices*: Borges, Neruda, Asturias, Cortázar, García Márquez, Cabrera Infante y yo. El texto de Cabrera Infante es chispeante). Hay, además, la conversación con Julián Ríos. A mi juicio, en nuestro libro, deberíamos hacer algo distinto a lo que hace Julián en *Teatro de signos*. Tal vez habría que concentrarse en un aspecto: la poesía. Poemas, textos en prosa (¿*Águila o sol*? y *El Mono Gramático*), reflexiones sobre la poesía, traducciones (esto es importante), testimonios, epistolario. En fin, ya seguiremos hablando. No termino: interrumpo por un instante. Hasta la próxima.

Un abrazo,

Octavio

P.S.   Quizá sea mejor que me escribas a mi casa —a la Universidad no voy todos los días. Mis señas: 371 Harvard Street, Apt. 3A. Cambridge, Mass. 02138. USA.

[Harvard University. Cambridge, Massachusetts 02138
Department of Comparative Literature.
401 Boylston Hall]
Cambridge, Mass., a 24 de noviembre de 1973

Querido Pedro:

Qué alegría me da recibir tus cartas y saber que escribes y trabajas. Admirable y reconfortante. No dejes de enviarme la *plaquette* de poemas que me anuncias. ¿En catalán o en castellano? Me parece que tú eres el poeta más pleno, en el doble sentido de reconcentración y riqueza, de tu generación —lo mismo en España que en América. Un consejo fraternal: no te dejes ganar por los compromisos editoriales y escribe sólo sobre lo que a ti te guste o te apasione. Te lo digo porque este año y el anterior acepté, por debilidad a veces y otras por amistad, escribir prólogos, presentaciones y textos de encargo. Todo eso me ha distraído mucho y se ha interpuesto entre mi poesía y yo. Nuestros países son terribles: te matan con su indiferencia o con su solicitud exigente. El desdén o la sangría.

El número español —a pesar de las erratas, plaga de *Plural*— me sorprendió de veras. Estoy seguro —lo creo a pesar de tu pesimismo— de que en España se prepara algo. Y ustedes son los que preparan ese algo. En América la política, la publicidad y la improvisación acaban por devorar lo poco bueno que ha resistido. Qué años terribles y estúpidos: lo de Chile y la tragedia grotesca de Argentina.

Muy bien: esperamos tu ensayo sobre Miró. Y el texto sobre Blanco White: ¿se lo enviaste ya a Sakai? ¿Y la antología de los tres poetas catalanes? También podríamos, más adelante, publicar lo que escribes sobre Foix y Goytisolo —aunque sean fragmentos, si es muy extenso.

Un abrazo,

Octavio

¿Qué pasó con Skira? ¿Crees que debo escribirles? Me parece que abusan...

[Harvard University. Cambridge, Massachusetts 02138
Department of Comparative Literature.
401 Boylston Hall]
A 8 de diciembre de 1973

Querido Pedro:

Muchísimas gracias por tu nota sobre *El Mono Gramático*.[13] Qué generoso eres —y qué agudo e inteligente. La he enviado a México para que se reproduzca en el suplemento dominical de *Excelsior* (me da rubor repetir su pedantesco título: ¡Diorama de la cultura!).

¿Cuando me envías tu artículo sobre Blanco White? Ojalá que sea pronto. Nos gustaría publicarlo en enero.

¿Qué pasó con Skira? Creo que esa editorial atraviesa, con la muerte de Albert, por una crisis. ¿No habría un medio *legal* para obligarles? Después de todo, me parece que el autor tiene (o debe tener) el derecho de publicar su obra en su propia lengua, si el editor no lo hace. ¿Quieres consultar el caso con los expertos de Seix Barral? ¡Gracias!

Espero los textos que me anuncias y, sobre todo, el nuevo cuaderno de poemas.

Un abrazo,

OCTAVIO

33

Cambridge, Mass., a 26 de diciembre de 1973

Querido Pedro:

Respondo punto por punto a tus tres últimas cartas. De carrera porque no tengo mucho tiempo libre.

---

13.   Reseña de la edición de Skira, que publiqué en el semanario *Destino*. (*N. del E.*)

Nos quedaremos en Cambridge hasta el 20 de enero. Para ahorrar tiempo dirige la correspondencia directamente a mis señas particulares: 371 Harvard St. Apt. 3A, Cambridge, Mass., 02138, USA. Espero con avidez tu *plaquette* de poemas y las Antologías de Ausias March y de Foix. Sí, con la ayuda de una traducción literal al lado, es realmente fácil leer poesía en catalán. Qué hermosa lengua. Recibí hace unas semanas la Antología de José Agustín Goytisolo y he leído y releído a Carner, Riba, Foix, Ferrater... ¿Sabías que traté mucho a Carner cuando vivió en México? Una persona maravillosa. Lo vi después en París y en Bruselas, con su mujer. A Foix lo he leído mal y espero tu libro para conocerlo mejor. Y confieso con vergüenza que apenas si conocía a Ferrater. Extraordinario poeta. Cómo me hubiera gustado tratarlo.

Sí, debemos hacer otro *Renga*. Es capital, esencial. Además de la cercanía histórica, lingüística y espiritual entre las tres lenguas,[14] hay la circunstancia de que, sin gran dificultad, podemos conservar la forma métrica original del japonés —que es algo así como la «seguidilla compuesta». Espléndido que tú seas el poeta de lengua catalana. ¿Y el de castellana? ¿Crees que podría yo serlo otra vez? En cuanto al de idioma portugués: Cabral de Melo (pero es difícil), Murilo Mendes (otra generación aunque cerca de la mía y también de la tuya) o... ¿quién? ¿Un portugués? Otro problema: ¿cuándo, dónde y con qué? Tal vez alguna editorial podría cubrir los gastos —viaje y hotel— como la otra vez. Por mi parte, en cuanto regrese a México, exploraré el terreno en el Fondo de Cultura Económica. El nuevo director tiene ganas de hacer muchas cosas. Tal vez tú podrías sondear un poco a los de Seix Barral. En todo caso, es un proyecto que no hay que dejar de la mano.

Tu sugestión —dedicar un suplemento a Hofmansthal (no estoy muy seguro de la ortografía)— es excelente. Le pediré a Deniz que lo haga. Espero que acepte. ¿Conoces la poesía de Deniz? Yo lo admiro. No co-

---

14. Mi idea —que no llegó a materializarse— era repetir la experiencia del poema colectivo *Renga* (que Octavio escribió en castellano con poetas en italiano, inglés y francés), pero con tres lenguas romances ibéricas: castellano, catalán y portugués. *(N. del E.)*

nozco el ensayo de Hermann Broch: ¿dónde podría conseguirlo? Dame el título por lo menos.

Ya se recibió tu texto sobre la poesía catalana. Saldrá en el número de enero, según me dijo ayer por teléfono Sakai. ¿Nos enviarás después el artículo sobre Blanco White? La nota sobre *Hora foscant*: yo estaba seguro de que Xirau la había escrito y de que había aparecido en *Plural*. Tal vez mi confusión se debe a que hablé con Xirau largamente sobre el tema. Le pediré que la escriba, no te preocupes. Te quiere y admira mucho. Es una persona muy noble, aparte de ser un espíritu sensible y profundo.

Esta semana escribo a Skira. Ya te pondré al corriente de su respuesta, si es que me contestan. No lo creo. Con la muerte de Albert la casa debe de estar en plena crisis y, me temo, en desintegración. ¿Qué hacer? Yo estoy dispuesto a publicar mi libro, incluso si me expongo a un pleito judicial. Es monstruosa su actitud...

Todavía no puedo decirte nada sobre mi libro de poemas. Escribo lentamente y hay que esperar. A medida que pasan los años, aumentan mis dificultades —porque son mías, no de ella— para escribir poesía. En estos días, con un amigo japonés (¡otro japonés!), que es un diseñador notable, repetí con variantes la experiencia de los Discos Visuales y escribí tres... no sé como llamarlos: no son poemas, ni máximas ni epigramas ni haikú ni... Son frases sueltas en el género del Método Berlitz. (Las escribí directamente en inglés.) Me divierten: no son poesía, ni filosofía, ni humor, ni adivinanzas, sino algo que está entre todo eso. Ya te enviaré los tres «objetos» cuando se impriman. Mientras tanto,

Un abrazo,

OCTAVIO

34

[Lerma 143-601, México, 5, D.F.]
A 4 de febrero de 1974

Querido Pedro:

Al regresar a México me encuentro con *Foc cec*,[15] las antologías de March y de Foix y tus tres cartas. He dado una primera lectura a tu libro, sin diccionario y sin la ayuda de Xirau. Me ha impresionado su lujosa severidad, por decirlo así, su belleza, su perfección. (Yo también he pensado volver a la rima aunque me temo que en castellano la rima resulte más vulgar, más previsible.) Claro, a pesar de esta primera lectura, no me atrevo todavía a darte una opinión. Debo leer tus poemas con un diccionario y, también, con la ayuda de Xirau. De todos modos, ¡muchísimas gracias! Voy a pedirle a Xirau que escriba una extensa nota sobre *Foc cec*.

Sobre tus colaboraciones en *Plural*: no se excluyen. Puedes publicar un artículo sobre el Blanco White de Goytisolo y el Molinos de Valente y otro sobre Vicente Aleixandre. En cuanto a tu nota sobre *Solo a dos voces*: no te sientas obligado a hacerla si no te nace. A mí me parece un poco absurdo que se publiquen comentarios en *Plural* sobre mis libros.

El nuevo *Renga*: la proposición de Muga[16] no sólo es razonable sino generosa. Por mi parte, la acepto desde luego. Es magnífica la idea de asociar a tres pintores. Una dificultad: aunque admiro muchísimo a Ru-

---

15. Mi tercer libro de poesía en catalán, aparecido a finales de 1973. *(N. del E.)*
16. Manuel de Muga, director de Ediciones Polígrafa. *(N. del E.)*

fino Tamayo, me pregunto si lo que hace él tiene realmente relación con lo que nosotros escribimos. Digo lo mismo de Matta. Para mí no hay duda: el pintor portugués debe ser Vieira da Silva. Es una mujer de gran sensibilidad y que comprende a los poetas; ella fue la que me prestó las obras de Pessoa. El pintor catalán podría ser Tàpies. ¿Y el hispanoamericano? Lam sería estupendo. Invítenlo ustedes. Yo no me atrevo a hacerlo. Es (o era) un buen amigo mío pero, según me ha contado Jean Hugues, padece (o padeció) una suerte de castrismo agudo y estaba enojado conmigo porque firmé la protesta en defensa de Padilla (!). Hay un pintor mexicano que, a pesar de ser poco conocido, podría participar en el *Renga* plástico: Günther Gerszo. Es un artista de gran sensibilidad e imaginación. En suma, creo que los tres pintores podrían ser: Tàpies, Vieira da Silva y Lam (o Gerszo). En cuanto al poeta de lengua portuguesa: Cabral de Melo o Murilo Mendes. Este último vive en Roma y su dirección es: Via del Consolato 6, 00186, Italia.*

Muchísimas gracias por tu sugestión. Parece difícil publicar el ensayo de Broch sobre Hofmannsthal pero desde luego publicaremos un Suplemento de este último. Ya escribo a Julio Ortega para que nos prepare algo sobre Eguren. Aquí también es poco conocido. ¡Qué alegría hablar contigo! ¿Cuántos entre nosotros saben quién fue Eguren y qué representa su poesía?

El Mono Gramático: de acuerdo enteramente. Desde Cambridge, Mass., escribí otra vez a los de Skira sin tampoco obtener respuesta. No me parece que sea necesario esperar más. Aguardo el contrato para devolvértelo inmediatamente, ya firmado. Y con el contrato, el original castellano. Las ilustraciones: claro, no hay que repetirlas. No son necesarias, salvo unas seis, en blanco y negro. Pienso en las fotos de Eusebio Rojas. Eso es todo. ¡Ah, qué gusto me has dado: al fin podrá salir el libro en mi lengua!

Los hijos del limo: envíame solamente las pruebas de página. Dos pe-

* Más adelante —dentro de unos días— hablaremos sobre las posibles fechas de la reunión para escribir el *Renga*.

60

queñas correcciones. En la página 157, línea 17, después de Roberto Jua-rroz, hay que añadir el nombre de Álvaro Mutis; y en la página 158, lí-nea 11: añadir, entre Olson y Ginsberg, el nombre de Elizabeth Bishop.

Pronto te escribiré con más noticias. Yo también me siento bastante deprimido por la atmósfera que me rodea. Es un mal hispánico, en mi caso agravado por el altiplano náhuatl.

Un gran abrazo,

Octavio

35

[Lerma 143-601, México, 5, D.F.]
A 4 de marzo de 1974

Querido Pedro:

Contesto de prisa a tus dos cartas del 18 de febrero.

Sobre *Foc cec*: Xirau escribirá para *Plural* un artículo que recogerá también la nota que hizo sobre tu libro anterior y que (ya hice la inves-tigación) se extravió en un momento de gran desorden (ausencia mía, salida de Tomás, ingreso de Sakai y otros cambios). Ya te escribiré más largo sobre tu magnífico libro, que leo con creciente fascinación.

Tus colaboraciones en *Plural*. gracias por tu nota sobre *Solo a dos vo-ces*. Excelente. Qué generoso eres. Gracias también por tu nota cinema-tográfica. Envíanos pronto las crónicas prometidas sobre Aleixandre y sobre Molinos-Valente-Blanco White-Goytisolo.

Renga. Si Lam no desea colaborar, como es muy probable, tal vez po-dríamos invitar a Tamayo. Después de todo, uno y otro, Lam y Tamayo, se acercan a la poesía de un modo instintivo. Y quizá Tamayo sea dueño, finalmente, de una visión más honda de la realidad. En cambio, insisto en que deberíamos invitar a Vieira da Silva y a Tàpies.

El Mono Gramático. Te envío aparte y por correo aéreo certificado el texto en copia xerox. Como hay algunas correcciones hechas a mano se-

61

ría bueno que me enviaras pruebas de galera y no sólo las contrapruebas.* Una sugestión: como el texto es muy corto, sería bueno que empleasen un tipo grande. En cuanto a las reproducciones: hay que incluir, además, una del cuadro de Dadd (pág. 123 y 124 del libro de Skira). Yo tengo una foto de ese cuadro y se las enviaré, aunque es facilísimo conseguir una en la Tate Gallery. Sugiero las siguientes fotos de Rojas: págs. 20-21; 33; 34; 37; 82; 84; 104; 137 y 160. Son 9, pero te señalo que es la misma foto la de las páginas 33, 104, 137 y 160. Naturalmente podríamos suprimir, en último término, la 20-21, la 34, la 82 y la 84. No te preocupes por escribir a Rojas: está en México, es amigo mío, trabaja en *Plural* y, en el momento oportuno, yo le pediré las negativas. Por último, habría que incluir también la ilustración de la página 86, aunque temo que la censura española no la deje pasar. Y ya que hablo de esto, ¿tú crees que la censura no objetará ciertos pasajes?[17] Te envío con estas líneas el contrato firmado.

Lo de nuestro libro me encanta. Te envío, firmado, el contrato.

Espero las pruebas de *Los hijos del limo*. Por cierto ¿no sería mejor suprimir el artículo? ¿Qué te parece *Hijos del limo*?

Un gran abrazo,

OCTAVIO

P.D.   En este momento acabo de recibir tu excelente nota sobre *El signo y el garabato*. Será difícil publicarla en México porque ya el Diorama de la Cultura publicó una, por cierto muy inteligente, sobre ese libro. Voy a averiguar por qué el Diorama de la Cultura no ha publicado aún tu nota sobre *El Mono Gramático*.

P.D.   Rojas me dice que no tiene negativas —¡las perdió en el mar! Pero pueden salir bastante bien las fotografías tomadas del libro...

---

* Parece que no es necesario. Rojas me dice que salieron bastante claras.

17.   El libro apareció íntegro en España, por decisión personal de Ricardo de la Cierva. *(N. del E.)*

Niza, a 17 de abril de 1974

Querido Pedro:

No había contestado a tus últimas cartas —la del 11 de marzo y la muy breve del 25 del mismo mes— porque, cuando me disponía a hacerlo, recibimos un telegrama y luego un llamado telefónico de Niza anunciándonos la gravedad de la madre de Marie José. El 7 de abril por la noche tomamos el primer avión disponible y, tras un viaje atroz —lo peor: la pérdida de varias horas en el aeropuerto de París por una huelga de Air-France— llegamos a Niza el 9 sólo para que una enfermera recibiera a Marie José con esta frase: «Su madre acaba de morir»...

Nos retienen en Niza todavía algunos asuntos pero pienso que la semana que entra podremos estar en París. Tenía pensado —creo que te lo había dicho— visitar España este año, a fines de mayo o en junio. La muerte de mi suegra me obliga a adelantar un poco mi viaje a España. En principio, Marie José y yo hemos pensado que podríamos visitar Barcelona a principios de mayo y, después, ir a Madrid y, quizá, a Andalucía (o a Galicia: Medinasidonia y Cádiz son la tierra de mis abuelos maternos y Santiago de Compostela es una ciudad que desde hace mucho deseo conocer: no sé todavía qué elegiré). Por supuesto, antes de decidir algo en firme, nos gustaría conocer tu opinión. ¿Crees que mayo es una buena época para visitar España? Nuestra idea, repito, sería pasar una semana en Barcelona y otra en Madrid —y otra semana en Andalucía o Galicia. En total 3 o 4 semanas... ¿Puedes escribirme unas líneas a París con tus consejos y sugestiones? Como no sé aún dónde pararemos en París, lo mejor será escribirme a la Embajada (ahí guardan las cartas de los mexicanos en tránsito: hay un servicio especial):

Octavio Paz
a/c Ambassade du Mexique
9 rue de Longchamp
Paris, XVI, France

En Barcelona hablaremos sobre el *Renga* y tendré oportunidad de conversar con Pontón[18] y corregir las pruebas de *Los hijos del limo*. También llevaré conmigo un ejemplar de *El Mono Gramático*.

Con la esperanza y la alegría de verte pronto, te abraza,

OCTAVIO

37

Niza, a 20 de abril de 1974

Querido Pedro:

Unas cuantas palabras apresuradas para ponerte al corriente de nuestros planes. Hemos decidido viajar directamente de Niza a Barcelona sin pasar por París. Así pues, *no* nos escribas a la Embajada de México. Estaremos en Niza (Hotel Adriatic, 81 rue de France) hasta el viernes o sábado de la semana próxima. En consecuencia, llegaremos a Barcelona entre el 27 y el 28. Te llamaremos por teléfono —si, como espero, estás inscrito en el Anuario telefónico... Y nada más, sino un abrazo y mi deseo de continuar, ahora de viva voz, nuestra conversación.

Tu amigo,

OCTAVIO

P.D.   Olvidaba algo muy importante: hemos dado, como direcciones a las que nos pueden enviar la correspondencia, la tuya y la de Seix Barral (la de la editorial). Por lo tanto, te ruego que avises a la persona encargada de la correspondencia en Seix Barral, que *reciba* y *te entregue* todas las cartas dirigidas a mi nombre y al de mi mujer (Marie José Tramini Paz). *Gracias de antemano.*

Un abrazo,

OCTAVIO

18.   Gonzalo Pontón era por entonces director editorial de Ariel y Seix Barral. *(N. del E.)*

[Pont-Royal-Hotel
7, Rue Montalembert. 75007 Paris]
A 12 de junio de 1974

Querido Pedro:

Unas cuantas líneas escritas de carrera para, ante todo, decirte que Marie Jo y yo pensamos con frecuencia en María Rosa y en ti —el viaje a España hubiera sido algo muy distinto sin ustedes dos... Gracias por el ejemplar de *Los hijos del limo*. La edición es agradable y la impresión nítida. Aquí y allá descubrí las inevitables erratas —casi ninguna grave, salvo dos o tres que alteran o dificultan el sentido. Por separado las enumero. Ojalá que puedan ser corregidas en una (hipotética por ahora) segunda edición.

Hablé hoy con Vieira da Silva. Por teléfono. No hubo más remedio: no está en París y yo no podía hacer el viaje (hora y media de ida y otra hora y media de vuelta) a la casa de las afueras en donde pasa esta temporada. Fue muy cordial y afectuosa —la palabra *fineza*, en el sentido del siglo XVII, le va muy bien: fineza de alma, fineza de lenguaje y fineza hasta en las entonaciones y las pausas— pero desde un principio se negó. Tiene demasiados encargos y ha decidido no aceptar ilustrar ningún nuevo libro —«además», me dijo, «no soy grabadora: soy pintora»— hasta no terminar los trabajos pendientes. Yo no insistí mucho —comprendí sus razones— pero tal vez mi discreción la hizo vacilar pues al final me dijo: «Admiro y quiero a Murilo como a un hermano y le prometí ilustrar un libro suyo. Quizá pueda hacer algo. Déjeme pensarlo de nuevo...» Quedamos que la llamaría la semana próxima (a mi regreso de Rotterdam). Ya te pondré al corriente del resultado de nuestra conversación. Mientras tanto, un doble abrazo para María Rosa y Pedro de

MARIE JOSÉ y de OCTAVIO

Te escribo largo a mi regreso a México.
Envíame los poemas que escribas.

[Una postal de Joan Miró]
México, a 19 de julio de 1974

Señor Pedro Gimferrer
Rambla de Cataluña, 113
Barcelona
ESPAÑA

Querido Pedro:

Llegamos apenas hace unos días y nos recibió tu admirable poema, tu carta y el recuerdo de los días de Barcelona con María Rosa y contigo. Te escribo *pronto*. Mientras tanto, para los dos, el cariño de

OCTAVIO y de MARIE JO

40

[Lerma 134-601, México, 5, D.F.]
A 24 de julio de 1974

Querido Pedro:

Regresamos hace unos ocho días. Tu carta y tu poema nos esperaban. Ante todo: recibe un abrazo, muy grande si tardío, por tus 29 años. (Qué extraño: todavía hay gente que no llega a los 30.) «Visión» es *otro* poema extraordinario. No podría preferirlo a los dos anteriores, aunque tal vez es más pleno y rico.[19] Poesía corporal pero también poesía mental; el cuerpo y su idea. Una idea hecha cuerpo verbal. Pues lo que asom-

---

19. Estos tres poemas no llegaron a integrar un libro, sino un breve *corpus* que con el título de *Tres poemes* (1974) aparece en mi poesía catalana reunida, y salieron antes en la revista *Els marges*, como se verá en la carta del 24 de abril de 1975. *(N. del E.)*

bra más es la corporeidad de tu lenguaje. El peligro sería la escultura. No lo es porque dentro del poema hay combate de luces y sombras, atisbos de otras realidades, una suerte de vértigo de metamorfosis y cambios en el centro mismo de la fijeza erótica. Las palabras pesan, brillan, se oscurecen. *Movible confluencia*: se me ocurre que ése podría ser el título de esa colección de poemas. Si has escrito otros más, envíamelos. Creo que pasas por un gran momento y no quisiera interrumpirlo con ningún comentario —ni siquiera con mi admiración.

El número catalán: Sakai aún no me ha mostrado el sumario pero, por lo que me dices, será muy bueno. Por supuesto, tu poema («Visión») *debe* aparecer en ese número. Saluda a Castellet de nuestra parte y dile que pronto le escribiremos. Me imagino que, además de su ensayo sobre la cultura catalana, Castellet nos enviará más adelante alguna otra colaboración.

Sí, ya recibí tu libro sobre Foix. Aún no lo leo. Espero la llegada del diccionario que me obsequiaste para lanzarme de lleno al catalán.

No pude hablar con Vieira da Silva —salvo por teléfono. Su primera reacción fue negativa: tiene muchísimos compromisos que aún no ha podido cumplir, aparte de que —en esto insistió mucho— no es grabadora sino pintora. Después, en el transcurso de la conversación, cambió un poco. Me dijo que desde hace años le había prometido a Murilo Mendes —a quien admira muchísimo y quiere como a un hermano— unas ilustraciones y me dio a entender que tal vez aceptaría colaborar en nuestro proyecto. Se me ocurre que lo mejor sería que yo escribiese a Murilo para invitarlo a escribir con nosotros el *Renga*. En mi carta podría sugerirle que, a su vez, él invite a Vieira en nuestro nombre. ¿Qué te parece esta idea? En caso de que Murilo no acepte, podríamos invitar a Mario Cesariny. Es un excelente poeta portugués. Ya es tiempo de que en España se enteren de su existencia.

En mi carta a Pontón le cuento que vi a Picon en París y que no opone ninguna objeción a la publicación de *El Mono Gramático*. Sin embargo, sugirió que se le escriba para que él dé por escrito la autorización. Ya di a Pontón las señas de Picon.

No te preocupe lo de *Plural* en España. Para los efectos de la distribución y la administración, la editorial Labor será nuestra delegación. Al mismo tiempo, nombraremos en algunos sitios importantes grupos de corresponsales. En España: tú, Barral y Julián; en Perú: Vargas Llosa, Oviedo y Szyszlo; y otros más en Venezuela, Argentina, Colombia y probablemente Brasil (por ahora y por razones obvias no en Chile ni en Cuba ni en Uruguay). No se trata de «consejos de redacción» sino de *corresponsales*. Ahora bien, si Labor se interesase, más adelante, en imprimir la revista o parte de ella en España —*y si «Excelsior» aceptase esta proposición*— automáticamente el grupo de corresponsales desaparecería y se constituiría un consejo de redacción. En ese caso, yo les pediría a ti, Julián, Castellet, Benet y Barral que formasen ese consejo. Pero esta posibilidad es muy *remota*. ¡A lo mejor yo me iría también a España! Digo también porque preveo una gran inmigración intelectual hispanoamericana hacia España con la muerte de Franco y por la situación hispanoamericana. Este continente arde o se hunde: el incendio y/o el fango.

A nosotros también nos impresionó y nos encantó Tàpies. Lo mismo debo decir de Brossa. Por supuesto que me daría mucho gusto escribir un texto de presentación —cuatro o cinco cuartillas— para la exposición que hará en Barcelona con la Galería Maeght. Pero necesito, si el proyecto se formaliza, que me digan cuándo debo entregar ese texto y, sobre todo, que me envíen con cierta anticipación las fotos. En cuanto al libro con Tàpies: la idea me entusiasma. Hablamos algo a nuestro paso por Barcelona y quedamos de continuar la conversación en París. Por desgracia, nosotros llegamos el mismo día en que los Tàpies habían salido de regreso a España. Dile a Tàpies que me escriba para empezar a cambiar ideas. Se me ocurre que, tal vez, podríamos escoger tres poemas que, a mi modo de ver, coinciden tangencialmente con algunas de las preocupaciones de Tàpies. Me refiero a «Vuelta», «A la mitad de esta frase» y «Petrificada petrificante». Lo malo es que los dos primeros no son rigurosamente inéditos en francés: acaban de aparecer en *Argile III*, traducidos por Claude Esteban. A su vez, Jacques Roubaud traduce «Petrificada petrificante» para *Change*. Pero creo que tratándose de una edición para bibliófilos no es indispensable que los poemas sean inéditos, sobre todo si se piensa que han aparecido en revistas y no en un libro. Si Tàpies y Maeght insisten en que los textos deben ser inéditos, buscaré otros. Sería una lástima porque creo que esos tres poemas tienen que ver, de alguna manera, con lo que hace ahora Tàpies.

Las proposiciones de Seix Barral me parecen razonables. En principio, estoy de acuerdo. Espero hablar en estos días con los del Fondo y con Joaquín Díez-Canedo. La reacción de este último me preocupa. Es un buen amigo y un buen editor —en el sentido técnico, físico de la palabra: sus libros son bonitos y tienen pocas erratas— pero su distribución es nula fuera de México. Ya te pondré al corriente de lo que haya arreglado. En todo caso, cuenten con el libro sobre Sor Juana y con los otros que proyecto.

¡Qué bueno que, dentro de lo que cabe, haya mejorado la situación familiar de ustedes! Aquí encontramos a mi madre todavía fuerte y entera aunque, como es natural, llena de achaques.

Apenas hemos hablado de lo que de veras cuenta —tal vez porque de eso no hay que hablar. Es aquello que sustenta nuestra conversación, aquello que se dice sin decir: nuestra amistad, el haber conocido a María Rosa, los días que pasamos Marie José y yo con ustedes. Barcelona se ha convertido en una suerte de ciudad-talismán: cada vez que nos sentimos tristes o desesperados pensamos que tal vez podríamos escapar hacia Barcelona. Pero Barcelona no es Barcelona: es Pedro y María Rosa.

Marie José les envía muchos besos y yo un gran abrazo,

OCTAVIO

41

[Lerma 143-601, México, 5, D.F.]
A 14 de septiembre de 1974

Querido Pedro:

Unas líneas de carrera, a reserva de escribirte con más desahogo desde Cambridge. Salimos mañana. Nuestras señas hasta fines de diciembre: 371 Harvard St. Apt. 3A, Cambridge, Mass. 02138. USA.

Aunque vi varias (muchas) veces a Tamayo, no le toqué el tema de *Renga*. ¿Por qué? No lo sé. Tal vez por alguna resistencia interior —lo veo, al revés de Miró y Tàpies, muy alejado de la poesía. Pero tal vez me equivoco. De todos modos es muy tarde ya para hablar con él —no está en la ciudad (pasa los fines de semana en Cuernavaca)— y cuando él regrese (el lunes) yo ya estaré en Cambridge (Mass.). Lo mejor será que tú hables con él en Barcelona. Pasará el otoño y el invierno en Europa y sin duda visitará Barcelona.

Aún no recibo noticias de Tàpies. Dale mis nuevas señas, por favor. Sakai ya arregla lo de tus honorarios y los de Julián Ríos por el número español. Pronto tendrás noticias suyas. Por correo aparte te envío *Aproximaciones a O. P.*, un libro que acaba de salir (recopilación de artículos de Ángel Flores). Bueno, también deberías tener otras dos recopilaciones: *The Perpetual Present* (edited by Ivar Ivask). Puedes escribirle a Ivar Ivask y pedirle que te envíe el libro o, si ya está agotado (no lo creo), el número de Books Abroad. La dirección de Ivar Ivask: Books Abroad, University of Oklahoma, Norman, Oklahoma 73069. También te envío el número de la *Revista Iberoamericana* n.º 74 (que contiene un poema que tú no conoces). Entre los ensayos recientes en inglés hay tres: uno, excelente, de Irving Howe, otro de Helen Vendler y otro (más bien crítico y aun, en su primera parte, negativo) de M. Wood. Procuraré enviarte los 3. Los dos primeros salieron en el suplemento literario de *The New York Times* y el otro en *The New York Review of Books*. Trataré, ya en Harvard, de enviarte otros textos en otros idiomas —francés, italiano, checo, etcétera. Por último, te envío un folleto hecho en Cambridge (England). Aquí corto: ¡debo hacer las maletas! Aún no recibo los libros que me enviaste de Barcelona... Tampoco sé nada de *El Mono Gramático*: ¿quieres decirles que me envíen 3 ejemplares por aéreo, a Cambridge (Mass.), cuando salga? ¡GRACIAS! Dale un abrazo a María Rosa de Marie Jo y mío.

Tu amigo,

OCTAVIO

42

Cambridge, Mass., a 16 de noviembre de 1974

Querido Pedro:

Aunque tú y María Rosa son frecuente objeto de nuestras conversaciones y las figuras de ambos reaparecen cada vez que recordamos los días pasados en España —se han vuelto monumentos vivos y secretos de nuestra íntima Barcelona— y aunque leo todo lo tuyo que llega a mis manos y mis ojos (muy bueno tu ensayo sobre «el nuevo Goytisolo» ((nuevo sí, pero a medida que es más nuevo (((a medida que, como tú dices, el *discurso* suplanta a la *historia*))) su exploración se aleja de lo nuevo, la España contemporánea del viejo Goytisolo, y se interna en la historia enterrada, en la geología histórica de España —¿no es extraño? las novelas del viejo Goytisolo tenían por tema la superficie, la actualidad de la España contemporánea, mientras que las del nuevo son una perforación en el subsuelo, en lo más antiguo—)) una verdadera conversión de posiciones que es al mismo tiempo una subversión de perspectivas y valores) nuestro diálogo se ha interrumpido un poco. Estos meses de incomunicación —la culpa la tiene mi salida de México y la nueva vida en Cambridge— han sido más largos que los paréntesis rousselianos del párrafo anterior...

Gracias por tu inteligente, generosa nota sobre *Los hijos del limo*. Y ahora acabo de recibir ejemplares de *El Mono Gramático* —primero uno y después tres. El libro es precioso y así se lo he escrito a Argullós.[20] Me gusta sobre todo la portada. La publicación de ese librito en España, y *gracias a ti*, me ha dado una gran alegría.

A mi salida de México aún no recibía el diccionario catalán. Tampoco los otros libros. Ojalá que no se hayan extraviado. El correo mexicano funciona mal, muy mal... ¿Recibiste ya el cheque —honorarios más bien simbólicos— por tu colaboración en el número español de *Plural*?* ¿Y el número catalán? ¿Cuándo crees que podrán tenerlo listo?

Me imagino que ya estarán en tu poder tres libros: el número de la *Revista Iberoamericana de Literatura*, *The Perpetual Present* (Books Abroad) y *Aproximaciones a O. P.* (Editorial Mortiz). En la recopilación de la *Revista Iberoamericana de Literatura* —también en el libro publicado por Books Abroad— hay una bibliografía de libros y artículos. Entre los textos en francés te señalo los de Jean Duvignaud, Philippe Jacottet, Alain Bosquet (todos publicados en distintos números de la *N. R. F.* y registrados por las bibliografías —en el caso de Bosquet, además, su libro sobre seis poetas modernos: *Verbe et Vertige*), Mandiargues, Claude Roy (su prólogo a la edición en la colección Poésie de *Liberté sur Parole*), las páginas de *Le monde* (1969), la mención de Breton en *Entretiens* (entrevista con Valverde), etc. En inglés te enviaré los artículos de Irving Howe, Helen Vendler y uno reciente de Bedient. Hay también textos en checo, húngaro, etc., y algunos excelentes en portugués —Haroldo de Campos y otros. Te enviaré esos artículos apenas regrese a México, en enero.[21]

---

20. Alexandre Argullós, fundador de Editorial Ariel, y, en diversos momentos, con funciones directivas también en Seix Barral. *(N. del E.)*

* Sakai me dice que ya lo arregló con la Administración de *Excelsior* pero ni él ni yo tenemos mucha confianza en esa burocracia... Dime si no has recibido ese cheque, para hacer otra reclamación.

21. Tales envíos, y otros similares, se relacionan con mi proyecto, que finalmente sí se realizó, por acuerdo con Jesús Aguirre y José María Guelbenzu, de ocuparme del volumen *Octavio Paz* de la serie de Taurus «El escritor y la crítica». *(N. del E.)*

Viladecans: ¡qué pena! Me *encanta* lo que hace. Recordarás que me impresionó —lo mismo le ocurrió a Marie José— lo que me enseñaste en tu casa. Después vi otras cosas suyas en una galería de Barcelona y también me gustaron mucho. Pero no puedo aceptar más compromisos. Tengo de veras mucho quehacer... Dile que me perdone y repítele, por favor, lo que ahora te digo. Es imposible escribir sobre todo lo que uno admira y ama...

Sigo sin noticias de Tàpies. En cambio, recibí una carta de Miró. Muy cariñosa. ¡Qué juventud! Nuestro contemporáneo más joven. Ya me pondrás al corriente de su reacción ante el proyecto del *Renga* en Barcelona.

He escrito —mejor dicho: estoy escribiendo— otro poema relativamente extenso. Pero muy distinto al «Nocturno de San Ildefonso». Escribir es empezar de nuevo otra vez. Fascinante y agobiante...

Un doble abrazo

OCTAVIO

P.D.   Perdona esta carta desabrida. Es el invierno que comienza. Recobraré el entusiasmo cuando caiga la primera nieve...

1975

43

Querido Pedro:

De nuevo me he demorado en responderte. Perdóname. Demasiado quehacer, trabajo acumulado, gente, el teléfono, el fin de año con sus festejos y calamidades rituales, el largo poema de que te hablé ¡al fin terminado, hace siete días! Todo esto conspiró para que no te escribiese pero no impidió que me acordase mucho de ti. Tú y María Rosa son tema frecuente de mis conversaciones con Marie Jo. Es extraño (no, hay que ser sincero, es natural) no tenemos ganas de volver a México pero en cambio nos gustaría muchísimo regresar a Barcelona. Tal vez es muy tarde ya para cambiar de ciudad y país. Cuando pienso en esto me veo con una enorme bola de hierro atada al tobillo. Estoy condenado a partir piedras —y a partirme el alma— en los pedregales de «Petrificada petrificante»... Pasemos.

Claro: dile a Castellet que me envíe *pronto* su ensayo sobre tu obra poética. Lo publicaremos inmediatamente.

Me alegra que hayas recibido la *Revista Iberoamericana* y *The Perpetual Present*. Ambas publicaciones tienen una bibliografía que te puede ser útil. Me imagino que ya habrás recibido *Aproximaciones a O. P.* También tiene bibliografía. Desde México te enviaré una selección de artículos y, asimismo, algo de lo más reciente (en lengua inglesa sobre todo) y lo de Haroldo de Campos y los amigos brasileños.

Querido Pedro: naturalmente que a mí me encantaría, en el sentido fuerte y mágico de la palabra, que tú escribieses algo sobre *El Mono Gramático*. A mí me da un poco de pena publicar cosas sobre mis libros en *Plural* pero, ante la mediocridad de la crítica y la escasez de publicaciones dignas, hay que encerrar bajo llave (no por mucho rato) los escrúpulos. Gracias por tu generoso ofrecimiento. En cuanto al libro: sí, recibí cuatro ejemplares por aéreo. ¿No habría manera de lograr que me den unos diez más? Tal vez, con el descuento de autor, podrían cargarse a mi cuenta —en caso de que no tenga derecho a ellos. Quizá ustedes podrían dar instrucciones a su agente en México para que me entregue esos ejemplares. Gracias de antemano.

Tàpies: apenas llegue a México haré la selección y le enviaré los poemas. ¿Quieres preguntarle, de mi parte, qué extensión le parece apropiada? Yo he pensado en tres poemas largos («Vuelta», «A la mitad de esta frase» y «Petrificada petrificante»). Los tres dan unas veinte páginas, es decir, con las traducciones, cuarenta. Tal vez es demasiado. Quizá lo mejor sea un poema nada más. Ojalá que Tàpies me escriba unas líneas y me aclare el punto. ¿Cuándo aparecerá en castellano tu libro sobre Tàpies? No olvides enviarme un ejemplar.

Espero, a pesar de las interrupciones, acabar mi libro de poemas dentro de unos tres meses. Me interesaría muchísimo que saliese a fines de este año. ¿Crees que será posible si te envío los originales en mayo o junio? Otra pregunta: ¿los libros de poesía de Seix Barral no son de formato un poco mayor?* Mi libro tendrá, con blancos, unas 128 páginas. Y otra pregunta: ¿cómo editarían ustedes el tomo de poesías completas? Es un volumen que comprende casi todo lo que he escrito (poemas) entre 1935 y 1975, es decir, *Libertad bajo palabra* (1935-1957), *Salamandra*, *Ladera Este* y el nuevo libro aún sin título (1969-1975). Además, quizá, *El Mono Gramático* y, seguramente, los poemas visuales (*Topoemas* y otro libro que tú no conoces porque acaba de salir y no tengo ejemplares: *Notations/Rotations*).** Dime, por favor, qué es lo que piensas de todo esto. Quizá sería bueno que hablases con Argullós.

Un doble abrazo a María Rosa y Pere de Marie Jo y de

OCTAVIO

---

* Me parecen demasiado chicos —realmente «de bolsillo»— los de ensayo y ficción.
** *Notations/Rotations* ha aparecido sólo en inglés.

New Directions, la editorial norteamericana, publicó hace tiempo un libro de entrevistas de Selden Rodman con varios escritores del continente: Borges, Mailer, Neruda, Ginsberg, Cabral de Melo, García Márquez, yo mismo, etc. Selden cree que su libro podría interesar a los lectores de España y América Latina. No le falta razón y le he sugerido que te envíe un ejemplar. Quizá Seix Barral quiera publicarlo. Le he sugerido que también le envíe un ejemplar a Julián Ríos (Guadarrama).

P.D.   Desde México te diré si al fin me llegaron los libros (¡ay, el diccionario, el Tàpies, tu libro sobre la pintura!) que me enviaste desde Barcelona.

44

Cambridge, Mass., a 16 de enero de 1975

Querido Pedro:
Te escribo de carrera. Salimos la semana que entra de vuelta a México y, como siempre, las cosas por hacer son más que las horas para hacerlas. Te escribo para pedirte dos favores. El primero: Jorge Guillén me dijo que tú tenías interés en escribir una reseña sobre su último libro. No quisiera abrumarte con pedidos —el tiempo del poeta es sagrado— pero, si *efectivamente* piensas escribir algo sobre Jorge, ¿quieres enviarlo a *Plural*? Nosotros lo publicaremos inmediatamente pues él espera con impaciencia leer algún comentario sobre su libro. ¡Gracias! Naturalmente, si tú no puedes por ahora hacer esa reseña —olvida mi pedido. Lo único que en ese caso te pediría es que nos sugieras quién podría hacerla e, incluso, te agradecería muchísimo que tú mismo, en nombre de *Plural*, la pidieses. De nuevo: ¡gracias!
El segundo favor: te envío con esta carta una copia xerox de una entrevista que me hicieron el mes pasado y que apareció en un periódico de aquí. Me gusta bastante y he pensado que, quizá, podría reproducirse

en alguna revista española. Quizá los de Seix Barral, dentro de la promoción de *El Mono Gramático* y *Los hijos del limo*, podrían colocarla en alguna página literaria de un periódico o revista. Dos sugestiones para el traductor: 1. En donde dice «One of the things that I love is the idea that you have in English of the snapshot», podría decirse: «Me gusta mucho la palabra que se usa en fotografía: *instantánea*»; 2. Sugiero traducir *breath* (aparece en un párrafo anterior) por soplo —respiración, espiración, inspiración. Y aquí te digo —no sin antes enviarle un gran saludo doble a María Rosa— provisionalmente ¡adiós!

Un abrazo,

OCTAVIO

45

[Lerma 143-601, México, 5, D.F.]
A 25 de febrero de 1975

Querido Pedro:

Hace dos semanas que llegamos a México, pero han sido dos semanas de gran agitación. Los visitantes se han sucedido sin parar: primero Vargas Llosa y el pintor peruano Szyszlo; después Matta; a los pocos días Cortázar; y ayer Carlos Castaneda —el antropólogo que se volvió brujo...

Muchísimas gracias por el catálogo de Tàpies —tu introducción es espléndida— y gracias también por la traducción de tu ensayo. Recibí todos los libros que te dejé en Barcelona e igualmente el diccionario catalán. ¡Qué eficaz es tu amistad!

El texto de Castellet sobre tu poesía es excelente. Como todo lo suyo, su gran mérito es al mismo tiempo su gran limitación: es el texto de un crítico profesional. Saldrá en el número que viene, es decir, en el 42 (abril).

Espero con ansiedad —pero no te apresures: hazlo con calma— tu artículo sobre *El Mono Gramático*. Por cierto, ¿cuándo recibiré los 16 ejemplares que me corresponden? ¿O debo pedírselos al distribuidor de ustedes en México?* ¿Y no habría manera de hincarle las espuelas a ese señor para que se preocupe un poco por la promoción de mi libro? No me gusta quejarme pero la verdad es que hizo muy poco por *Los hijos del limo*.

Te envío con esta carta «Petrificada petrificante». El otro poema, «A la mitad de esta frase», es la segunda parte del texto que apareció en *Argile*. A mí me da una gran alegría hacer este libro con Tàpies. Dile que, por favor, me ponga unas líneas. Espero, asimismo, la carta de Jacques Dupin. En cuanto a la traducción de Claude Esteban: es buena, como todas las suyas, pero me parece que en este caso hay que corregirla un poco. Mi texto es más concreto y áspero.

No sé si pueda terminar el libro de poemas. Tal vez, si logro aislarme... Al releer el manuscrito advierto que, aunque hay unidad entre los poemas —unidad de tema y visión— la *manera* varía. Dos corrientes paralelas que fluyen en la misma dirección y reflejan el mismo paisaje pero cada una de manera diferente. ¿Qué hacer? Quizá dividir el libro en dos secciones. O publicar dos libros pequeños, cada uno de 64 páginas. No sé, no sé. Por lo pronto, no quiero seguir pensando en esto: me paraliza. Lo esencial es terminarlo.

No estoy muy seguro de que el formato de los libros de Seix Barral sea el apropiado para un volumen de poesías completas. Tampoco me convence la idea de excluir *El Mono Gramático*. Recuerda que en *Libertad bajo palabra* se incluyeron los textos en prosa de *¿Águila o sol?* Pero ya hablaremos de todo esto más adelante.

Espero tu nota sobre Tàpies y la antología de Ausias March que nos anuncias. Sí, trabajas sin descanso y sin precipitación. Admirable.

¿Cómo sigue Aleixandre? Lo vi sólo una vez y esa breve visita me

---

* ¡Ya los recibí —hace media hora! ¡Gracias!

bastó para que me conquistase. Comprendo tu amistad. Es un ser al que es imposible no querer.

Marie José se une a mis saludos. Dale besos de nuestra parte a María Rosa y tú recibe nuestro doble abrazo,

Tu amigo,

OCTAVIO

¿Puedes enviarme la dirección de Valente?

Gracias de antemano. Leo su prólogo a la *Guía espiritual* de Molinos: inteligentísimo —y más: prólogo de «espiritual».

46

[Lerma 143-601, México, 5, D.F.]
Cuernavaca, a 24 de abril de 1975

Querido Pedro:

Tu artículo sobre *El Mono Gramático* me dio una inmensa alegría. Exageras, sí, y mucho; no importa: tu generosidad no me envanece —me anima. Tu influencia ha sido milagrosa: tu artículo llegó en días de depresión —padezco periódicos momentos de abulia, decaimiento y melancolía o, como llamaban los antiguos a esa enfermedad del espíritu y la voluntad: acedia— y me levantó el ánimo. Gracias de verdad. Pero también me aterró un poco. Mi primera reacción fue la parálisis. Después de un texto como el tuyo es difícil volver a escribir incluso una carta. Me sentí (me siento) intimidado; no sé si podré ser digno de todo eso que has escrito sobre mi libro. Me ha pasado algo semejante con Pierre Dhainaut, un joven poeta francés, que acaba de publicar un ensayo sobre mí... Ésta es la razón de mi silencio. Quise escribirte inmediatamente pero no pude, no daba con el «tono». Sólo hasta ahora, aquí en Cuernavaca

—pasamos unos días en la casa de unos amigos— puedo hacerlo con calma y confianza.

Hubo además otras razones que no me dejaron espacio —sobre todo espacio interior, espiritual— para escribirte: el trabajo diario, la dispersión de la vida en la ciudad de México —como la diosa azteca, comedora de inmundicias, comedora de tiempo, voluntad, talentos, obras. Y algo de lo que nunca te he hablado pero de lo que estás tal vez enterado: la persecución de mi hija y de su madre. Ahora están en Madrid y desde allá, como siempre, oigo el zumbar furioso de las dos abejas coléricas. Cada vez que pueden, me clavan sus aguijones envenenados y no cesan de urdir tretas y calumnias para extorsionarme, sacarme dinero, arruinarme y deshonrarme... Es horrible sentirse odiado. Perdona esta confidencia —y olvídala.

Sobre tus colaboraciones en *Plural*: me imagino que Sakai te habrá escrito para ponerte al corriente de la situación. Esperamos el texto prometido sobre Tàpies y la reseña sobre el *Tiempo de destrucción* de Luis Martín-Santos. En cuanto a la reseña sobre el libro de Jorge Guillén: resulta que Juan Marichal espontáneamente nos envió un artículo sobre ese libro. Lo mismo ha ocurrido con el libro de Juan Goytisolo: también espontáneamente Severo Sarduy nos ha enviado una extensa nota. Así pues, tal vez sería mejor que tú no hicieses reseñas sobre estos dos autores. En cambio, tu idea de escribir sobre Valente me *interesa mucho*. Coincido enteramente contigo y ya le escribo para pedirle que nos envíe colaboración —prosa y poesía. Quizá tu ensayo podría publicarse al mismo tiempo que sus poemas. Por último: no olvides el número dedicado a la literatura catalana contemporánea —y al arte. ¿Cuándo podrán enviarlo?

Al salir de México, llegó tu libro sobre Tàpies. ¡Qué edición espléndida! En cuanto regrese —la semana próxima— lo leeré. Tengo curiosidad por conocer tu idea acerca de lo que es «el espíritu catalán». Gracias también por el sobretiro de *Els marges*. Esos tres poemas poseen una densidad verbal y espiritual, también sensual, extraordinaria. Plena y gozosa afirmación/aceptación de la realidad a la que es perfectamente aplicable la línea memorable de «Visió»: «la certesa feta resplendor». Un verso que habrían envidiado Valéry y Góngora si lo hubiesen conocido. Recibí asimismo las poesías completas de Foix. He comenzado a leerlas —con la ayuda del diccionario que me regalaste. Un gran poeta, sin duda. Empiezo a vislumbrar lo que quizá es «el espíritu catalán». Pero antes de arriesgar una opinión, tengo que leer tu ensayo sobre Tàpies.

Apenas regrese a México te enviaré *Aproximaciones a O. P.*, ya que el editor no lo ha hecho. También dos o tres ensayos de críticas de lengua inglesa. La revista *Gradiva*, que agrupa jóvenes poetas franceses y belgas más o menos ligados con el surrealismo, me ha dedicado su último número. Hay varios textos notables, entre ellos los de Pierre Dhainaut, que dirigió el número, Bernard Noel, uno de los mejores poetas nuevos de Francia, Pierre Chappuis y otros. Creo que algunos de esos ensayos deben ir en el libro que preparas para Taurus. Le he pedido a Dhainaut que te envíe un ejemplar de *Gradiva*. Te daré las señas de Dhainaut y de la administración de *Gradiva* en cuanto llegue a México.

Creo que te dije que el año pasado, en Cambridge, Mass., escribí un largo poema —500 líneas, más o menos. Es un poco distinto a lo que antes he escrito, algo así como una reflexión/rememoración de los años de adolescencia.* Un amigo, el poeta Jaime García Terrés, que es subdirector del Fondo de Cultura Económica, me pidió publicarlo en esa editorial. Por razones largas de explicar, no pude negarme. Será una *plaquette*, un cuaderno de unas 40 páginas a lo sumo. Pero, me apresuro a aclarártelo —y te ruego que se lo aclares a Argullós— esto no significa cambio alguno de opinión de mi parte: mi intención sigue siendo dar el libro de poemas a Seix Barral. Pensé que podría terminarlo en abril o mayo. No será así pero creo que en el otoño podré enviarte el original. También tengo otro libro —ahora lo reviso y amplío algunas partes— sobre Sor Juana Inés de la Cruz. A fines de mayo podré enviarlo —Argullós está al corriente de esto.

Aún no recibo noticias ni de Tàpies ni de Dupin. No corre prisa pero me gustaría saber algo más sobre esta idea. Jacques Roubaud hizo una

* Se llama *Tiempo adentro*.

traducción de «Petrificada petrificante». Es buena pero, como las de Claude Esteban, necesita aquí y allá unas cuantas enmiendas. Te enviaré esa versión, corregida, apenas el proyecto se formalice.

Y aquí corto con saludos y abrazos para María Rosa y Pedro de parte de Marie José y de tu amigo que te quiere y es tu lector fiel,

OCTAVIO

Hace unos días, leyendo *The Greek Anthology* —un libro de Peter Jay: al fin traducciones que hacen justicia a la extraordinaria modernidad de muchos de los poetas griegos— escribí este pequeño homenaje a Claudio Ptolomeo (la primera línea viene de un poema suyo, libro IX, 577):

> *Soy mortal: poco duro*
> *y la noche es enorme.*
> *Pero miro hacia arriba:*
> *las estrellas escriben.*
> *No leo su escritura,*
> *sin entender comprendo.*
> *También soy escritura*
> *y me trazó la misma mano.*

No es un poema cristiano. Entonces ¿estoico? ¡Tal vez?

O. P.

47

[Lerma 143-601, México, 5, D.F.]
A 28 de abril de 1975

Querido Pedro:

Ayer llegamos de Cuernavaca. No me fue posible depositar en el correo la carta que te escribí de allá —la casa de los amigos que nos invitaron está en las afueras y no tuve oportunidad de ir al centro. La pondré ahora, con ésta.

La dirección de Pierre Dhainaut: B. P. 73/59240, Dunkerque, Francia. Pídele que te envíe *Gradiva*.

Y ahora quiero pedirte un pequeño *gran* favor. Creo que te conté que me martirizan y exasperan los ruidos de la ciudad de México. (Cf. «A la mitad de esta frase...») Había resuelto parcialmente este problema como Ulises —sólo que yo no oigo cantos de sirenas sino motores y autos— con unas bolitas de algodón y cera en los oídos. Por desgracia, desde hace varios meses han desaparecido de las farmacias: nuestro Gobierno ha prohibido su importación —dice que para favorecer a la industria nacional ¡pero nadie las fabrica en México! Un pintor amigo, de origen español y víctima del mismo mal, me regaló hace algún tiempo una cajita de esas bolitas fabricadas en España. ¡Excelentes! ¡Las mejores! He descubierto que los anglosajones no sólo tienen los pies más grandes que nosotros sino también las orejas. Para que quepan en una oreja latina las bolitas hechas en los Estados Unidos (diminutivo es un eufemismo: son verdaderas pelotas de *rugby* para cíclopes) ¡hay que cortarlas por la mitad! La marca española es NOHISENT y se hace ¡en Barcelona! Se venden en cajitas en forma de pequeños discos (7 bolitas en cada caja). ¿Me podrías enviar unas 10 cajitas por aéreo? Yo te enviaré el importe, incluso lo del franqueo aéreo, apenas me lo digas. Pedro: *perdona* este abuso de confianza. *¡Muchísimas gracias!*

Un abrazo para María Rosa y otro muy grande para ti, de

OCTAVIO

48

[Lerma 143-601, México, 5, D.F.]
A 12 de junio de 1975

Querido Pedro:

Eres un amigo ejemplar. Gracias, muchas gracias. Aún no recibo las odiseanas cajitas de Nohisent contra las urbsirenas y sus estruendos, más horrendos que aquella encontrada por Dante durante un sueño purgativo. A lo mejor (peor) la Aduana las confiscó.* Así no sea.

No olvides enviarnos los textos prometidos: *Tiempo de destrucción*, Valente y Tàpies. Ojalá que pronto puedan tú y Castellet enviarnos el número catalán: es importante. Por lo pronto, preparamos otros suplementos: dos breves antologías de la nueva poesía norteamericana y francesa. Dos poetas jóvenes (relativamente) se encargan de la selección y las notas: Mark Strand y Pierre Dhainaut. Me alegra que hayas recibido *Gradiva*. Hay en ese número varios ensayos excelentes (creo), entre ellos el de Bernard Noel y el del mismo Dhainaut. Es increíble que no hayas recibido *Aproximaciones a O. P.* Te enviaremos un ejemplar por medio de *Plural*. (Por cierto, ¿recibes la revista con puntualidad?) Por correo aparte te enviaré otros textos, los de lengua inglesa. Creo que con todo este material será ya posible hacer una primera selección.

Ya leí tu ensayo sobre Tàpies. Magnífico. Lo que dices de la tradición catalana (mejor dicho, de la corriente tocada por el hermetismo) me interesó profundamente. No hay nada parecido en lengua castellana hasta el modernismo hispanoamericano. Aunque uno de los orígenes de esta tendencia haya sido el lulismo, que influyó no sólo en los hermeticistas del siglo XVI y del XVII como Giordano Bruno y los Rosacruces alemanes sino que alcanzó al mismo Leibnitz, España fue impermeable a estas influencias. Este movimiento penetró en nuestra lengua con los poetas

---

* A las cajitas, no a las sirenas.

modernistas hispanoamericanos pero penetró ya diluido y en forma de ideas estéticas. El ejemplo mejor y mayor es la teoría de las correspondencias de Baudelaire. Los hispanoamericanos tomaron estas ideas de los vulgarizadores del siglo XIX —y eso se nota... Es un tema fascinante que, por desgracia, no ha interesado a nuestros estudiosos. Tus observaciones son, por esto mismo, doblemente valiosas.

Sí, recibí ya la carta de Dupin. Pienso contestarle en estos días. Pero hay un equívoco: él quiere poemas inéditos, algo más bien difícil. Yo había pensado en tres poemas que, de alguna manera, me parecían estar en relación con ciertas preocupaciones actuales de Tàpies: «Vuelta», «A la mitad de esta frase» y «Petrificada petrificante». Vamos a ver cómo se arregla esto.

En hoja aparte te envío algunas correcciones a mi texto sobre el simultaneísmo. Y nada más, querido Pedro, salvo un doble abrazo para ti y María Rosa, de tu amigo,

OCTAVIO

49

[Lerma 143-601, México, 5, D.F.]
A 28 de julio de 1975

Querido Pedro:

Unas líneas para reanudar la comunicación (¡qué difícil resulta a veces escribir a los amigos y, sobre todo, escribirles cartas dignas de ellos y de la amistad!) y tratarte dos o tres asuntos.

El primero: Tomás Segovia. No sé si hayas leído sus poemas. Para mí es uno de los mejores poetas actuales. Un espíritu realmente excepcional. Su obra, por desgracia, es menos conocida de lo que merece. Parte no ha sido recogida en volumen y anda dispersa en revistas, otra parte sigue inédita y otra anda en libros de escasa o nula circulación. Es una lástima pues tiene muchísimo talento. A Tomás le interesa profundamente publicar en España un volumen que recoja su obra poética o, al menos, una selección importante. ¿Crees que Ocnos o cualquiera otra editorial de poesía podría publicar el libro de Segovia? Ojalá que tú pudieses ayudarnos a buscar una buena editorial española. Le he sugerido a Tomás que te escriba para que te explique de una manera más concreta sus propósitos. Gracias de antemano.

Otro amigo y excelente poeta que quisiera publicar en España es Marco Antonio Montes de Oca. Por lo visto es una idea —un deseo— compartido por muchos poetas mexicanos. A Montes de Oca le gustaría publicar una antología de su obra poética, algo así como *La centena*. ¿Crees que sea factible esta idea?

Me imagino que habrás recibido cartas de Sakai o de Danubio[22] pidiéndote textos para *Plural*. Por mi parte, te recuerdo el famoso número catalán y, *sobre todo*, te pido que nos envíes algunos poemas nuevos. ¿Has continuado esa espléndida serie que iniciaste hace un poco más de un año? Poemas admirables como un follaje verde, húmedo y denso en la noche.

Espero que nos veamos el año próximo. Tenemos unas inmensas ganas de volver a Barcelona. Mientras tanto, para ti y María Rosa, la amistad en forma de abrazo muy grande de Marie José y de

OCTAVIO

P.D. Querido Pedro:

Precisamente en el momento de firmar esta carta, me llega la tuya del 23 de julio. La contesto inmediatamente.

Sí, puedes hacer desde luego la selección. Por mi parte, la semana próxima —ahora salgo hacia Cuernavaca por unos ocho días— te enviaré los dos textos en inglés.

Acepto desde luego tu proposición de publicar —o más exactamente: republicar— algunos textos míos en *Destino*. Sin embargo, «Polvos de

---

22. Danubio Torres Fierro. *(N. del E.)*

aquellos lodos», dadas las recientes actitudes de Solyenitzin, debe corregirse un poco. Así, publica por lo pronto «Hombres/bestias/hombres» y «El uso y la contemplación». También uno que acaba de salir y que quizá interesará en España por el tema: «Entre orfandad y legitimidad», reflexión sobre Nueva España. Y por supuesto, puedes escoger otros artículos entre los aparecidos últimamente en *Plural*.

Un gran abrazo,

OCTAVIO

Otra sorpresa: acabo de recibir *Argile IV*.[23] Tus poemas: *admirables, ricos, densos*. Los he leído ya dos veces y me han maravillado: ¿Qué más decirte?

50

[Lerma 143-601, México, 5, D.F.]
A 26 de agosto de 1975

Querido Pedro:

Ante todo: no, no soy generoso. Soy sincero: la relectura de tus poemas, es verdad, me entusiasmó. Hay poetas que, aunque no nos gusten, uno no tiene más remedio que admirar casi por razones morales —eso me pasa, por ejemplo, con gran parte de la poesía de Vallejo; hay otros que, aunque nos gusten, nos damos cuenta de sus limitaciones; en fin, hay poetas que satisfacen simultáneamente nuestro gusto y nuestro entendimiento —Michaux, Wallace Stevens, Eliot. Este género de reconocimiento, el más pleno, es el que despertaron en mí tus últimos poemas... Y ahora contesto a tu carta.

Envíanos lo que quieras. Desde luego —me interesa muchísimo— el suplemento de Ausias March. Ya sabes la extensión: unas 30 o 35 páginas

---

23.   Contenía poemas míos, traducidos al francés por Claude Esteban. *(N. del E.)*

en hojas mecanografiadas a doble espacio. La introducción podría ser de unas 5 o 10 hojas y los poemas y textos de March de unas 25 o 30. Magnífico que puedas incluir ilustraciones. Con el mismo interés y avidez espero tus poemas. También me interesa el ensayo sobre Zola —aunque no sea santo de mi devoción— y, claro, las reseñas sobre Valente y Tàpies. Ojalá que Valente nos envíe pronto ensayo o poesía: ¿quieres recordarle, en mi nombre, que nos prometió algo? Gracias de antemano. Por último, ¿cuándo podrán tú y Castellet enviarnos el número catalán?

Ya hablé con Segovia y con Montes de Oca. A los dos les ha emocionado mucho saber que hay probabilidades de que se publiquen sus cosas en España. Ya te escribirán. Ya ves, tú eres el generoso, no yo...

Por supuesto que puedes publicar en *Destino* los artículos y ensayos de *El signo y el garabato*, si es que resultan periodísticos (lo dudo). Lo mismo digo de lo que vaya saliendo mío en *Plural*. Por cierto, tengo un largo ensayo —más de 30 hojas— con un tema doble: por una parte, México y los Estados Unidos, por la otra, la situación de la cocina y del erotismo en los Estados Unidos. El ensayo apareció en inglés en la revista *Daedalus* y, un fragmento, en uno de los primeros números de *Plural*. Puede dividirse en unos 5 o 6 artículos, a los que podría dárseles un título general. El título original es «Erotismo y gastrosofía». Creo que divertirá un poco a los lectores —si la censura no hace de las suyas. En realidad, se trata de una reflexión sobre las *mœurs* yanquis, en materia culinaria y erótica, desde la perspectiva de Fourier. Otro artículo —si es que el libro no ha llegado a España— es mi prólogo a *Las enseñanzas de don Juan* de Carlos Castaneda (Fondo de Cultura Económica). Otro más es el ensayito —aparecido también en uno de los primero números de *Plural*— que se llama «El árbol de la vida». Es un comentario sobre el libro de Jacob —no sé si se ha publicado en español— *Logique du vivant*. En fin, hay otro artículo —éste sí puramente político y que creo interesará en España. Es el prólogo a la edición en inglés del libro de Elena Poniatowska *La noche de Tlatelolco*. Te envío, por correo aparte, copias de estos artículos: «Erotismo y gastrosofía», el prólogo al libro de Elena Poniatowska y el texto sobre Castaneda. Los otros tú puedes leerlos en números antiguos de *Plural.* Ustedes pueden dividir esos artículos o cortarlos, como quieran. En cuanto a «Polvos de aquellos lodos»: no sé qué pensar. Si te parece, publícalo como está. No podré, por lo pronto, corregirlo.

Sí, escribo (reescribo) el librito sobre Sor Juana. Espero terminarlo este otoño: ¡He vuelto a atrasarme! También quiero terminar el libro de poemas. Por lo pronto, como anticipo, sale en estos días *Pasado en claro.* Éste fue el título final del largo poema escrito en Cambridge el año pasado. Originalmente se llamaba *Tiempo adentro.* Cambié el título porque parece que alguien ya lo había usado. Qué lástima: me gustaba. Recibirás un ejemplar en septiembre.

Salimos a mediados del mes próximo hacia Cambridge (Mass.) pero antes te escribiré.

Un doble abrazo para ti y María Rosa de Marie José y de tu amigo

Octavio

P.D.   Te envío copia de una carta que me ha enviado la Editorial Rusconi Libri y que por sí sola se explica.

51

[Lerma 143-601, México, 5, D.F.]
A 18 de septiembre de 1975

Querido Pedro:

Unas pocas líneas de carrera, ya con un pie en el estribo —salimos mañana hacia Cambridge, Mass. Me imagino que ya habrás recibido algunos de los textos, que, *quizá*, podrían publicarse en *Destino.* Por cierto, supe que habían confiscado un número de la revista. Supongo que la suspensión no ha sido definitiva. No sé si sepas que, hasta ahora, la censura se ha negado a autorizar la libre circulación de *Plural* en España. Es escandaloso. Hace varios meses que forcejeamos con las autoridades españolas —a través de nuestro distribuidor en el extranjero: el Fondo de Cultura Económica, que tiene sucursales en Barcelona y en Madrid. Ahora, cansados, preparamos una protesta pública.

Con estas líneas te envío aquel texto largo de que te había hablado sobre las artes del lecho y la mesa en los Estados Unidos. Puede dividirse en seis partes, de cinco a seis páginas cada una. Al releerlo, te lo confieso, se redoblaron mis dudas: no me parece que sea muy a propósito para un semanario. Si tú piensas lo mismo, te rogaría que lo hicieses llegar a Ortega, para la *Revista de Occidente*. Cuando estuvo por aquí me pidió colaboración para su revista.

Esperamos con ansiedad los textos que nos anuncias para *Plural*. ¿Recibiste mi *Pasado en claro*?

Un abrazo doble y grande para María Rosa y Pedro de sus amigos que les quieren y recuerdan mucho,

Marie José y Octavio

P.D. Nuestras señas en Cambridge:
371 Harvard St. Apt. 3A
Cambridge, Mass., 02138
USA

52

Cambridge, Mass., a 4 de octubre de 1975

Querido Pedro:

Acabo de recibir, sucesivamente, tus cartas del 27 y el 30 de septiembre. Muchísimas gracias por todo lo que me dices y me cuentas. Eres un corresponsal único.

Me alegra que hayan gustado mis artículos y que tú y Porcel no los encuentren demasiado esotéricos. Ya hago que se te envíe el artículo sobre la célula, inspirado en el libro de Jacob. También podrían utilizar el artículo sobre Nueva España, aparecido en un número reciente de *Plural*. Tal vez habría que indicar que se trata del prólogo al libro de Lafaye —todavía no publicado en español— sobre Quetzalcóatl y la Virgen de Guadalupe. Espero que Porcel[24] me envíe la revista —y los honorarios. De nuevo: *muchas gracias*. En cuanto tenga algo nuevo te lo enviaré. En cuanto a «Polvos de aquellos lodos»: sí, pienso ponerlo al día —debo comentar las últimas declaraciones y artículos de Solyenitzin— pero me parece que *no* es éste el momento de publicar ese artículo en España.

Me preocupa el paradero de tu antología de Ausias March. Por fortuna tienes copia. El lunes —hoy es sábado— llamaré por teléfono a *Plural*. Si no han recibido tu texto, te escribiré inmediatamente para que me envíes una nueva copia —ojalá que puedas incluir de nuevo las ilustraciones— que yo reexpediré a México. Utilizaremos el mismo procedimiento para tus honorarios, mientras dure la emergencia.[25] Lo mismo haremos con los otros colaboradores españoles y con los ejemplares que distribuimos en España entre los amigos. Todo eso lo haremos por la vía de Francia. Pero no creo que esta situación dure mucho.

Ya escribo a Montes de Oca dándole la buena noticia —lo alegrará y animará: andaba un poco alicaído las últimas semanas— y sugiriéndole que me envíe a mí el manuscrito*. Le aconsejo que haga una selección más bien rigurosa, de modo que el libro no sea muy extenso. La poesía no tolera ni prolijidades ni repeticiones. Tomás Segovia obtuvo una beca Guggenheim, y pasará en Francia una temporada. Supongo que desde allá te escribirá. Otra vez te doy las gracias...

Lo que me cuentas sobre ese poema en preparación[26] es fascinante y

---

24. Por entonces Baltasar Porcel se ocupaba de la gestión del semanario *Destino*. *(N. del E.)*

25. A consecuencia de los fusilamientos de septiembre de 1975, México había suspendido todo tipo de comunicación con España. *(N. del E.)*

* Envíame la carta que le has escrito. Yo se la haré llegar.

26. Un proyecto de largo poema narrativo sobre Mayerling y Sarajevo, que no llegué a realizar. *(N. del E.)*

desconcertante. Me gustaría saber más, aunque comprendo que es una impertinencia —mejor dicho: una intromisión— preguntarle a un creador sobre su *work in progress*. Veo la relación entre Mayerling y Sarajevo pero me imagino que hay otra, oculta pero necesaria, entre esos dos términos y tú... Por otra parte, lo que me cuentas me da a entender que ya terminaste aquella serie de poemas que empezaste a escribir cuando estábamos en Barcelona. ¿Cuántos fueron al fin? ¿Aparecerán en forma de libro o formarán parte de una colección más extensa? Me *gustaría mucho leer ese grupo de poemas*. Creo que tienen unidad y no sólo de tema sino de ritmo, inspiración y color. Un color a un tiempo nocturno y suntuoso, una voz que habla no como uno habla consigo mismo ni con los otros sino con las potencias que nos rodean, un lenguaje, en fin, oscuro y centelleante. ¿Cuándo nos enviarás nuevos poemas? Y no olvides los otros textos prometidos, entre ellos —aparte de ese suplemento dedicado a la literatura y el arte de Cataluña— aquel ensayo sobre Valente acompañado de poemas suyos.

Sobre la proposición de la editorial italiana (Rusconi): sí, les agradecería a ti y a Argullós que encargasen a alguien en Seix Barral que se ocupase de este asunto. Gracias de antemano. Qué bueno que se proyecte ya una reimpresión de *El Mono Gramático*. ¿Y *Los hijos del limo*? Recuerda que hay que incorporar el nuevo texto sobre el simultaneísmo... y corregir las erratas.

Espero que ya habrás recibido *Pasado en claro*. Antes de mi salida de México dejé el ejemplar a Rojas —un amigo que trabaja conmigo desde la India y que nos ayuda en *Plural*— para que te lo remitiese. Es un poema que, en varios sentidos, es un regreso —aunque no al punto de partida, espero... Un regreso semejante al de la vuelta de la espiral. Al menos eso fue lo que quise hacer. Y aquí corto con un doble abrazo a María Rosa y a Pedro de Marie José y de su amigo que los quiere,

OCTAVIO

53

[Harvard University. Cambridge, Massachusetts 02138
Department of Comparative Literature.
401 Boylston Hall]
A 21 de octubre de 1975

Querido Pedro:

Lo que me dices de *Pasado en claro* me conmueve. Gracias —¿qué
más puedo (y debo) decirte? Te contaré algo que quizá te interese. Empecé a escribir ese poema sin saber exactamente lo que hacía. El tema fue
apareciendo lentamente, brotando, por decirlo así, del texto ya escrito y
de una manera independiente de mi conciencia y de mi voluntad. No el
«dictado» del inconsciente o de la inspiración; yo —mi mano, mi cabeza, mis sentidos, mi mente y, claro, el diccionario a mi lado— era el que
escribía; pero escribía lo que, sin decirlo, me decía lo ya escrito. No sé si
me explico: el texto producía el nuevo texto —o para decirlo de una manera menos brusca: lo ya escrito me señalaba el camino que debería seguir. Algo semejante ocurrió con *Piedra de sol.** Y algo más, que sólo a ti
te cuento por ahora y que te ruego no divulgues sino hasta que aparezca
una nueva edición del poema. Lo terminé aquí, el año pasado. Después,
en México, cuando ya estaba el original en la imprenta, durante una
temporada que pasé en Cuernavaca, escribí 44 líneas más —verso 15 de
la página 18 a verso 7 de la página 21. Pero, unos pocos días después, al
releer el nuevo pasaje, descubrí ciertas falsedades. Llamé a Vicente Rojo
—que se encargó de la edición— para preguntarle si podía retirar unos
veinte versos, los mismos que había añadido hacía unas semanas. Me dijo que ocasionaría un trastorno considerable, que ya había hecho varios
cambios, etc. Tenía razón y me resigné. Pero no del todo. Aquí, otra vez,
al releer el poema, hice unas cuantas correcciones y escribí de nuevo par-

---

*   Algo muy distinto a la «escritura automática» —que no fue ni es sino una
quimera, una *idea* (y yo hablo de una *práctica*).

te del pasaje: 18 versos, justamente los que desde un principio me parecieron gratuitos, no necesarios. Te los envío con esta carta, para que corrijas tu ejemplar.

Sí, en *Plural* recibieron tu traducción de Ausias March. La publicaremos pronto —en enero o febrero. Les he pedido que me la envíen.

No te equivocas (lo cual confirma que los buenos poetas son siempre buenos críticos): los mejores poemas, hasta ahora por lo menos, son los de *L'espai desert*.[27] En cuanto a tu proyectado poema (Mayerling/Sarajevo): no me sorprendió la utilización de un hecho histórico como una suerte de contrapunto de un tema muy personal. En efecto, hay antecedentes en tu poesía. Lo que me sorprendió —aunque quizá escogí mal la palabra: debe decir: excitó mi curiosidad— fueron *precisamente* los hechos escogidos: Mayerling y Sarajevo. Veo la relación entre ellos pero no la veo (todavía) con tu poesía. Pero no me expliques nada —dicen que no es bueno contar los proyectos, pues se corre el riesgo de no realizarlos. Ya leeré tu poema —y también la continuación de *L'espai desert*.

No tengo, por lo pronto, nada nuevo para *Destino*. En el primer rato libre, corregiré un párrafo de «Polvos de aquellos lodos» —para ponerlo al día— y se lo enviaré. No quisiera darles armas —sobre todo en España— a los profesionales del anticomunismo y de ahí mi reticencia. Pero creo que hay que decir lo que se piensa y por eso me he decidido a enviarles ese artículo, ya corregido. En cuanto a *El Mono Gramático*: creo que ustedes, ya que cuentan con mi autorización, pueden tratar con Rusconi. Por cierto, ¿es una casa editorial seria? Aquí en Estados Unidos, Viking publicará ese libro.

Sigo en espera de las noticias de Tàpies... Sí, recuerdo muy bien a Andrés Sánchez Robayna. Envíame sus poemas. Se los publicaremos. Ojalá que pudiese escribir también reseñas. ¿Qué temas y autores podría tocar?

Un doble abrazo,

OCTAVIO

27. Por esta carta descubro que, aunque lo había olvidado, proyecté dar este título al ciclo de los *Tres poemes*. En cuanto a lo que hoy es mi libro *L'espai desert*, no empecé a redactarlo hasta 1976. (*N. del E.*)

P.D.   Por correo aparte te envío un texto sobre la crítica en Hispanoamérica. Fue una intervención en un Simposio de Austin sobre ese tema y bajo los auspicios de la Universidad de Texas y de *Plural*. Yo no pude asistir pero envié ese pequeño texto. Creo que arreglado —suprimidos, por ejemplo, el primer párrafo y la alusión a *Plural* al final y con una nota aclaratoria y con título— podría aparecer en *Destino*. Otro abrazo,

OCTAVIO

Substituir el texto de la línea 6 de la página 19 a la línea 6 (inclusive) de la página 20 por el siguiente:

> *rocío: el tiempo se atenúa*
> *en cada gota diáfana y no pesa,*
> *gira sobre sí mismo el día*
> *y de la vacuidad en que se precipita*
> *nace otra vez palpable el mundo,*
> *la luz es una niña que recorre*
> *las vetas espirales con los ojos vendados*
> *y lenta se despeña ya cascada*
> *entre los labios de una grieta:*
> *¡beber luz de minutos*
> *al pie de la invisible catarata!*
> *—allá dentro los cables del deseo*
> *tejen eternidades de un segundo,*
> *calcinados discursos*
> *que la mental corriente eléctrica*
> *enciende, apaga, enciende,*
> *resurrecciones llameantes*
> *de los azules alfabetos*

* * *

Pág. 20, línea 11, debe decir: *esta nieve es idéntica a la yerba.*

Pág. 31, entre las líneas 12 y 13, insertar este verso nuevo:

Granada de la hora: bebí sal, comí tiempo.

54

Cambridge, Mass., a 29 de noviembre de 1975

Querido Pedro:

Desde hace más de dos semanas quiero —y no puedo— contestar a tus dos últimas cartas, la del 6 y la del 12 del que corre. Me las llevé a Nueva York con la idea de que podría disponer de un rato libre para escribirte y, naturalmente, no fue posible. Demasiada gente y una frenética actividad exterior, como si nuestro mundo quisiese confirmar definitivamente la paradoja de la inmovilidad del movimiento. Me habían invitado a participar en una mesa redonda, organizada por *Partisan Review*, sobre la situación del arte y la literatura actuales —una variación más del tema de la decadencia, que hoy obsesiona a los norteamericanos como el de la muerte a los europeos del siglo XV. La reunión fue más bien una sucesión de confusos y monótonos monólogos. Para colmo de desdichas, Susan Sontag, que era una de las participantes, enfermó unas semanas antes y, ya en el hospital, decidieron que tenía cáncer y que había que operarla. Lo más extravagante es que, hasta el mismo día del debate, los organizadores insistían en que tal vez se mejoraría y saldría del sanatorio para participar en la discusión. Siniestro optimismo norteamericano. O tal vez sea miedo de ver cara a cara la muerte y la enfermedad. Este horror me ha parecido como la prueba última e irrefutable —como los libros de Solyenitzin— de que las potencias malignas andan sueltas por nuestras ciudades. El mal nos come, el mal físico y el moral. Ayer, hablando con un poeta amigo (Charles Simic) del segundo tomo de *Ar-*

chipiélago Gulag, que acaba de salir en inglés, decíamos que sus libros —y los de los sobrevivientes de los campos nazis— borraban todo lo que habían escrito los Sade y los Lautréamont. Los campos son la refutación de todos los infiernos de las literaturas, las filosofías y las religiones. El horror es el gran crítico literario y filosófico del siglo XX, ¿no crees? Pero me detengo y doy media vuelta: ¿a qué seguir? No porque exagere sino porque no tengo derecho a quejarme...

Todo lo que me dices sobre *Pasado en claro* me ha conmovido. Tu juicio es uno de los pocos que me importan de veras. Quisiera siempre ser digno de tu amistad. A mí me gustaría muchísimo que tu artículo sobre mi poema apareciese en *Plural* pero García Ponce, que desde el principio, muy generosamente, anunció que escribiría algo, ha enviado ya una reseña (que yo, por cierto, aún no he leído). Es muy difícil pedirle que retire su nota, no sólo por ser un excelente amigo sino porque es miembro del Consejo de Redacción. Hace poco Segovia armó la de San Quintín y amenazó con renunciar porque se aplazó por un mes la publicación de un texto suyo (un comentario sobre *El Príncipe de Homburgo*). Se me ocurre una solución: escribe el artículo y lo publicaremos, no como reseña, sino como un pequeño ensayo, más adelante, en mayo o en junio. O desiste de la idea. O publícalo en otra parte, en *Revista de Occidente*, por ejemplo... Y gracias, gracias.

Tu traducción de Ausias March me ha revelado a un gran poeta. Un poeta más moderno que Garcilaso y Herrera, más sobrio y directo. Al mismo tiempo, más íntimamente ligado a la tradición provenzal. Te agradezco de veras esta notable traducción que enriquece a nuestra poesía. Publicaremos tu breve antología en enero.

En cuanto a tus proyectos poéticos: no debes preocuparte. Escribe lo que sientas necesidad de escribir. La poesía es el resultado del deseo que, a su vez, nace de la fatalidad interior. La poesía es destino —y es libertad. Y a lo mejor el camino de regreso a *El espacio desierto* pasa por el poema de Mayerling.

Por supuesto que me interesa tu estudio sobre Puig. Lo espero. Y también espero los poemas de Sánchez Robayna. Asimismo, las dos reseñas, una acerca de tu libro sobre Tàpies y la otra sobre *En el otro costado*. Ignoraba que Jiménez hubiese dejado ese libro. Qué sorpresa. Me interesa muchísimo y ya procuro conseguirlo. Y ya que hablo de libros nuevos: ¿quién crees que podría escribir un buen estudio sobre la nueva novela de Carlos Fuentes? Me parece que se trata de una obra importante, aunque yo sólo he leído unos pocos fragmentos. Me pides una opinión sobre Juan David. Es colombiano. Autodidacta. Hombre leal, puro y sonambúlico. Ha publicado en *Plural* y *Diálogos*. Escribe, escribe. Indudable poeta. Y también: poeta desigual. Podría publicarse un libro suyo, a condición de que se haga una selección exigente. Tiene poemas excelentes y otros informes... Supongo que habrás recibido la carta y el libro de Montes de Oca. Ha escrito poemas memorables. Me parece que la correspondencia entre España y México tiende a normalizarse. Nosotros nos quedaremos en Cambridge hasta mediados de enero. Si hay cambios, te escribiré. Dile a Argullós, por favor, que le agradezco mucho sus gestiones con los italianos. Vamos a ver qué es lo que resulta... Sobre los textos en inglés: acaba de aparecer otro, en una revista dedicada a la poesía, *Parnassus*, que me parece que deberíamos recoger. Te lo envío por correo aparte. ¿Cuándo puedes enviarme un índice de ese libro? Y creo que he contestado a todos los puntos de tus cartas —aunque me queda mucho por decir. Todo lo no dicho va en un gran abrazo que les enviamos a ti y a María Rosa,

MARIE JOSÉ y OCTAVIO

55

Cambridge, Mass., a 8 de diciembre de 1975

Querido Pedro:

Nuestras cartas se cruzaron. En la que te escribí hace unos días, contestaba a todos (o casi todos) los puntos que tocabas en las anteriores.

Gracias, de nuevo, por el cuidado y la prontitud con que te ocupas de mis pequeños asuntos. Pero *gracias* empieza a convertirse en una palabra insípida. ¿Y cómo, sin parecer pesado, repetirla después de cada uno de tus gestos de amistad?

Supongo que en estos días recibiré carta de Tàpies y/o de Dupin. Muy bien. Es verdad: esos poemas están más cerca de Tàpies que el más bien elegíaco *Nocturno de San Ildefonso*. Dupin tendrá que resolver un pequeño problema: resulta que Jacques Roubaud tradujo «Petrificada petrificante». Aunque su versión es honorable, creo que los tres poemas deben ser traducidos por una sola persona —es decir, por Claude Esteban. Así, Dupin deberá manejar el asunto con tacto y hablar con Roubaud y con Esteban. Por otra parte, Esteban debería cambiar dos o tres cosas en su versión. Pero ya no te aburro con estas minucias. Espero la carta de Tàpies o la de Dupin.

Lo de Miró me parece estupendo. Sí, creo que podría escribir —pero no inmediatamente— unos veinte poemas breves, tal vez en prosa —desde hace años quiero volver al género—, convergentes y divergentes, hacia y ante, Miró y su mundo. Lo único que me preocupa es saber la fecha de entrega. ¿Por qué no le dices a Muga que me escriba? Y ya que hablo de Miró: cuando estuve en Barcelona y visité con José Luis Sert el Museo Miró —entonces en construcción— le propuse hacer una reunión internacional (o hispanoamericana) de poesía en el auditorio. ¿Qué te parece esta idea? Naturalmente, si la situación política de España mejora un poco...

La dirección de Marco Antonio Montes de Oca (¡un nombre muy siglo XVII!): Filosofía y Letras 52, Copilco Universidad, México, 20, D.F. A su paso por Nueva York, rumbo a Perpignan (creo), Segovia me llamó por teléfono. Me dijo que te escribiría y que, si iba a Barcelona, te buscaría.

Para María Rosa y para ti un doble abrazo de Marie Jo y de

OCTAVIO

P.D.   Ya escrita esta carta, recibo otra más tuya del 5 de diciembre. La contesto con brevedad ahora mismo.

Ante todo: ¡adivinaste mi deseo! Espero con gran alegría *En el otro costado*. No olvides enviarme el catálogo de la exposición de Miró con tu prólogo.

También tu nota en *Destino* sobre *Pasado en claro*. En cuanto al texto más largo: si lo escribes, lo publicaremos también en *Plural*.

Sí, estoy seguro de que *L'espai desert* —por los poemas que conozco— será tu mejor libro. Pero hay que escribir *también* el otro poema largo. Gide decía que un escritor debe nadar *contra* la corriente —la corriente de sus propios dones y su propia escritura. Además, hay que jugar sobre dos tableros.

Magnífico tu ofrecimiento de escribir sobre la novela de Carlos Fuentes. Ya escribo a los de *Plural* para que no le pidan a otra persona la reseña. ¿Qué te parece dedicarle unas quince páginas?

Sakai sigue en *Plural* pero Danubio —tiene verdadero talento ese muchacho— nos ayuda mucho.

He recibido *Destino* pero los honorarios no muy regularmente...

Por correo aparte te envío el artículo de *Parnassus*. ¿Cuándo podrías enviarme el índice?

Otro abrazo,

OCTAVIO

56

Cambridge, Mass., a 22 de diciembre de 1975

Querido Pedro:

Acabo de recibir tu nota sobre *Pasado en claro*. Breve, certera, *to the point*: nada le falta porque nada le sobra. Has visto —y me lo has hecho ver a mí mismo, con tal claridad que, metafóricamente, he tenido que frotarme los ojos— la relación entre *El Mono Gramático* y *Pasado en claro*. En uno y otro libro, diría, los signos se sustantivan —adquieren las propiedades de aquello mismo que significan. No sé si sea la victoria del nominalismo o su derrota. También has visto —y esto me ha conmovido— la relación de mi poema con *Espacio* (no tanto, creo, con *Animal de fondo*). En fin, me has *leído* y yo, al leerte, me he releído, me he visto. Después de esto sería superfluo darte las gracias...

Recibí *En el otro costado*. El libro, te lo confieso, me decepcionó un poco. Conocía casi todos los poemas y esta edición —salvo la publicación de *Espacio 1 y 2* en forma de verso, como aparecieron en un principio— no añade nada esencial. Es el *mismo* Juan Ramón Jiménez. De todos modos, creo que el lector —al menos el buen lector— podrá darse cuenta de que fue un grave error disponer los tres fragmentos de *Espacio* como si fuesen prosa. No lo son. La lectura requiere los espacios en blanco, es decir, la respiración más mental que física del verso sobre la página. Precisamente porque, según el mismo Juan Ramón lo dice en el prólogo al primer fragmento (publicado en 1943), el poema es una *sucesión de momentos* y no un discurso ni un relato, era necesario el artificio tipográfico del verso.

Muchos de los poemas de ese libro tienen los defectos de la poesía anterior de Juan Ramón. Unos defectos que la hacen ilegible para nosotros: el excesivo lirismo, los resabios modernistas y románticos, el no saber callarse a tiempo, el desafortunado vocabulario del exquisitismo y el sentimentalismo. Lo cursi, en una palabra. Nuestra reacción es estética y *moral*. Juan Ramón hablaba y hablaba —era interminable su monólogo— y él era su único oyente. Se oía hablar y no sabía lo que Duchamp supo: que no podemos oírnos oír. Nuestra impaciencia frente a él: no podemos oírlo oírse... No importa: quedan algunos poemas que son extraordinarias cristalizaciones de nuestra lengua y de nuestro siglo. Aunque toda selección es provisional —él mismo dijo que había una hora para cada poema— menciono a los que hoy resisten a nuestra pasión exigente: «Réquiem» (obscuro pero sobrecogedor), «Ola sin nada más», «Los pájaros de yo sé dónde» (no, no lo sabía: si lo hubiera sabido se hubiera ido allá o nos hubiera dicho donde está ese dónde —pero esos pájaros de *no* sé dónde me dicen, sin decírmelo del todo, lo que hemos perdido los hombres por ser hombres y no pájaros), «El pajarito fijo de Denia», «Mi solo y otro» (pero repruebo su moral y su estética: ¿por qué querer ser *raro* y *solo*?), «Dios visitante» (prodigioso y total), «Árboles hombres» (en la primera versión el título era, y era mejor, «Los árboles» —uno de sus mejores poemas de todas sus épocas, como «Dios visitante»), «En la mitad de lo negro». El encanto de estos poemas —pájaros, olas, follajes— consiste en ser presencias de lo instantáneo. Una presencia gratuita —son formas de la gracia, en todos los sentidos de la palabra: y una presencia fugaz —o como él, mejor que nadie, lo dijo: *formas de la huida*. Presencias que son totalidades instantáneas. Su virtud es su debilidad: son poemas que están más cerca de la exclamación que de la palabra. Sólo que un lenguaje hecho únicamente de exclamaciones y onomatopeyas no sería realmente lenguaje. La reducción al absurdo de la estética de Juan Ramón es el *sound-poem* de los dadaístas y la glosolalia de los cristianos carismáticos (y la de los cristianos primitivos y los herejes montanistas). El lenguaje de Jiménez es un lenguaje de fragmentos entrecortados. Un yo sin memoria y una naturaleza sin historia. Leyendo ayer a Larkin —un poeta inferior a Jiménez— encontré estas dos líneas: *Above, Chaldean constellations/Sparkle over crowded roofs*. Ver, en el cielo estrellado, en mil novecientos setenta y tantos, a las constelaciones caldeas, es introducir a la historia, al destino humano, no sólo en la naturaleza que vemos sino en la mirada con que la vemos. Juan Ramón *jamás* hubiera podido escribir esos dos versos. ¿Y *Espacio*? Bueno, esos tres fragmentos —tal vez (o sin el tal vez) uno de los momentos más altos de nuestra poesía en lo que va del siglo— son *de todos modos* tres fragmentos. Y diré más: son fragmentos hechos de fragmentos. El prólogo de Juan Ramón a *Espacio 1* en *Cuadernos Americanos* (1943) es de una lucidez extraordinaria: no quiso escribir, dice, un «poema largo» sino un «poema seguido». Aclara su idea afirmando que un poema extenso es una sucesión de momentos hermosos. (Algo de esto quiso hacer Éluard en *Poésie Ininterrompue*, aunque el resultado haya sido muy inferior a *Espacio*.) Y después de decir esto, compara su poema con la música de Mozart. Qué poco había oído la verdadera música —no la de los pájaros, las olas o el viento entre los árboles, sino la música hecha por los hombres.

Mozart no es lineal ni sucesivo. Ningún músico lo es. Pero la frase de Juan Ramón describe con gran justeza *Espacio* y lo sitúa en el horizonte de nuestra poesía: sucesión de momentos hermosos —mejor dicho: sucesión de intensidades, saltos, subidas y bajadas, altos súbitos, sucesión de evidencias, iluminaciones y obscurecimientos que son adivinaciones— sin asunto concreto —mejor dicho: sin más asunto que las idas y venidas de la memoria divagante y fabuladora— ni más substancia que la vida de Juan Ramón —mejor dicho: la vida vivida y soñada por él y la que, sin saberlo él del todo, lo vivió y lo soñó.

Tu traducción de March sale en el número de febrero. La nota de Sánchez Robayna sobre tu Tàpies aparece en enero. *¿Cuándo nos envías poemas?*

Salimos de Cambridge a fines de enero. Ojalá que antes reciba todavía una carta tuya. ¿Cómo van las cosas en España? No sé por qué pero tengo grandes esperanzas en España. En cambio, la situación de México me deprime. Qué gran fracaso el nuestro. O más bien, qué serie de fracasos: la Independencia, el liberalismo, la Revolución... Empezamos con una gran tragedia —la Conquista— pero de siglo en siglo hemos ido descendiendo y el espectáculo del México de 1975 es aburrido y sórdido como una representación pueblerina. Tampoco es alentador lo que pasa en este país. Los norteamericanos, entre gozosos y aterrados, han descubierto los placeres fúnebres de la decadencia. Me detengo: esta carta se vuelve interminable.

Es 23 de diciembre: hay algo muy antiguo en estas fiestas y pasarlas aquí, en la nieve, sigue siendo prodigioso.

Pensamos en ustedes y les enviamos a María Rosa y a Pere, un doble abrazo muy grande,

Marie Jo y Octavio

Cambridge, Mass., a 27 de diciembre de 1975

Querido Pedro:

Ahora me toca a mí consultarte. Se trata de mis poemas. Seré breve. Recordarás que habíamos quedado en que, hacia fines de este año o principios del próximo —es decir, precisamente por estas fechas— te enviaría el manuscrito. Pensaba que tendría unas 128 páginas. Pero el poeta propone y alguien (el otro, siempre el otro) dispone. Por una parte, aún no he podido escribir ciertos poemas que *sé*, oscuramente, que escribiré (en realidad, al principio muy lentamente, desde hace más de un año he empezado a escribirlos). Por la otra, justamente cuando comencé a escribir estos nuevos poemas, casi sin proponérmelo, insensiblemente, ha habido un cambio de dirección en mi poesía. Poemas como «Pasado en claro» y otros que tú no conoces pertenecen a otro tipo de inspiración, aunque los «temas» y las preocupaciones son los mismos. Lo que ocurre es que se trata de llegar al *mismo* punto de destino pero por *otro* camino. (Un punto al que, cualquiera que sea nuestro destino, no se llega nunca.) Ahora viene la consulta: si persevero en el proyecto original, el resultado será un libro híbrido. ¿No será mejor publicar, *ahora mismo*, un libro con los poemas ya escritos y dejar para otra colección lo que ahora escribo? El libro que te propongo tendría gran unidad y daría unas ochenta páginas. Comprendería cuatro poemas más bien extensos y con un tema urbano (mi obsesión: México Tenochtitlán) y cerca de veinte poemas más. Los cuatro poemas tú los conoces: «Vuelta», «A la mitad de esta frase», «Petrificada petrificante» y «Nocturno de San Ildefonso». Tú conoces también muchos de los otros poemas. Un buen número son homenajes a artistas. Te enviaría el libro inmediatamente, apenas me contestes. Te ruego que hables con Argullós. Dos indicaciones esenciales: debe utilizarse un papel un poco grueso y la disposición tipográfica debe ser generosa. Un libro simple, limpio y espaciado como *Pasado en claro*. Creo que en el curso del año próximo podré terminar lo que ahora escribo. Será un pequeño libro de unas 64 páginas y que comprenderá, entre otros poemas, «Pasado en claro». Podría salir en 1977. Queda en pie el proyecto grande: las *Obras poéticas* (prefiero este título* porque no serán Poesías Completas). Sobre esto hablaremos con más calma dentro de poco. No me acaba de gustar la idea de Argullós. ¿No hay manera de hacer algo semejante a lo que ha hecho Carlos Barral con Salinas y Cernuda? En fin —y para terminar: avanzo en el libro de Sor Juana. Está ya escrita la mitad y a mi regreso a México continuaré.

Querido Pedro: perdona esta carta tan egoísta. El egotismo, sin excluir al mío, me ha parecido siempre abominable. Pero tenía necesidad de consultarte todo esto. Dime si no te parece descabellada mi idea, tanto desde el punto de vista poético *(es el esencial)* como desde el editorial.

A fin de año nos apresuramos porque vemos con terror que no hicimos nada o casi nada de lo que habíamos deseado hacer. Este terrible sentimiento de finitud explica, quizá, esta carta.

Les enviamos a ti y a María Rosa un abrazo muy grande. ¡Que las puertas del año sean las de una vida plena!

Tu amigo,

OCTAVIO

Te envié ayer el muy buen artículo de Donald Sutherland.

* Mejor dicho: subtítulo.

1976

[Harvard University. Cambridge, Massachusetts 02138
Department of Comparative Literature.
401 Boylston Hall]
A 6 de enero de 1976

Querido Pedro:

Siento mucho que hayas tenido esas molestias en el oído. Parece que es un mal muy doloroso. Por fortuna ya saliste de eso. Me alegro.

Muchas gracias por todo. Ya recibí las cartas de Porcel y de Muga. Por lo que toca al primero: seguiré enviando a *Destino* lo que vaya escribiendo. Lo malo es que no siempre esos textos pueden interesar al lector español. Por ejemplo, acabo de escribir un comentario sobre un desayuno que le ofrecieron al candidato oficial del PRI y futuro presidente de la República (López Portillo) un grupo de intelectuales y al cual asistieron muchísimos escritores. Mi artículo es (creo) bastante divertido y va a molestar a mucha gente en México (y alegrará a otros) pero ¿quién se puede interesar en España por ese incidente? De todos modos, por correo aparte, te envío una copia. En todo caso, si ustedes estiman que es publicable, debería insertarse una pequeña nota, indicando que México se encuentra en plena campaña para elegir nuevo presidente (en junio de este año) y que ya fue designado el candidato oficial del PRI, el partido que está en el poder hace más de 50 años (!). Entre los asistentes a ese *lever du Roi* estaban Rulfo, Yáñez, Arreola —en fin, la mayoría de los escritores mexicanos conocidos. Qué vergüenza. Parece que otro es ya miembro de no sé qué Consejo Consultivo del PRI. Me froto los ojos para saber si estoy despierto.

Espero escribir pronto esos 20 textos —no sé si en prosa o en verso pero breves— para el libro de Miró. El proyecto me entusiasma y me aterra un poco. Me dio gusto saber que habían aceptado la idea de un encuentro o reunión de poetas y que tú te encargarías de darle forma al proyecto. (Claro: es una buena ocasión para intentar nuestro *Renga* iberoamericano.) Pero tú y Muga hablan de «congreso» y yo había pensado más bien en una reunión: invitar a 10 o 15 poetas para que digan en público sus poemas, se conozcan entre ellos y la gente los conozca un poco. Un Festival de Poesía (como se acostumbra llamar a esas reuniones) sin deliberaciones ni discusiones. Después, se podría editar un libro con los textos leídos... ¿Tú y Muga piensan que debe limitarse a los iberoamericanos? Sí, puede que sea mejor así. La otra posibilidad —una reunión internacional— implica el gran problema de las traducciones. En cambio, reducido a nuestro mundo, sólo habría que contar con el castellano, el catalán, el portugués. En fin, ya ustedes decidirán.

Pedro: te he escrito varias cartas. Espero que no se hayan perdido. En una te hablaba de tu magnífico comentario sobre *Pasado en claro*; en otra (¿o era la misma?) sobre el libro de Juan Ramón; y en otra más sobre la posibilidad de publicar de inmediato mi pequeño libro de poemas. Dime, por favor, si has recibido las cartas. Y dime, también, qué te parece el título del libro: *Vuelta*. Es el tema de los cuatro poemas que dan cuerpo al libro —el regreso a México— y es asimismo el título del primero de esos cuatro poemas.

Siento mucho lo de Aleixandre. Mi madre también sufre de cataratas. Qué horrible es la vejez y qué poca cosa somos los hombres.

Espero el catálogo de la exposición Miró con tu texto. ¿Te dije que publicaremos la nota de Sánchez Robayna sobre tu estudio en el número próximo de *Plural*? Sí, tienes razón: ese muchacho tiene talento. Publicaremos también alguno de sus poemas en un número venidero. En México ha surgido un grupo de poetas y escritores jóvenes que, me parece, tienen talento. Han comenzado a editar una revista que se llama *El Zaguán*. Les voy a decir que te la envíen y que te pidan colaboración. Entre los editores está un nieto de Manolo Altolaguirre y uno de los poetas del grupo es un hijo de Tomás Segovia. ¡Y después dicen que son ilusorias las tendencias hereditarias!

Ya hablaremos del libro de textos sobre mí. Creo que habría que utilizar algunos más de *Gradiva*. ¿Recibiste ya el ensayo de Sutherland? Es bueno —inteligente y con sentido del humor.

Magnífico que María Rosa te guíe por los mundos de la música. Sí, la música nos abre otras vistas: parte de *Ladera Este* (y, desde luego, *Blanco*) nació de la conjunción de la música india y de la de Occidente, que oíamos Marie José y yo cada noche.

Un doble abrazo para María Rosa y Pedro de Marie José y de

Octavio

59

[Harvard University. Cambridge, Massachusetts 02138
Department of Comparative Literature.
401 Boylston Hall]
A 18 de enero de 1976

Querido Pedro:

Contesto de carrera a tus cartas del 12 y las dos llegadas ayer. Salimos la semana que entra, de regreso a México, y como siempre las cosas por hacer se han acumulado y cada día es una lucha contra el reloj. Me da muchísimo gusto que Argullós haya aceptado la idea de hacer con mis poemas un volumen parecido a lo que ha hecho Carlos Barral con Salinas y Cernuda. Naturalmente, esta buena disposición se debe a tu influencia. ¡Gracias! También me alegra que haya aceptado la idea de dos libros pequeños de poesía. En cuanto llegue a México pasaré a limpio el primero (se llamará casi seguro, *Vuelta*). El otro estará listo, quizá, si escribo como en estos dos últimos meses, a mediados de año. También me pondré a trabajar en la *Obra poética*, lo de Miró y Sor Juana. Tu amistad me anima y me ayuda a vencer mi desgana, abulia e incertidumbre.

Lo de Juan Ramón: pienso dar cuatro conferencias este año (resumen de un curso que di en Harvard hace dos años sobre el poema largo en la poesía moderna en español) sobre *Altazor, Más allá, Muerte sin fin* y *Espacio*. Tal vez —tienes razón— podría utilizar algo de lo que te decía en mi carta. Si la necesitase, te escribiría para que me enviaras una copia. No creo que sea necesario...

No, no creas que Rulfo y los otros están dedicados a la política. El desayuno aquel fue, más bien, un acto de cortesanos... Aún no he visto la novela de Fuentes. Supongo que me la habrá enviado a México. Sí, es un escritor de gran talento y yo tengo muchos deseos de ver lo que ha hecho...

Un gran abrazo,

OCTAVIO

P.D.   Tu Miró ¿me lo enviaron a Cambridge o a México?

60

[Lerma 143-601, México, 5, D.F.]
A 8 de marzo de 1976

Querido Pedro:

No, no me llegó tu texto en el catálogo de Miró. ¿Podrías enviarme un nuevo ejemplar? Me interesa muchísimo. En cuanto al que se quedó en Cambridge: cuando vuelva allá, en septiembre, se lo daré a algún amigo... Por mi parte, aún no comienzo los textos sobre o hacia Miró. En las últimas semanas me he dedicado a copiar, corregir y revisar *Vuelta*. Anoche acabé ese trabajo. Como me di cuenta que el formato de los libros de Seix Barral y los puntos que emplean en los tipos no se ajustaban en muchos casos a la extensión de mis líneas, procuré reducirlas a 50 golpes (letras) de la máquina de escribir. Un trabajo espantoso. Esta reacomodación del texto me llevó, fatalmente, a corregirlo y a rehacerlo en muchos casos. Comprobé una vez más que el trabajo de revisión de un poema es, como dice Valéry, infinito. Nunca acabamos. Afortunadamente hay un momento en que nos detenemos, no porque hayamos alcanzado la perfección sino por cansancio y aburrimiento.

Dividí al libro en cuatro partes. No escatimé las páginas en blanco y logré (viejo truco de Eliot) escribir cinco más de notas. ¡Así llegué a las 102 páginas! Ojalá que tú puedas echarle una hojeada al libro. Tengo dudas sobre algunos poemas y sobre muchos pasajes. No te importe ser severo. Tengo mucha confianza en tu juicio. Además, como soy un mal mecanógrafo, debe haber muchas erratas. En suma, te agradecería una triple revisión: poética, gramatical y tipográfica. ¡Gracias!

En *Vuelta* hay un poema dedicado a ti. Te lo envío con esta carta en forma manuscrita. Un doble homenaje de amistad y gratitud.

¿Sigues sin recibir *Plural*? Me extraña muchísimo. Me dicen que te han enviado dos veces los últimos números. El mes pasado apareció tu Ausias March y la nota de Sánchez Robayna ¡buena nota! sobre tu Tàpies. ¿Cuándo nos enviarás tu nota sobre Fuentes? Nos hace muchísima falta.

Empecé a leer la novela. Tenías razón. Hay pasajes extraordinarios aunque otros quizá sean demasiado verbosos. Me dice Xirau que lo mejor es la segunda parte, el descubrimiento del Nuevo Mundo...* ¿Tendremos pronto nuevos poemas tuyos? ¿Y tu ensayo sobre Manuel Puig?

El «colectivo» de que me hablas me interesa muchísimo.[28] ¿No habría manera de reproducir esos artículos en *Plural*? Los pagaríamos, por supuesto. ¿Podrías enviarme los que hayan aparecido?

La mejor noticia la dejo para el final: ¡magnífico reunir en dos volúmenes tus poesías, uno en catalán y el otro en castellano!

Un doble abrazo para María Rosa y para ti de Marie Jo y de tu amigo,

OCTAVIO

P.D. Por correo aparte te envío la copia de *Vuelta*. El título no acaba de gustarme.

---

* He leído unas páginas y le doy la razón.

28. Se trata del grupo *Cercle 76*, del que formaban parte Salvador Clotas, Luis Goytisolo, J. M. Castellet, Oriol Bohigas, Román Gubern, J. M. Bricall, Ramón Viladàs, Baltasar Porcel, Carlos Barral, Jorge Herralde, Josep Lluís Sureda, Albert Ràfols Casamada y J. A. González Casanova. Su duración fue efímera, ya que tras incorporarse dos de sus miembros —Clotas inicialmente y Barral algo más tarde— a la política activa en la órbita del PSOE, los restantes prefirieron no adscribirse a una identificación tan precisa. *(N. del E.)*

LA ARBOLEDA

A Pedro Gimferrer

Enorme y sólida
                    pero oscilante,
golpeada por el viento
                        pero encadenada,
rumor de un millón de hojas
contra mi ventana.
                    Motín de árboles,
oleaje de sonidos verdinegros.
                            La arboleda,
quieta de pronto,
                    es un tejido de ramas y frondas.
Hay claros llameantes.
                        Caída en esas redes
se revuelve,
            respira,
una materia violenta y resplandeciente,
un animal iracundo y rápido,
cuerpo de lumbre entre las hojas:
                                el día.

A la izquierda el macizo,
                        más idea que color,
poco cielo y muchas nubes,
                            el azuleo de una cuenca
rodeada de peñones en demolición,
                                arena precipitada
en el embudo de la arboleda.
                            En la región central
gruesas gotas de tinta
                    esparcidas

sobre un papel que el poniente inflama,
negro casi enteramente allá,

                          en el extremo sudeste,
donde se derrumba el horizonte.

                                 La enramada,
vuelta cobre, relumbra.

                        Tres mirlos
atraviesan la hoguera y reaparecen,

                              ilesos,
en una zona vacía: ni luz ni sombra.

                                   Nubes
en marcha hacia su disolución.

Encienden luces en las casas.
El cielo se acumula en la ventana.

                         El patio,
encerrado en sus cuatro muros,

                          se aísla más y más.
Así perfecciona su realidad.

                       El bote de basura,
la maceta sin planta,

              ya no son,
sobre el opaco cemento,

                   sino sacos de sombras.
Sobre sí mismo

          el espacio
se cierra.

     Poco a poco se petrifican los nombres.

Con un abrazo de

                            OCTAVIO PAZ

[Lerma 143-601, México, 5, D.F.]
México, D.F., a 17 de marzo de 1976

Querido Pedro:

Hace unos días te envié *Vuelta*. Ya me dirás qué impresión te ha hecho. Yo tengo sentimientos ambivalentes. Dos pequeñas correcciones, ambas en la página 93: en la línea 14, donde dice «funda» debe decir «fundan» y en la 31, donde dice «simbiliza», debe decir «simbolizan».

De acuerdo: esperaremos todo el tiempo que sea necesario tu artículo sobre Fuentes. Ojalá que, en efecto, puedas tenerlo listo dentro de un mes. Gracias de antemano. Gracias también por la prometida nota sobre Rosa Chacel (sí, yo también la estimo de veras) y el ensayo sobre Manuel Puig. La nota sobre Rosa Chacel no debe ser mayor de ocho holandesas.

Dime si ya recibiste los números de *Plural* que te faltaban. ¿Cuándo nos envías nuevos poemas? No olvides el número catalán ni enviarme esos artículos del «colectivo», de que me hablabas en una de tus cartas. La situación de España empieza a preocuparme de verdad. ¿Qué va a pasar? ¿Tienen remedio nuestros pueblos?

Un gran abrazo,

OCTAVIO

62

[Lerma 143-601, México, 5, D.F.]
A 2 de abril de 1976

Querido Pedro:

Ante todo: ya recibí «Un camí compartit»,[29] con tu admirable texto que vale (casi) tanto como uno de tus poemas: denso, una materia verbal que es sensual y mental a un tiempo.

---

29.   Texto del catálogo Miró para la Galería Maeght de Barcelona. La versión española figura hoy en mi libro *Itinerario de un escritor* y la catalana en mi libro *Valències*. *(N. del E.)*

Tu carta me conmovió. Uno siempre siente dudas ante lo que hace y yo, además, con frecuencia atravieso por períodos de desánimo y abulia —esa *acedia* que tanto temían los monjes medievales. ¡Gracias! Tú me devuelves el entusiasmo.

Tus observaciones son justas. Puedes poner *transeúnte* en lugar de *pasante*, aunque en «pasante» hay un eco fantasmal —el que pasa es ya el pasado— que no sé si se encuentra en «transeúnte». Pero puede prestarse a confusión, efectivamente (también en México «pasante» significa una persona, casi siempre un estudiante, que trabaja en el bufete de un abogado). Arpa: escribí esta palabra con *h* sin duda por contagio del francés y el inglés. Suprime esa *h* desdichada. Vi en el diccionario que la grafía original —en francés antiguo, escandinavo y bajo latín— era con *h*. ¡Qué manía de la Academia Española, esclava de un imposible fonetismo! Hemos desfigurado ya muchas palabras: la *h* de armonía, filosofía, filantropía y ahora la *p* de psicología y psiquis. Así, aparte de que ha sido como cortarles las raíces, separamos más y más el castellano escrito de las otras lenguas de Occidente. ¿Por qué y para qué?

Me alegra mucho saber que Seix Barral proyecta sacar *Vuelta* antes de diciembre. ¡Así sea! Aún no recibo ni el contrato ni el anticipo. No me preocupa la cuantía del anticipo. En cambio, sí quisiera que con cierta regularidad (¿una vez al año?) me enviasen los estados de cuenta. No he recibido los de *Los hijos del limo*, *El Mono Gramático* y los otros libros. La ilustración para la cubierta: se me ocurre un plano de la ciudad de México o una litografía de fin de siglo de la misma ciudad o una foto del Colegio de San Ildefonso. Buscaré algo y te lo enviaré pronto.

Espero con impaciencia tus artículos sobre Fuentes, Puig y Rosa Chacel. No olvides enviarme, cuando aparezcan, los del «colectivo». He dejado de recibir *Destino* —y los cheques. ¿Qué habrá pasado?

Un doble abrazo muy grande y fuerte para María Rosa y para ti de Marie Jo y

Octavio

[Lerma 143-601, México, 5, D.F.]
A 6 de abril de 1976

Querido Pedro:

Recibí al fin los contratos. Te devuelvo, firmado, un ejemplar y yo guardo el otro, como es costumbre. Te agradezco de veras que me hayas animado a tratar el asunto del anticipo. No me importa demasiado pero me pregunto si no habría que incrementarlo un poco —digamos a $ 500 ¿no crees?

¿Recibiste ya *Plural*? Un gran abrazo,

OCTAVIO

64

[Lerma 143-601, México, 5, D.F.]
A 13 de abril de 1976

Querido Pedro:

Te contesto de carrera y muy brevemente. Ante todo: muchísimas gracias por tu ensayo sobre Manuel Puig. Es de veras justo, penetrante. Me asombra que hayas logrado verlo con tanta claridad pues es un autor que está lejos de ti (y de mí) ¿no crees? La frase subrayada en el poema *Vuelta* es mía y pertenece a un soneto (el II) de «Crepúsculo de la ciudad» —un viejo poema (y, también, un poema viejo, creo que lo escribí hace más de 30 años). Tal vez sea mejor suprimir las itálicas...

Un abrazo,

OCTAVIO

[Lerma 143-601, México, 5, D.F.]
A 30 de abril de 1976

Querido Pedro:

Ante todo, supongo que ya habrás recibido *Plural*. Yo mismo vi el sobre en el que te enviaban los tres últimos ejemplares. Dime qué números te faltan para que se te envíen inmediatamente.

La dedicatoria de «La arboleda»: como tú quieras. Entreveo que tú preferirías *Pere*: muy bien.

Ya te dije que a todos nos ha parecido espléndido tu ensayo sobre Puig. Saldrá en un número próximo. No olvides el artículo sobre Fuentes: *ya empieza a ser urgente*.

No he recibido noticias de *Destino*. En cambio, muy puntualmente, los de Seix Barral me enviaron los estados de cuenta. Cuando los veas,[30] diles que les agradezco la atención.

Me alegra que te hayas lanzado a escribir ese libro sobre la obra de Miró. Me alegra y me asusta: el tema es apasionante pero también vastísimo.[31]

Sí, tienes razón, la literatura inglesa y la francesa se han hundido. Es desolador.

Un doble abrazo,

ÓCTAVIO

En un número de *Ínsula* vi que Andrés Sánchez Robayna publicaba el *mismo* artículo que nos dio —sobre Juan Ramón y *En el otro costado*. Sánchez Robayna es inteligente y sensible y a mí me agrada que colabore en *Plural* pero ¿quieres «jalarle» las orejas de mi parte? ¡Gracias!

30. En aquel momento, yo trabajaba en Seix Barral en régimen de *part time. (N. del E.)*
31. Se refiere al extenso estudio que no llegué a publicar en libro hasta 1993, en catalán (original), español, inglés y alemán. Título español: *Las raíces de Miró. (N. del E.)*

[Lerma 143-601, México, 5, D.F.]
A 15 de junio de 1976

Querido Pere:

No me extraña que mi carta del 30 de abril te haya llegado el 31 de mayo. Así anda el correo... y así anda el mundo.

Ya recibí tu nota sobre Carlos Fuentes. Me gusta de veras. La publicaremos junto con otra menos entusiasta de un joven mexicano, Adolfo Castañón. Tu nota, por supuesto, irá al frente. Lo que dices en ella me ha incitado a leer *Terra Nostra*. En un principio había dejado la novela para leerla en Cambridge pero creo que empezaré ahora, apenas termine dos o tres cosas urgentes.

Recibo de vez en cuando *Destino*. Lo que no he recibido desde hace algún tiempo —me parece— son los honorarios. Puede que esté equivocado, pero me parece que me deben algo. Y ya que hablo de esto, ¿te acuerdas de aquel extenso ensayo que te envié hace algún tiempo, «Erotismo y gastrosofía»? Bueno, debido a un pedido que me hizo un diario brasileño, el *Jornal da Tarde*, amplié y escribí de nuevo la primera parte, «El espejo indiscreto». En realidad, ahora forma un artículo totalmente independiente de la segunda parte. Te envío ese texto, por separado y aéreo. Creo que, con motivo del bicentenario de los Estados Unidos, *Destino* podría publicarlo, ya sea en una o en dos secciones. Me refiero a la primera parte, que tiene 20 páginas (quizá habría que cambiar el título o agregar un subtítulo que aclarase el tema). Se trata sobre todo de la influencia de la independencia de los Estados Unidos en la de México y, en general, de Hispanoamérica.*

Vuelta. Me parece que he encontrado algo para la portada. Te enviaré las fotos dentro de unos días.

---

* La otra sección podría publicarse independientemente más tarde.

Ya me dirás tu opinión. Me pregunto, de todos modos, si no sería mejor una portada puramente tipográfica. ¿Qué piensas? También te envío una foto mía. Por último: *sí, deseo corregir las pruebas.* Me parece indispensable.

Una pregunta: ¿quién podría escribir algo sobre Heidegger entre los jóvenes filósofos y ensayistas españoles?

He dejado para el final lo más complicado, lo de la *Obra poética.* Sí, recibí el contrato. No lo he firmado porque antes quiero consultar contigo varias cosas. La primera y menos importante se refiere al monto del anticipo. A mí me parece poco, si se tiene en cuenta que se trata de un libro que reúne más de 40 años de trabajo. La cláusula novena me hace dudar. Acepto la prohibición de incluir la *Obra poética* en una colección *parcial* de mis obras pero ¿qué ocurriría si otra editorial se propusiese publicar mis obras completas? En fin, también me hace dudar el párrafo último de la cláusula XI. ¿Puedes aclararme estos puntos?

Nada de lo que te he dicho sobre el contrato tiene realmente importancia. Lo que me preocupa es determinar la *forma* que tendrá el libro. He estado trabajando en él y me parece que tendrá una extensión de unas 960 páginas. Recordarás que yo sugerí que tomásemos como modelo la edición que ha hecho Carlos Barral de las poesías de Cernuda y de Salinas. El único defecto que les veo a esas ediciones es que, sea por defecto de impresión o por mala calidad del papel, las letras se transparentan demasiado. Claro, lo ideal —un ideal tal vez inalcanzable— sería una edición como la que hizo Vanny Scheiwiller de *Homenaje* y de *Aire nuestro* de Jorge Guillén. Otra edición bonita —aunque un poco anticuada— es la *Tercera antolojía poética* de Juan Ramón Jiménez (editorial Biblioteca Nueva, 1957). Séneca, dirigida por Bergamín, publicó también, hace ya muchos años, algunos libros muy hermosos aunque siguiendo demasiado a La Pléiade: *Laurel* y las *Poesías* de Machado. No te canso: lo que yo quiero es que la editorial me indicase, no en el contrato sino por carta, en términos generales pero precisos, cuál sería el formato y las otras características del libro.

Por mi parte, yo he estado preparando el texto para la edición. He escrito un prólogo y muchas notas. Además, reviso y corrijo los poemas.

Te envío el proyecto de prólogo para que me des tu opinión. También el proyecto del índice.

Un gran y doble abrazo,

OCTAVIO

Querido Pere:

Cuando me disponía a poner en un sobre esta carta, recibo la tuya del 7 de junio (¡sólo ocho días!). Sí, yo había ya pensado reunir los artículos y ensayos últimos que he escrito. En realidad, podrían hacerse dos libros: uno, semejante a *El signo y el garabato* —aunque menos extenso— con artículos y notas sobre arte y literatura; el otro, con un prólogo mío, sería una suerte de continuación y prolongación de *Postdata*. Este último estaría compuesto, esencialmente, por los siguientes textos: «Prólogo» (por escribir), «Carta a Adolfo Gilly», «Entre orfandad y legitimidad», «Daniel Cossío Villegas: las ilusiones y las convicciones», «El espejo indiscreto» y «Hacia una idea de la historia de México» (por escribir). Olvidaba el prólogo al libro de Elena Poniatowska, que iría después de la «Carta a Gilly». Podrían agregarse dos o tres entrevistas, como la que apareció en *Plural*, hecha por Claude Fell, sobre *El laberinto*. ¿Qué te parece?

Estoy *totalmente* de acuerdo contigo: es urgente que se haga ese número catalán y que no sólo sea crítico y literario sino *político* y aun, hasta cierto punto, histórico. El número podría ocupar 2/3 partes de *Plural*.

También coincido con tu juicio sobre Carlos Isla. A mí me gustó su último libro pero aquí —mis compatriotas son terribles y la generosidad no es su cualidad sobresaliente— fue mal recibido. Si tú le escribes unas líneas, le darás una gran alegría —como se la has dado, supongo, a Carlos Fuentes. Y ya que hablo de tus largas críticas: tu trabajo sobre Puig ha sido muy elogiado.

Un abrazo,

OCTAVIO

67

[Lerma 143-601, México, 5, D.F.]
A 13 de julio de 1976

Querido Pere:

El correo se mejora: también yo he recibido en un tiempo casi normal tu carta del 5 de julio. La contesto enseguida, punto por punto.

Me alegra que te haya gustado la ilustración que representa el siglo mexicano para la cubierta de *Vuelta*. Espero que, en su momento, me envíes pruebas del libro. Por cierto, encontré otra errata: en el poema «Vuelta», página 23, línea 19, debe decir: los *tapachiches*. En realidad, no es un mexicanismo; viene de Costa Rica y designa una suerte de langosta de alas rojizas que devoran las cosechas.

La *Obra poética*. No te preocupes por lo del anticipo, no es cuestión de vida o muerte. Tus explicaciones acerca del sentido de las cláusulas dudosas me han tranquilizado por completo. Así pues, olvida todo lo que te dije. La presentación material del libro: creo que, en efecto, lo mejor será inspirarnos en el *Cernuda* de Barral. Naturalmente, hay que concebir una cubierta distinta. También es esencial encontrar un papel no transparente o que lo sea menos que el utilizado por Barral. Por último, me pregunto si no sería mejor hacer el libro aquí en México. Creo que los elementos materiales no son muy inferiores a los de España y esta solución tendría la ventaja de que yo mismo podría cuidar la edición.

Sobre los dos posibles nuevos libros: tienes razón, es mejor publicar primero el de política. Sobre todo cuando hayas terminado de leer esta carta y te enteres de lo que ha ocurrido aquí. La semana pasada hubo un cambio en la dirección del diario *Excelsior*, editor de *Plural*, que nos ha obligado a renunciar a mí y a todos los miembros del Consejo de Redacción. La historia de siempre: la independencia del periódico, con cuyos puntos de vista por lo demás, no siempre coincidía, provocó una ofensiva pero no abierta sino tortuosa. *Excelsior* es una cooperativa y, a través de una campaña de seducciones y amenazas, que conquistó a la mayoría de los trabajadores, se organizó un pequeño levantamiento que culminó con la salida del director, mi amigo Julio Scherer, y sus colaboradores más cercanos. En un país sin verdaderos partidos políticos y sin órganos deliberativos independientes, la supresión del único periódico libre significa que, de ahora en adelante, imperará una grisácea unanimidad. Naturalmente, *Excelsior* seguirá publicándose pero ya no será el diario crítico y polémico que era sino otro, un altavoz amplificador de los elogios al Estado y a los poderosos. Con esta carta te envío un texto que intentamos publicar en *Excelsior* un día antes de que fuesen expulsados Scherer y sus amigos. Los nuevos dirigentes se negaron a publicarlo. Nuestra declaración te dará una idea de lo ocurrido.

El escándalo ha sido enorme. Un escándalo silencioso: ninguno de los grandes periódicos publicó una sola noticia sobre lo ocurrido y en los canales de televisión, los privados y los oficiales, los únicos que tuvieron derecho a expresar sus puntos de vista fueron los de la facción enemiga. Son imprevisibles las consecuencias políticas de este cambio aunque, por lo pronto, no es exagerado afirmar que hemos retrocedido treinta o cuarenta años. Todos nos preguntamos si no estamos en vísperas de una tentativa por regresar a un régimen personalista, con un jefe detrás de la silla presidencial. No la dictadura sino Chanfalla y su retablo maravilloso.

No nos damos por vencidos y hemos pensado continuar *Plural* —no con ese nombre, que es propiedad de *Excelsior*— sino con otro y libres de toda influencia. Como hay una gran indignación en muchos sectores, no nos será muy difícil encontrar algún dinero. Zaid ha trazado un buen plan de acción y ahora andamos en busca de un gerente o promotor capaz de llevarlo a buen término. Nuestra idea básica es no depender de una sola fuente sino buscar una pluralidad de patrocinios y ayudas. No es difícil. En estas circunstancias, ¿crees tú que Seix Barral podría interesarse en participar? No se trata de financiar enteramente el proyecto. La participación podría asumir la forma de servicios: distribución, facilidades de impresión —en caso de que ustedes tengan talleres en México—, etcétera. No me he atrevido a hablar con el representante de Seix Barral en México porque antes quería tratarte a ti este asunto y porque, además, el proyecto todavía es muy vago. Esperamos darle forma en una semana más y, si resulta viable, empezar a trabajar desde luego. Te seguiré informando pero, por lo pronto, te pido que hables con Argullós y las otras personas de Seix Barral y me comuniques tu reacción y la de ellos. Gracias anticipadas.

Apenas si tocaré los otros temas de tu carta. ¡Qué lástima que no hayamos podido publicar el número catalán! Pero será uno de los primeros de la nueva revista, si es que logramos sacarla.

Me emociona saber que escribes un poema extenso. No dejes de enviarlo. Y ¿qué pasó con aquellos poemas de *L'espai desert*? ¿Han sido incorporados al nuevo poema?

Sí, he leído cosas de Eugenio Trías en La Gaya Ciencia y me ha interesado mucho. No se te olvide entregarles a los de *Destino* mi artículo sobre México y los Estados Unidos («El espejo indiscreto»). Creo que podría interesar en España, sobre todo en Cataluña. Por cierto, es muy exacto y emocionante lo que dices sobre lo que se suele llamar «Historia de España» y que no es sino la historia de la Corona de Castilla. Sí, el gran pecado castellano —heredado por nosotros y refrendado por la herencia azteca— ha sido el centralismo. Tanto los pueblos de España como los de México hemos sido víctimas de dos centralismos: Madrid y México.

Olvidaba un proyecto inmediato: publicar una antología de los cinco años de *Plural*. Un tomo o, mejor, dos. Divisiones principales: poesía, ficción, crítica literaria y filosófica, política (dividida a su vez en internacional, hispanoamericana y mexicana), arte, actualidades, etc. El libro podría llevar un prólogo mío y, tal vez, otro de Zaid. ¿Tú crees que Seix Barral se interesaría en publicar ese libro? Es de facilísima realización. Contéstame, por favor, a vuelta de correo.

A los dos, a ti y a María Rosa, con nuestro afecto, un doble abrazo de Marie José y de tu amigo que te quiere,

OCTAVIO

68

[Lerma 143-601, México, 5, D.F.]
A 17 de septiembre de 1976

Querido Pere:

Hasta ahora puedo escribirte. Las últimas semanas han sido endiabladas: me han traído de aquí para allá y todas estas idas y venidas me han mareado y fatigado. Me ha pasado lo que al «gas de alumbrado» en el Gran Vidrio de Duchamp: poseído por una «idea fija ascensional», cae en la trampa del «laberinto de las tres direcciones» y cuando sale ha perdido el sentido de la orientación... La diferencia es que, en mi caso, yo soy en gran parte culpable de lo que me ocurre: ¿quién me manda aceptar tantos encargos y enredarme en tantos líos? En fin, creí que me ahogaba pero ya empiezo a salir a la superficie. Terminé las conferencias de El Colegio Nacional (seis) y los trabajos para resucitar *Plural*, con otro nombre, van por muy buen camino. Por desgracia, no puedo descansar: la semana que entra doy el salto anual hacia Cambridge.

Me imagino que Comas[32] te habrá puesto al corriente de la conversación que tuvimos a su paso por México. Uno de los temas que tocamos fue el de la ayuda posible que Seix Barral podía dar a la revista. En principio, me prometió lo siguiente: darían un anuncio mensual y nos proporcionarían una lista de distribuidores posibles de la revista en España y en la mayoría de los países hispanoamericanos. Puedo decirte ahora que, si todo marcha como hasta ahora, la revista saldrá el 15 de noviembre. Se llamará *Vuelta*. (Yo *no escogí* el título: se le ocurrió a Rossi y les gustó a los otros amigos.) El Consejo de Redacción será el mismo. Yo continuaré siendo el director pero se acordó nombrar a Alejandro Rossi como director suplente (él dirigirá la revista durante mis ausencias). El secretario de Redacción será José de la Colina, que es además un excelente escritor. (Danubio decidió irse y probar fortuna en otras tierras.) *Vuel-*

---

32. Antoni Comas, directivo por entonces de Seix Barral. *(N. del E.)*

ta tendrá el mismo formato que *Plural* pero tendrá sólo 64 páginas, en lugar de 80, y no tendrá páginas interiores en color. Será más sobria y, tal vez, más bonita. El encargado del diseño será Abel Quezada, que había sido ayudante de Sakai. La revista será independiente y vivirá de los anuncios y las ventas, de modo que no podemos darnos el lujo de tener pérdidas. Te cuento todo esto para darte una idea de las dificultades y limitaciones a que nos enfrentamos. Después de mi conversación con Comas he hablado varias veces con Ángel Jasanada.[33] Él me ha asegurado que Seix Barral nos daría un anuncio de una página completa, «al menos para el primer número». Mi deseo es que ustedes publicasen *una página completa en cada número*. Los precios (no hay más remedio que hablar de esto) son: 1,000 dólares por la cuarta de forros (color); 800 dólares por la segunda y tercera (color); 400 dólares por las interiores. Yo me conformaría con un anuncio en página interior. Otra ayuda, también preciosa, es recomendarnos nombres de agencias de distribución de la revista en España y América Latina. Y para terminar con la revista: no olvides enviarnos algo para los primeros números. Rossi te escribirá anunciándote, ya con plena seguridad, la fecha de aparición del primer número. Me gustaría publicar *pronto* —el momento no puede ser más propicio— ese número dedicado a la cultura catalana contemporánea, en su triple aspecto: el histórico y político, el literario y el artístico.

Vuelta (me refiero al libro de poemas): cuando pasó Comas por aquí, le di las pruebas ya corregidas. Hace unos días recibí —¡con un mes de retraso!— una carta de Alfredo Sargatal,[34] en la que me decía que, en los poemas de más de una página, el blanco al pie era excesivo y me proponía tres soluciones. Le contesté por cable lo que ahora te digo: ustedes *decidirán* lo que sea mejor, en la inteligencia de que las soluciones 2 y 3 combinadas me parece que resuelven el problema. En mi cable le pedía a Seix Barral hacer un esfuerzo por terminar el libro lo antes posible, de manera que hubiese ejemplares en México hacia el 15 de octubre. A ti

33. Ángel Jasanada, colaborador de Comas, responsable de promoción. *(N. del E.)*
34. Poeta y traductor, que trabajaba por entonces en el departamento de producción de Seix Barral. *(N. del E.)*

puedo darte la razón, con la seguridad de que no la divulgarás pero que, al conocerla, apoyarás mi gestión: resulta que me han dado el premio Jerusalén 1977. Es un premio que se da a «un escritor en cuya obra encuentre expresión la idea de *la libertad del individuo en la sociedad*». Acepté, como es natural. En primer término, por la índole del premio: es un premio combatiente, por decirlo así. Enseguida, porque admiro a casi todos los que lo han recibido antes: Bertrand Russell, Ignazio Silone, Jorge Luis Borges, Eugenio Ionesco y Simone de Beauvoir (aunque esta última no sea santo de mi devoción). Se ha decidido anunciar el premio simultáneamente, en México y en Jerusalén, el 20 de octubre. Por eso he sugerido que el libro salga, si es posible, para esa fecha.

Libertad bajo palabra (Obras poéticas). Ya tengo casi listo el texto, inclusive las notas. Podría enviártelo desde Cambridge, en noviembre. Pero aún no recibo el contrato: ¿qué pasó?

Antología de «Plural». Hablé también con Comas sobre esto. Ignoro cuál haya sido la decisión última de Seix Barral. En un principio, había pensado encargarle a Danubio esta antología (unas 300 páginas) pero los amigos del Consejo de Redacción prefieren distribuir el trabajo de otro modo: José de la Colina se encargaría de la selección de los textos literarios (poesía, ficción, ensayo, crítica, etc.); Sakai de las artes plásticas y yo de los temas filosóficos, históricos y políticos. Yo haría también el prólogo. Ojalá que en tu próxima carta pudieses darme noticias sobre esto.

Quedan pendientes otros dos temas: el tomo de escritos políticos (1970-1976) y el Sor Juana. Ya hablaremos más adelante sobre ambos.

Finalmente, una consulta. Roger Caillois ha hecho una admirable traducción de *Pasado en claro*. Se le ha ocurrido publicar el poema, simultáneamente, en Gallimard (edición normal) y otra, de lujo, con el texto en castellano y la versión francesa, ilustrada, en Polígrafa. A mí la idea me entusiasma. Caillois piensa que Matta o Masson podrían ilustrar el libro. *Otra posibilidad: Miró*. Esto último me parece mejor, ya que ésta sería una manera de cumplir aquel viejo proyecto. Me gustaría conocer tu opinión sobre esto: ¿crees que Polígrafa se interesaría?, ¿crees que Miró aceptaría colaborar en un proyecto como éste? Dos dudas: ¿tendrá tiempo, dado el número enorme de sus compromisos y su edad?, y la otra duda: ¿le gustará *Pasado en claro*? No hay que olvidar que, más allá de su genio, es un hombre de otra generación. Espero que me digas lo que piensas de todo esto. Una súplica final: te pido cierta reserva pues no quisiera dar un *faux pas* con Miró o con Matta.

Hace unos días Julián Ríos me envió una lista de posibles colaboradores para el libro que prepara Espiral. La selección la hizo Alfredo Roggiano. Tal vez es demasiado extensa. En todo caso, sería bueno que Julián te diese la lista de los textos que, finalmente, él y Roggiano publicarán. Por mi parte, te envío ahora un ensayo —a mí me gusta— de tu paisano Raimundo Panikkar. Lo conocí en la India. «Una inteligencia deslumbrante», dice Jorge Guillén y debo confesar que no le falta razón (a pesar de mi anticlericalismo saludablemente «primario»). No estoy de acuerdo con la interpretación que hace Panikkar de mi poema pero me alegra pensar que fue pretexto para una brillante explicación del tiempo circular.

¿Cómo va el libro de y sobre Miró? ¿Y el largo poema?

Para María Rosa y para ti, los recuerdos cariñosos de Marie Jo y un gran abrazo de tu amigo que los quiere,

OCTAVIO

69

Cambridge, Mass., a 26 de octubre de 1976

Querido Pere:

Contesto a tu carta del 7. Pero antes de entrar en la prosa de los quehaceres y afanes diarios, quiero decirte que eres un amigo extraordinario. O sea: un amigo, a secas. La amistad es siempre algo extraordinario. Generoso, paciente, eficaz. Estos tres adjetivos califican a cualidades morales. Además —o más bien: sobre todo— eres un poeta. Y un poeta con el que se puede conversar porque es lúcido. Qué lástima que no podamos perder —ganar—

el tiempo hablando de lo que de veras nos importa y no de los temas tristemente administrativos que, fatalmente, deben ser la materia de esta carta.

Ya recibí la maqueta del libro. Gracias. Muy bien: me gusta. Conté las páginas: ochocientas. El tamaño que nos conviene, precisamente. Pero antes de tocar este punto, contesto a tus preguntas y en el orden en que las haces:

a) Cubierta: me gustaría que fuese azul marino o cobalto.

b) Papel: me gusta.

c) Impresión en la sobrecubierta: no sé. ¿Qué proponen?*

d) Cabezadas: si la cubierta es azul marino, doradas. O negras y las letras doradas.

e) Guardas: sí, del mismo color que la cubierta pero en un tono más fuerte —si el color de la cubierta no es un azul marino demasiado oscuro.

f) Cinta: sí.

g) Sobrecubierta: del mismo color que la cubierta pero en otro tono. Cobalto si la cubierta fuese azul marino —o a la inversa. En papel más bien brillante. Las letras —esto se aplica también a la cubierta— si la sobrecubierta fuese cobalto, podrían ser blancas y negras. Doradas si fuese azul marino. Por último, me inclino por una composición puramente tipográfica —pero déjame pensarlo.

Ahora me toca a mí preguntar: ¿qué tipo piensan usar y de cuántos puntos? ¿Cuántos renglones tendrá cada página? ¿Y los márgenes? Estos datos son indispensables, para tener una idea de lo que será el libro y, asimismo, para calcular el número de páginas. ¿No podrían enviarme una página de muestra? Y esto me lleva al tema que rocé antes: el cuerpo del libro. Aquí hago un breve alto para tomar aliento y decirte —no te asustes— que cambió un poco mi idea original.

---

* ¿Letras doradas sobre cubierta azul marino obscuro?

Un tomo, sí, pero no rechoncho ni obeso. ¿Has visto las *Obras completas* de Borges, publicadas por la editorial Sudamericana (creo)? Un ponderoso volumen de más de mil páginas que no se puede mover sin una carretilla y que, para colmo, tampoco se puede abrir. ¿Te imaginas a Borges, condenado por sus declaraciones a transportar el tomo de sus *Obras completas* de un piso a otro de la Biblioteca de Babilonia? ¿Y has visto los *Collected Poems* de Auden? Otro gigantesco sepulcro en cuyas profundidades yace el texto impreso en minúsculos, ilegibles caracteres. La maqueta que ustedes han hecho me gusta porque se detiene en el límite. Más allá de las ochocientas páginas empieza el reino de los monstruos, el biblogigantismo, bajo cuyas moles se derrumban los estantes. No me refiero, claro, a libros como los de La Pléiade, impresos en papel cebolla y que ponen a prueba la paciencia de los lectores... En un principio había decidido incluir en la *Obra poética* los *Topoemas*, el *Renga* y las traducciones —todo eso pertenece, así sea tangencialmente, a mi idea de la poesía. Pero me asustó el volumen: más de mil páginas. Me inclino ahora por un libro que comprenda los cuatro volúmenes (*Libertad bajo palabra*, *Salamandra*, *Ladera Este*, *Vuelta*), los tres libros de prosa más o menos colindante con la poesía (*¿Águila o sol?*, *La hija de Rappaccini* y *El Mono Gramático*) más los poemas recientes aún no recogidos en volumen (*Pasado en claro*, otros aparecidos en revistas y otros inéditos). Todo, incluyendo las notas, daría un volumen de unas 672 páginas o de 704 si hay índice de primeras líneas. Un volumen ideal, a mi modo de ver. Naturalmente, mis cálculos son aproximados y los he hecho siguiendo, un poco al tanteo, el modelo de *Libertad bajo palabra*, es decir, unas 36 líneas por página y un poema detrás de otro.

Hay otra solución, más elegante quizá. Es la que ha seguido Barral en sus ediciones de Salinas y Cernuda: empezar cada poema en una página distinta. Esto nos daría (de nuevo: aproximadamente) unas 800 páginas. En fin, cualquiera que sea la solución que se adopte, hay algo que no cambia: debe escogerse un tipo agradable, legible y usar los márgenes y espacios con discreción y generosidad.

¿Y qué hacer con las traducciones, *Renga* y *Topoemas*? Publicar otro volumen, un poco después, pero en una edición común y corriente. El volumen tendría unas 300 páginas. Tal vez ese tomito podría incluir un nuevo *Renga*, si al fin llegamos a realizar aquel proyecto, ¿te acuerdas?

Otra posibilidad —se me ocurrió al oír a Jorge Guillén decirme que publicará su obra poética en cuatro tomos (por cierto: está muy emocionado con el artículo que le dedicaste en *La Vanguardia*)—[35] sería la de publicar —ahora sí incluyendo todo: traducciones, *Renga* y *Topoemas*— dos tomos de unas 500 páginas cada uno. Te confieso que prefiero la solución anterior, ya sea en 700 o en 800 páginas. Y ahora te toca a ti decirme qué piensas de todo esto.

El manuscrito está *casi* listo. He corregido el prólogo y he terminado las notas (ahora debo pasarlas en limpio). Pasé ya todas las correcciones a un ejemplar de *Libertad bajo palabra* y el mes que entra haré lo mismo con *Salamandra* y *Ladera Este*. Creo que en diciembre podré enviarte todo.

Hablé por teléfono con Jasanada. Me dice que el libro saldrá la semana próxima (me refiero a *Vuelta*). Yo pensaba ir a México para lo del premio Jerusalén pero a última hora me dio una pereza horrible. ¿Para qué y por qué? Por cierto, ya sea porque ha coincidido con el Nobel (me alegró que se lo diesen a Bellow: curioso escritor y curioso nombre) o por otra razón, el premio Jerusalén apenas si ha sido difundido. En cuanto Jasanada me envíe ejemplares de *Vuelta*, te enviaré uno, por aéreo. Es increíble lo que me cuentas del impuesto ese sobre la exportación —mejor dicho: perfectamente creíble dentro de la política delirante de Echeverría. Espero que el próximo régimen rectifique. De todos modos, les diré a los amigos de *Vuelta* que comenten el caso. Y ya que hablo de la revista: no olvides enviarme —ya sea a mí directamente o a Rossi: Águilas 9, México, 20, D.F.— una parte de tu poema. *Tengo muchos deseos de verlo.* ¿No podrías enseñarme una copia? Y además, claro, te reitero lo que ya sabes: *esperamos tu colaboración.* Lo que tú quieras y con la frecuencia que desees: crítica, prosa, traducciones, comentarios sobre la actualidad

35. En realidad en *Destino*: una reseña de *Y otros poemas*. *(N. del E.)*

literaria y artística... Los honorarios serán los mismos que los de *Plural*. Por último: ojalá que pronto nos pudiesen enviar ese número catalán.

Una pregunta más bien confidencial: ¿sabes algo de una revista que haría Rosa Regás con Juan Benet y Danubio Torres Fierro? Hace unos días me llamaron por teléfono, desde Madrid, para darme a conocer este proyecto y proponerme, si *Vuelta* al fin salía, encargarse de la edición española de *Vuelta* —quiero decir: la parte central de la revista —poemas, ensayos, ficción—, sería idéntica en sus dos ediciones pero la parte de actualidades y crítica literaria, artística y política sería distinta, de acuerdo con las circunstancias de cada país. Benet me dijo asimismo que quizá habría que encontrar un nombre más en consonancia con la realidad española —esto es, que la revista podría tener dos nombres. Te confieso que a mí la idea me desconcierta y no sé qué pensar. Siempre he creído y luchado por una más íntima relación entre los españoles —incluyendo el mundo catalán— y los hispanoamericanos pero me pregunto si esta fusión representa una verdadera coincidencia en los temas que a mí me apasionan y preocupan o si es una simple combinación editorial. Admiro a Benet pero las circunstancias por que atraviesan España y los intelectuales españoles son distintas, creo, a las de América Latina y, especialmente, a las de México. Ustedes viven después de cuarenta años de dictadura reaccionaria y nosotros después de cuarenta de mentiras pseudorrevolucionarias... En fin, me gustaría conocer tu opinión sobre esto. Te prometo que seré discreto como, estoy seguro, tú lo serás con esta confidencia que te hago...

Hablaré con Caillois. Es lástima que Miró no pueda hacer algo —aunque comprendo perfectamente sus razones. La verdad es que Matta —lo admiro— está un poco (un mucho) lejos del mundo de *Pasado en claro* y lo mismo ocurre con Masson. Bueno, esta carta se alarga y alarga. La corto bruscamente con un doble y muy grande abrazo para María Rosa y Pere de Marie José y de su amigo que los quiere,

OCTAVIO

Vuelta (la revista) sale el 15 de noviembre. ¿Quién podría distribuirla en España? ¿Cuándo me enviará Comas la lista de distribuidores posibles?

Otra pregunta —y otra molestia ¿cómo se llama y cuál es la dirección de Suhrkamp Verlag en Barcelona? Intercambio correspondencia con ella[36] —Suhrkamp publicará varios libros míos— pero perdí su última carta y las otras suyas anteriores las dejé en México, de modo que no le puedo responder y es urgente que lo haga... Ojalá que puedas sacarme del apuro: ¡gracias de antemano!

70

Cambridge, Mass., a 26 de noviembre de 1976

Querido Pere:

Te escribo con inquietud. Sé que estás bien porque así me lo dijeron Manuel Puig, que recibió carta tuya hace unos días, y Danubio, que te vio en Barcelona hace poco. Entonces, ¿a qué se debe tu silencio? Sin duda, se extravió mi carta última —o la tuya en la que me respondías a lo que yo te preguntaba en la mía. Por fortuna, guardé copia de mi carta. Te la envío. Creo que, una vez que la leas —si es que el original se perdió— podremos reanudar el diálogo.

Ya terminé la revisión de tu libro de poemas y la redacción del prólogo y las notas. Así, está listo el volumen de *Obra poética* (creo que debe llamarse *Libertad bajo palabra*). Listo pero abierto: espero terminar antes de que salga, ese pequeño libro —con *Pasado en claro* y otros poemas que he escrito y otros pocos más que escribiré. Aún no recibo *Vuelta* —ni el libro ni la revista. Sé que la revista salió hace ocho días y que el libro apareció este lunes que acaba de pasar.

Querido Pedro: contéstame por favor apenas recibas esta carta.

Muchos saludos a los dos de Marie Jo y de

OCTAVIO

71

36. Se refiere a Michi Strausfeld. *(N. del E.)*

[Harvard University. Cambridge, Massachusetts 02138
Department of Comparative Literature.
401 Boylston Hall]
A 29 de noviembre de 1976

Querido Pere:

Cuatro palabras en volandas. Raimundo Panikkar me escribe para pedirme que te envíe las páginas anexas (11, 12, 13 y 14) que substituyen a las 11 y 12 de su texto. Es un cambio, me dice, «que tiempo ha introduje en el artículo...».

Tu silencio me intriga —mejor dicho: me inquieta— más y más. ¿Qué pasa?

Ya salió el número 1 de *Vuelta*. No acaba de gustarme la presentación. En cambio —y esto aumenta mi desasosiego—, aún no recibo *Vuelta* (mi libro). ¿Qué habrá pasado?

Dobles saludos y un abrazo,

OCTAVIO

72

Cambridge, Mass., a 11 de diciembre de 1976

Querido Pere:

Gracias por tu carta y por tus noticias. Me has quitado un peso de encima. Me parece muy sensato todo lo que me dices. Enseguida te contesto, punto por punto.

Sí, es mejor que vayan los poemas uno detrás de otro, como en la edición del Fondo de Cultura Económica. Tipo: Baskerville pero no 10:11 sino 10:12 (de nuevo, como en la edición del Fondo).

El tipo de los títulos me parece demasiado pequeño. Hay que seguir también en esto a la edición del Fondo. Asimismo, los títulos de cada sección deben ir en itálicas y los de los poemas en redondas. Me pregunto si debemos usar la doble pleca que aparece en la edición del Fondo.

El plan del libro: creo que, dada la poca extensión de esos textos, podríamos incluir *Topoemas* y *Renga*. El sumario sería el siguiente: *Bajo tu clara sombra, Calamidades y milagros, Semillas para un himno, ¿Águila o sol?, La estación violenta, La hija de Rappaccini, Días hábiles, Homenaje y profanaciones, Salamandra, Solo a dos voces, Ladera Este, Hacia el comienzo, Blanco, Topoemas, Renga, El Mono Gramático, Vuelta* y *Pasado en claro* y otros poemas (esta sección, *work in progress*, aún no tiene título). Notas (reducidas al mínimo) e índice (general, no de primeras líneas: tienes razón). El volumen será de unas 736 o 768 páginas, no más.

¿No valdría la pena publicar después, en edición popular, la *Obra poética* en tres volúmenes, más un cuarto con las traducciones? Cada tomito tendría unas 250 páginas. ¿Qué te parece la idea?

Gracias por tus informes y orientaciones sobre aquel proyecto de una doble edición de *Vuelta* (la revista). Tienes toda la razón: si se realizase esa idea, habría que procurar que fuese con Seix Barral. Y claro, entre los miembros del Consejo de Redacción español figuraría, en primer término, tu nombre. Pero nadie me ha vuelto a hablar del asunto. Danubio me llamó por teléfono desde Nueva York —antes de su regreso a España— y no me tocó el tema. A mí, como creo haberte dicho, me parece muy difícil realizar esa idea. Aparte de la muy diferente coyuntura cultural y política por que atraviesa España, ¿cómo coordinar la acción de dos Consejos de Redacción cuando resulta casi imposible hacerlo con uno solo?

Espero con verdadera impaciencia *L'espai desert*. ¿Ya terminaste la traducción? Ya salió *Vuelta*. Me imagino que habrás recibido un ejemplar. ¿Qué te pareció? A mí la presentación física no acaba de gustarme. No deberían haber insertado en la carátula esa frase —fue ocurrencia de Zaid— sino la lista de los colaboradores. La tipografía es pobre y poco imaginativa. Las notas de libros son insípidas. Pero hay cosas muy buenas: los textos de Calvino y Elizondo, las notas políticas de García Cantú, Rafael Segovia, Zaid, las colaboraciones de Rossi y De la Colina. En cambio —otra decepción— no me gustó el cuento de Borges/Bioy... Estoy seguro de que los próximos números serán más vivos. No olvides enviarnos, *pronto*, algo.

Aún no recibo *Vuelta* (el libro). Es increíble: hablé con Jasanada y me dijo que me había enviado ejemplares el 3 de diciembre ¡y hoy es 11! Deberíamos volver a los caballos de posta.

Dobles abrazos, para María Rosa y para Pere, de su amigo que les quiere,

Octavio

Querido Pere:

Justamente en el momento en que me disponía a enviarte esta carta, recibo la tuya del 6. ¡No te apenes! Comprendo perfectamente, y justifico, tu (relativa) tardanza en contestarme —como tú comprendes, y *perdonas*, mi natural impaciencia. Lo que me dices en tu carta acerca de nuestra amistad me emociona tanto que de veras, no sé qué contestarte ni qué decirte —salvo que te envío, con el pensamiento, un abrazo muy grande. Sí, somos amigos... Tus dudas sobre el título: déjame pensarlo otra vez. Yo estaba encariñado con la idea de publicar bajo ese título *(Libertad bajo palabra)* todos mis poemas. Me parece que ese título es una buena definición. Pero tal vez tienes razón. Además, no había pensado en la no imposible oposición del Fondo. Por cierto, yo no he hablado con ellos. Lo haré a mi regreso. De nuevo, un doble abrazo,

Octavio

¡Sí, me gustará mucho tener un ejemplar al menos de la edición española de *Vuelta*! Lo espero. ¡Gracias!

73

Cambridge, Mass., a 17 de diciembre de 1976

Querido Pere: ·

Al fin llegaron los ejemplares de *Vuelta*. Me apresuro a enviarte uno. La portada me gusta, la impresión es limpia y sólo he descubierto una errata. No olvides enviarme unos cuantos ejemplares de la edición española. Desde ahora te doy las gracias.

Me imagino que ya habrás recibido la revista. ¿Qué te parece? *Ojalá que pronto tengamos una colaboración tuya.*

Por Jorge Guillén —muy emocionado por su premio— me enteré del ataque anónimo de *Triunfo* (aunque sospecho quién es la que se esconde bajo la máscara de ese nombre —Santos). La vida a veces nos hace regalos inesperados: a los pocos días Juan Marichal me mostró la generosa, valiente carta de Juan Goytisolo. Gracias a esa pequeña villanía descubrí a un amigo noble y capaz de dar la cara.

He acabado la revisión de la *Obra poética*. Ahora pasaré en limpio el prólogo y las notas, haré una copia xerox de todo y te enviaré el texto a principios de enero.

Se acaba el espacio, se acaba también el año y yo tengo mucho que decirte y que va en el doble abrazo para ti y María Rosa de Marie Jo y de

OCTAVIO

74

Cambridge, Mass., a 31 de diciembre de 1976

Querido Pere:

Día último del año. Acabo de regresar de la agencia —unas cuantas cuadras— donde copian en xerox los últimos textos de la *Obra poética*.

Me entregarán todo el lunes, de modo que la semana próxima te enviaré el manuscrito completo. Ha nevado mucho durante la última semana y se camina con cierta dificultad por las calles pero el cielo es de una limpidez deslumbrante y la luz del sol está en todas partes. Una luz que no calienta. Se tiene la sensación de que las palabras van a congelarse en el aire. En Boston se preparan para The First Night, un nuevo rito —entre religioso y cívico— que han inventado y que celebrarán esta noche por la primera vez. En el Common —terreno comunal— que está en el centro de Boston habrá un desfile de antorchas para recibir al año. Un amigo mío, que hace *earth-art*, ha ideado un «domo luminoso» hecho de los rayos cruzados de muchos reflectores. Mezcla de tecnología, religión y fantasía. En el fondo, una tentativa por resacralizar las fechas. Este pueblo tiene nostalgia de infinito y nostalgia de fraternidad —la doble raíz de las religiones— y no se consuela de haber perdido su fe. El cristianismo se volvió, aquí, moral y trabajo; ahora la moral se ha evaporado, el placer aparece en el horizonte y destrona al trabajo —pero la sed religiosa no se apaga.

Recibí tu carta del 23 de diciembre. Estamos de acuerdo en todo. Lo del título me sigue preocupando y dudo aún. Déjame pensarlo de nuevo. Comprendo tus razones pero yo me había encariñado con ese título. Además, creo que describe bien lo que he querido y quiero hacer.

Al frente del manuscrito hay dos hojas, con una lista de los textos y una enumeración de puntos pendientes —como el del título. Otro: la dedicatoria general, algunas dedicatorias a varios amigos, los epígrafes: todo eso te lo enviaré dentro de poco, antes de salir hacia México. Me parece que hay que incluir algunas de las reproducciones que usamos en *El Mono Gramático*. *Son parte del texto*. He sugerido 16 pero si les parecen muchas podemos suprimir todavía algunas más.

El nuevo libro. Después de *Vuelta* he escrito *Pasado en claro* y una veintena de poemas, algunos publicados —por ejemplo, en este número de diciembre de la revista aparecen tres— y otros todavía inéditos. Espero escribir otros pocos más y publicar así un libro de la misma extensión, más o menos, de *Vuelta* (y que incluiría *Pasado en claro*). A mí me gustaría que ese libro saliese antes de la *Obra poética*. Podría aparecer —si llego a terminarlo— en el segundo semestre de este año, en octubre o noviembre. La *Obra poética* podría salir en el primer o segundo semestre de 1978. Me gustaría conocer tu opinión sobre esto. Tal vez, si Seix Barral no desea publicar ese librito, podríamos imprimirlo, en edición limitada, con una editorial mexicana. El libro sólo circularía en México. Te preguntarás por qué tengo tanto interés en publicar ese libro en forma separada: bastaría con insertar esos poemas en la *Obra poética*, al final, como una sección más. Sí, pero como esos poemas representan, a mi juicio, un cambio en mi poesía —un cambio que es asimismo un regreso— me gustaría que saliesen en un volumen independiente primero y no confundidos con las otras cosas. En fin, ya hablaremos. Aún no termino este libro.

De acuerdo en publicar los dos textos de *Renga*, el original y la versión al castellano. Ojalá que no ocupen demasiado espacio. He releído el poema. Qué lástima: se salvan muy pocos momentos. ¿Sabes qué ocurrió? La experiencia, como lo recalcan Roubaud y Tomlinson en sus textos en prosa, requiere un trabajo «al unísono». Ésa fue la falla: contra lo que afirma Tomlinson, hubo una actitud *disruptive*, nihilista —en el mal sentido de la palabra. Cuando invité a Sanguineti, aceptó con entusiasmo. El primer día su colaboración fue plena —como puede apreciarse si se leen los cuatro primeros sonetos de las cuatro series. Después, aparte de sus alfilerazos a Tomlinson, que respondió como debía y con mayor ingenio, casi todas sus intervenciones tendían a interrumpir la corriente. ¿Por qué? La presión de los de Tel Quel, muy amigos suyos en aquellos días y sus correligionarios políticos. Los de Tel Quel —lo supe después— eran y son enemigos de Roubaud y tampoco me tienen mucha simpatía. Para colmo, Roubaud —un talento extraño, un auténtico «manierista» perdido en el siglo XX— pasaba por un mal momento: su matrimonio se deshacía. Tomlinson y yo hicimos lo que pudimos... Hay que repetir la experiencia —contigo y con otro poeta. No más de tres y en lenguas afines.

A mí me parece esencial la publicación de la *Obra poética* en cuatro o (mejor) en tres volúmenes, a la rústica y con un precio de venta accesible a la mayoría. Los tres tomos podrían salir un año después de la aparición, en un volumen, de la *Obra poética*. ¿Qué te parece mi idea? ¿Y a los de Seix Barral? Te confieso que yo preferiría dejar esclarecido esto desde ahora.

Si le das un vistazo al manuscrito encontrarás ciertos cambios. En primer término, poemas rehechos —casi nuevos poemas y, en tres o cuatro casos, sin el casi: «Jardín», «Otoño» y, sobre todo, «Entre la piedra y la flor», que escribí este año. En una veintena de poemas los cambios son substanciales. En otro medio centenar, muy leves. Nada en el resto —la mayoría, más de doscientos— salvo en un aspecto: en varios poemas separé las estrofas para facilitar la lectura. Otro cambio —excepto en la sección «Semillas para un himno», en donde no me pareció necesaria esta modificación— consiste en que ahora los versos comienzan con minúscula, naturalmente no al comenzar el poema ni después de punto. La razón: de nuevo, facilitar la lectura, sobre todo en los poemas sin puntuación. Sobre el tema de la puntuación me extiendo un poco en la primera nota. Otra nota que te interesará: la relativa a José Bosch («Elegía a un compañero muerto en el frente de Aragón»). ¿Qué siento después de esa inmersión de un año en mi propia poesía —en mi propia vida pasada? A ratos, desesperación; otras, rubor; otras, náuseas; otras, risa; otras —¿por qué negarlo?— alegría ante ciertas cosas que no me han parecido mal del todo. Opiniones cambiantes: a veces un poema te disgusta y, al releerlo unos días después, te reconcilias con él. La relatividad de nuestros gustos, nuestras ideas, nuestros juicios... La sensación general: la del que se prepara para un largo viaje, pone en orden sus cosas, se despide de sus amigos —y de sí mismo. Pero ya estoy en la orilla —no la otra orilla, la de la sabiduría, que alguna vez pensé que podría vislumbrar— sino esta orilla, la de aquí, la de esta vida de hoy. ¿Pero esta orilla no es otra orilla, según dice Nagarjuna?

Corto. Marie Jo me llama y me muestra un *collage* que acaba de hacer y en el que hay una patinadora sobre una rueda gigantesca, varios rascacielos de hielo (imaginarios) y un cubo azul, flotando, arriba. Ésa es la otra orilla —que no es sino esta orilla.

Para María Rosa y para ti, nuestro doble abrazo de fin y de comienzo de año,

Octavio

A 1° de enero de 1977: no fuimos a The First Night —hacía demasiado frío— pero vimos a la multitud en la televisión... ¡Según el diario: 30,000 personas!

75

Querido Pere:

Hoy te envío, en tres paquetes, los textos de la *Obra poética*, salvo *El Mono Gramático* y *Vuelta*, ya que ustedes tienen ejemplares de esos libros. Tampoco te envío los poemas últimos, con la excepción de «Pasado en claro», por las razones que te daba en una de mis cartas anteriores. Hubo necesidad de hacer tres paquetes porque de otro modo el franqueo aéreo salía carísimo. Todo está por las nubes —hasta los sellos de correo. Cuesta dinero comunicarse y cuesta dinero quedarse callado. Qué mundo hemos hecho...

Con el envío de la *Obra poética* se me ha quitado un peso de encima. Me siento más ligero. Escribí, significativamente, el 2 de enero, este pequeño poema:

EPITAFIO SOBRE NINGUNA PIEDRA

Soy de Mixcoac. Tres sílabas nocturnas:
un antifaz de sombra sobre un rostro solar.
Vino y se lo comió la tolvanera.
Yo me escapé y anduve por el mundo:
mi casa fueron mis palabras, mi tumba el aire.

Curiosamente, escribir estas líneas me acabó de aliviar. Ya estoy en la otra orilla —que es ésta desde la que te escribo— decidido a proseguir.

Un doble abrazo,

OCTAVIO

P.D.   Sí, tienes razón: exageré en mis críticas a *Vuelta*. Acabo de recibir el segundo número: me gusta mucho —la presentación (sobria, elegante casi en su modestia) y, sobre todo los textos. El relato de Claude Roy —su último encuentro con Aragon— es impresionante. Seix Barral debería publicar los tres volúmenes de memorias de Roy. *Es un buen libro.* También, una buena antología de Pierre Reverdy: poemas, textos sobre arte, poesía, moral y, menos conocido pero de gran intensidad, reflexiones sobre la vida espiritual —y la política.

De nuevo, un abrazo,

OCTAVIO

76

Cambridge, Mass., a 16 de enero de 1977

Querido Pere:

Hace unos días recibí *L'espai desert*. Lo leí varias veces y con creciente admiración. La traducción española, por supuesto, pero comparándola con frecuencia con el original catalán. Hasta donde puedo darme cuenta, el texto catalán me parece más rico —una materia verbal amplia y densa, con extrañas resonancias y reverberaciones mentales y auditivas. Un texto que se toca, se oye y hasta se huele. Pero la versión castellana no sólo deja adivinar estas complejas asociaciones entre el sonido y el sentido, entre el color y el peso de las palabras, sino que ella misma es compleja y densa, una masa verbal hecha de intrincados enlaces auditivos y semánticos, como un follaje casi acuático y entre cuyas frondas y ondulaciones se deslizan y flotan formas afiladas, fosforescencias, sombras. El texto es difícil y hay varios pasajes que todavía no penetro enteramente. Nuevas lecturas, sin duda, me aclararán poco a poco ciertos enigmas y obscuridades.

Aunque cada una de las diez partes que lo componen tiene completa autonomía, *L'espai desert* es un poema. La unidad está lograda plenamente. Unidad no tanto de desarrollo ni de idea, tampoco de historia: el poema presenta al lector distintos y aislados momentos de una misma materia verbal y de una misma persona. La unidad es, ante todo, material o sensual: el lenguaje, las imágenes, los colores, los ritmos, en una palabra: el verbo; pero ese lenguaje es una *voz* —la voz del poeta. La unidad es así, también, psicológica y espiritual. *L'espai desert* es un gran poema —hay que decirlo aunque el adjetivo haya sido usado muchas veces y casi siempre mal. Hace muchos años que no leía nada, en el ámbito hispánico, tan denso y personal. Aquí, con un abrazo de celebración y de admiración, debería terminar mi comentario... pero no resisto la tentación de transcribirte algunas de las notas —rápidas, verdaderos apuntes— que hice durante mi tercera lectura, ya un poco más familiarizado con el texto (lo repito: complejo, difícil y que, más de una vez, me ha dejado perplejo):

I. La primera sensación —y la más constante, a lo largo de las diez partes— es la de riqueza verbal. Pero se trata no tanto de abundancia como de *densidad*. Lenguaje líquido, espeso —mar y aceite. Lenguaje sonámbulo, submarino —y lenguaje lúcido, de buzo. Otras dos notas que aparecen en I y reaparecen después varias veces: el deseo —obscuro, insistente, desmesurado— y la reflexión frente al deseo. Hay visiones memorables (la moneda de cobre en el pozo: cadáver del relámpago) y hay momentos obscuros (¿por qué es *maldito* ese día?). El mundo de la infancia y la adolescencia es alucinante y el final, en su realismo y la mención de los zuecos y la madera húmeda, también alucinante. ¿Qué significa esa *rueda* que aparece de pronto y hace girar todas las imágenes?

II. Más directo aunque sin abandonar la ambigüedad entre lo real y lo imaginario, nota constante del poema. La realidad del mito —y la realidad real de Cataluña humillada y ocupada. Historia política de una infancia.

III. Se acentúa —en esto reside la fascinación de esta parte— la indecisión entre lo imaginario y lo real, ahora en otro plano: los juguetes y la familia, la gente de la calle y los muñecos, la terrible realidad real y la no menos terrible realidad del juego. La sacerdotisa: ¿real, irreal? En todo caso, como los zuecos y la madera son el puente entre el I y el II, la sacerdotisa es el puente entre el III y el IV, canto sexual.

IV.   Una de las partes más intensas. No me gusta la palabra «mayestático» y «silencio azul» me parece fácil. Impresionante y eficaz —poética y humanamente— la oposición, hecha de reflejos, entre el erotismo y la contemplación. Tal vez sería bueno condensar un poco la parte final. Por ejemplo, acabar la estrofa en «los gestos del amor», cortar lo que sigue y volver a empezar en «Veo un espacio disipado...». Esta última parte también podría concentrarse un poco más.

V.   Esta parte es la que más me ha conmovido. Me parece la mejor. Hay momentos —el elogio no es excesivo— que hacen pensar en Eliot. Si estás de acuerdo, publicaremos esta parte en *Vuelta*.

VI.   Muy intensa también. Hay pasajes extraordinarios. Me pregunto si el pasaje de la Granvia no podría reducirse un poco —aunque no estoy muy seguro de esto.

VII.   Esta parte es una de las más difíciles de penetrar. No acierto a comprender del todo la relación entre el episodio de la demolición del apartamento y el viaje a París. El enigma del Negro que lleva un hacha, Leñador del Tiempo (imagen impresionante, inolvidable). El pasaje de la visión estelar, en la tradición de la gran poesía astronómica y astrológica desde Sumeria, es de gran belleza. Me doy cuenta del simbolismo de esta parte —los astros, la estancia en escombros, el derrumbe del tiempo— pero no logro desentrañarlo completamente.

VIII.   Otro de los grandes momentos del poema, con el V y el VI. Admirable como construcción verbal y como acumulación del terror y del miedo. Es otro fragmento que me gustaría publicar en *Vuelta* —lástima que el «hombre del saco» sea una expresión incomprensible para los mexicanos y, me imagino, los hispanoamericanos en general. ¿No podría cambiarse —no es lo que en México se llama un «roba-chicos», es decir, un *voleur d'enfants*?

IX.   Sorprendente y muy hermoso.

X.   Otra de las partes que me gustan mucho, aunque menos que la V y la VIII que, decididamente, son mis favoritas. Esta parte es central, aunque sea la última, porque ofrece una clave de la metafísica que sustenta al poema. Un espacio, un lugar —pero que no ocupa lugar en el espacio, un lugar con las propiedades extrañas del tiempo, sin ser tiempo, un espacio en continua metamorfosis.

Querido Pere: lo que acabas de leer no son juicios y ni siquiera opiniones sino impresiones, apuntes al vuelo, signos de admiración y de interrogación. Hace años, muchos años, Xavier Villaurrutia, al leer algo mío, me dijo: qué gusto me da que haya otro gran poeta. Con mayor razón y justificación yo te digo lo mismo.

Un gran abrazo,

OCTAVIO

Acabo de recibir tus otras cartas y envíos. Los contesto brevemente:

Destino: de acuerdo en colaborar en la nueva sección —aunque me será difícil, por lo pronto, enviarte algo.

Llull: ¿no habría manera de publicar un fragmento —12 o 15 páginas— del *Libro de maravillas* en *Vuelta*?

Seix Barral: en principio, acepto la invitación de colaborar con ustedes como asesor literario —de hecho: tengo algunas cosas que proponerles. Espero estar en París, después de Israel, a principios de mayo y me gustaría mucho ir, hacia mediados o fines de ese mes a Barcelona. Allá podría hablar contigo y con Comas.

Cubierta de «Obra poética»: prefiero el color azul *claro*. Las guardas del mismo color, quizá un poco —pero sólo un *poco*— más obscuro.

Sobrecubierta: el mismo azul o parecido; las letras de la cubierta, doradas —las de la sobrecubierta, blancas y negras. Eso es todo.

Un abrazo,

OCTAVIO

Salimos a fines de esta semana de regreso a México. Escríbeme a mis señas de allá.

77

[Lerma 143-601, México, 5, D.F.]
A 9 de febrero de 1977

Querido Pedro:

Llegamos el sábado 22 de enero. Durante las últimas semanas en Cambridge se desató el terrible invierno y llegamos a México cansados, helados y con ganas de sol. Emigramos hacia Acapulco y regresamos el martes, 1º de febrero. El miércoles por la noche descubrí —ahorro los adjetivos— que orinaba sangre. El jueves empezaron las visitas a los médicos, los análisis y las radiografías. Hace unas horas me comunicaron los resultados: debo operarme. Ya te imaginarás mi estado de ánimo. Pero no quiero dejar pasar más tiempo sin contestarte. Dicto esta carta a un amigo y de ahí el tono un poco perentorio y seco. Perdóname.

Recibí tus dos cartas, la del 25 y la del 27 de enero. En cambio, no me llegó la que me enviaste a Cambridge con tu artículo sobre *Vuelta* (¡Gracias!). Me interesa muchísimo leerlo. Ojalá que me reexpidan pronto esa carta. Lo que sí recibí fue el ejemplar de la edición española de *Vuelta*. De nuevo: gracias. Está mejor que la edición mexicana, a la que afea el color amarillo del papel. Parece que no pudieron encontrar otro en el mercado.

No te diré nada por ahora de todo lo que me dices acerca de *L'espai desert*. Apenas me reponga, comentaré tus comentarios sobre mis comentarios. El fragmento V saldrá en el número 5 de *Vuelta* (abril). Ya está en la imprenta.

Al releer tu carta del 27 de enero me doy cuenta de que, efectivamente, hubo un error: la carta que me escribiste ese mismo día por la mañana, con tu artículo sobre *Vuelta*, debe haber sido enviada a Cambridge, pues aún no la he recibido. Qué mala suerte.

En cuanto regrese a la vida normal, te daré a conocer lo que he pensado sobre los asuntos pendientes de la *Obra poética*, quiero decir: el título, la dedicatoria, etc. Por lo pronto, puedo decirte que tengo unos 15 poemas más, casi todos breves, contemporáneos de *Pasado en claro* o escritos con posterioridad.

Y aquí me despido con un doble y gran abrazo para ti y para María Rosa,

OCTAVIO

78

[Lerma 143-601, México, 5, D.F.]
A 18 de marzo de 1977

Querido Pere:

Al fin puedo escribirte. Aunque hace ya más de quince días que dejé el hospital, todavía no he vuelto del todo a la normalidad. Ésta es la primera carta que escribo. La famosa convalecencia, que uno tiende a idealizar pensando en las de la infancia —el sol tibio entrando por la ventana, el lento despertar del cuerpo, el soñar con los ojos abiertos y el sueño sin sueños— tiene poco o nada que ver con la convalecencia postoperatoria: dolores, incomodidades, imposibilidad de quedarse quieto más de cinco minutos pero también de moverse, incapacidad de sostener un esfuerzo prolongado, con el consiguiente desorden mental, decasosic go físico y, en fin, el gran enemigo del alma: el tedio. El aburrimiento del enfermo es algo así como la acedia de los monjes —inmovilidad del cuerpo y agitación del espíritu. Pero no sé por qué te cuento todo esto —nada es más fastidioso que oír quejas, sobre todo disfrazadas de reflexiones más o menos abstractas. Además, no todo es negro y hay momentos magníficos. Por ejemplo, cuando se logra dormir bien. ¿Por qué diablos los clásicos compararon al sueño con la muerte? Los románticos tenían razón: el sueño es la otra vida. Y no sólo el sueño: oír —pero realmente oír— un poco de música, sobre todo del XVIII, o releer pasajes olvidados de libros que leímos hace años con exaltación —o leer cuentos fantásticos. Acabo de leer uno que te recomiendo. Está en una colección

147

de cuentos chinos publicada por Gallimard —*Contes extraordinaires du Pavillon du Loisir*, de P'ou Song-ling— y se llama «La mujer del vestido verde». Me enamoré de ella, aunque es una avispa...

Me encanta que apruebes, en general, mis correcciones y cambios. No acabo de resolver lo del título. Acepto que insistir en *Libertad bajo palabra* puede producir confusiones pero ¿no crees que *Obra poética* (1935-1977), resulta un poco seco? ¿Y si nos limitásemos a llamar al libro: *Poemas* (1935-1977)? Claro, lo mejor sería buscar un nuevo título pero yo, por el momento, no me siento con fuerzas... Por la misma razón no te envío las dedicatorias que faltan ni unos pocos epígrafes. En cambio, me he decidido por la dedicatoria general: *A Marie José*. Te ruego tomar nota. ¡Gracias! Espero poder terminar la nueva colección de poemas. Tengo ya quince. Será un pequeño libro. Ya decidiremos lo que hacemos con esta serie: publicarla antes de la *Obra poética* (si hay tiempo), añadirla al final, o guardarla para un nuevo libro que podría salir en 1978. En este último caso la *Obra poética* terminaría con *Pasado en claro*, a reserva, naturalmente, de añadir en alguna edición posterior los nuevos poemas.

Un pequeño cambio: sería mejor incluir en *Vuelta* en lugar de «Trowbridge Street» (páginas 54-57), dos pequeños poemas, uno dedicado a mi primer traductor al francés y viejo amigo, Jean-Clarence Lambert («Jardines errantes») y otro a Charles Tomlinson («Tintas y calcomanías»). Te envío los dos poemillas. «Trowbridge Street» pertenece más bien a la nueva colección que ahora escribo.

La semana anterior a mi operación me dediqué, en los momentos en que el dolor me dejaba, a revisar una vez más la *Advertencia* y las *Notas*. Un buen amigo, el mismo que copia en máquina esta carta, ha copiado mis correcciones. Te ruego pasarlas al texto. ¡Muchísimas gracias!

Interrumpí por un día esta carta —todavía me canso— y hoy en la mañana me dejaron un ejemplar de *Vuelta** con el magnífico fragmento V de *L'espai desert*. Aún no lo he leído, de modo que no sé si se haya deslizado alguna errata. Por fortuna *Vuelta*, según habrás observado, sale

---

*   La revista.

con muchísimas menos erratas que *Plural*. Un cambio de última hora que me disgustó. La muerte del pobre Carlos Pellicer, acaecida en estos días, obligó a excluir tu nombre de la carátula. No me lo consultaron. Yo hubiera preferido, en este caso, publicar tu gran poema en el número 6 y anunciarlo debidamente.

No sé si pueda contestar las preguntas de tu encuesta.[37] Son interesantísimas, pero dudo que en estos momentos pueda concentrarme y escribir algo que valga la pena sobre el tema. Sin embargo, intentaré algo la próxima semana —si me siento mejor.

Un doble abrazo para ti y para María Rosa.

Tu amigo,

Octavio

79

[Lerma 143-601, México, 5, D.F.]
A 7 de abril de 1977

Querido Pere:

Dentro de unos días salgo hacia Jerusalén y de ahí que te escriba corto y de prisa. Perdóname. Todo se opone a nuestra sosegada correspondencia de hace unos meses. Qué pena.

Ante todo: gracias por tu amistosa y cariñosa solicitud. No, la enfermedad no es injusta: hace más amigos a los amigos.

Libertad bajo palabra: déjame pensarlo. Creo que el Fondo de Cultura tiene derecho a seguir editando *Libertad bajo palabra* (1935-1957) y en ese caso sería muy difícil evitar la confusión. Tal vez hay que resignarse a *Obra poética* o a *Poemas*. En ambos casos debemos incluir, como *parte integrante del título*, las fechas (1935-1976). ¿Qué prefieres: *Obra poética* o *Poemas*?

Las dedicatorias: ¿No será muy tarde enviarlas a fines de junio? Lo

---

37. Para *Destino*, sobre la generación del 27. *(N. del E.)*

mismo digo de los epígrafes. Para esa fecha ya habré decidido si incorporo los nuevos poemas o los guardo para un nuevo libro que podría salir en 1978.

Es increíble que no hayas recibido *Vuelta* (la revista). Te la han enviado, de eso estoy seguro, de modo que es culpa del correo. Ya le pido a Krauze, el nuevo secretario de Redacción, que haga otra vez el envío. ¿Ya recibiste el cheque?

Me dio una gran alegría el premio para *Vuelta*.[38] No, no es un premio «menor». España cuenta mucho para mí. Y cada día más. La noticia no apareció en los periódicos mexicanos, salvo en uno y perdida en una página interior. A mí me extrañó al principio este mutismo, ya que eran los días del anuncio de la reanudación de las relaciones y los diarios daban una gran importancia a todo lo que venía de España. El misterio se aclaró pronto: sin duda por indicación de arriba (o por servilismo) no quisieron mencionar que se había premiado en España un libro mío precisamente en el momento en que el Gobierno de México designaba como nuestro primer Embajador a Gustavo Díaz Ordaz, el hombre de Tlatelolco. Sabrás que renunció Carlos Fuentes. Un gesto digno y que desarmará a sus enemigos y envidiosos. Al principio, los diarios —siguiendo la misma táctica que con el premio— no indicaron la causa, escudándose en que Relaciones Exteriores no había dado los motivos de la renuncia. A su vez, el nombramiento de Díaz Ordaz fue saludado con entusiasmo por la *unanimidad* de la prensa, la radio y la televisión. Ni una palabra sobre Tlatelolco, ni una voz de crítica. Ésa es la democracia mexicana. En *Vuelta* publicamos un breve comentario —ya no hubo tiempo para más: el número estaba en la imprenta— sobre todo esto. Creo que se avecinan malos tiempos para la libertad en México. El peligro no viene ahora de los fanáticos de izquierda sino de una coalición entre los grandes capitalistas y la casta política que nos gobierna. Así pretenden hacer frente a las terribles pruebas económicas que se avecinan y que afectarán sobre todo a la clase media y a los obreros.

38. El premio de la Crítica, que recayó en *Vuelta*, considerado el mejor libro de poesía publicado en España en 1976.

Tu idea de escribir un ensayo político sobre el caso de Cataluña es magnífica. También es buena la idea de pedirle a Castellet que lo escriba, *si de veras lo hace*. Si así fuese, tú podrías escribir un ensayo sobre la cultura y las letras catalanas. Todo iría acompañado del *dossier* que sugieres. *Ojalá que no se quede en proyecto todo.* Apenas si necesito decirte que yo soy un convencido del federalismo. El mal de nuestros pueblos es y ha sido el centralismo. En el caso de México se trata de una doble herencia: castellana y azteca.

Volveré a escribirte desde París, a mi regreso de Israel, a principios de mayo. Mientras tanto un doble abrazo para los dos de Marie José y de su amigo que los quiere,

Octavio

Después de escrita esta carta, se complicaron las cosas: Díaz Ordaz hizo unas agresivas declaraciones de prensa, muchos periodistas (a sueldo) insultaron a Fuentes, yo tuve que hacer unas declaraciones sobre las declaraciones de Díaz Ordaz... Me llamaron los de *Triunfo* y tuve que decirles algo sobre el caso... De nuevo: un abrazo,

Octavio

80

[Lerma 143-601, México, 5, D.F].
A 11 de junio de 1977

Querido Pere:

Dejamos Barcelona el domingo por la mañana y llegamos a México por la noche. Cansadísimos. Inmediatamente comenzaron las aflicciones. Encontré a mi madre muy mal —tiene 84 años llenos de achaques. El martes la interné en un sanatorio. Los médicos creen que saldrá de esta crisis pero en tal estado que necesitará de una enfermera. La vejez es una infancia terrible, atroz. He recordado lo que dice Swift sobre esto y, claro, me he deprimido más. Ahora, en un momento de relativa libertad —paso casi todo el tiempo en el hospital— te escribo sobre los asuntos pendientes del libro.

Título. Lo mejor —no el mejor— es *Obra poética (1935-1975)*. Es claro, honesto, descriptivo. Mi reparo: más que un título es una etiqueta; no define ni sugiere: clasifica. Pero no hemos encontrado otro... Hoy por la mañana se me ocurrió *Legajo (Obra poética, 1935-1977)*. Tengo mis dudas. A Marie José no le gusta. Para un oído francés resultan horribles las vocales abiertas y la jota del final: ¡ajo! Además, la modestia falsa —¿no lo son todas las modestias?— de llamar legajo a un trabajo de 40 años. En fin, dime qué te parece este hallazgo (?) de última hora. Tu juicio desvanecerá mis dudas, en un sentido o en otro. Comunícame tu opinión por cable —apenas si hay tiempo— en caso de que te guste. Si te quedas con *Obra poética* (tal vez será lo más cuerdo) no necesitas cablegrafiarme. *Gracias de antemano*.

Orden del libro. El punto I de la nota que adjunté al envío de los originales es una lista de textos. Si la consultas, verás que no figuran en ella los títulos de los libros que he publicado sino los de las colecciones que los formaron. Así, un título que quiero mucho —*Libertad bajo palabra*— ha desaparecido, salvo en el poema en prosa que sirve de prólogo. Propongo que, después de la portada, la dedicatoria y la advertencia, aparezca como título general de esa parte: *Libertad bajo palabra* (1935-1957); a continuación, en otra página impar, el título de la primera colección: *Bajo tu clara sombra* (1935-1944). No es necesario repetir la operación con *Salamandra* y con *Ladera Este* porque ambos son títulos de colecciones independientes.

El aplazamiento del nuevo libro de poemas me ha hecho pensar en la conveniencia de dejar «Trowbridge Street» en *Vuelta*. El orden sería el siguiente: «Trowbridge Street» después de «Paisaje inmemorial» (página 18); «Jardines errantes» después de «Poema circulatorio» (pág. 37); «Tintas y calcomanías» después de «Acróstico» (pág. 60).

Epígrafes. El epígrafe de la página 80 («Nada me desengaña / el mundo me ha hechizado», Quevedo) debe ir en la página 51 (II «Calamidades y milagros») pues abarca las dos secciones de esa colección. Por la misma razón el epígrafe de la página 211 («O Soleil c'est le temps de la Raison ardente», Apollinaire) debe pasar a la página 209.

Correcciones. a) A la «Advertencia». Pág. 1, línea 11, debe decir: y es el origen de este volumen. *b)* A las «Notas». Pág. 2, línea 15, debe decir: sino con los ojos... A pesar de todo, etc. *c)* A las «Notas de *Ladera Este*». Pág. 179, líneas 35, 36 y 37, debe decir: como en el caso de la «Elegía a un compañero muerto en el frente de Aragón», requiere una explicación. *d)* A las «Notas de *Vuelta*». Pág. 88, «Poema circulatorio», líneas 6 y 7, deben decir: que tanto intrigaba a André Breton *(tu ne connaîtras jamais bien les Mayas)* y varias expresiones mexicanas. *e)* Agregar esta «Nota» al final, relativa a *Pasado en claro*: citas y alusiones de las páginas 23 y 24: la *Ilíada*, Garcilaso de la Vega, *La Odisea*, *La Divina Comedia* («Purgatorio»), *Antología griega*, Xavier Villaurrutia, Pérez Galdós (Segunda serie de los *Episodios Nacionales*). Pág. 36: *Oh madness of discourse, that cause sets up with and against itself!*: Shakespeare, «Troilus and Cressida»; página 42: los pedregales *color ferrigno* de estos tiempos: *La Divina Comedia*, «Inferno», XVIII: *Luogo è in inferno detto Malebolge,/ tutto di pietra di color ferrigno*... *f)* Correcciones a *Libertad bajo palabra*: pág. 80, abajo del título, debe decir: (1937-1947). Pág. 94, línea 7, debe decir: Dios que al silencio del hombre que pregunta, etc. Pág. 95, parte II, línea 9, debe decir: de la razón rotante. Pág. 97, línea 18, debe decir: ojos de llama fija (suprimir: y ávida). Pág. 103, Parte II, líneas 7 y 8, deben decir: y le arranca los dientes al dormido. / Al aire sin edades los arroja. Pág. 126, segundo poema (Espacioso cielo...), línea 16, debe decir: De pronto llega la palabra almendra. *g)* Correcciones a *Salamandra*. Pág. 39, línea 22, debe decir: no tocará el futuro. Pág. 107, después del título, la fecha (1961). *h)* Correcciones a *Ladera Este*. Pág. 90, línea 20: debe comenzar con mayúscula; la siguiente, línea 21, con minúscula. Pág. 93, línea 25: debe comenzar con minúscula; igualmente con minúsculas las líneas 31 y 34. *i)* Corrección a *El Mono Gramático*: pág. 22, línea 23, debe decir: figuras indistinguibles). *j)* Correcciones a *Vuelta*. Pág. 23, línea 19, debe decir: en un espacio instantáneo. Pág. 52, línea 1, debe decir: Hexaedros.

Dedicatorias. En hoja aparte te envío una pequeña lista.

Creo que he terminado. Nada me queda por hacer sino esperar las pruebas y encomendarme al santo patrón (¿tienen uno?) de los impresores.

Lamento todavía la brevedad de mi visita a España. Pero tal vez fue mejor así. No sé cómo habría encontrado a mi madre si me demoro un poco más. Llegué apenas a tiempo pues pudo reconocerme y hablar conmigo unas palabras. Ahora se ha hundido en un marasmo agitado. Se recobrará, creo. Me asombra esta voluntad de vivir. Pero el espectáculo de España también era y es asombroso —y aterrador. Los españoles viven en una suerte de delirio. Lo conozco y conozco sus poderes. Es un estado contagioso, inspira los actos y las ideas más generosas pero, más frecuentemente, mueve a los fanáticos, a los criminales y a los tiranos. Es la ilusión política, la droga del siglo XX. El único remedio contra su embriaguez homicida es la lucidez, la crítica —pero en España, como en el resto de Occidente y en la América Latina, aquellos que por profesión y vocación deberían asumir la lucidez y la crítica, los intelectuales, han dimitido —y se han convertido en los teólogos y los sacristanes de los cultos obscuros. Lástima que en mi entrevista con la Televisión española —por culpa mía y de mi aturdimiento— no haya dicho todo lo que hubiera querido decir. A lo mejor escribo un pequeño artículo con lo que no dije. Me hubiera gustado mostrar la conexión de filialidad entre el monoteísmo judeo-cristiano y el ateísmo marxista. Es la raíz de la intolerancia de ambas religiones. En general, todos los monoteísmos (sin excluir, por supuesto, al más cerrado y absoluto de todos: el Islam)* son intolerantes y lo son también sus negaciones complementarias, los ateísmos modernos. Otro parentesco entre comunismo y cristianismo (especialmente la vertiente romana de este último) es la confusión entre Estado e Ideología, originada con Constantino, y la alianza entre Ortodoxia y Burocracia (la Iglesia y el Partido). San Ignacio y Lenin pertenecen a la misma familia espiritual. No en balde Donne hizo de San Ignacio de Loyola el Capitán General del Infierno. Por cierto, ¿llegaron ya a Barcelona los ecos

* Tampoco al judaísmo...

de la conversión de Tel Quel y la querella de los «filósofos»? Todo esto es un poco ridículo. Los franceses empiezan a descubrir —aunque no lo citan— a Popper (*The Open Society and its Enemies*: Platón, Hegel, Marx y sus descendientes). Pero Popper, a diferencia de los jóvenes «filósofos» franceses, no atacó nunca a Kant ni al admirable siglo XVIII. En el fondo, Francia padece una intoxicación —a destiempo— de hegelianismo y por eso sus intelectuales no pueden salir de un extravío sin caer en otro. Cuando niegan a Hegel, lo afirman. Para cortar por lo sano deberían usar el cuchillo de la filosofía anglo-sajona. Pero es difícil manejar ese cuchillo y podrían herirse a sí mismos. Lo peor es la influencia que ejercen en España y en Hispanoamérica. Nos hace falta un Hume (porque un Kant sería mucho pedir...).

Un inmenso abrazo a María Rosa y a Pere de sus amigos Marie José y

OCTAVIO

P.D. Me acaba de llamar por teléfono Enrique Krauze para decirme que ya llegó el artículo de Juan Goytisolo sobre tu libro. Magnífico. Saldrá en el número de julio (9).

Dedicatorias

Libertad bajo palabra: Pág. 80, «Entre la piedra y la flor»; a Teodoro Cesarman; Pág. 87, «Los viejos»: A Arturo Serrano Plaja; Pág. 123, «Cerro de la Estrella», A Marco Antonio y Ana Luisa Montes de Oca; Pág. 127, «Piedra nativa»: A Roger Munier; Pág. 197, «Castillo en el aire»: A Blanca y Fernando Szyszlo; Pág. 198, «Un poeta»: A Loleh y Claude Roy; Pág. 205, «Hacia el poema»: A Mario Vargas Llosa; Pág. 213, «Máscaras del alba»: A José Bianco.

Ladera Este: Pág. 17, «Tumba de Amir Khusrú»: A Margarita y Antonio González de León; Pág. 24, «En los jardines de los Lodi»: A Denise y Claude Esteban; Pág. 48, «Apoteosis de Dupleix»: A Severo Sarduy; Pág. 53, «Paso de Tanghi-Garu»: A E. Cioran; Pág. 54, «Sharj Tepé»: A Pierre Dhainaut; Pág. 65, «Himachal Pradesh (I)»: A Juan Liscano.

81

Julio 19 de 1977

Querido Pere:

Sí, hace días recibí tu cable y te lo agradecí mucho. Tienes razón: me resignaré a *Obra poética* —título descriptivo, casi incoloro— a no ser que encuentre algo mejor.

La vitalidad de mi madre es extraordinaria. Se ha repuesto con asombrosa rapidez y aunque todavía camina con mucha dificultad ha recobrado la claridad mental.

Saber que la entrevista en la televisión no salió del todo mal me ha quitado un peso de encima. Yo tenía mucho miedo... Es formidable lo que me cuentas de tus trabajos y lecturas: Miró, Sófocles, Leiris. ¿Has leído *L'Âge d'homme*? Un libro de una hermosura cruel. Hay el erotismo solar bajo el signo de Venus y el lunar bajo el signo de Diana. A este último pertenece el libro de Leiris. Erotismo sangriento de Judit. ¿Recuerdas el soneto de Lope? Es prodigioso. Rojo, blanco y negro. Afuera, la noche. Adentro, el pabellón de seda rojiza, el vino derramado mezclado con el borbotón de la sangre, la blancura del arma homicida y la blancura no menos inhumana de Judit medio desnuda —y la inesperada imagen final, literalmente dantesca: sobre la muralla resplandece, empuñada por Judit, como una linterna sangrienta o un atroz astro nocturno, la cabeza de Holofernes. Hacía mucho que no veía a Leiris y me conmovió verlo en la lectura de mis poemas en Beaubourg.

Acabo de recibir una nota muy buena de Valente sobre el libro de Carlos Franqui y su libro *(Interior con figuras)*. No te equivocabas: Valente es un extraordinario poeta. Ojalá que nos puedas enviar pronto el prometido ensayo sobre su poesía. Es indispensable que sea conocido en México y en América Latina. Se me ha ocurrido publicar en el mismo número tu ensayo y una corta selección de *Interior con figuras* que yo mismo haría. ¿Te gusta la idea?

Envíame el libro de Brossa. Lo leeré ayudado con el diccionario que me enviaste. Y ya que hablamos de un poeta catalán: te recuerdo aquel número dedicado a Cataluña y su cultura. Es particularmente oportuno publicarlo en estos momentos.

Sobre el libro de Taurus: sí, ya es hora de formular el índice definitivo. Te enviaré una copia xerox del texto de Mandiargues. En cambio, es imposible enviarte las fotos de aquella noche en el barrio gótico. Salieron demasiado obscuras. Qué lástima. Aquí corto con un doble abrazo para María Rosa y para ti de Marie Jo y de su amigo,

OCTAVIO

82

[Lerma 143-601, México, 5, D.F.]
Octubre 18-19 de 1977

Querido Pere:

Por fin puedo escribirte. Todas estas últimas semanas han sido de gran dispersión. Cometí la imprudencia de aceptar varios encargos y el resultado ha sido más de un mes de trabajos forzados. Tuve que escribir, a última hora y sin ver las obras, guiado sólo por la lista que me proporcionaron y mi memoria, la introducción al catálogo de la Exposición de Arte Mexicano en Madrid. Después, inmediatamente, un texto sobre Michaux —inaugura su gran exposición retrospectiva en el Centro Pompidou en noviembre y diciembre—, y, en fin, otro más, también prometido desde hace mucho, sobre Xavier Villaurrutia. Tuve que dejar de lado, incluso, el libro de Sor Juana, que escribo a ratos perdidos y con una lentitud desesperante. Además, las continuas interrupciones, intromisiones, líos, acusaciones, contracusaciones, confabulaciones. La vida literaria y política mexicana es un gallinero, pero un gallinero alborotado por gallos agresivos y gallinas perversas y chismosas.

¿Y tú? ¿Escribes, lees, viajas? El secreto del escritor, sobre todo el del

157

poeta, consiste en ser un buen administrador de sus distracciones. No dejarse seducir por las distracciones de afuera —prólogos, estudios, congresos— y, en cambio, ceder a las distracciones interiores, a su propio demonio. Entre los tres enemigos del alma, el único verdaderamente mortífero para el escritor es *el mundo*. Me imagino que en la España actual, tan llena de vida pública, debe de ser muy difícil guardar las distancias con el mundo. Sobre todo porque la política encubre su ruido y confusión demoníaca con altas palabras morales. Nunca, como en el siglo XX, se habían cometido tantos crímenes y abusos en nombre de la moral.

Recibí, sin duda por indicaciones tuyas, el nuevo libro de Luis Goytisolo, *Los verdes de mayo hasta el mar*. Lo leeré apenas me desahogue un poco. Creo que Luis tiene verdadero talento. ¿Quién crees que podría escribir la nota para *Vuelta*? También recibí *Luna* de Mario Satz, el segundo volumen de su trilogía. Pienso leerlo también. ¿Qué te parece a ti esta obra de Satz? A mí el personaje me es muy simpático —un verdadero poeta, aunque, tal vez, con un exceso de palabras «poéticas»... ¿Y tu texto sobre Valente? Ojalá que puedas enviarlo pronto. También te recuerdo el número catalán. ¿Has escrito otras cosas? No necesito repetirte que *Vuelta* espera siempre tus colaboraciones.

Te enviaré esta semana, sin falta, el texto de Mandiargues. Lo había olvidado. Perdóname. ¿Publicarás también algún texto de Claude Roy? ¿Por qué no me envías una lista de los ensayos y artículos que piensas incluir en el libro? Y ya que hablo de esto, ¿has sabido algo de Julián Ríos y de nuestro libro?

El representante de Seix Barral en México, Valdés, me llamó para informarme que la *Obra poética* se había retrasado varios meses. No importa. No tengo prisa. Lo que sí me interesa es que la presentación del libro sea decorosa, los caracteres legibles y pocas las erratas. *Sobre todo lo último*. ¿Cuándo podré corregir las pruebas? Valdés me dijo también que no habían podido enviarme el resto del anticipo —3,000 dólares— por no sé qué leyes fiscales nuevas, resultados de la devaluación de la peseta. Francamente no me satisface la respuesta. Hace ya más de un año que firmamos el contrato. Tampoco he recibido noticias de la suerte de mis libros anteriores, quiero decir: cuentas, regalías y si se piensa reeditar alguno de ellos. Me interesaría conocer sus proyectos sobre *Los hijos del limo*. Si hay una nueva edición, me gustaría añadir aquellas páginas sobre el «simultanismo», que no hubo tiempo de insertar en la primera edición. *Me da mucha vergüenza distraerte* con estos temas pero ¿qué hacer? Ojalá que tú puedas hablar con Argullós o con la persona adecuada en Seix Barral para resolver todo esto. *Gracias de antemano.*

El libro sobre Sor Juana quizá podré terminarlo este año. Ya llevo más de la mitad. He avanzado muy lentamente por culpa de las interrupciones. Lo que sí podría publicar desde luego es un nuevo volumen de ensayos con temas literarios y artísticos. Unas 250 páginas. Si les interesa, dímelo y yo enviaré inmediatamente el índice y el título.

El otro libro, sobre temas políticos e históricos, lo tendré listo apenas pueda terminar un ensayo largo, que proyecto desde hace años, sobre la historia de México.

He dejado para el final algo que *je tiens à coeur*. Me imagino que habrás leído, en el antiguo *Plural*, los textos de Alejandro Rossi, *Manual del distraído*. Ha hecho una selección de los mejores, ha agregado otros y así ha formado un libro que a mí me encanta y que oscila entre la crítica y la ficción. Rossi es inteligentísimo y me parece uno de los mejores prosistas hispanoamericanos. ¿Tú crees que Seix Barral se interesaría en publicar su libro? Yo te lo recomiendo calurosamente.

Esta carta se ha convertido en un periódico. La termino con un doble abrazo para María Rosa y para ti,

Te quiere,

OCTAVIO

Querido Pere:

Precisamente cuando me disponía a enviarte esta carta, recibo la tuya. Sí, me alegró mucho lo del premio Nobel a Vicente Aleixandre. Le envié un cablegrama (¿lo habrá recibido?) que decía: «Cinco veces A: Admiración Afecto Alegría Amistad Abrazos Octavio Paz»... Pero la gran noticia es que saldrá un volumen con tu poesía catalana. *¡Bravo!*

83

[Lerma 143-601, México, 5, D.F.]
Octubre 26 de 1977

Querido Pedro:

Olvidé, en mi carta anterior, pedirte que se enviase un ejemplar de *Los hijos del limo* a Varsovia. No creo que ese libro sea publicable en Polonia pero en fin... Te envío la carta que por sí misma se explica.

Un abrazo grande de tu amigo,

OCTAVIO

¡De nuevo he olvidado el texto de Mandiargues! Te lo envío apenas reciba tu lista —quizá, si es necesario, con otras cosas. ¿Viste la exposición de arte mexicano en Madrid? Procura verla —vale la pena el viaje. Creo que el arte precolombino —que es de verdad lo único interesante y que es verdaderamente muy interesante— justifica el desplazamiento. ¿Y mi libro?

Otro abrazo,

OCTAVIO

84

[Lerma 143-601, México, 5, D.F.]
A 4 de noviembre de 1977

Querido Pere:

Unas pocas líneas de carrera para pedirte un (¡otro!) favor: resulta que me hace falta una biografía de Carlos II del Duque de Maura —no la encuentro en México y la necesito para completar ciertas cosas del capítulo que he terminado sobre Sor Juana. ¿Hay, además, otro buen estudio sobre el período? Uno de los validos de Carlos II, el Duque de Medinaceli, era el hermano mayor de Tomás de la Cerda, el Virrey que protegió a Sor Juana y a cuya mujer, María Luisa Manrique de Lara, Condesa de Paredes, estuvo unida por una suerte de amistad amorosa (una *sisterhood*, dirían ahora las feministas). La Condesa de Paredes fue la que editó el primer libro de Sor Juana *(Inundación castálida)*.

Espero tus noticias y tus colaboraciones. ¿Recibes con regularidad la revista? Seguimos con el problema de la distribución en España. Es increíble...

Un doble y gran abrazo,

Octavio

Le dieron el premio Alfonso Reyes a nuestro querido Jorge Guillén. Me alegró. Pero me parece *inmoral* seguir premiando a los grandes poetas sólo cuando se convierten en octogenarios. Premian así a las familias...

1978 /

85

[Lerma 143-601, México, 5, D.F.]

A 12 de enero de 1978

Querido Pere:

No te había escrito porque durante estos últimos meses he vivido —desvivido— en un tráfago: encargos, compromisos, visitantes —disputas con tirios y troyanos. Para colmo cometí la debilidad de aceptar el premio Nacional de Letras. Me lo habían ofrecido en dos ocasiones y lo había rehusado. Ahora no pude: por una parte, el antecedente del de Jerusalén y, por la otra, la insistencia de algunos amigos. Naturalmente el premio provocó nuevos ataques. La única compensación: haber compartido el premio con Luis Buñuel. A él le dieron el de Artes.

Coincido plenamente contigo. La única actitud es la del *gran rifiuto*. No debe entenderse como abstención sino como «distancia crítica». Además, sólo esa distancia da eficacia a las palabras del escritor. He hablado muchas veces —a veces con imprudencia— pero siempre fuera de las ideologías, los partidos y las camarillas. El escritor nunca habla en nombre de nadie. Es lo contrario del político. Por eso simpatizo profundamente con la posición de Juan Goytisolo y con la de Savater. Su actitud es la mía. También es la de Zaid y Rossi. Te envío el pequeño discurso que tuve que decir el día del premio. Verás que nuestra coincidencia es total. Una frase mía escandalizó —no sólo al mundo oficial sino a la izquierda: «el único compromiso del escritor es con la lengua en que escribe —y con su conciencia».

Muchísimas gracias por la biografía de Carlos II del Duque de Maura. Era imposible encontrar ese libro en México. Su lectura me ha decep-

163

cionado: demasiado prolijo y sin perspectiva. Un relato lineal. Ni siquiera sombras: nombres, nombres. Pero me será útil: he podido saber algo más de los dos protectores de Sor Juana, el Marqués de Mancera y el Marqués de Laguna (hermano del Duque de Medinaceli, el valido de Carlos II). Argullós me envió además una bibliografía. Le escribo esta semana para agradecerle todo.

Con estas líneas te envío el índice del nuevo libro de ensayos sobre temas literarios y artísticos. Aún no tengo el título. ¿Qué te parece *In/mediaciones* —en el sentido de «contornos»?*

Hablé con Antoni Comas. Muy simpático. Me tranquilizó: parece que ustedes cuentan ahora con una máquina maravillosa que puede cambiar el tipo. Magnífico: en lugar del 10/12, que me parece poco legible, sugiero 11/13 o, si resulta demasiado grande, 10/13. Asimismo, creo que debe suprimirse *Renga*. Primero, porque no acaba de gustarme (en realidad nunca me gustó demasiado). Enseguida: porque su lugar está más bien en el volumen de traducciones. Por último: su eliminación aligerará un poco el volumen. ¿Quieres hablar con Sargatal de esto? Dile que te enseñe mi carta. Te doy desde ahora las gracias por tus consejos.

Te envío un ejemplar *corregido* de *Los hijos del limo* y las páginas —versión *up to date*— sobre el *simultanismo*, con una hoja de indicaciones sobre el lugar en donde deben insertarse. Por cierto, tú escribes *simultanismo*, como en inglés, pero en francés, si no me equivoco, escriben *simultanéisme* y así yo he escrito la palabra. Pero ahora tengo mis dudas. Los diccionarios castellanos, como de costumbre, me han dejado a oscuras. En fin, yo me inclino por *simultaneísmo* pero si es un disparate manifiesto cámbialo por *simultanismo*.

El proyecto del libro es excelente. Me encanta la idea de esas *Imágenes de O. P.* que has ideado. A mi juicio no importa que haya dos textos tuyos. Otra posibilidad: publicar tu espléndido comentario sobre *El Mono Gramático* en el libro de Roggiano. Te envío con esta carta el texto de Mandiargues. Debe ir, creo, en *Testimonios*. ¿Por qué no le pides a José

---

* Ya me dirás si debe suprimirse algo.

Bianco algo para esa sección? Hace años los *Cahiers de L'Herne* me iban a dedicar un número. El proyecto no se realizó pero el encargado del número, Emir Rodríguez Monegal, se quedó con muchos textos. Recuerdo, por ejemplo, uno de Guillén. ¿Por qué no le escribes a Emir —Department of Spanish, Yale University, 493 College St., New Haven, Conn. 06250— y le pides una lista de lo que tiene? Quizá haya textos que te interesen. Otras sugestiones: en la segunda sección podrían ir dos ensayos de dos excelentes críticos norteamericanos: Irving Howe y Helen Vendler (te los envié). Hay un texto que podría usarse —el autor es inteligente y sensible. Me refiero al estudio de Ciaran Cosgrave, poeta y profesor en Dublín. Podría publicarse un fragmento (¡ojalá que ustedes pudiesen traducir y publicar su libro!). Las señas de Ciaran Cosgrave: Department of Spanish, University of Dublin, 39 Trinity College, Dublin 2, Ireland. En cuanto al texto de Claude Roy: dejo a tu elección publicarlo o no.

Pere: no olvides enviarme *pronto* algo tuyo para *Vuelta*. ¿Poema, ensayo? Te recuerdo también la presentación de Valente. En cuanto a Rossi: comprendo perfectamente las razones de Seix Barral. Lástima: escribe muy bien y es inteligentísimo. Me parece que Mortiz publicará su libro. Y aquí corto esta carta con un doble abrazo para María Rosa y Pere de Marie Jo y de su amigo,

OCTAVIO

86

[Lerma 143-601, México, 5, D.F.]
A 23 de enero de 1978

Querido Pere:

Acabo de recibir un buen ensayo de Sánchez Robayna sobre Valente. No sé qué hacer. Tal vez podría publicarlo si tú todavía no has hecho aquel que me prometiste. Escríbeme unas líneas para decirme qué es lo que piensas sobre esto.

Supongo que Valdés les habrá entregado las pruebas y el texto sobre el Simultaneísmo para la nueva edición de *Los hijos del limo*.

No olvides que estás en deuda con *Vuelta*. Envíanos pronto algo.

Un doble abrazo para María Rosa y para ti de tu amigo que los quiere,

OCTAVIO

87

[Lerma 143-601, México, 5, D.F.]
A 30 de enero de 1978

Querido Pere:

Unas líneas apresuradas para comunicarte mi inquietud. Una carta de Sargatal me hace temer que ni tú ni él hayan recibido las cartas que les envié por conducto de Valdés. Me apresuro a enviarte ahora copia de mi carta. Con ella te había remitido varios textos, entre ellos la nota sobre el Simultaneísmo. Asimismo un ejemplar corregido de *Los hijos del limo*. Te envío de nuevo todo eso... por favor, ponme una línea acusándome recibo. Y dime si crees que debo incluir *Renga* o no. A mi juicio todo depende de la extensión del libro, ¿no crees?

En este número de *Vuelta* aparece una nota muy cordial de Ramón Xirau sobre *L'espai desert*. Es curioso compararla con la de Goytisolo: una mirada estética y otra ética... No olvides enviarnos pronto tu colaboración.

Un abrazo,

OCTAVIO

[Lerma 143-601, México, 5, D.F.]
A 15 de febrero de 1978

Querido Pere:

Muchísimas gracias por tu carta del 6 de este mes. Me alegra que hayan accedido a utilizar el tipo Baskerville 11/13. El libro resultará mucho más legible. También me alegra que hayas coincidido conmigo en la idea de suprimir *Renga*. Podré incluir ese texto en una nueva edición de *Versiones y diversiones*, ¿no te parece? Espero con impaciencia tu texto sobre *Maitreya* de Sarduy. Envíame también —y pronto— el artículo sobre la nueva novela de Benet *En el Estado*.[39] Por cierto, no la he leído. Las librerías de México están bastante mal surtidas.

No sé qué decirte: aunque a mí me gustaría que tu ensayo sobre *El Mono Gramático* también fuese incluido en el libro que tú preparas, tal vez sea mejor no repetirlo. *Tú decidirás.* Es una lástima que no se incluya nada de Cosgrave, aunque comprendo la razón. Y ya que hablo de esto, ¿tú crees que Seix Barral o alguna otra editorial española se interesaría en publicar el libro que ha escrito sobre mí? A mí me parece que, independientemente de su tema, es un ensayo excelente.

Un abrazo muy grande,

OCTAVIO

Querido Pere:

No sé por qué olvidé hablarte de *In/mediaciones*. Pongo en orden el texto y espero enviarte el manuscrito (a la editorial, como lo pides) la semana que entra. Ojalá que puedas echarle un vistazo —hay dos o tres cosas que quizá sería mejor suprimir... Por cierto, al recoger esos artículos me encontré con varias entrevistas y se me ocurrió que podría hacerse

---

39. No llegué a redactar ninguno de estos textos, como tampoco el proyecto de suplemento sobre Cataluña al que durante años aluden estas cartas. *(N. del E.)*

un libro con ellas. ¿Qué te parece la idea? ¿Le interesaría a Seix Barral? Si no fuese así, tal vez Mortiz podría editar ese libro. Dame tu opinión. De nuevo, para María Rosa y para ti, un gran abrazo de

OCTAVIO

89

[Lerma 143-601, México, 5, D.F.]
A 20 de febrero de 1978

Querido Pere:

Me encontré, en un viejo número del *Courier du Centre International d'Études Poétiques* este pequeño ensayo de Alejandra Pizarnik. Quizá podría incluirlo en el libro. No tengo el original español pero apareció en *Cuadernos* (n.º 72, mayo de 1963). Tal vez alguien tenga en Barcelona (¿la Universidad?) la colección de *Cuadernos*. ¡Te escribo pronto!

Un abrazo grande,

OCTAVIO

P.D.   Artículo por separado.

90

[Lerma 143-601, México, 5, D.F.]
A 6 de abril de 1978

Querido Pere:

Me apresuro a contestar a tu carta del 22 de marzo. Te confieso que estaba un poco inquieto. En realidad, todavía lo estoy. Sargatal me escribió el 9 de febrero anunciándome que me enviaba una nota sobre *Los verdes de mayo hasta el mar*. También me decía que había enviado las pruebas de mi *Obra poética* a la imprenta y que pronto me daría noticias.

No he recibido ni la nota ni las noticias. ¿Pasa algo? Otra razón de inquietud: tampoco he recibido las regalías de los libros que he publicado en Seix Barral ni el anticipo correspondiente a la *Obra poética*. Recordarás que desde hace muchos meses se me dijo que era inminente la resolución de todos estos asuntos. Perdona que te moleste con estas cosas. Ya sé que no son de tu incumbencia pero prefiero tratarlas contigo que eres mi amigo. Además, siempre que hablo con el representante de ustedes aquí tengo la sensación de que acaba de desembarcar de la luna... La razón por la que no te he enviado *In/mediaciones* es la misma. Esperaba que me enviasen el contrato usual. Apenas lo reciba, te enviaré los originales.

El libro de entrevistas: son esencialmente sobre temas literarios y artísticos aunque aquí y allá rozo temas de política. Lo pongo en orden y dentro de unos días te enviaré el índice.*

En cuanto al libro de Cosgrave: ya le escribo sugiriéndole que te envíe una copia. Pero está escrito en inglés, ¿no importa? Y ya que hablo de textos sobre mí: creo que nuestro libro debería incluir tres ensayos norteamericanos: el de Irving Howe, que es uno de los críticos más conocidos y reputados de ese país; el de Helen Vendler, que es una de las personas que escribe con mayor sensibilidad e inteligencia sobre poesía (no sé si conozcas su ensayo sobre Robert Lowell y sus libros sobre Yeats y Wallace Stevens); y el de Donald Sutherland, que a mí es el que más me gusta. Como no sé si lo tengas te lo envío al mismo tiempo que estas líneas. También un texto muy hermoso de Alejandra Pizarnik.

Claro que me interesa publicar en *Vuelta* algo de *Curial y Güelfa*. Todo lo que haces me interesa.

Espero con *impaciencia* el volumen bilingüe con tu poesía. Mientras tanto para ti y para María Rosa, el doble abrazo de Marie Jo y de su amigo que los quiere de veras,

OCTAVIO

* Pero, por lo demás, me doy cuenta de las reticencias de Seix Barral y en cierto modo las justifico...

P.D.   Ya hago traducir el artículo de la profesora alemana. En cuanto me lo entreguen te daré mi opinión. Hay otros dos textos alemanes que valdría la pena recoger en el libro: uno de Fritz Vogelgsang y otro de Carl von Heupel. Los dos muy buenos. Puedes pedírselos a Michi Strausfeld. Me imagino que la conoces.

Ya me dirás qué te pareció el ensayo de Sutherland...

91

[Lerma 143-601, México, 5, D.F.]
A 19 de junio de 1978

Querido Pere:

A mi regreso de California (estuve dos semanas fuera) me encuentro con tu volumen de poesía y tu carta. Empiezo a releer los poemas. Ahora de un modo mejor pues comparo el original con tu propia versión en español. Poemas admirables. Me asombra la densidad, la riqueza y la profundidad de tu poesía. Algo inusitado. Algún día escribiré algo digno de ti y de tu poesía. Pero debo esperar el momento propicio. Por ahora sólo quiero decirte que, desde hace muchos años, ningún poeta de lengua castellana me había impresionado tanto como tú. Me recuerda el *shock* que me produjeron mis primeras lecturas de Guillén, Neruda, Cernuda, Lorca.

Me imagino que ya habrás recibido *In/mediaciones* y los textos de Mandiargues y Vogelgsang. Yo ya corregí las pruebas y se las devolví a Sargatal por conducto de Comas, que pasó por aquí. Después de dos años de pensarlo decidí que el mejor título era *Poemas (1935-1975)*. Es un poco anodino, pero *Obra poética* era demasiado solemne y *Libertad bajo palabra* creaba confusiones innecesarias... Un último favor: envíenme un nuevo juego de pruebas una vez que se hayan hecho las correcciones y enmiendas que he señalado. ¡Gracias!

Aún no recibo *Radicalidades* ni las versiones de March. Espero ambos libros con impaciencia. En cuanto a tus colaboraciones: envíanos lo que tú quieras, ya sea un fragmento de *Curial y Güelfa* o algunas páginas de tu ensayo sobre Miró. Extensión: entre 10 y 20 holandesas.

Un doble abrazo para ti y María Rosa de Marie Jo y de tu amigo que los quiere,

OCTAVIO

92

[Lerma 143-601, México, 5, D.F.]
A 9 de agosto de 1978

Querido Pere:

Contesto de carrera a tus líneas, a reserva de escribirte con calma más adelante. De acuerdo: podemos empezar con el nuevo libro: enseguida con *La centena y pico*, el volumen de traducciones (todas y, además, *Renga*). No sé qué será mejor, si publicar primero *La centena* o las traducciones. Estoy de acuerdo en que *Sendas de Oku* debe incluirse en el tomo de versiones poéticas.

Por lo que toca a la antología: comprendo tu escrúpulo. Sin embargo, me pregunto si no sería mejor que tú hicieses esa selección. Piénsalo bien.

Sí, según le expliqué a Comas, a mí también me interesa mucho comenzar a reeditar la prosa en ediciones corregidas y asequibles. Tengo un compromiso de orden moral y amistoso con Joaquín Díez-Canedo y de ahí que no pueda darte inmediatamente una respuesta afirmativa. Pienso hablar con él y llegar a un acuerdo dentro de poco. Ya te pondré al corriente del resultado de mi conversación.

Un gran abrazo,

OCTAVIO

[Lerma 143-601, México, 5, D.F.]
A 21 de agosto de 1978

Querido Pere:

Contesto a tu carta del 27 del mes pasado que, como de costumbre, me llegó con gran retraso.

Tu ensayo sobre Miró —bien escrito y bien pensado, como siempre— saldrá en el número 24. Será un número excepcional. Celebramos el segundo aniversario de la revista. Por desgracia, tu artículo no podrá ir ilustrado. Mi idea es, más adelante, publicar una sección de artes plásticas, en papel de mejor calidad (4 páginas) y con ilustraciones.

Desde hace una semana quería tratarte un asunto más bien importante, al menos para mí. Tú sabes que me ligan viejas relaciones de amistad con Joaquín Díez-Canedo. Cuidó mis primeros libros y hemos sido amigos desde hace muchos años, con sus altas y bajas. A los amigos de *Vuelta* se les ha ocurrido publicar una colección que llevaría el nombre de la revista. Se publicarían unos seis libros al año: poesía, ensayos políticos, ficción y una que otra traducción. Entre los primeros volúmenes: dos antologías del antiguo *Plural*, una dedicada a la literatura y las artes plásticas y la otra a los ensayos de tipo histórico y político. Díez-Canedo aceptó encantado la idea pero exigió que uno de los libros de la primera serie fuese mío. No puedo rehusarme, como es natural. El libro sería una selección de los artículos políticos que he publicado en *Plural* y *Vuelta*. Sin embargo, le propuse a Díez-Canedo —por consideración especial hacia ti y a Seix Barral— la solución que ustedes han adoptado en otros casos como en el de Carlos Fuentes: la edición de Díez-Canedo circularía únicamente en México y la de ustedes en España y el resto del mundo. Si ustedes están de acuerdo con esta idea te ruego decírmelo para enviarte el libro inmediatamente. Ya está listo y tiene unas 380 páginas. A mí me urge publicarlo y Díez-Canedo piensa que podría sacarlo a fines de este año.

Aún no recibo las pruebas de la *Obra poética*: ¿sabes algo? Tampoco he tenido noticias de *In/mediaciones* ni he recibido las sumas correspondientes a las regalías de los otros libros y al anticipo por *In/mediaciones*. Ojalá que tú pudieses hablar de todo esto con Antonio Comas o con alguna otra persona de Seix Barral. Gracias.

Es increíble: aún no recibo el Ausias March ni *Radicalidades*. ¿Se habrán extraviado? Espero con impaciencia los artículos y textos que mencionas en tu carta. No olvides enviármelos. Otra vez: gracias.

Un gran abrazo, tu amigo,

OCTAVIO

P.D.   Díez-Canedo se compromete a enviarles los fotolitos, como se hizo en el caso de *Terra Nostra* —lo que simplificaría muchísimo las cosas.

94

[Lerma 143-601, México, 5, D.F.]

A 4 de septiembre de 1978

Querido Pere:

Tu carta del 25 de agosto se cruzó con una mía de esas fechas. Ante todo: no he recibido ni *Radicalidades* ni la traducción de Ausias March. Creo que el correo sigue haciéndonos víctimas de sus *practical jokes*. Lo mejor será que me envíes otra vez esos dos libros. Gracias de antemano.

No te preocupes: cuidaré que en el tomo de traducciones poéticas se incluya todo lo que he hecho incluyendo *Renga*, *Sendas de Oku* y versiones más recientes. En cuanto a *La centena y pico*: quizá tengas razón y, puesto que se trata de una edición aumentada del libro publicado por Carlos Barral, sea mejor que el autor de la antología sea yo mismo. Tal vez tú podrías escribir un breve prólogo. ¿Qué te parece?

Es curioso: yo también, en las últimas semanas, he releído a Machado y a Lope. Son dos poetas muy distintos. Casi dos polos. Es verdad que hay mucho de Machado que no acaba de gustarme: costumbrismo, cier-

173

to romanticismo sentimental y ecos de poesía decimonónica e incluso modernista. Pero los pocos poemas que me gustan me gustan de verdad y profundamente. Es uno de los poetas esenciales de nuestra tradición. Lope también me seduce y me repele, aunque su caso sea diferente. Machado escribió poco y además sus intereses son limitados; Lope escribió demasiado y no tiene límites. Dos grandes defectos. Sin embargo, el poeta dramático es extraordinario y el lírico no lo es menos. Mi favorito es el autor de letrillas y canciones (gran maestro de Alberti, Lorca y Diego) y, claro, de algunos de los sonetos más perfectos y arrebatadores de la lengua castellana. En una antología universal del soneto, los de Lope no estarían muy lejos de los de Petrarca, Shakespeare y Baudelaire.

Un joven catalán, Rossend Arqués, me ha pedido un texto para un número especial de *Camp de l'Arpa* sobre erotismo y literatura. Le contesté proponiéndole «Erotismo y gastrosofía». ¿No te parece más apropiado publicar ese texto en una revista literaria? Cuenta con el prólogo para el poema de Ramón Xirau[40] que, como a ti, me parece muy hermoso.

El libro sobre Sor Juana camina lentamente. Tengo demasiadas interrupciones. Es muy difícil concentrarse en la ciudad de México. Hace unos días tuvimos un horrible contratiempo. Un joven filósofo, amigo mío y de Ramón Xirau, discípulo preferido de Rossi, muy estimado en Oxford en donde había estudiado, fue asaltado en la Ciudad Universitaria por un grupo de facinerosos —no se sabe si guerrilleros o simples bandidos. Fue herido en una pierna y secuestrado pero la lesión destrozó la arteria femoral y los asaltantes, en lugar de curarlo, lo dejaron morir y lo abandonaron en un llano de las afueras. Algo espantoso.

Hugo Margáin —ése era su nombre— colaboró a veces en *Plural* y muy frecuentemente en *Vuelta*. Justamente en estos días pensábamos incluirlo en el Consejo de Redacción. El último número de la revista tiene una extensa nota suya sobre filosofía del lenguaje. El único delito de Hugo Margáin: ser hijo del Embajador de México ante los Estados Unidos y

40. *Graons. (N. del E.)*

pertenecer a una familia rica y conocida. Lo que más me espanta no es el atentado sino la forma estúpida en que esos miserables dejaron morir a Hugo.

Saludos cariñosos a Rosa y para ti un abrazo de tu amigo,

Octavio

P.D.   Espero tu respuesta a propósito de *El ogro filantrópico*.

95

[Lerma 143-601, México, 5, D.F.]
A 18 de octubre de 1978

Querido Pere:

Una carta brevísima, casi un telegrama —más tarde te escribiré con calma— para decirte que acabo de recibir *Radicalidades* y el tomo de Ausias March. Ya me dispongo a leerlos o más bien, en el caso de tu libro de ensayos, a releerlos ya que me parece que los conozco todos o casi todos. *Muchísimas gracias.*

En cambio, aún no recibo las pruebas de la *Obra poética*, ni Sargatal me ha escrito. Tampoco he tenido noticias de *In/mediaciones*. ¿Cuándo entrará en prensa? Por último, aún no recibo ni el anticipo de *In/mediaciones* ni las liquidaciones de los otros libros. Esto último es muy extraño pues hace ya varios meses que se me dijo que se había pedido la autorización para adquirir las divisas. Naturalmente, lo que más inquieto me tiene es no saber qué ha ocurrido con las pruebas de la *Obra poética*. ¿Se habrán extraviado?

Querido Pere: perdóname que te dé la lata con todo esto pero ya comprenderás mi estado de ánimo. Dile por favor a Sargatal que me escriba y me dé noticias del estado en que se encuentra mi libro. Ojalá que también me pueda informar de cuándo saldrá *In/mediaciones* y que la oficina respectiva de Seix Barral me informase sobre el anticipo y regalías pendientes.

De nuevo, muchas gracias y un gran y doble abrazo para ti y María Rosa, de su amigo que les quiere,

Octavio

P.D.   ¿Qué se ha decidido sobre *El ogro filantrópico*? No he tenido noticias de Comas. Ojalá que pudiese escribirme unas líneas. Me parece que el acuerdo a que llegué con Joaquín es bastante equitativo, ya que Seix Barral tendría la posibilidad de vender el libro en todo el ámbito de la lengua española salvo en México. Por correo aparte te envío un librito que acabo de publicar sobre Xavier Villaurrutia —un tema absolutamente mexicano pero que, quizá, te interese un poco.

P.D.2.   Esta carta no fue un telegrama sino un periódico. ¡Qué barbaridad!

Tu texto sobre Miró sale en este número de *Vuelta*.

96

[Lerma 143-601, México, 5, D.F.]
A 1 de noviembre de 1978

Querido Pere:

Estas líneas —pocas y rápidas: te escribiré con más calma dentro de unos días— sólo tienen por objeto acompañar la pequeña presentación del poema de Xirau. A mí no me agrada escribir esta clase de textos pero éste lo hice con alegría. Quiero de veras a Ramón y, además, su poema me ha gustado mucho.

Ya te dije en mi carta anterior que había recibido *Radicalidades* y el tomo de Ausias March. He comenzado a leer este último. Extraño, impresionante poeta. Sí, es el anti-Villon. Tu traducción: admirable. Debe haber sido difícil trasladar esa precisión y esa sobriedad, ese antilirismo, más cerca del análisis psicológico y moral, en el sentido francés, que de la poesía tal como hoy la entendemos. Creo que, si hubiera vivido en nuestra época, Ausias March habría escrito ensayos. Digo ensayos y no relatos porque sus poemas no son novelescos. No busca en la anécdota lo lírico ni lo singular sino lo ejemplar, lo universal. Un verdadero moralista.

Sentí mucho molestarte con mi cablegrama. No tuve más remedio que hacerlo: había enviado, unos días antes, un cable a Sargatal pero no recibí contestación —me enteré después de que yo, ignorando el cambio de domicilio de Seix Barral, lo había enviado a las antiguas señas... En fin, estoy muy contento con la conversación telefónica que sostuve con Jasanada. Todo se aclaró. Mortiz les enviará pronto, vía la oficina de Seix Barral en México, los fotolitos. En cuanto al contrato: háganlo ustedes en la forma que estimen conveniente. Espero, por otra parte, recibir pronto las pruebas finales de la *Obra poética*.

Un doble abrazo para María Rosa y Pere de Marie Jo y de

OCTAVIO

No olvides enviarnos nuevas colaboraciones para *Vuelta*. Me alegró que conocieras a Gabriel Zaid. ¿Qué te pareció? Yo lo admiro mucho.

97

[Lerma 143-601, México, 5, D.F.]
A 31 de diciembre de 1978

Muy querido Pere:

Tu envío es extraordinario. Acabamos de publicar una excelente traducción de Salvador Elizondo de un difícil poema de Gerard Manley Hopkins —«El naufragio del Deutschland»— ¡y ahora tú nos envías esta versión de «El desconhort»![41] Ya te imaginarás mi alegría. Procuraré

41. De Ramon Llull. Recogido luego íntegramente en el volumen de *Obra escogida*, de Ramon Llull traducido por mí (Madrid, 1981). *(N. del E.)*

que aparezca, a pesar de su extensión, en el número de marzo. He dado un primera leída al poema y encuentro admirable tu trabajo. Ante todo por el lenguaje: tiene un sabor medieval pero sin arcaísmos. El metro, la regularidad de las estrofas, las rimas, la sintaxis a un tiempo estricta y suelta, el gusto por la palabra concreta a pesar de la abstracción de la disputa entre Ramón y el ermitaño, todo, en fin, me encanta. Además —mejor dicho: sobre todo— el tema mismo del poema, extrañamente actual: la acción y la contemplación. Pero la acción no entendida como *gesta* sino —y en esto veo la actualidad del tema— como prédica de ideas. Otra cosa que me sorprendió: la fe inmensa en el poder de la razón y, por lo tanto, en el libre albedrío. También me impresionó la comparación entre el saber de los antiguos y el nuevo saber de Ramón. Sabes sin duda que su ARTE COMBINATORIA influyó en Giordano Bruno. Y algo menos conocido: a través del jesuita Kircher, en la misma Sor Juana.

Ya corregí las pruebas de *Poemas (1935-1975)* y hace unos días se las envié a Sargatal. Por otra parte, dentro de dos semanas, Díez-Canedo le entregará a Valdés, el representante de ustedes en México, el material de *El ogro filantrópico*. También recibí los cheques por las regalías y los derechos de autor: ¡muchísimas gracias! Estoy muy contento con todo esto, especialmente por lo avanzada que está la edición de la *Obra poética*. Me gustó mucho el proyecto que me trajo Comas, con las tres maquetas. Ya escogí una.

Termina el año. ¿Eres supersticioso? Yo no lo soy mucho pero siempre veo con una mezcla de temor y reverencia el fin de año y el comienzo de otro. El tiempo no es una medida indiferente. Entre sus repliegues está nuestro destino y nada podemos hacer para conjurar lo que nos espera —salvo, como los antiguos estoicos, mirarlo cara a cara. Jano, el dios del comienzo y del fin, el dios de enero, es una divinidad doble... (Es curioso: Jano está asociado con Aries, mi signo.) ¡Que las puertas de enero se abran de par en par para Pere y María Rosa y que lleguen con bien a las puertas del año que sigue y de todos los años!

Un abrazo muy fuerte,

OCTAVIO

98

[Lerma 143-601, México, 5, D.F.]
A 18 de enero de 1979

Querido Pere:

Sí, nuestras cartas se cruzaron. En la mía te hablaba del *Desconsuelo* y te avisaba que publicaremos tu magnífica versión en un próximo número de *Vuelta* (abril o mayo).

Soy un fiel lector de Jünger y de Gracq. A este último, además, lo conozco.* Nada me gustaría más que escribir el prólogo de *Eumeswil* (lo leí hace unos meses en versión francesa y me emocionó mucho, como casi todo lo de Jünger) o el de *Le rivage des Syrtes*. Pero no sé si tendré tiempo. He vivido en perpetua distracción durante estos últimos meses, me he dispersado escribiendo artículos y notas de encargo (incluso el libro sobre Villaurrutia fue el resultado de unas conferencias que *tuve* que dar en El Colegio Nacional) y no he terminado los dos libros que de verdad me importan: el nuevo volumen de poemas y el estudio sobre Sor Juana. Ambos están a medio hacer. Me he jurado a mí mismo no aceptar nuevos encargos. Pero no me gusta decirte *no*. Tal vez yo podría, a fines de este año, escribir un pequeño texto sobre Gracq. ¿Estás de acuerdo?

La muerte de Roger Caillois me entristeció. Lo leí siempre y sus primeros libros —leídos en México, cuando yo no tenía todavía 30 años y él era un escritor casi desconocido— me abrieron muchas vistas. Después fue uno de mis primeros amigos en París, entre 1946 y 1947. Tradujo algunos

---

* Quiero decir: personalmente. Lo vi varias veces en el café de la Place Blanche y cené con él en dos o tres ocasiones en casa de André Breton. También con Nora Mitrani. Pasamos —ahora lo recuerdo, en mi casa— un Año Nuevo juntos...

poemas míos y nos vimos con frecuencia. Pero nos distanciamos por no recuerdo qué bizantinismos (sus críticas a la poética surrealista o algo así). Volvimos a vernos a mi regreso de Oriente. Colaboró en *Plural* y en *Vuelta*, tradujo *Pasado en claro* (admirable versión) y yo escribí un pequeño prólogo en forma de carta a *Pierres Réfléchies* (*Plural*, 56). Ahora, al revisar el índice de *In/mediaciones* descubrí que no incluí ese texto. Te lo envío con estas líneas y con la súplica de que lo incluyas entre el número 8 («El árbol de la vida») y el 9 («La mirada anterior»). *Gracias...* Después de haberte enviado *In/mediaciones* (¿cuándo saldrá?) he escrito otros textos, pero prefiero guardarlos para, más adelante, reunirlos en un futuro volumen.

Saludos a María Rosa y para ti un abrazo afectuoso de tu amigo,

OCTAVIO

P.D.   Espero *Apariciones*. También el texto que me anuncias sobre el anónimo pornográfico victoriano. Supongo que ya habrás recibido el número de *Vuelta* con tu ensayo sobre Miró y el cheque correspondiente. De nuevo: un abrazo,

OCTAVIO

99

[Lerma 143-601, México, 5, D.F.]
A 9 de abril de 1979

Querido Pere:

Tienes razón en sorprenderte. Recibí a mediados de febrero el manuscrito de *Apariciones* y ¡sólo hasta ahora te escribo! Mi falta me duele especialmente porque, me apresuro a decírtelo, *Apariciones* es un conjunto de poemas —mejor dicho: un poema— de veras excepcional. Precisamente por eso no te contesté inmediatamente: quería escribirte una carta larga que no sólo dijese mi entusiasmo sino que lo razonase. Pero no pude escribirte porque vivo invadido por la gente y abrumado por los quehaceres. Soy débil y el mundo —más que el demonio y que la carne— me ha enredado en sus mallas. Su táctica, ahora me doy cuenta, no ha sido seducirme por el orgullo o la sensualidad sino por el falso sentido del deber, la falsa moral social. Estoy atrapado porque me cuesta muchísimo trabajo decir *no* a los visitantes y a los que me piden que escriba sobre esto o aquello (en general sobre temas que no tienen sino poco o nada que ver conmigo). El resultado ha sido, por un lado, la parálisis (no he podido continuar mis libros pendientes: los poemas, Sor Juana, y un ensayo sobre el amor del que alguna vez te hablé, creo) y, por el otro, la proliferación de textos ocasionales.

Apariciones no sólo es uno de tus mejores poemas —quizá el mejor— sino que me parece uno de los mejores libros de poesía de los últimos años. Con la palabra «mejor» quiero decir: uno de los más ricos, profundos y densos. Una materia verbal poderosa y que, en sus movimientos, reverbera y se irisa. Aunque hay una versión en catalán juzgo que ésta en castellano no es menos original que la otra. El texto que me enviaste no puede leerse como una traducción aunque, claro, tu castellano no es el de Castilla ni el de Andalucía ni el (los) de América sino una lengua más amplia y suntuosa. En fin, tu poema me ha deslumbrado por la rara unión de riqueza sensual y profundidad. Dices cosas esenciales pero como un poeta no como un pensador. Hablas con imágenes no con conceptos y con algo que está *antes* de las imágenes: bloques de sensaciones, corrientes rítmicas, silencios repentinos.

¿Reservas? A mi juicio, el texto ganaría mucho si lo sometieses a tres operaciones: condensar, simplificar y marcar más claramente las transiciones y contrastes. En algunos casos, la condensación implica supresión de pasajes más bien enumerativos; en otros, substitución de frases y giros obscuros o retorcidos o vagos por otros más directos y concisos. Por último, siendo una suerte de monólogo, a veces hay rupturas o transiciones que, a mi juicio, no están bien marcadas y en donde el lector puede extraviarse. No estoy por la claridad a toda costa —aunque tampoco por las tinieblas. Sé que lo que dices en tu poema es difícil de decir. No por complicación intelectual sino porque viene de adentro y de abajo, del mundo anterior a los conceptos y las ideas, de la zona obscura de cada uno de nosotros. Sin embargo, creo que, sin sacrificar nada, sí puedes presentar una versión más ceñida. Cierto, en tus poemas, desde el principio, se han aliado la complejidad intelectual y la verbal. No obstante, reconociendo la autenticidad y aun la necesidad de esa riqueza, abundancia y sutileza verbal y mental, me atrevo a sugerirte cambios y cortes. He leído tu poema cuatro veces y he llegado a identificarme con él. La primera parte —a mi juicio perfecta— podría ser el modelo de las otras siete. He señalado con lápiz ciertos pasajes y frases que, a veces, podrían suprimirse y otras cambiarse por expresiones más directas. Me preocupan también las transiciones que en ocasiones confunden al lector (páginas 5, 9, 10, 13, 14).

Mis observaciones no tocan el centro del poema. De nuevo: tu meditación sobre las apariciones no del yo sino de esa realidad que lo sustenta y para la que no tenemos nombre propio (es el ser pero es el no ser; Plotino lo llamaba el Uno pero ese nombre es conceptual y además ese uno es siempre plural y siempre otro; Nagarjuna lo nombró *sunyata*, que es vacuidad, pero una vacuidad que es también ser, plenitud), tu meditación hecha de variaciones como un río en sus meandros, me ha deslumbrado pero, sobre todo, me ha hecho pensar y sentir. Mejor dicho: al leerte el pensar y el sentir se unen en un *sentir pensando*. Poesía sensual, poesía metafísica y (¿por qué no?) poesía religiosa. Pero sin Dios ni teología; erotismo religioso... Espero que *Apariciones*, fiel a su nombre, aparezca pronto.

La semana próxima contestaré a los temas que me tocas en tu carta del 15 de marzo (¡llegó 20 días después!). Ahora sólo quiero darte unos informes breves y hacerte unas cuantas preguntas. «Desconhort»: pensamos publicarlo pronto. El problema es la extensión. ¿No te importaría que saliese un fragmento únicamente? Contéstame a esta pregunta a vuelta de correo. Los poemas de Foix saldrán en junio o en julio (depende de la fecha en que salga tu traducción). Tu libro sobre Miró (¡espléndido!)[42] llegó *hace dos días*: ¡gracias! Tu texto sobre el mismo Miró apa-

---

42. Se refiere a mi libro *Miró: colpir sense nafrar*, que en español se llamaba *Miró y su mundo*. (N. del E.)

recío en *Vuelta*: ¿recibiste la revista y el cheque? Ya pido que te la envíen mensualmente. Por último, Sargatal nos prometió una nota sobre Luis Goytisolo: ¿la enviará?

Estoy inquieto por la suerte de *Obra poética*: ¿cuándo sale? Nosotros iremos a Niza —por la historia de ese premio—[43] en los primeros días de mayo y después Claude Gallimard nos ha invitado a pasar dos semanas en París, en su casa. Tal vez podríamos ir a Barcelona los últimos días de mayo, para la aparición del libro —si es que está listo para esas fechas. Otra pregunta: ¿recibieron los pliegos de *El ogro filantrópico*? Díez-Canedo se los entregó inmediatamente a Valdés. Y aquí corto con un doble abrazo para Pere y María Rosa de Marie Jo y de su amigo que les quiere,

OCTAVIO

P.D. No sé si leíste en *Vuelta,* 28 un fragmento del poema de Hans Magnus Enzensberger: «El hundimiento del Titanic». Es un texto importante por su autor y su tema (el Titanic es la Revolución, Cuba y, en realidad, Occidente y el Progreso) y su lenguaje. Creo que debería ser traducido y publicado en español. ¿Le interesa a Seix Barral? Michi Strausfeld (Rambla Mercedes, 5 Barcelona 12) te puede dar más informes.

100

[Lerma 143-601, México, 5, D.F.]
A 23 de abril de 1979

Querido Pere:
Continúo mi carta de hace unos días... Tu plan para el libro de Taurus me parece excelente. *¡Gracias!* En lo que sigue te doy los informes que me pides —y algunos comentarios.

---

43. El Águila de Oro de Niza. *(N. del E.)*

A. *Testimonios*

No creo que valga la pena publicar esos tributos que aparecen en el volumen de Ivar Ivask. Basta con los de Fuentes, Cortázar y Mandiargues. Tal vez podría pedírsele a Salvador Elizondo otro texto —quizá alguno de los que ha escrito— de no más de una cuartilla.* Pacheco colabora en otra parte, de modo que puede suprimirse su colaboración. Montes de Oca: sería mejor pedirle un poema (que escoja entre los dos que me ha dedicado). Entre los textos de *Gradiva* quizá podría escogerse el de Bernard Noel (es curioso como escritura —y no me ha visto nunca). Sugiero, finalmente, que se le pida una página a estas personas: J. Swaminathan, José Bianco, Charles Tomlinson, Mark Strand, Eliot Weinberger, Kostas Papaioannou, Homero Aridjis, Cabrera Infante y Severo Sarduy.

B. *La obra*

Sugiero que se le pida algo a Michael Schmidt. Es un joven poeta inglés y, además, es un crítico excelente y conoce muy bien lo que he escrito. Es bilingüe: nació en México.

De Pierre Dhainaut es mejor publicar el texto de *Gradiva* «Le multipliant». ¿No podría escogerse algo también de Jacques Sojcher, Pierre Chappuis y/o *Daniel Charles*?

Donald Sutherland: acaba de morir. Fue un hombre extraordinario y murió como un filósofo de la antigüedad. Antes de morir —él sabía que estaba condenado— yo le envié un poema que acompaña esta carta.[44]

Alejandra Pizarnik: no puedo en estos momentos buscar ese texto. Estoy ya preparando mi viaje. ¡Qué lástima!

Sí, me parece muy bien incluir a Martínez Torrón.

---

* Cuartilla = página.
44. Incluido luego en *Árbol adentro. (N. del E.)*

Direcciones

Carlos Fuentes,
5 Newlin Road / Princeton, N. J. 08540 / E. U. A.

A. P. de Mandiargues,
36 Rue de Sévigné / Paris 3e. / Francia.

Salvador Elizondo,
Leonardo de Vinci 17 bis / México, 19, D.F.

J. Swaminathan,
C-55 N. D. South Extension Part I / New Delhi / India.

José Bianco,
Juncal 2305, 2° piso A / Buenos Aires / Argentina.

Charles Tomlinson,
Brook Cottage / Ozleworth / Wooton-under-Edge
Glos Gl. 12 7QB / Inglaterra.

Mark Strand,
169 W. 21st Street / New York City, N. Y. 10011
E. U. A.

Eliot Weinberger (mi traductor)
119 Washington Place, Apt. 6
New York, N. Y. 10014 / E. U. A.

Kostas Papaioannou,
15 Villa Santos Dumont / 75015 Paris / Francia.

Homero Aridjis,
Ridderlaan 6 / Wassenaar / Países Bajos.

Guillermo Sucre,
Callejón Machado 29 / El Paraíso / Caracas 102 /
Venezuela.

J. E. Pacheco,
Reynosa 63,
México, D.F.

Pierre Dhainaut,
B. P. 73-59240 Dunkerke / Francia.

Irving Howe,
505 Fifth Avenue,
New York City 10017 / E. U. A.

Helen Vendler
16 A Still St.,
Brookline, Mass. / E. U. A.

R. Panikkar,
Universidad de California
Santa Barbara, Cal.

Creo que he terminado. Dentro de ocho días salimos de México. Ojalá que podamos vernos a fines de mayo o principios de junio. Mis señas del 4 al 10 de mayo: Hotel Negresco, Niza. Del 11 al 25 seremos huéspedes de Claude Gallimard. En la editorial te informarán de mi teléfono.

Un doble abrazo,

Octavio

Luis Mario Schneider,
15 A Harrison Tower / 575 Easton Avenue / Somerset,
    New Jersey 08873 / E. U. A.

ESTE LADO

A Donald Sutherland

Hay luz. No la tocamos ni la vemos.
En sus vacías claridades
reposa lo que vemos y tocamos.
Yo veo con las yemas de mis dedos
lo que palpan mis ojos:

                sombras, mundo.
Con las sombras dibujo mundos,
disipo mundos con las sombras.
Oigo latir la luz del otro lado.

101

[Lerma 143-601, México, 5, D.F.]
A 13 de junio de 1979

Querido Pere:

Regresamos hace unos días, muy cansados. Inmediatamente caímos en un estupor del que tardaremos varios días en salir: tenemos sueño a todas horas pero a ninguna podemos dormir. Claro, el cambio de horario, el ajetreo de más de un mes de viaje —sobre todo las agitadas semanas de París— y la súbita inmersión en el embudo mexicano, tolvanera rabiosa y ensimismada.

Entre las grandes alegrías de nuestro viaje, junto al encuentro con Cioran, se encuentran los días que pasamos contigo y con María Rosa. Los dos están muy bien. La delgadez y el pelo largo te dan un aire de recién desembarcado de otro planeta —te envuelve, flotante, la melancolía del *espacio exterior*. María Rosa es la vivacidad solar y terrestre. Me parece que hay una suerte de equilibrio astral, hecho de contradicciones, entre ustedes. ¡Qué lástima vivir tan lejos! Ser americano es angustioso: se está lejos de todo. Y más ser mexicano: a la soledad física —los que vivimos en el Altiplano estamos rodeados de montañas altísimas— hay que agregar la soledad psíquica. Nos separan de New York seis horas de vuelo y una impalpable muralla de siglos. Ustedes, los europeos, no sólo están cerca geográfica sino espiritualmente. Ser europeo no es una vocación sino un destino: se nace europeo. Europa no es —quizá no lo será nunca— una realidad política pero sí es una realidad histórica, cultural, espiritual. Ser francés es ser, además, de algún modo, español e inglés, italiano y alemán. Lo mismo puede decirse de los españoles, los polacos, los alemanes y las otras nacionalidades europeas. En cambio, ser mexicano o peruano es ser sólo y exclusivamente mexicano o peruano. Hay una civilización europea, no hay una civilización americana.

Otro momento memorable de nuestra estancia en Barcelona: la cena con los Tàpies. Nuestra última noche europea. ¡Cuánta bondad y cuánta sabiduría hay en Tàpies! La tradición catalana, abierta al mundo europeo, lo llevó a participar de manera central en el gran movimiento pictórico que tuvo su centro en París (Tàpies es, quizá, el último gran pintor europeo) pero hay en su universalidad algo que no encuentro en sus predecesores: la curiosidad apasionada por las grandes civilizaciones no occidentales. Tàpies está impregnado de India y Extremo Oriente. Esto, que es algo único en la tradición ibérica, me une a él. Lo que me distingue de la mayoría de los escritores y poetas españoles no es tanto el ser mexicano como la experiencia oriental. ¿No pasa algo semejante con Tàpies? La cena con los Tàpies me impresionó no sólo por lo que se dijo —yo hablé demasiado, como de costumbre— sino por la atmósfera de la casa y sus dueños —¿no te parece? La mujer de Tàpies me encantó: no es brillante pero su inteligencia es como una bahía segura. Lo que más me conmovió —creo que Marie José coincidió conmigo— fue descubrir que su hijo es poeta. ¡Un poeta en motocicleta pero no menos tímido y silencioso que los poetas que iban a caballo! Apenas reciba su libro —está entre los que te dejé— lo leeré... Y me dio muchísimo gusto que tú tengas un ejemplar de *Petrificada petrificante* —los grabados son admirables, entre los mejores de Tàpies.

Hubo otros momentos buenos en Barcelona: el encuentro con Miró, la noche de la exposición; mi conversación, demasiado corta por desgracia, con Sargatal, hombre finísimo y que —lo presiento, lo sé— es un verdadero poeta; una tarde con Montes de Oca, cacique mixteco extraviado en las Ramblas... La única sombra: el encuentro con Carlos Barral. Mejor dicho: con su espectro. Una verdadera aparición. Todavía con ese aire de insolente elegancia pero como si fuese la imagen de sí mismo, una imagen empañada. Me apenó verlo alicaído —él que era tan brioso, altanero y brillante. Sigue siendo inteligente pero algo se ha roto en él. ¿Te acuerdas de aquel cuento de Scott Fitzgerald: «The Crack up»?

Debo pedirte varios favores. El primero: Unseld (Suhrkamp) tiene la intención de publicar un pequeño libro con tres poemas míos («Piedra de sol», «Blanco» y «Pasado en claro»), edición bilingüe (castellano y alemán), precedido por un ensayo preliminar no muy extenso —entre 12 y

20 páginas. ¿Te gustaría escribir ese texto? Me atrevo a invitarte a sabiendas de que estás —como yo— abrumado y que muchas veces estas peticiones te distraen de lo esencial: tu obra poética. Por eso, te ruego que seas franco: no me lastimaría tu negativa. Si tú no pudieses escribir esa introducción, invitaría a otro poeta catalán: Ramón Xirau.

El segundo favor: Mondadori prepara una antología de mis poemas y el traductor, Franco Mogni, necesita con urgencia *Poemas (1935-1975)*. ¿Podrías ordenar que se le envíe el libro? Gracias de antemano. La dirección de Franco Mogni: Corso di Porta Vigentina, 34/ 20122 Milano / Italia.

El tercer favor: te ruego que, cuando salga *In/mediaciones* (por cierto, ¿cuándo saldrá?), dispongas que se le envíe un ejemplar a Jean-Claude Masson (su dirección: 25, rue de Meuse, 4500 Jupille, Bélgica). Masson prepara una selección (dos tomos) de mis ensayos sobre arte y literatura para Gallimard. También te agradecería que se le enviase otro ejemplar de *In/mediaciones* a Franco Mogni.

Mi libro ya llegó a México, según me dijo antier Valdés, pero aún no lo ha sacado de las bodegas aduanales. Supongo que en el curso de esta semana tendremos ejemplares. Valdés prepara la promoción. Yo lo ayudaré en lo que pueda. Tal vez haré tres lecturas de poemas comentados en el Museo de Arte Moderno. Jasanada me prometió enviarme una lista de críticos y periodistas a los que se enviará el libro. Recuérdaselo y dile que la espero. Ojalá que su lista contenga nombres no sólo de España sino de América —salvo México: de eso nos encargaremos Valdés y yo. Por otra parte, están los amigos a los que he dedicado un poema. Algunos de ellos son críticos y escritores que, quizá, podrían escribir algo. La lista es crecida: más de cuarenta. Naturalmente, no creo que deba darse el libro a todos ellos. A unos 10 o 15 yo les daré un ejemplar de los 20 que me corresponden. A otros —unos 20— ustedes podrían enviarles un ejemplar, ya que son personas que pueden escribir una nota o recomendar el libro. En hoja aparte te doy la lista de los 20. Ustedes podrían enviar el volumen a los que viven en Europa (son 11) con una tarjeta que diga: *Con los saludos del autor, ausente.* Y en otra línea, entre paréntesis:

Ver página... (página donde aparece el poema dedicado). Los otros ejemplares (son 9) los enviaremos Valdés y yo, apenas ustedes lo autoricen. ¿Te parece bien?

Tu poema saldrá en el número de agosto de *Vuelta*. La traducción de Llull la publicaremos apenas Xirau haga la selección de los tres pasajes. ¿Por qué no los escoges tú y él, ahora que Ramón está en Barcelona? Y aquí corto esta larguísima carta con un doble abrazo de Marie Jo y de tu amigo,

OCTAVIO

¡Saludos cariñosos a María Rosa!

P.D.   Escrita esta carta, recibo la tuya. La contesto brevemente. Tu nota sobre *Mi vida secreta* es extraordinaria. Una de las mejores que has escrito. No sé si la publicaremos en agosto o la dejaremos para el número de septiembre. Me gustan los dos artículos para *La letra y la imagen*. Son precisamente lo que ellos necesitan. Les diré que el título general de esa sección (quincenal, más o menos) será *Cuaderno de Bitácora*. Sobre los otros puntos:

1. La dirección de Sologuren es: [...]

2. Mi amigo y colaborador E. Rojas Guzmán ya busca en la Hemeroteca el texto de Alejandra Pizarnik aparecido en *México en la Cultura*.

3. Ya escribí a Michael Schmidt sugiriéndole que te envíe algo. Prepara un *O. P. Reader*. Michael es uno de los editores de *Poetry Nation*, una revista literaria inglesa que no sé si conoces. Es poeta y persona muy inteligente. Escríbele. Puedes hacerlo en español. Nació en México y, aunque su ortografía es detestable y su sintaxis fantástica, entiende perfectamente el castellano. Su dirección: Carcanet Press, 330 Corn Exchange Buildings, Manchester M4 3BG, Inglaterra.

4. Estoy de acuerdo, en parte, contigo. Sin embargo sigo pensando que es mejor el texto de Dhainaut («Le multipliant») que el relativo a Cage. Es lástima asimismo no incluir a Sojcher y Chappuis. La dirección de Daniel Charles: la he perdido. Pero Dhainaut puede remitirle tu carta. Por último, ¿vas a incluir el texto de Irving Howe? Es importante para mí.

En cuanto al prólogo para el libro de Jünger: me gustaría mucho hacerlo —lo admiro y ese libro me gusta especialmente— pero *debo* terminar el Sor Juana. Me he jurado a mí mismo no distraerme más... Tal vez Carlos Fuentes podría escribir ese prólogo. O José Bianco... Estoy seguro de que tú me comprendes y perdonas.

Un abrazo,

OCTAVIO

Ignoro la dirección de Judith Goetzinger.

Tengo entendido que Sutherland no dejó familia directa —no tenía hijos y su mujer murió antes que él. Lo mejor será escribir a su discípulo Lynn Martin: Nassau Community College, English Department, Garden City, New York, 11530.

Por cierto: Donald Sutherland es autor de unos diálogos en los que reconstruye sus conversaciones con un profesor español, Centeno, que nunca escribió pero que —caso frecuente entre los mediterráneos— tenía una mente original. El mismo Jorge Guillén —aunque adivino que no le tuvo gran simpatía— me habló con admiración de su talento. El libro de Donald se llama *The Blue Clown* (El payaso azul). En Estados Unidos, por el tema, pasó desapercibido. Creo que Seix Barral podría publicar ese libro —da luz sobre un extraño trasterrado. Donald escribió una biografía de G. Stein (fue muy amigo suyo) y ha dejado, me dice Lynn Martin, unas memorias: *Selected Agonies*...

102

[Lerma 143-601, México, 5, D.F.]
A 15 de junio de 1979

Querido Pere:

Te envío el artículo de Alejandra Pizarnik. Lo pescó Rojas en ese río revuelto que es la Hemeroteca Nacional. Por desgracia veo que se trata de una *traducción*. Probablemente el texto que apareció en *Cuadernos* también fue una traducción. ¿Qué hacer? A mi juicio, publicar el artículo indicando que no hemos podido encontrar el original en castellano.

Un gran abrazo,

OCTAVIO

103

[Lerma 143-601, México, 5, D.F.]
A 5 de octubre de 1979

Querido Pere:

Por una u otra causa no he podido escribirte. Desde que llegué a México me he visto envuelto en no sé cuantas actividades, la mayoría sin sentido y sin provecho. Así, esta carta es muchas cartas. Empiezo por orden cronológico y termino con lo más importante: tu ensayo sobre los cuatro poemas y los consejos que me pides.

En agosto quise escribirte para darte las gracias por haber aceptado hacer el prólogo de los cuatro poemas (entonces tres) que publicará Suhrkamp. Me diste una gran alegría. No, tu poesía no es prescindible. Si hay alguien imprescindible, lo mismo entre los poetas de tu generación que entre los de la anterior, en América y en España, ése eres tú. Pienso no sólo en los últimos y admirables poemas sino en el conjunto de tu obra, tan rica y, al mismo tiempo, estricta. Recuerdo la sorpresa con que leí en Cornell, Ithaca, durante un invierno terrible —la estación de las relaciones profundas, dicen los hindúes— *Arde el mar*: ¡había vuelto la poesía a España! Pues tú sabes tan bien como yo —y algún día lo sabrá la perezosa crítica hispánica— que con tu libro comenzó de nuevo en España la poesía, interrumpida por la guerra civil y el franquismo. Por esto lo que escribes en prosa, sobre todo tus reflexiones sobre poetas y poesía, tiene un valor particular, único: es la obra de un poeta.

Sí, yo también creo que los dos volúmenes de memorias que ha publicado Carlos Barral son lo mejor que ha escrito. Añado: y de lo mejor que ha aparecido en España durante los últimos años. ¿Por qué no abundan las memorias en la literatura hispánica y por qué casi ninguno de esos libros puede compararse con los de ingleses y franceses? ¿Cuáles son los libros de memorias, escritos por hispanoamericanos o españoles, en lo que va de siglo, que tú rescatarías? Por mi parte, sólo dos: el *Ulises criollo* de José Vasconcelos, un gran libro y, aunque no tiene las dimensiones espirituales y literarias del de Vasconcelos, el primer volumen de Carlos Barral (el segundo es menos interesante, ¿no crees?). Las memorias de Darío, Reyes, Neruda, Alberti, Torres Bodet, etc., son perfectamente prescindibles e incluso, como las de Neruda, nocivas por ser fuente de errores, confusiones y enredos.

La muerte de Blas de Otero pasó aquí desapercibida. Es extraño: los publicistas de la izquierda, que están en las redacciones de todos los periódicos y ejercen, casi, el monopolio de la crítica literaria y artística, apenas si comentaron el suceso. No lo entiendo. Mejor dicho, sí lo entiendo: aunque Otero fue comunista de hueso colorado, su poesía, sin duda a pesar de su autor, nunca se ajustó enteramente a la retórica comunista. El poeta venció al ideólogo. No conocí a Otero pero me parece que era un hombre con mucha angustia y pocas ideas. Madera de santos pero también de fanáticos obtusos. Su poesía es religiosa o, más exactamente, devota. Aclaro: devota y no beata. Tampoco discursiva y deshilachada como la de Cardenal. En el fondo, Otero nunca dejó de ser católico: las palabras revolucionarias de sus poemas podrían substituirse por las de la liturgia católica sin que el texto perdiese nada. Muchos de sus poemas me impresionan por su intensidad expresiva y por su economía verbal. Fue un poeta indudable. ¿Se puede ser poeta y equivocarse tanto, creer que los asesinos son redentores? Sí, sí se puede: Pound y Brecht, Neruda y Benn, Yeats y Aragon. ¿Y Borges? Lo redime su escepticismo: «soy conservador», dijo, «porque el Partido Conservador argentino es el único que no puede ganar». Qué época vivimos. Me recuerda a la de las guerras de religión —Milton, Marvell, D'Aubigné— pero la nuestra es más vil y cruel.

A principios de septiembre recibí el prólogo a los tres poemas. No contesté inmediatamente porque tuve que hacer un pequeño viaje a Houston. Me invitó la Capilla Rotkho para que participase en una reunión «ecuménica» con motivo de la visita del Dalai Lama. La organizadora fue Dominique de Menil, fundadora de la capilla. Ésta es un edificio octogonal con ocho murales de Rotkho. No me acaban de gustar esos murales. La capilla está rodeada por un pequeño jardín, en el cual hay un espejo de agua con una prodigiosa escultura de Barnett Newman: un obelisco truncado. No sé si hayas oído hablar de Dominique y de su marido, John de Menil. Ella es de una familia riquísima y famosa en la literatura francesa: su tío fue Jean Schlumberger, el amigo de Gide y uno de los fundadores de la *N.R.F.* Dominique y su marido, John, fueron grandes coleccionistas de arte, sobre todo de los surrealistas: Ernst, Magritte, Delvaux, Tanguy, Brauner. Pero también Arcimboldo, Klee, Picabia, Cornell y *tutti quanti*. Dominique viene de una familia hugonote pero se convirtió al catolicismo y ahora, desde la muerte de su marido, se interesa más y más en cuestiones espirituales y sociales.

La reunión de la Capilla Rotkho sólo podía haberse celebrado en los Estados Unidos. Extraño país. Entre los participantes: el tempestuoso arzobispo de Recife, siempre con la cruz en alto, Dom Helder Cámara; un rabino de Nueva York, erudito y, como buen clérigo, combativo; Yusuf Ybich, con aire de gran visir, que conoce a los sufíes y a los poetas islámicos; André Scrima, un monje ortodoxo griego de origen rumano, lleno de pasiones teológicas, un personaje novelesco que me recordó a Nafta, el jesuita ateo de *La montaña mágica*; Murphy, un sanguíneo (¿y sanguinario?) prelado irlandés, más bien obtuso; un pastor metodista negro de Los Ángeles, también obtuso y un si no es demagogo; Thurman, ex monje budista y traductor del sánscrito y el tibetano, un ser luminoso; un psiquiatra famoso; otro científico no menos eminente, especialista en biología molecular; dos profesores de religión comparada, en Harvard y en otra universidad que no recuerdo, ambos eruditos y grisáceos; el poeta Merwin, encantador, un verdadero poeta; y tu amigo Octavio.

La reunión me confirmó algo que ya sabía: las ideologías modernas descienden directamente de las grandes religiones, especialmente de las monoteístas, que han sido las más intolerantes. Hubo, claro, dimes y diretes entre judíos y musulmanes y entre católicos y judíos. Me pareció advertir una suerte de alianza tácita entre el Islam y el ala «progresista» de la Iglesia católica, la única que estaba representada en esa reunión. El monje ortodoxo (Scrima) me sorprendió por su inteligencia, su cultura y su pasión sombría. Un hombre poseído literalmente por el diablo. Es profesor de religión comparada en la Universidad de Beirut y, naturalmente, odia a Israel. Al oírlo, recordé al gnóstico Marción, que quería limpiar las Escrituras suprimiendo el Antiguo Testamento, porque había sido dictado por Jehová, el demiurgo perverso. Una noche, al salir de la casa de Dominique, Scrima me dijo al oído, con los ojos chispeantes: «Octavio, ¡viva la revolución cósmica!». El odio de los cristianos contra su propia historia y contra Occidente me fascina y me aterra. Quizá es el signo, o uno de los signos, de que vivimos el fin del mundo; es decir, el fin de *nuestro* mundo.

Me conmovió, en cambio, el Dalai Lama. No sólo es un buen teólogo (budista) sino que es un hombre que sabe reírse de sí mismo y de los otros. Es un hombre de Estado y es un monje que ha estudiado las grandes escrituras Mahayanas pero, sobre todo, es un campesino cazurro. Al final, en una pequeña reunión íntima que fue muy emocionante, Scrima le pidió al Dalai Lama que dijese una plegaria por nosotros. El Dalai Lama se rascó la cabeza, sonrió y, en su mal inglés, dijo: «Well, I will sing an *empty* prayer.» Y se echó a reír. (*Empty*, en el doble sentido occidental y budista: vacío pero también vacuidad.) Entonces cantó un sutra en sánscrito. Y ese canto nos tocó a todos. Las discusiones sobre la metahistoria —en el fondo: debates sobre el poder— se disiparon. Fue un momento de veras extraordinario. Sí, ese canto fue realmente una *plegaria vacía*. Marie José y yo salimos transfigurados.

A mi regreso a Houston, justamente cuando pensaba ¡al fin!, escribirte esta carta, una nueva sorpresa: la última parte de tu ensayo. No sé qué puedo decirte de ese texto. Me refiero a las 36 páginas y no sólo a las últimas. Me has dado un placer extraordinario. No se me oculta que has sido muy generoso: enrojecí a medida que leía tu ensayo. Pero, además, has sido lúcido y penetrante; es un texto bien pensado y bien escrito: lo que dices lo dices con gran elegancia y economía. Es crítica de la mejor y más alta: lectura del texto y descubrimiento de lo que dice realmente el texto, no pocas veces sin que el autor lo sepa o se lo proponga. Y hay un momento en que la crítica, sin dejar de hablar del texto que descifra, habla de sí misma. En cierto modo, tu texto me ayuda a leer tus poemas. Además, a pesar de que yo soy el autor de esos poemas, tu perspectiva ilumina costados y aspectos que yo no percibía: México y la India vistos desde el Mediterráneo. Creo que tu ensayo no sólo es el mejor que se ha escrito sobre mí sino que cuenta entre tu mejor crítica creadora. Me emociona haber sido el pretexto de ese texto espléndido. Darte las gracias sería redundante. Como me lo pides, lo guardaré, en espera de que escribas los otros comentarios que se te han ocurrido. Ojalá que sea pronto.

Dejé para el final lo que me cuentas en tu última carta. Comprendo perfectamente tu estado de ánimo y entiendo que te haya deprimido comparar la situación de Barcelona con la de París. Pero entonces, ¿qué diremos los que vivimos en México? Es verdad que España ya no tiene la coartada de la dictadura de Franco y que ahora la podemos ver tal cual es. En unos artículos olvidados y que habría que rescatar, allá por 1934 o 1935, Moreno Villa dijo que la vida española estaba hecha de «pobretería y locura». En el fondo era una definición galdosiana: el mundo que se describe en la parte final de los *Episodios* y en muchas novelas es un mundo no de pobres sino de pobretones y de mediochiflados. Ahora los españoles son menos pobres y menos locos pero no han recobrado la sabiduría: su mundo espiritual sigue siendo sórdido. Al hablar con varios escritores españoles, me di cuenta de que ellos también —como la mayoría de los latinoamericanos— padecían la infección moderna, la infección ideológica. Es el mal del siglo pero, sobre todo, es el mal de los pueblos hispánicos. En cuanto a la fealdad de las ciudades y a la barbarie e ignorancia de las poblaciones: por lo visto no has estado en México, Perú, Colombia, Venezuela, Chile, Argentina, etc. Lo de México ha sido quizá lo más horrible: fue una gran ciudad, una de las más bellas del continente, más rica y más hermosa que Madrid. Y si de las piedras deshonradas pasamos a la degradación de los espíritus: ¿has estado en la Universidad de México o has leído la prensa mexicana?

Hace muchos años, en 1943, sentí el mismo asco y el mismo impulso de huida que tú sientes ahora. Me fui de México y no regresé sino hasta diez años después. Al poco tiempo volví a dejar al país por otros diez años. En total, he estado fuera más de veinte años. No me arrepiento. Pero en aquella época todo era más fácil. Primero tuve una beca Guggenheim; después, me gané la vida con trabajos pintorescos; más tarde ingresé en el Servicio Exterior de México, que fue mi tabla de salvación. Cuando dejé la diplomacia, dividí mi tiempo entre la cátedra en el extranjero y el periodismo. Con estos antecedentes no sé si tengo derecho a aconsejarte. Creo, de todos modos, que te haría mucho bien salir de España. Pero ¿adónde?

No te recomiendo venir a México, salvo de visita. El país es de una inmensa belleza, hay pequeñas ciudades muy hermosas como Oaxaca y Morelia, hay paisajes impresionantes y hay ruinas no menos imponentes... pero la ciudad de México es enorme, difícil e inhóspita. Tampoco te recomiendo los Estados Unidos. En alguna universidad podrías resolver tu problema económico pero no te veo a ti, tampoco a María Rosa, haciendo la vida mezquina de los profesores universitarios. Lo que está más cerca de ti y del espíritu catalán es Francia. No te haría mal una temporada en París. Tal vez podrías trabajar en alguna universidad de las que están alrededor de París, a condición de guardar tu independencia. Otra posibilidad: trabajar en una editorial. Si tú quieres, yo podría hablar con Gallimard (temo que paguen muy poco). Además, el periodismo. Quizá podrías unir el trabajo en la editorial y el periodismo. ¿Y María Rosa no podría trabajar? En cuanto al periodismo: lo mejor sería publicar el mismo artículo en diversos lugares: Barcelona, Caracas (*El Nacional* o *El Universal*), Bogotá *(El Tiempo)*, Buenos Aires (*La Nación* o *La Prensa*) y México (*La Letra y la imagen* o cualquier otro periódico). Si el proyecto se formaliza, yo podría proponer tus colaboraciones a los amigos de Caracas, Buenos Aires y México. Una última sugerencia: ¿no podías hacer lo que hace Goytisolo, pasar cinco meses en alguna universidad norteamericana y el resto en París?

Ya pido que te envíen —no entiendo el retraso— los cheques por tus colaboraciones en *Vuelta*, así como los ejemplares que te corresponden. Tu versión del «Desconhort» saldrá el próximo mes, abriendo el número de aniversario de la revista. Ya apareció *La letra y la imagen*, con tu nota. Me dice De la Colina que te enviarán ejemplares. Te envío también el contrato de *El ogro filantrópico*. ¿Cuándo saldrá? ¿Y cuándo saldrá *In/mediaciones*? Me imagino que Valdés les habrá informado que *Poemas (1935-1975)* se vende muy bien en México a pesar del alto precio. Te doy las gracias por la nueva edición de tus *Poemas (1963-1969).* He releído algunos de esos textos y me siguen gustando mucho.

Reciban tú y María Rosa, con el cariño de Marie José, mi amistad fraternal y mi gratitud,

tu amigo,

OCTAVIO

104

A *19 de enero de 1980*

Querido Pere:

De nuevo he dejado pasar el tiempo sin escribirte. Perdóname... Leí de nuevo tu ensayo[45] y, por primera vez, los nuevos pasajes. Es impresionante tu capacidad para penetrar en esos textos e iluminarlos. Hay algo *uncanny*, como diría James, en esa experiencia. Al leerte me leo de otra manera, rehago mis gestos y mis pensamientos, veo lo que vi pero no con mis ojos sino con una mirada ajena, imparcial como si no quedase en mí sino la visión. Tú me has hecho comprender algo que escribí hace mucho sin darme cuenta de que escribía una verdad terrible: «el poema se cumple a expensas del poeta». Es la primera vez que experimento algo semejante. Darte las gracias, después de esto, sería estúpido...

En el otoño estuvimos durante una semana en Nueva York. Vi fugazmente a Carlos Fuentes y al poeta Mark Strand, un gigante que camina como una nube. Fui invitado por una norteamericana que realiza, en Rochester, un curioso experimento: promueve la práctica poética entre los niños de una escuela. Quiero decir: los enseña a que escriban breves poemas y, para ello, ha tomado como modelos —más bien, como estímulos— poemas de poetas contemporáneos, entre ellos los míos. Experiencia fascinante y decepcionante: los poemas que escriben esos niños poseen una frescura y una originalidad sorprendentes e indudables pero esas cualidades desaparecen a la segunda lectura. Son poemas-exclamaciones, es decir, no son realmente poemas. Recuerdo a Éluard: el poeta

45. Inicialmente prólogo a la edición alemana de Suhrkamp, se amplió hasta convertirse en mi libro *Lecturas de Octavio Paz*. (*N. del E.*)

no es el inspirado sino el que inspira. La poesía no es una flor, no es animal o vegetal, no transcurre —aunque cambia con cada lectura. La poesía tampoco es mineral: cambia en cada lectura.

A nuestro regreso, acometimos la gran tarea: mudarnos de casa. Estamos muy contentos en el nuevo departamento pero todavía tardaremos muchos meses en terminarlo completamente. Lo más difícil ha sido arreglar los libros y los papeles: apenas si he tenido tiempo para atender los otros asuntos y no he escrito una sola línea. A fines de año hicimos un pequeño viaje: un amigo nos invitó a pasar el fin de año en su casa en Los Ángeles. La naturaleza es preciosa pero California es un lugar vacío. No hay nada más triste y aburrido que un edén deshabitado. Prefiero el purgatorio bostoniano.

Hablé hoy en la mañana con Lizalde y De la Colina, que son los encargados de *La letra y la imagen*. Me dicen que ya te enviaron el periódico y también los cheques. Espero que hayas recibido todo. Están muy agradecidos contigo y te piden, por mi conducto, nuevas colaboraciones.

Supongo que ya habrás recibido los cheques de *Vuelta*. Hablé con el gerente y me dijo que ya había hecho el envío. La idea de publicar en *Vuelta* tu traducción de un fragmento del primer canto del *Orlando furioso* me parece estupenda. Es un poema que adoro y no conozco ninguna traducción en español. Te parecerá raro pero lo he leído en edición bilingüe (italiano-inglés). También me interesa mucho publicar en la revista algunos sonetos de Manuel María Barbosa de Bocage. Te confieso que no he leído nada de él.

Antes del viaje a Nueva York, en septiembre, escribí para un diario brasileño una serie de artículos sobre la evolución de la situación internacional durante los últimos diez años. A mi regreso, en noviembre, los corregí y, en la primera quincena de diciembre, agregué un artículo más sobre los sucesos de Irán. Envié la serie a varios periódicos. En España los publicará *El País*. ¿Sabes si ya comenzó?

Ya no te aburro: esta carta comienza a alargarse demasiado. Saluda de nuestra parte a María Rosa y tú recibe un abrazo de tu amigo,

Octavio

P.D.   Toma nota de mis nuevas señas:
Paseo de la Reforma 369, Apto. 104,
México, 5, D.F.
Tel. 5-11-38-20

105

[Paseo de la Reforma 369-104,
México, 5, D.F.]
A 10 de marzo de 1980

Querido Pere:

Te escribo de carrera. Recibí y leí «Explicación». Ya te imaginarás cómo me emocionaron esas páginas. Gracias. También me llegó tu traducción del fragmento del primer canto del *Orlando furioso*. Tu versión es
excelente y la publicaremos en el número de mayo. Estoy de acuerdo en
que las notas son innecesarias. Ojalá que te decidieses a traducir otros
episodios. Y ya que hablo de poesía italiana, ¿conoces la antología de
Mondadori *Poeti italiani del novecento*? Es un libro precioso. Entre los
nuevos poetas hay uno que me interesa mucho: Andrea Zanzotto. ¿Lo
has leído?

He llamado varias veces a Lizalde y a De la Colina para recordarles
que deben enviarte *La letra y la imagen* y los cheques correspondientes.
Me han jurado que ya dieron los pasos necesarios. Ojalá que sea cierto.

Por aquí han pasado Cabrera Infante —una visita demasiado fugaz,
al menos para mi gusto— y Jasanada. Con este último hablé de nuestros
proyectos. Uno de ellos es publicar en forma de libro la serie de artículos que han aparecido en *El País* y en otros diarios latinoamericanos:
Tiempo nublado. Por correo aparte y aéreo te envío ese texto. Si resulta
demasiado corto, podría agregarle dos o tres textos más sobre temas conexos («México y los Estados Unidos», «Cultura y televisión», etc.). Todo iría precedido de un breve prólogo.

En cuanto al libro de Sor Juana: no avanza. Estoy paralizado. El tema se ha ido alejando poco a poco y tendré que hacer un gran esfuerzo para volver a él. Es lástima porque solamente me falta un capítulo y reescribir los dos últimos. Me he prometido volver al trabajo en el mes próximo.

Tus poemas, que he leído con grandes dificultades y gracias al diccionario que me regalaste, me han *encantado*. Ése es el tipo de poesía que a mí me gustaría hacer ahora. En los últimos años he leído y releído la Antología griega y encuentro que tus breves poemas no son indignos de muchos de los mejores textos de ese libro. Mi elogio puede parecer exagerado pero no lo es.

No sé si te conté que en agosto pasado, con motivo de la aparición de *Poemas (1935-1975)*, me invitaron a leer en tres ocasiones selecciones de ese libro. Fueron acompañadas por comentarios que ahora reescribo. La primera parte, dedicada a mis lecturas poéticas, está dedicada a ti. Te envío un fragmento de esta parte.* Aparecerá en un número especial de *Camp de l'Arpa*. Por cierto, no estoy muy seguro del título: *Los pasos contados*. Me gusta pero temo que haya sido usado antes... Ya me dirás.

Espero la nota sobre *Makbara*.

Un doble abrazo para María Rosa y para ti de tu amigo

Octavio

P.D.   Ahora me entero de que *El País* sólo empezará a publicar mis artículos esta semana. Es absurdo...

He escrito un poema dedicado a Miró —como prólogo del catálogo de su exposición. Te lo enviaré. Quizá te divierta...

---

* Por separado.

[Paseo de la Reforma 369-104,
México, 5, D.F.]
A 17 de mayo de 1980

Querido Pere:

¡Muchísimas gracias! Ya recibí, por conducto de Danubio Torres Fierro —amigo leal, hombre íntegro— 10 ejemplares del libro. Lo distribuiré entre los amigos de aquí. Si pudieses remitirme otros 10, los enviaría a los amigos de Buenos Aires, Lima, Caracas y Bogotá.

Por aquí desfilaron Carlos Barral (lo encontré mejor, más entero, como si las derrotas, en lugar de envilecerlo, hubiesen afinado su melancolía), Camilo José Cela y otros españoles de pelo en pecho. Vinieron a un *soi-disant* Encuentro de Escritores, más notable por las ausencias que por las presencias: no asistió *ningún* escritor mexicano de nota. Tampoco ningún hispanoamericano, salvo el crítico peruano Oviedo y Manuel Puig. En cuanto a Puig: sus piruetas y gorgoritos para arrancar una sonrisa a los cejijuntos censores de la izquierda fueron a un tiempo indecentes y lastimosos: ¿por qué y para qué? Ah, olvidaba a Fernando del Paso, que vino no sé si engañado y para visitar a su familia, y al perruno Benedetti, la Voz de su Amo.* En fin, otra vez la zarzuela literaria hispánica. Pero no todo ha sido mascarada y esperpento: la maravillosa exposición de Miró nos ha compensado con creces. Te enviaré el catálogo con mi poema. Además, a un amigo que admiro, el arquitecto Luis Barragán, le acaban de dar el premio Pritzker de Arquitectura —que es, para ese arte, el equivalente del Nobel.

Decidí no enviarte *Tiempo nublado* porque, en el momento de hacerlo, me saltó a los ojos el carácter circunstancial y periodístico de la serie. Por cierto, ¿no ha salido en *El País*? Les envié esos artículos (13), los aceptaron y me los pagaron... En cambio, aunque muy lentamente, he avanza-

---

* ¿Te acuerdas de los anuncios de ios fonógrafos Víctor, con la bocina y el perrito a sus pies?

do en el relato de mi itinerario poético. Será un librito de unas 100 páginas. Ya cambié el título (gracias por haberme avisado que Corpus Barga lo había usado) y ahora se llama: *De una palabra a la otra*. ¿Te gusta? Es una línea de un poema de *Salamandra* y la he usado como título de una selección de poemas de ese libro y de *Ladera Este* que publicará Gallimard este otoño. Por desgracia, no he podido seguir con Sor Juana —¡y pensar que sólo me falta redactar un capítulo y rehacer los tres últimos! Escribí un poema más, el dedicado a Miró, y tengo semi-escrita una nueva serie (poemas cortos con un mismo tema). Espero enviarte a fin de año este nuevo libro. A continuación podríamos publicar *La centena y pico*, ¿no crees?

Dentro de unos días salimos de México. Debo ir a Harvard al Commencement (apertura de cursos: 5 de junio) pues se les ocurrió darme un doctorado. Lo acepté como un don caído del cielo, es decir, como un inesperado proyectil contra nuestros malquerientes de México, que son ya legión. Digo *nuestros* porque, aunque yo soy el blanco principal (han dejado descansar un poco a Fuentes), el objeto real de su animadversión es *Vuelta* y lo que representa. Después de Harvard, iremos a Alemania invitados por Unseld: Francfort, Munich y Berlín. Estoy muy emocionado pues no conozco ese país. Daré dos conferencias, leeré mis poemas y, sobre todo, asistiré a la salida de mis cuatro poemas, en edición bilingüe y precedidos por tu espléndido prólogo. Esto último me hace sentir como si de pronto me hubiesen armado caballero de la Orden del Laúd Constelado, fundada no sé si por Hermes Trismegisto o por Gérard de Nerval. Estaremos en París, durante dos semanas, a partir del 17 de junio. Procuraré llamarte desde allá. Tú puedes escribirme, *chez* Gallimard. Todavía no sé si podré dar el salto a España. A mí me gustaría muchísimo ir —pero de una manera privada, sin bombos y platillos— al sur de Andalucía, de donde era mi madre, y a Galicia: he descubierto que Paz es un nombre celta, como Bath, Bates, Baez, etc.

Un doble abrazo para María Rosa y Pere de Marie Jo y de su amigo

OCTAVIO

Por correo aparte te envío una divertida nota de Danubio sobre el Encuentro de Escritores.

[Paseo de la Reforma 369-104,
México, 5, D.F.]
A 16 de julio de 1980

Muy querido Pere:

Regresamos hace unos días bastante cansados. El viaje fue magnífico —sobre todo el impresionante encuentro con Alemania, que no conocía— pero al final ya no tenía ganas sino de volver a mi cuarto y a mis libros. Lo único que siento es no haber podido estar en España para hablar contigo y cumplir mi viejo deseo: visitar Galicia. Ya conoces mi inocente manía druídica.

Al llegar aquí me encontré con tu carta del 23 de mayo, en la que me cuentas que rechazaste la proposición de la editorial Bruguera. Me parece que hiciste bien. Creo, como tú, que ha llegado la hora de hacer la antología de mis poemas (*La centena y pico*). Naturalmente, antes hay que publicar el nuevo libro. Está casi listo y espero enviarte los originales antes de diciembre de este año. Será un libro pequeño, pues he escrito poca poesía estos últimos años: unos 25 o 30 poemas, que no darán más de 96 páginas. En cuanto a *La centena y pico*: tal vez valdría la pena que incluyese solamente piezas en verso y dejar los textos en prosa para otro libro: ¿qué te parece esta idea?

He recibido una carta de la editorial Trieste. Te envío un copia. Quisieran reimprimir aquel librito ya agotado: *Sendas de Oku*, publicado originalmente por Carlos Barral. Antes de contestarles quisiera saber tu opinión y la de Seix Barral. A mí me parece que lo mejor sería que ustedes lo reeditasen. Sólo en caso de que a ustedes no les interese, podría yo aceptar la propuesta de Trieste. No dejes de ponerme al tanto de lo que ustedes decidan.

Sí, Danubio me entregó, un poco antes de que yo saliese de México, los diez ejemplares de tu libro.[46] Inmediatamente los distribuí. A mi re-

---

46.   *Lecturas de Octavio Paz. (N. del E.)*

greso me he enterado de que ya se encuentra en las librerías mexicanas. Tengo noticias, por algunos libreros y otros amigos, que es leído por las personas que se interesan en la poesía contemporánea. Espero que aparezcan comentarios en los periódicos y en las revistas, aunque no me extrañaría que la anémica crítica mexicana, asfixiada por la política, prefiriese callar. Sobre *In/mediaciones* salieron cuatro breves comentarios, tres de ellos adversos. Por fortuna salió una excelente nota en *Vuelta*. Haremos lo mismo con tu libro.

Decidí no enviarte *Tiempo nublado* porque se trata de textos demasiado ligados a la actualidad. Por cierto, me extraña mucho que no los hayas visto en *El País*: me los pagaron por anticipado. Espero reunir otros textos sobre temas de esta índole y hacer con ellos un volumen semejante a *El ogro filantrópico*.

Me parece que, una vez publicado el nuevo libro de poemas, podríamos comenzar con los volúmenes sueltos de poesía. También me interesa mucho comenzar a recoger los ensayos. ¿Te parece que debemos republicarlos en el orden en que fueron escritos o darles una ordenación por temas?

Me horrorizó el muro de Berlín. Durante dos semanas me despertaba sobresaltado con la sensación de que ese muro dividía ya a todo el planeta, a todas las ciudades e, incluso, a cada uno de nosotros. En Berlín pensé mucho en los expresionistas y recordé mentalmente algunos poemas terribles de Godofredo Benn: ¿conoces «Natchcafé», «Subway train», «Icarus»? Munich es una ciudad preciosa pero, me temo, ya sin alma. ¿Adónde se nos ha ido? Hablé con Hans Magnus Enzensberger, inteligentísimo, enteradísimo, simpatiquísimo pero, otra vez, ¿el alma? Tuve la misma sensación en París, salvo cuando hablé con Cioran y con dos griegos: mi viejo amigo, hoy enfermo, Kostas Papaioannou y Castoriadis. Es extraño: los de la periferia todavía tienen alma. Nos detuvimos en Nueva York dos veces, al comenzar nuestro viaje y antes de regresar a México. En las dos ocasiones visité, en el Museo Metropolitano, durante varias horas, la colección de la pintura europea del siglo XIX. ¡Qué gran siglo y qué hermosa colección! Mi gran descubrimiento ha sido Courbet:

nunca lo había visto (lo que se llama *ver*). Su naturaleza es verdaderamente moderna: sin Dios, terriblemente extraña, a ratos inhospitalaria y
otros hostil, pero siempre hermosa. Una hermosura no humana y no
histórica. Sus mujeres poseen la misma belleza inhumana y sobrecogedo-
ra de sus árboles, sus ríos y sus colinas... La colección del Metropolitan
también es muy rica en cuadros de Monet. Pasé un largo rato con ellos:
un mundo más cerca del mío. Me conmovieron especialmente varios
paisajes con chopos. Al llegar a México escribí un poema con ese tema.
Te lo envío.

Y aquí corto, con un gran abrazo,

OCTAVIO

El poema vuela aparte, con los Chopos, erg.[47]

108

[En una postal
de Claude Monet: *Poplars*, 1891]

Querido Pere:

Parece que Monet pintó estos chopos —y otros paisajes más— desde
una barca especialmente construida para él, con un caballete, pinceles,
colores y otros útiles. Pintaba desde la barca con mucha prisa —¡quince
minutos antes de que obscureciese completamente!

Un doble abrazo para María Rosa y Pere de

OCTAVIO

---

47.   Línea escrita al dictado por el secretario en esa época de Octavio Paz; erg =
Eusebio Rojas Guzmán. El poema «Cuatro chopos» se recogió en *Árbol adentro*. *(N. del E.)*

109

[Paseo de la Reforma 369-104,
México, 5, D.F.]
A 17 de septiembre de 1980

Querido Pere:

De nuevo pasó el tiempo sin que yo pudiese contestar a tus últimas cartas. Perdóname.

Ante todo, gracias por el precioso poema en alejandrinos franceses.[48] Tu maestría me asombra: ¡versos regulares, rimados y que, además, no son un mero ejercicio! En ocho versos evocas (o inventas) un atardecer rico en matices y gradaciones, cromático en el sentido musical de la palabra, suspendido sobre un paisaje a un tiempo parnasiano y simbolista. Hay líneas que hacen pensar en Mallarmé y otras en Leconte de Lisle y Heredia. Hay que rescatar (un poco) a estos dos poetas, tan maltratados por la vanguardia. Después de aceptar casi todo lo que se ha dicho en su contra, confieso que me encantan ciertos poemas de Leconte y, aún más, su figura de pagano de levita perdido en las bibliotecas y en las salas de redacción del París decimonónico. En cuanto a Heredia: le debemos algunos sonetos memorables y su influencia contribuyó a dar a los poetas de nuestra lengua, en la época modernista, el gusto del poema como *objeto* y no como efusión y confesión. En tus poemas encuentro dos hemistiquios, dos fulgores sombríos, que son dos verdaderos hallazgos. El primero: esa Venus «en haillons d'amadou». Me hizo pensar en aquel admirable verso final de Darío: «Venus, desde el abismo, me miraba con triste mirar». El otro hemistiquio es aún mejor: «La nuit conspiratrice». Gran parte del arte poético está en la adjetivación y tu hemistiquio lo comprueba. Conspiración suscita la idea de murmullos cómplices en la obscuridad y, asimismo, la sensación de las sombras que se congregan y

---

48. Inédito en libro en francés, aunque publicado en traducción española de Aurelio Asiain, escribí este poema en respuesta a la postal de los chopos de Monet. *(N. del E.)*

que, movidas por un propósito secreto, se echan a andar («la douce Nuit qui marche», ¿te acuerdas?). Pero hay algo más: para los estoicos los elementos se unen y *conspiran* para crear la armonía cósmica. El *pneuma*, el soplo que da vida al universo, no es sólo una inspiración y una espiración sino una *conspiración*. ¿Y con quién y para qué conspira tu noche? Conspira con todos los elementos, con el agua y con el viento, con el latir de la sangre y la respiración de los árboles —conspira como un director de orquesta que crea la armonía. Tu noche es una manifestación del *pneuma* que anima al mundo y lo hace uno.

Tienes razón en inquietarte por la suerte de tu traducción de Ariosto. No hemos podido publicarla por falta de espacio y porque queríamos que apareciese al frente de la revista. Saldrá —ahora sí con toda seguridad— ya sea en el número de noviembre o en el de diciembre. Tu nota sobre la novela de Goytisolo: yo creía que Krauze la tenía pero ayer me dijo que nunca la recibió. ¿Puedes enviármela a vuelta de correo? Aparecerá inmediatamente. Una duda: no sé si me dijiste que esa nota ya había aparecido en *El Viejo Topo*. En este caso no importaría pero sí quisiéramos que, *en lo sucesivo*, los textos que nosotros publiquemos no aparezcan también en esa revista. La razón: *El Viejo Topo* circula en México. Y para terminar con el asunto de tus colaboraciones: ojalá que pudieses enviarnos un comentario sobre el último libro de Juan Benet.

Me ha dado mucha alegría saber que va a aparecer una buena antología de tus poemas en francés. Avísame cuando aparezca pues yo podría escribir a dos o tres amigos para recomendarles que comenten el libro en la prensa francesa. Ya sabes la reticencia e incluso el desdén de los franceses. Desde ahora te recomiendo enviar ejemplares a Claude Esteban, Claude Roy, Jacques Roubaud, Jean-Claude Masson y Fouad El-Etr. También a E. Cioran, otro «periférico». Es buen lector de la literatura hispánica.

El libro que dedicaste a mi poesía ha sido bien recibido. Ida Vitale, la poetisa uruguaya, mujer inteligente y cordial, publicó un buen artículo en un diario. Me dijo que te lo había enviado y de ahí que yo no lo haga. Francisco Rivera, uno de los mejores críticos jóvenes de nuestra lengua

—no sé si habrás leído sus excelentes comentarios en *Vuelta*— va a enviarnos una reseña sobre tu libro. Aparecerá en el número de noviembre.

Sendas de Oku: me encanta la idea de aparecer en la colección Serie Mayor. En el momento oportuno te enviaré un texto revisado. Sobre los otros proyectos: escribo ahora con terrible, angustiosa lentitud. Se me ocurren muchas cosas pero cuando intento pasarlas al papel, todo se complica y enmaraña. Tengo tres o cuatro textos a medias: el Sor Juana, *De una palabra a la otra*..., *Artes de penumbra* (una reflexión sobre el blanco y el negro, el claroscuro, en el arte del grabado y en la poesía)... pero no acierto a terminar nada. Espero tener listo mi libro de poemas para fin de año. En realidad únicamente me falta un poema. Aunque tengo escritas algunas líneas, no acierto a encontrar el tono. Es desesperante... Será un libro muy pequeño: unas 64 páginas. Tal vez para darle mayor extensión podríamos agregar, como una sección aparte, las traducciones de Apollinaire y algunas otras cosas. ¿Qué te parece esta idea?

Un doble abrazo para los dos de

OCTAVIO

P.D.   Acabo de hablar con Danubio. Está muy apenado. Me dice que ya publicaron todos tus artículos y que él había ordenado que se te enviasen los números en que aparecieron así como los cheques. Mañana hablará con Lizalde para poner en claro esta confusión.

110

[Paseo de la Reforma 369-104,
México, 5, D.F.]
A 27 de noviembre de 1980

Querido Pere:

No había contestado a tu carta porque la recibí precisamente el día en que salí hacia Nueva York. Estuve allá diez días: un pequeño viaje para respirar un poco de aire. No vi muchas cosas y no pude quedarme a la inauguración de la exposición de Cornell. ¡Qué lástima! Lo quise y lo admiré mucho. No sé si te conté que lo visitamos unos pocos años antes de su muerte y que se hizo muy amigo de nosotros, sobre todo de Marie José, que guarda de él algunas cartas, un pequeño óleo y otros pocos recuerdos.

Lo que me dices sobre el proyecto de los volúmenes de mi prosa en Summa[49] me emociona y me asusta. Estuve esperando a Valdés para que me enseñase el ejemplar de *Tirant lo Blanc*. Pero Valdés no está en México —se fue a la convención de libreros que se celebra en estos días en Yucatán— y regresará sólo hasta la semana próxima. Apenas esté de vuelta, hablaré con él y te escribiré. Por lo pronto quiero decirte solamente que, en principio, estoy de acuerdo con ese proyecto. Lo que me preocupa es que exige un gran trabajo preparatorio que, por el momento, yo no podría realizar. Ya te conté que tengo varias cosas en proyecto y que, además, espero terminar en los primeros meses del año próximo el libro sobre Sor Juana, al que he vuelto al fin, después de haberlo dejado desde hace cerca de tres años. Creo que en marzo o abril estaré ya más libre y podré entonces dedicarme de lleno a la preparación de la obra en prosa. De todos modos, te escribiré la semana próxima una vez que haya hablado con Valdés.

Tu traducción de Ariosto sale al fin en este número de diciembre. Estoy furioso conmigo mismo por ese retraso y te pido perdón. ¿No podrías mandarnos poemas tuyos para un número próximo? También, claro está, algo en prosa: ensayo, reseñas sobre algún libro, lo que tú quieras... Te lo agradezco desde ahora.

Un gran abrazo,

OCTAVIO

Sobre el contrato del librito de Basho ¿no será mejor firmarlo con Seix Barral de México?

---

49. Era un proyecto de publicar su prosa en varios volúmenes análogos al de su poesía reunida. *(N. del E.)*

111

[Paseo de la Reforma 369-104,
México, 5, D.F.]
A 24 de abril de 1981

Querido Pere:

Es difícil reanudar una conversación después de tantos meses de silencio. Desde diciembre del año pasado veo, entre aterrado y divertido, cómo se acumula en mi mesa la correspondencia. Algunas noches me despierta el remordimiento de todas las cartas que no he escrito. Entre ellas y en primer término las que te debo... La verdad es que, como te conté, he vuelto al libro de Sor Juana y esto me ha absorbido de tal modo que me ha hecho desatender todo lo demás. Espero terminarlo pronto: me falta solamente la última parte, unas 60 o 70 páginas. Pero hoy decido romper mi silencio, abrir la ventana, recibir el aire nocturno y escribirte. Debo consultarte unas cuantas cosas.

El poeta uruguayo Enrique Fierro —no sé si lo conoces: tiene talento— vino a verme hace unos días para contarme que el director de *Marcha* (aquella revista que tuvo tanta importancia en la historia literaria y política de Argentina y Uruguay) desterrado ahora en México, tiene pensado fundar una nueva editorial que llevaría el mismo nombre de la revista. Él y sus colaboradores quisieran que uno de los primeros títulos fuese un libro mío. A Fierro se le ocurrió que podría ser una selección de las entrevistas que me han hecho (¿se hacen las entrevistas o es un anglicismo?) en los últimos años. La idea me gustó pero le contesté que debería consultarlo contigo. Naturalmente, yo preferiría que Seix Barral editase ese libro. Sólo en caso de que ustedes no tuviesen interés en publicarlo, aceptaría la invitación de Enrique Fierro. El libro tendría un poco más de 200 holandesas y comprendería textos sobre arte, literatura, política y otros temas. Probablemente Enrique Fierro podría encargarse de la recopilación y selección de los textos pero, en caso de que no pudiese hacerlo por sus compromisos con la nueva editorial, podríamos encontrar a otra persona. Hay un joven profesor también uruguayo, en la Universidad de California, que conoce muy bien mi obra y que es inteligente y sensible: Hugo Verani.

El libro sobre Sor Juana me preocupa. Primero que nada por su extensión. Unas 650 holandesas. Además, quisiera que fuese ilustrado: reproducción de dos o tres documentos importantes como su profesión de fe y testamento; dos retratos; y una serie de ilustraciones de libros que ella sin duda leyó y que poseen no sólo un interés documental sino también plástico. Me refiero a ciertos grabados de las espléndidas ediciones del siglo XVII del Padre Kircher y también de los tratados de mitología de Cartario y Valeriano. Me pregunto si el libro que proyecto corresponde al tipo de edición que hace Seix Barral. ¿Qué piensas?

Hace mucho que no colaboras en *Vuelta*. Me doy cuenta de la dificultad de traducción que presentan tus últimos poemas: aquellos breves que me enviaste me sorprendieron por su extraordinaria concentración. Pero ¿no tienes ningún ensayo, ninguna crónica o reseña? Tu presencia es *indispensable* en la revista. Nos haces falta. También otros pocos escritores de la península, como Juan Goytisolo. Tengo la sensación de que está un poco sentido con nosotros y con razón: no publicamos ningún comentario sobre sus dos últimos libros. Tú sabes que queríamos publicar el tuyo pero su aparición en *El Viejo Topo* nos impidió realizar nuestra idea. En fin, ojalá que pronto puedas mandarnos algo. Te lo agradeceré de veras.

Un doble abrazo para ti y María Rosa de Marie José y de su amigo que de veras los quiere,

Octavio

112

[Paseo de la Reforma 369-104,
México, 5, D.F.]
A *29 de mayo de 1981*

Querido Pere:

Unas pocas líneas para, en primer lugar, tranquilizarte: *Mirall, espai, aparicions* acaba de llegar, en el ejemplar dedicado a Marie José y a mí. Muchísimas gracias. He empezado a leerlo. Comencé por el fin, «Com un epíleg» que no conocía. Hay un díptico que me enamora, sobre todo el segundo verso, que me gustaría haber escrito: «veure en la llum el trànsit de la llum». Me pregunto quién podría escribir un buen ensayo sobre tu libro. Pensé en utilizar el prólogo de Terry: es demasiado largo, 90 páginas. Tal vez podríamos publicar un fragmento de ese texto o bien buscar otro crítico: ¿se te ocurre alguno? En todo caso quiero que tu libro sea destacado en *Vuelta*: su aparición me parece un momento esencial en la historia de las poesías hispánicas.

No he recibido todavía *Dietario*. Me imagino que no tardará. Ya conoces las *vagaries* del correo. Me parece buena idea publicar de vez en cuando algunos fragmentos. ¿Por qué no nos envías una lista de lo que te parece más apropiado para el público hispanoamericano? Naturalmente, tropezaremos otra vez con el problema de la traducción pero no será insuperable.

Recibí una enorme antología de la poesía española (dos volúmenes) publicada por Gredos. Ni el prólogo, ni los juicios críticos ni la selección me gustan. Sin embargo, deja vislumbrar lo que ha sido y es la poesía española. Lo que más extraña es el desajuste entre la evolución de la poesía europea y americana (incluyendo a la hispanoamericana) y la española. La generación de 1927 logró la contemporaneidad: Cernuda, Lorca, Aleixandre, Guillén y los otros son realmente los contemporáneos de los grandes poetas ingleses, franceses, alemanes e hispanoamericanos. Hay una ruptura notable hacia 1939, debido sin duda a la guerra. Los poetas de las generaciones siguientes, sin excluir al mismo Miguel Hernández, escriben en otro siglo y en otra tierra. Me parecen mis contemporáneos únicamente tres poetas: tú, Gil de Biedma y Valente.* Valdría la pena escribir un ensayo sobre esto, ¿no crees?

El libro de Sor Juana está casi terminado: me faltan 60 páginas. Lo interrumpí dos semanas porque estuve enfermo: un ataque de *herpes zona*. No sé si conoces esa enfermedad. Es dolorosísima y desfigura la mitad de la cara. Por fortuna empiezo a salir de ella... Apenas me restablezca completamente escribiré a Verani para proponerle el libro de las entrevistas. Tus razones acerca de la conveniencia de publicar el libro de Sor Juana en Seix Barral casi me han convencido. Te confieso que mis dudas se deben a dos escrúpulos sentimentales. El primero: el Fondo de Cultura publicó una ejemplar edición crítica de Sor Juana en 4 volúmenes y a mí me gustaría que mi libro apareciese, en el mismo formato, como una suerte de prolongación de esos cuatro tomos. El segundo, es que el Director del Fondo es un viejo amigo mío, que me ha prestado, además, algunos textos sobre Sor Juana difíciles de conseguir: José Luis Martínez. En fin, déjame pensarlo un poco más.

Un gran y doble abrazo.

OCTAVIO

113

[Paseo de la Reforma 369-104,
México, 5, D.F.]
A 12 de agosto de 1981

Querido Pere:

Me conmovió mucho tu llamada telefónica. Fue un gran consuelo (casi un premio) en medio de esta inmovilidad que sufro por ese estúpi-

---

* Aunque me siento lejos de los dos últimos.

do accidente.[50] No sé si recuerdas que Quevedo compara una caída como la mía a la de San Pablo en el camino de Damasco...

Te envío con estas líneas las poquísimas correcciones al texto de *Sendas de Oku*. Dentro de una semana o dos —apenas recobre el uso del brazo derecho— te escribiré con mayor amplitud.

Un abrazo de tu amigo que te quiere,

Por OCTAVIO PAZ
E. ROJAS G.

114

[Paseo de la Reforma 369-104,
México, 5, D.F.]
A 22 de septiembre de 1981

Querido Pere:

Hasta ahora puedo escribirte. Aparte de la larga convalecencia (todavía estoy en período de rehabilitación, reaprendo a usar los brazos), no quería hacerlo sin tener algo concreto que proponerte acerca del libro sobre Sor Juana.

Recordarás mis dudas y mis escrúpulos. Tenía y tengo una deuda de amistad con José Luis Martínez. Al mismo tiempo me liga a ti una amistad no menos entrañable. Hablé con José Luis y finalmente llegamos a la conclusión que enseguida te expongo. Ojalá que la apruebes. Creemos que lo mejor será proceder como en el caso de *El ogro filantrópico*; quiero decir: haríamos dos ediciones, una para México y otra para España. La de México la haría el Fondo de Cultura Económica y Seix Barral la de España. El libro podría hacerse en México —así yo tendría la oportuni-

---

50.   Octavio había sufrido una caída. Tuve noticias de ello por una carta de su mecanógrafo y le llamé. *(N. del E.)*

dad de cuidarlo de cerca— y el Fondo oportunamente les enviaría a ustedes las negativas (o las positivas, no sé cuál sea el procedimiento que se sigue en España). También les enviaría los clisés de las ilustraciones. El libro podría salir simultáneamente en los dos países. Seix Barral pagaría al Fondo la mitad del costo del trabajo que se haga en México. Sobre este particular y otros asuntos conexos: tal vez los representantes de Seix Barral en México podrían hablar con José Luis. En cuanto a los anticipos: ustedes me pagarían el correspondiente a la edición española y el Fondo el de la edición mexicana. Hay un pequeño problema. José Luis piensa que la edición del Fondo debe circular en América y la de Seix Barral en España y en países no americanos. Creo que no me será difícil convencerlo de que la edición del Fondo sea exclusivamente para México. Pero, naturalmente, antes de hablar con él necesito conocer tu opinión. En cuanto al formato del libro: sería como el de Dumézil,[51] aunque con menos páginas (calculo que serán unas 600).

Ojalá, para ahorrar un poco de tiempo, que me comuniques tu resolución por la vía telefónica. Gracias de antemano. No toco otros temas en esta carta para no hacerla más larga. Más adelante te escribiré con más desahogo. En esta carta sólo he querido tratarte el asunto del libro sobre Sor Juana.

Te envío, con mi afecto, un abrazo mental,

OCTAVIO

P.D. Tengo una duda. En un principio pensé que el título del libro podría ser: *Sor Juana Inés de la Cruz. Su tiempo, su vida, su obra*. Es bastante gris y se me ocurrió algo más vivo: *Sor Juana Inés de la Cruz o las trampas de la fe*. El título tiene brío pero es demasiado parcial: lo de las «trampas de la fe» se refiere únicamente a los cinco últimos años de su vida. ¿Tú qué opinas? Gracias.

---

51. Se refiere al primer tomo de la traducción de *Mito y epopeya* de Dumézil, publicado por Seix Barral. *(N. del E.)*

115

[Paseo de la Reforma 369-104,
México, 5, D.F.]
A 11 de febrero de 1982

Querido Pere:

Gracias por tu carta y tus noticias. El libro de poemas avanza y, a lo mejor, cuando vaya a España en abril podré llevártelo. Así sea.

Estas líneas apresuradas tienen por objeto principal pedirte un gran favor. Por correo aparte recibirás una novela grotesco-fantástica de Hugo Hiriart. Es un joven escritor de aquí que tiene, a mi ver, verdadero talento. La novela no es perfecta y quizá ganaría con algunos cortes pero, de todos modos, me parece muy superior a casi todo lo que se publica ahora. No es ni novela realista ni novela experimental sino literatura pura aunque no simple. Te ruego que leas el libro y que, si te gusta, escribas una reseña para *Vuelta*. Un comentario tuyo sería particularmente valioso. Gracias de antemano... Te escribiré pronto y largo. Mientras tanto, les envío un doble abrazo a María Rosa y a ti,

OCTAVIO

[Paseo de la Reforma 369-104,
México, 5, D.F.]
A 2 de marzo de 1982

Querido Pere:

Con prisa, como ya empieza a ser mi desdichado hábito, contesto a tus dos últimas cartas.

Ante todo, muchas gracias por los informes acerca de los cambios en Seix Barral. Que sea para bien. Me alegra particularmente que te hayan nombrado director literario. Gana la literatura y ganamos tus amigos pero, ¿ganarás tú? Ojalá que no te quite demasiado tiempo.

Tu *Dietario* comienza a aparecer en el número 64 (marzo) de *Vuelta*. Por favor, envíanos una nueva remesa pues nos harán falta nuevos textos tuyos a partir del número 68, es decir, dentro de tres meses. Gracias de antemano.

Naturalmente, iré a España en el mes de abril. Pienso llegar a Madrid hacia el 20. Por vía cablegráfica te confirmaré la fecha. Les agradezco mucho, a ti y a Seix Barral, la intención de cubrir los gastos de mi estancia en Madrid. Creo que no será necesario porque el Ministerio de Cultura se va a encargar de todo eso. En cambio, sí acepto tu ofrecimiento de organizar las cosas de tal modo que me ponga al abrigo de acosos intempestivos y, al mismo tiempo, me oriente y facilite las entrevistas y los primeros contactos. Mi intención es la siguiente: llegaremos, Marie José y yo, hacia el 20; asistiremos el 23 a la ceremonia en Alcalá de Henares; después, en Madrid, lectura comentada de una selección de mis poemas en el Instituto de Cooperación Iberoamericana; en el mismo instituto habrá una reunión o mesa redonda con unos 15 escritores (tú eres, naturalmente, uno de ellos). Ojalá que Seix Barral arreglase una o dos entrevistas de prensa y alguna aparición en la televisión. Creo que no es necesario más. Estas actividades nos retendrán en Madrid por unos ocho días. Después, de una manera absolutamente privada, nos gustaría hacer un pequeño viaje a Cádiz —la tierra de mis abuelos maternos— y a Galicia. Desde ahí podríamos volar a Barcelona para estar unos pocos días. Este proyecto de itinerario y de actividades es, naturalmente, provisional y, *ça va sans dire*, entre tú y yo.

Lo de Gracq me pone en un aprieto. Lo admiro mucho pero no sé si tendré fuerzas y tiempo para escribir ese prólogo. Podría entregarlo en la primera quincena de agosto. ¿No es demasiado tarde?

Quizá recordarás aquella idea de publicar un volumen con una selección de mis entrevistas y conversaciones periodísticas. Un joven crítico y profesor uruguayo que enseña en la Universidad de California y que es el autor de una bibliografía bastante completa sobre mis cosas, Hugo Verani, ha hecho ya la selección. El título (provisional): *Conversaciones con Octavio Paz.* ¿Todavía le interesa a Seix Barral esta idea? Si así fuese, hay que resolver el problema de los derechos. A mi juicio, yo soy el propietario: los entrevistadores *ya cobraron* y en ningún caso yo recibí un centavo. Por tal razón, a mi juicio, bastará con avisarles y enviarles uno o dos ejemplares de obsequio cuando salga el libro. En cuanto a los derechos de autor del libro: tal vez podríamos dividirlos entre Hugo Verani (autor de la selección) y yo —por ejemplo 40 % de las regalías para él y 60 % para mí. ¿Te parece equitativo?

Tengo muchos deseos de verte y de hablar contigo. No sé si podremos hacerlo con desahogo en Madrid. Ya veremos. Mientras tanto, un doble abrazo para María Rosa y para ti de su amigo

OCTAVIO

P.D. Por aquí estuvo Luis Rosales —no lo conocía: es inteligente y cordial— y hablamos de mis actividades en Madrid. En principio, yo me inclinaba por hacer la lectura en el Ateneo pero, por lo que hablé con Rosales y después con José María Castellet, me decidí al fin por el Instituto. Espero no haberme equivocado...

OCTAVIO

[Paseo de la Reforma 369-104,
México, 5, D.F.]
A 28 de junio de 1982

Querido Pere:

Me alegró mucho hablar contigo por teléfono, el otro día. Me sorprendió también —aunque ya debería estar acostumbrado a estas «llamadas y respuestas»— que precisamente en el momento en que pensaba que debería hablarte por teléfono, tú lo hicieses. Hay una zona en nuestra vida psíquica casi del todo inexplorada.

Tus explicaciones sobre la entrada de Planeta en Seix Barral me tranquilizan. Te confesaré que nunca tuve verdadera inquietud: pensé que los de Planeta no podían tener interés en convertir a Seix Barral en una mera copia de su editorial. En cuanto a Sor Juana: hemos quedado en aplazar la fecha de aparición hasta fines de septiembre o comienzos de octubre. Es mejor, ¿verdad?

Aunque comprendemos sus razones, sentimos de veras que hayan desistido del viaje a México. Morelia es preciosa y el paisaje de Michoacán es sorprendente: recuerda a la pintura china sólo que, en lugar de pabellones junto a lagos y entre peñascos, hay conventos del XVI. Además, ¡nos habría gustado tanto reanudar nuestras conversaciones de Madrid! Otro *regret*: entre los poetas que asistirán al festival, está uno que es, contigo, uno de mis mejores amigos: Charles Tomlinson. Creo que se habría convertido también en amigo tuyo. En fin, ya será otra vez... Quizá nos veremos en noviembre: debo ir a Madrid como jurado del próximo premio Cervantes.

No olvides enviarnos la nota sobre Hugo Hiriart. *Nos hace falta*. Gracias de antemano. Por mi parte, procuraré escribir unas cuantas páginas —cuatro o cinco— sobre el precioso libro de Gracq.

Inolvidable aquella tarde en Aranjuez. El jardín es a un tiempo melancólico y epicúreo, ¿no crees? Releyendo —o más bien: hojeando— el viaje por España de Gautier, descubro que Aranjuez* se formó de dos palabras: *Ara Jovis*. Así pues, allí hubo un templo dedicado a Júpiter. Cada lugar es un tejido de tiempo. Por desgracia, sólo salieron tres fotos de Aranjuez. Una, excelente, en el patio del palacio y otras dos en el parque. Te las envío, con otras más —muy bonitas— de Madrid.

Saludos cariñosos de Marie José y de Octavio para María Rosa. Y para ti, con nuestra amistad,

Un abrazo grande y fuerte.

OCTAVIO

Los extraño mucho. Les escribiré pronto. Besos.

MARIE JO

118

[Paseo de la Reforma 369-104,
México, 5, D.F.]
A 28 de julio de 1982

Querido Pere:

Contesto de prisa —no quiero dejar pasar más tiempo— a tu carta del 7 de este mes.

Me pareció razonable demorar hasta septiembre la salida del libro sobre Sor Juana. Aunque corregí las últimas pruebas en mayo, me doy cuenta de que sería inútil que el libro apareciese en agosto, mes vacío. Pero los del Fondo han caído en uno de sus letargos acostumbrados. Debo espolearlos. Si queremos que el libro salga en la segunda quincena de septiembre, ¿*cuándo* deben tener ustedes los fotolitos?

Seguimos lamentando que hayan suspendido su viaje a México. Nos consolamos pensando que los veremos en noviembre. Mientras tanto: no olvides enviarme la nota sobre Hiriart.

---

* No visitó ni el palacio ni el parque pero buscó la etimología.

Tú lees a Herodoto. Te envidio: mis lecturas han sido exploraciones en mundos más cerrados y morbosos. A mi regreso leí un libro de memorias de E. Simpson, que fue mujer de Berryman: *Poets in their youth*. Inteligente, sensible, escrito con sobria elegancia —y desgarrador. Después, releí a los poetas de esa infortunada generación: Lowell, Berryman, Roethke, Schwartz, Jarrell y su discípula y víctima: Silvia Plath. El último libro de Lowell (*Day by day*, publicado un mes antes de su muerte) me impresionó y me dolió (casi físicamente). No es un libro de poesía sino una confesión, a ratos petulante e infantil, otras agónica, de un hombre profunda e irremediablemente afligido. Qué cierto es que nacemos condenados —sobre todo algunos que son, si no los mejores, sí los más indefensos y puros.

Conocí a Lowell y a la que después sería su mujer, Caroline Blakewood (bonita, inteligente, rica y también tocada por la desdicha y el alcohol) en Londres, en 1970, en casa de Spender. Nos volvimos a ver en Cambridge, adonde convivimos en Harvard, durante el otoño y el invierno de 1975. Nos veíamos con cierta frecuencia, gracias a la amistad de Elizabeth Bishop (para mi gusto ella escribió los poemas más perfectos de esa generación). Al año siguiente Lowell no se presentó: había caído otra vez en un manicomio y su matrimonio se deshacía. Murió de repente en octubre de 1977, a los sesenta años. Él y Elizabeth, que murió al año siguiente, eran los sobrevivientes de ese grupo de poetas diezmados por el alcohol y las enfermedades del alma.

La suerte de estos poetas me asusta y me obliga a ver al mundo moderno, especialmente a la sociedad norteamericana, como una región atacada de un mal probablemente incurable y que no sé cómo llamar. Es una sociedad herida de muerte no en su economía ni en sus instituciones políticas y sociales sino en su alma misma. Un alma dividida contra sí misma. Esos poetas eran hijos de la República imperial y lo tuvieron todo en abundancia: los dones naturales y los bienes culturales y materiales. Y toda esa abundancia se desvaneció instantáneamente y se quedaron desnudos, a media calle y temblando de miedo, frío y vergüenza. Todo se disipó menos sus fantasmas. Aquí viene lo más extraño: todos ellos vivieron sus infiernos privados en términos psicoanalíticos. Freud no los curó pero les dio un vocabulario y una sintaxis. Así pudieron nombrar a sus males, aunque no escapar de ellos. ¿Fueron lúcidos? No lo sé. Fueron modernos: el psicoanálisis les ofreció una explicación, no una trascendencia. Y esto es lo que distingue a los modernos de los antiguos. Los paganos vivían en el círculo del destino y los cristianos en el del pecado original y la gracia. Pero los estoicos nos enseñaron a decir *no*, los epicúreos a sonreír y los cristianos a deletrear la palabra libertad.

¿Qué les faltó? Su mal no fue únicamente un trastorno psíquico y no puede ser explicado en términos exclusivamente psicológicos. Hay una dimensión histórica y una dimensión espiritual, religiosa. Pero nadie, ni siquiera ellos mismos, ha visto su drama desde la perspectiva de esa doble ausencia. La señora Simpson se aferra al esquema psicoanalítico: Berryman llevaba dentro el fantasma de su padre, empujado al suicidio por su madre (una variante terrible de Hamlet) de modo que el suicidio* fue, al mismo tiempo, una venganza y una expiación. Lowell creía que sus periódicas crisis (era maníaco-depresivo), su alcoholismo y sus divorcios venían de su infancia: su delito había sido ser un niño no deseado ni querido por sus padres. No niego que todo esto sea o pueda ser cierto pero señalo que estos hechos revelan la descomposición de la familia tradicional y ésta, a su vez, se revela como uno de los focos de la desintegración de la sociedad norteamericana. El cáncer está en el núcleo mismo de la sociedad. La disgregación es histórica pero resulta incomprensible si se olvida la dimensión espiritual.

El destino de estos desdichados poetas me ha hecho palpable el desarraigo del hombre moderno. Desarraigo no sólo del pasado y del futuro (el que no tiene pasado tampoco tiene futuro) sino de aquello que está más allá del tiempo —llámalo eternidad, destino, vacuidad, sentido de la historia: todas las formas de la trascendencia que ha concebido el hombre desde el paleolítico. Por primera vez estamos de verdad *solos*. El tiempo, nuestro padre, se ha evaporado: ya no es sentido sino sucesión mecánica, insensata. Ayer, hoy y mañana no son ya sino nombres huecos. El psicoanálisis y la psiquiatría no podían curar a esos desventurados porque el uno y

---

*   Del poeta Berryman.

la otra no son sino síntomas de la enfermedad del hombre moderno. Su práctica es un ritual vacío y sus dioses son los fantasmas de la familia moderna: papá, mamá y el hijo y/o la hija. Trinidad espectral. Todo esto quiere decir que el psicoanálisis es *otra* ideología, otra caricatura de la verdadera religión. No digo que sea falso (tampoco lo es el marxismo); es un saber mutilado, un saber sin más allá. Lowell tuvo un gran talento, indudable energía (a veces degradada en mera brutalidad) y la mirada atónita del niño, la mirada del que ha guardado intacta la capacidad de asombrarse —pero todos esos dones admirables, que son los del verdadero y gran poeta, se volvieron contra él y no lo ayudaron a convertir su fatalidad en una obra con vida propia. Leemos sus poemas *desde* su biografía, a la inversa de los de Shakespeare, que fue en verdad un autor anónimo, con nombre pero *sin* biografía. Para curarme un poco, he leído una *nouvelle* de Lawrence que es, simultáneamente, una descripción de nuestros males morales y una búsqueda de la antigua fuente de salud —antes de la historia. Fue escrita hace cincuenta años, se llama *St. Mawr* y deberías leerla.

Aquí corto con un abrazo doble,

OCTAVIO

P.D.   Al terminar esta carta recibo tu nuevo *Dietario*. Otra vez: me encanta. Gracias. Ya envío la carta a Sakai.

No he recibido ni los recortes de prensa prometidos ni los libros que dejé en Madrid a Seix Barral para que me los enviasen por correo aparte.

119

[Paseo de la Reforma 369-104,
México, 5, D.F.]
A 30 de agosto de 1982

Querido Pere:

Me imagino que cuando llegue esta carta a Barcelona tú y María Rosa ya estarán de vuelta de Venecia. Sentimos que no viniesen aunque comprendemos tus razones. No sé si sepas que la reunión de poetas no se suspendió del todo: Aridjis pudo organizar una serie de lecturas en la Universidad de México durante cuatro días. Participaron varios poetas europeos (Ted Hughes, Charles Tomlinson, Amichai, Enzensberger y Sorescu), algunos latinoamericanos como Ledo Ivo y muchos mexicanos. Me asombró la concurrencia: ferviente, numerosa y en la que predominaban los jóvenes. Mil personas cada noche. Increíble. Lo mejor, sin duda, fue hablar con los Tomlinson muy largamente y conocer un poco más a Ted Hughes y a su mujer Carol, así como conversar de nuevo con Hans Magnus Enzensberger. También me encantó Sorescu, melancólico Buster Keaton del socialismo rumano.

Me sobrecogió saber que el día en que tú escribías tu carta, el 12 de agosto, era el mismo día en que, hace años, habías terminado *L'espai desert*, quizá tu mejor libro. El 12 de agosto es un día como los otros y es un día único: flota sobre el tiempo y no acaba de ser *este* ni *aquel* día. Es todos los días, es ningún día y es el día de hoy. También me sobrecogió —y más todavía: palidecí de envidia— al enterarme de tu decisión de aprender el inglés y leer *toda* la poesía de esa lengua en tres años. ¿Es posible?[52] Yo intenté, hace meses, con Marie José, aprender el alemán y al poco tiempo desistí (en cambio Rojas sigue con esa lengua). En cuanto a mi latín: desapareció con mi adolescencia.

Te preguntas qué va a ser de ti como escritor y tú mismo te contestas: esperar. Pero no hay que confiar demasiado: el destino manda a condición de que lo ayudemos. Somos sus cómplices. Sin nuestra voluntad no hay fatalidad que valga. El destino se realiza únicamente a través de la libertad... No sé qué es lo que puedas hacer ahora. Comprendo que el ensayo te atraiga menos y menos. A mí me pasa lo mismo, sólo que en mi caso ya es demasiado tarde: no tengo edad para comenzar mi *À la recherche du temps perdu* (¡qué vanidad!). Pero tú puedes escribir, por ahora, el «texto inclasificable» (como *¿Águila o sol?* y *El Mono Gramático*) y, más

---

52. Lo realicé en su primera parte —leer inglés— pero no, obviamente, para *toda* la poesía. *(N. del E.)*

tarde, las Memorias, que son la *verdadera* novela. Lo que queda de Juan Jacobo y de Chateaubriand no son sus ilegibles novelas sino *Les confessions*, *Les Rêveries du promeneur solitaire* y *Mémoires d'outre-tombe*.

Desciendo a las minucias. Recibí la carátula del libro de Sor Juana. Muchísimas gracias. Todo está muy bien, sobre todo la nota de presentación —me imagino que es tuya— salvo la foto. Te envío otra que, quizá, podría substituir a la que ustedes han utilizado. Y ahora me atrevo a pedirte un inmenso favor. En el contrato por el libro de Sor Juana se estipula un anticipo de 2,000 dólares que no se me ha cubierto. Resulta que, debido a la crisis que sufrimos, el Gobierno de México ha prohibido el envío de dólares y de toda moneda extranjera al exterior. ¿No sería posible que ustedes enviasen a mi hija, Elena Paz, que vive en París, ese anticipo de 2,000 dólares? Te suplico que a vuelta de correo me digas si es factible. Ojalá que lo sea: resolverían un problema de veras angustioso. Apenas tenga tu respuesta te daré las señas de su banco. Y te doy las gracias por anticipado.

Vuelvo a la carta en que te hablaba de Lowell, Berryman y otros poetas norteamericanos. Te diré por qué me ha impresionado su infortunio. Sus vidas son emblemas terribles del estado de la sociedad occidental en la segunda mitad del siglo xx. Sus biografías son la verificación, la prueba por la sangre, de las visiones de *The waste land* y de *Voyage au bout de la nuit*. Pero yo me siento afectado íntimamente no sólo por esta circunstancia histórica sino porque esos poetas fueron mis contemporáneos: pertenecen a mi generación. Todos ellos nacieron alrededor del año fatal: 1914, el año de mi nacimiento, el año en que comenzó la guerra y, con ella, el horror que vivimos.

No sé si te he contado que yo dejé México en el otoño de 1943 y que viví desde entonces, hasta diciembre de 1945, en los Estados Unidos. Primero en San Francisco y después en Nueva York. Al principio conté con una beca Guggenheim. En aquella época la beca era muy reducida y yo vivía con gran estrechez: tenía mujer, hija y una cuñada enferma de tuberculosis, a la que tuve que internar en un hospital (carísimo entonces y ahora). Después, ya solo, sin beca y sin dinero, llevé una vida errante.

Viví durante meses en el *vestiaire* de un club de bridge de unas señoras viejas en el sótano de un hotel de San Francisco. Más tarde, en Nueva York, tuve empleos pintorescos, como el doblaje de películas, y quise alistarme en la marina mercante. Por fortuna me rechazaron y así me salvé de un torpedo alemán y de un naufragio. Sin embargo, fui terriblemente feliz. La libertad recién conquistada fue una suerte de embriaguez.

Un buen día, en San Francisco, recibí un telegrama de un profesor Zenteno (algún día te hablaré de él: vale la pena) que me invitaba a dar un curso durante unas semanas del verano de 1944, en Middlebury College. No sé quién me recomendó con él. Me trasladé a Nueva York* (tuve que pedir prestado para el pasaje) y de Nueva York en tren a Middlebury, en Vermont. Un lugar de colinas, abedules, abetos, arroyos y granjas. Allí conocí a Jorge Guillén y a don Fernando de los Ríos, que eran profesores (a mí me encargaron un curso de iniciación a la literatura española). A unos pocos kilómetros, en una casita de madera despintada, entre altas hayas rojinegras, yerbales y un arroyuelo con agua helada, vivía Robert Frost. Lo visité. Recuerdo todavía su cerveza tibia y su conversación: me habló del primer poema que había escrito, aún adolescente, sobre la caída de México-Tenochtitlan y me contó que era un gran lector de Prescott. También hablamos de poesía. Escribí un artículo para *Sur* en el que relato mi visita y nuestra conversación. Ahora, al releerlo, temo que le atribuí algunas de mis preocupaciones de entonces... Al final del verano regresé a Nueva York. Encontré acomodo en un hotel que ya ha desaparecido y que era una verdadera cueva de ratas pero que había sido un hotel elegante en la época de Henry James. Veía con terror que el otoño se acababa y que pronto comenzaría el invierno y que yo no tenía dinero para comprarme un abrigo. Conocí a un cura español, expulsado de la Iglesia por su participación en la guerra al lado de los republicanos: el Padre Lobo. Era un cordero a pesar de su voz y de sus palabrotas. Me invitó a trabajar en la Metro Goldwyn Mayer, en el doblaje de películas. Aquel empleo alivió un poco mi situación. El trabajo lo hacía en mi

---

* Un interminable viaje en avión.

cuartito del Hotel Breevort y tenía tiempo para ir a la Biblioteca de Nueva York, visitar con frecuencia el Museo de Arte Moderno (allí me inicié en la pintura moderna) y ver a algún amigo como Rufino Tamayo. Leía con fervor a los poetas ingleses y adoraba a Yeats y a Eliot. Entonces ocurrió un brusco cambio de fortuna.

Una tarde se presentó en mi hotel Rodolfo Usigli, que era secretario de la Embajada de México en París. Estaba de vacaciones en Nueva York y procuraba ahogar en whisky no sé qué infortunios amorosos. No sé si el nombre de Usigli te diga algo: fue un dramaturgo de talento y un *character*, en el sentido inglés de la palabra. Una incongruente versión polaco-italo-mexicana del Prufrock de Eliot (conservado en alcohol). Bueno, Usigli me contó que acababan de nombrar ministro de Negocios Extranjeros de México al doctor Francisco Castillo Nájera. Era nuestro embajador en Washington y había sido, en su juventud, amigo íntimo de mi padre. A Usigli se le ocurrió enviarle un telegrama de felicitación y me pidió que lo firmase con él. Así lo hice y a los pocos días recibimos un mensaje de Castillo Nájera, que todavía estaba en Washington, invitándonos a visitarlo. Tomamos el tren y pasamos tres días en esa ciudad. Nos presentó con Juan Ramón Jiménez... pero ése es otro capítulo y lo dejo para otra ocasión. Castillo Nájera me tendió la mano y me propuso darme un puesto en el Servicio Exterior mexicano. Dudé, pues precisamente antes de salir de Nueva York había recibido un telegrama del providencial Zenteno ofreciéndome un puesto de profesor de literatura española en Middlebury College.* Le mostré el telegrama a Castillo Nájera pero él me disuadió y me dijo que debería ingresar a la diplomacia. Regresamos a Nueva York Usigli y yo. A las dos o tres semanas, gracias a José Gorostiza, que era jefe del Servicio Diplomático, recibí la noticia de que me habían nombrado Tercer Secretario adscrito a nuestra embajada en París.

Te he contado todo esto porque si no hubiesen nombrado a Castillo Nájera ministro de Relaciones Exteriores (duró menos de un año) o si yo hubiese aceptado el ofrecimiento de Zenteno (que era lo más cuerdo) mi

---

* Lobo también me propuso un empleo permanente en la Metro Goldwyn Mayer.

vida habría sido totalmente distinta. Mi evolución poética también habría sido diferente. En lugar de haber sido amigo de los surrealistas y de Michaux y de Bonnefoy, habría conocido a los poetas norteamericanos de mi generación. Todos ellos vivían en el Este y todos ellos frecuentaban el mismo mundo universitario al que yo estaba destinado. ¿No te parece extraño? Y algo más: en el fondo yo estaba más cerca de ellos que del surrealismo (aunque ese movimiento me parezca incomparablemente más fecundo que la tradición en que ellos se insertan). En los poemas que escribí en esos años, entre 1943 y 1946, hay acentos que prefiguran la poesía que ellos escribirían un poco más tarde. Digo *prefiguran* porque efectivamente mis poemas, que ellos no conocieron, son ligeramente anteriores. Pienso en algunos poemas de *Puerta condenada* («Insomnio», «Ni el cielo ni la tierra», «Las palabras», «Crepúsculo de la ciudad», «Conscriptos U.S.A.», «La sombra», «Seven P.M.», «La calle», «Cuarto de hotel», «Elegía interrumpida», «La vida sencilla») y en otros de *Calamidades y milagros* («Soliloquio de medianoche» y «Virgen»). Si tú lees esos poemas, te darás cuenta de que hay en ellos algunas cosas que no aparecen sino mucho más tarde en la poesía de lengua castellana. Esos poemas no tuvieron continuación. Hubo en mí un poeta que no acabó de expresarse...

Querido Pere: te he aburrido demasiado y acabo esta carta con un doble abrazo para ti y María Rosa,

Octavio

P.S.   Olvidé algo sobre lo que desde hace tiempo quería hablarte. Más bien dicho, alguien: Aquilino Duque. Me visitó hace años en la India y, después de un silencio muy largo, empezó a escribirme y a enviarme sus artículos, algunos con citas mías. Ahora pasó por aquí y me visitó varias veces. Me contó que había sido amigo tuyo y que, aunque ya no se ven, su estimación hacia ti no ha cambiado. Me contó también que tú te habías molestado con él porque en una novela suya había una sátira en contra mía (me conmovió doblemente: por tu gesto amistoso y tu discreción —nunca me lo dijiste). Te confesaré que, a pesar de todo esto,

Aquilino Duque me parece inteligente y que encuentro que sus juicios políticos y literarios son, casi siempre, acertados. Es apasionado pero no mezquino —creo. Ahora me ha dejado una colaboración para *Vuelta* que publicaremos en un número próximo. Pero el personaje me ha interesado y quisiera saber más de él,

Octavio

120

[Paseo de la Reforma 369-104,
México, 5, D.F.]
A 14 de septiembre de 1982

Querido Pere:

Muchísimas gracias por la prontitud con que respondiste a mi petición. Eres un amigo admirable. Como te informó sin duda la secretaria de Seix Barral que me llamó por teléfono ayer, pensé que todo se había arreglado pues Gallimard me debía una suma más bien importante y yo les pedí que se la situasen directamente a mi hija. Pero hoy por la mañana me llamó por teléfono el representante de Gallimard en Canadá para decirme que le habían comunicado desde París que el dinero ya me lo habían enviado. En efecto, unas horas después recibí un papel de un banco de México en el que me notificaban que había una orden de pago a mi favor. Ya te imaginarás mi desazón. Así pues, no tengo más remedio que recurrir a ustedes. Por favor, envíenle 2,100 dólares (dos mil cien), mejor dicho, su equivalente en francos, a la siguiente dirección:

Elena Paz
Crédit Industriel et Commercial,
Compte. 40661, Clé 91
2 Boulevard Raspail (angle rue du Bac)
Paris 7ème/Francia

Más adelante, en diciembre, probablemente encontraré la manera de regularizar los envíos.

Todo esto es bastante triste. ¿Cómo has estado? Aquí la crisis económica, las medidas del Gobierno y sus inevitables implicaciones políticas, nos han quitado a todos la tranquilidad. La atmósfera era ya, desde hace mucho, poco propicia a la verdadera literatura; ahora publicar un libro es un acto mitad heroico y mitad ridículo. ¿Quién diablos en México podrá, en estos días, interesarse en mi libro sobre Sor Juana?

Terminé un ensayo sobre Picasso. Me gusta. En cambio, no he podido escribir ninguno de los poemas que, desde hace años, siento que llevo dentro...

Un gran abrazo,

OCTAVIO

121

[Paseo de la Reforma 369-104,
México, 5, D.F.]
A 29 de noviembre de 1982

Querido Pere:

En realidad esta carta no está únicamente dirigida a ti sino también a Mario y a Nicole.[53] Es imposible escribirles a los tres. Les pido perdón.

Gracias por los nuevos textos de Rosa Chacel. Aparecerán, con los anteriores que me diste en Barcelona, en el próximo *Vuelta*. También publicaremos tu *Dietario*. Te recuerdo la nota sobre Hiriart. Entregado como estás a tu novela y a los quehaceres diarios, quizá no has tenido tiempo de escribirla. Comprendería perfectamente que desistieses de hacerlo. En este caso, tal vez, tú podrías pedirle la nota a algún joven crítico de

---

53. En aquel momento Mario Muchnik era director editorial de Seix Barral y Nicole Muchnik se ocupaba de los derechos de autor. *(N. del E.)*

allá, que sea inteligente y que tenga simpatía por ese género de literatura. Espero tus noticias.

Gracias, Mario, por el envío del memorándum. Pronto me pondré a trabajar en la preparación de las Obras. ¿Creen que debemos salir con un volumen o con dos? En el primer caso, podríamos comenzar con el tomo de ensayos sobre la poesía. Ya está listo: *El arco y la lira*, *Los hijos del limo* y algunos textos breves que podrían desglosarse de *Corriente alterna* y otros libros. Si escogemos Historia y Sociedad habría que salir con dos volúmenes. El primero abarcaría sólo temas mexicanos y latinoamericanos: *El laberinto de la soledad*, *Posdata*, *El ogro filantrópico* (primera y segunda parte, más algunos textos de la cuarta) y ensayos y artículos recientes no recogidos en volumen y que pertenecen al nuevo libro que debo entregarles a ustedes. El segundo volumen comprendería temas más generales: *Corriente alterna* (segunda y tercera partes), *Conjunciones y disyunciones*, *El ogro filantrópico* (tercera parte y algunos artículos de la cuarta), *Tiempo nublado* y otros artículos que serán recogidos en el volumen a que aludimos arriba. Este tomo podría incluir también algunos ensayos recientes sobre Sartre, Ortega, Dostoievski, etc. ¿Qué les parece?

No olvido que debo enviarles lo más pronto posible el libro de poemas y dos libros de ensayos, uno dedicado a la crítica literaria y artística y el otro a ensayos generales y de orden político. Además tengo conmigo ya el texto de las entrevistas recopiladas por Hugo Verani (1967-1982). Hay que reducirlo un poco. Me parece que el libro debe tener entre 250 y 300 páginas, no más. Verani escribirá una muy breve introducción. Ya busco un título. Por último: ¿dónde debemos editar el libro?: ¿en España o en México?

Le envío a Nicole los contratos firmados y le agradezco el envío de las nuevas impresiones de algunos títulos míos. También le agradezco, y muy de veras, el envío de los cheques a mi hija. Ojalá que se pudiesen hacer los envíos al principio de cada mes, entre el 1° y el 10. De nuevo: ¡Gracias!

Querido Pere: me dio mucha alegría verte y también me apenó no haber podido conversar más contigo. ¿Cómo está María Rosa? Me alegró verla y hablar con ella. Te ruego que se lo digas. Marie José le escribirá pronto. Mientras tanto reciban los dos un abrazo muy grande y muy cariñoso de sus dos amigos,

MARIE JOSÉ y OCTAVIO

P.D.   No es necesario enviarme ejemplares del libro sobre Sor Juana. Me los dará Seix Barral de México. Hablé ya con José de la Colina y acepta ser lector de ustedes. Sus señas:

Río Mixcoac 325 B-8
Colonia Florida
Delegación Álvaro Obregón
01030 México, D.F.

Krauze prepara ya el libro sobre América Latina y la Democracia. Habrá algunos nuevos ensayos. Pero quisiéramos algo sobre el Uruguay y un ensayo más actual sobre Chile. Quizá Mario podría sugerirnos algunos nombres. Gracias de antemano.

122

[Paseo de la Reforma 369-104,
México, 5, D.F.]
A 14 de diciembre de 1982

Querido Pere:
    Tu carta —la manuscrita del 25 de noviembre— me conmovió. También a Marie José. Ella acababa de recibir otra de María Rosa: le contestará pronto. Me ha alegrado de veras saber que María Rosa ha vuelto al piano. Ya sabes que siempre he creído en el esfuerzo, no por el estúpido culto moderno al trabajo, sino porque todo *hacer* es también *hacernos* a nosotros mismos. Además, el arte es un ejercicio que, simultáneamente, nos libera y nos realiza. Por esto me emocionó igualmente saber que seguías escribiendo tu novela. El arte nos defiende de la adversidad...

Espero tu novela con algo más que curiosidad. No sé cómo definir a esa espera; es un sentimiento en el que se mezcla lo esperado con lo inesperado, aquello que experimentamos ante el fruto que el árbol nos promete, idéntico al de ayer y, no obstante, distinto.

En tu otra carta me preguntas si sé algo del libro que prepara Cardoza y Aragón. Contesto no sin vencer cierta resistencia. Por los fragmentos que ha publicado y por lo que ha dicho, no se trata propiamente de «memorias» sino de textos sobre sus contemporáneos y sobre sí mismo en los que hay relato y desahogo, reflexión y lirismo. Añado que con frecuencia incurre en autojustificaciones, denuestos e incluso calumnias. Pienso en los párrafos que dedica a Breton y también a otros (como a tu amigo Octavio Paz). Elogia sin rubor el estalinismo de Neruda y el suyo propio. En fin, sigue siendo el escritor confuso, a ratos brillante y otros vil, que ha sido siempre. Nada de esto —mi juicio es apasionado pero no injusto— significa que su libro *no* deba publicarse. Es un documento de una época y revela, en sus pasajes perversos y aun obtusos, que el estalinismo, como enfermedad moral, es incurable. Hay otros ejemplos.

En estos días enviaré, de acuerdo con Seix Barral de México y con el Fondo, ejemplares de Sor Juana a varios críticos y escritores hispanoamericanos. En cambio, creo que ustedes, desde Barcelona, pueden hacer los envíos a escritores españoles y europeos. Te envío una lista compuesta de 24 nombres. En la realidad serán bastante menos, pues me imagino que ustedes ya habrán enviado el libro a muchos de los que menciono. Otro pequeño favor: no olviden incluir una pequeña tarjeta con una frase que diga «Con los atentos saludos del autor ausente» (o algo por el estilo). Aquí el libro no ha sido comentado todavía pero sé que se vende bastante bien...

¿Qué pasó con la reseña sobre Hiriart? ¿La harás?

Un gran abrazo doble,

OCTAVIO

P.D. No me envíen los ejemplares del Sor Juana. Me los han dado aquí ya.

1983 /

123

[Paseo de la Reforma 369-104,
México, 5, D.F.]
A 3 de enero de 1983

Querido Pere:

Gracias por tus líneas. Me asombra que hayas terminado tu libro. Es increíble. Admiro tu capacidad de concentración y trabajo tanto como tu imaginación. Ojalá que, cuando hayas terminado la revisión, puedas enviarnos algunas páginas para *Vuelta*. Las publicaremos de manera destacada. Y esto me lleva a un incidente que me ha contrariado mucho: por un error de la persona que forma *Vuelta* —yo estaba ausente en esos días de la ciudad— se omitió en la carátula el nombre de Rosa Chacel y en su lugar se puso el de José Bianco. La explicación fue que yo había ordenado por teléfono, antes de salir, que se incluyese también el nombre de Bianco, en caso de que hubiese espacio. Absurda confusión, sobre todo si se observa que el texto de Rosa precisamente abre el número. Te confieso que estoy furioso y que no encuentro cómo desagraviar a Rosa. ¡Después de haberle insistido tanto en que nos diese algo para la revista! Se me ocurre publicar en un número próximo, *lo más pronto posible*, algo de ella, sobre todo para anunciarla en la portada. ¿Podrías tú enviarnos otro fragmento de las memorias?[54] No importa que haya sido publicado. El libro aún no ha llegado a México. No es necesario que el texto sea extenso. Bastarán cinco páginas...

Tus cartas y las de Mario me han hecho volver al trabajo. Paso, en primer término, a informarte del estado en que se encuentran los libros

---

54. *Alcancía*, diario de Rosa Chacel. *(N. del E.)*

en preparación. El de poemas sigue sin avanzar. He escrito dos poemas más pero aún me falta *el poema* que, desde hace años, siento que *tengo* que escribir y que aún no logro hacer. Hay que esperar, esperar...

El libro de ensayos y artículos literarios y artísticos ya está listo. Tendrá unas 320 páginas. Aún no tengo el título. Anexo, en hoja aparte, encontrarás el índice. Antes de quince días te enviaré el manuscrito ya con, si se me ocurre algo, el título. Una duda: ¿crees que debo incluir una selección —no más de quince páginas— con las notitas que he publicado en la sección *La vuelta de los días*? Algunas son graciosas y otras curiosas pero me temo que sean muy poca cosa. Cuando llegue el manuscrito a tus manos, tú, quizá, podrías sugerirme cambios y supresiones. Te lo agradecería muchísimo.

El libro de ensayos sobre temas históricos y políticos también ya está listo. Me falta escribir un ensayo sobre la situación mexicana actual. Para este texto he pensado en un título más bien quevedesco: *Breves anales de noventa días*. Pero no sé si tendré humor y ganas de escribirlo... El título general del libro será el de la última parte: *Tiempo nublado* y, como subtítulo: *Política y literatura*. Lo he dividido en cuatro partes: *Los días que corren* (allí iría el ensayo sobre la situación mexicana); *Hombres en su siglo* (el título viene de Gracián; en esta sección incluyo los ensayos sobre Sartre, Ortega, Dostoievski y otros); *Crónicas y comentarios*; *Tiempo nublado* (es la serie de artículos que publiqué en *El País* y en otros diarios hace algún tiempo). Esta última sección, la más extensa (cien páginas), me obligará a añadir ciertas notas debido a los cambios ocurridos en los últimos años. Procuraré que sean pocas y breves. De todos modos, no creo tener listo el manuscrito sino hasta fines de enero o principios de febrero, es decir, un poco después del otro. Te envío con esta carta el índice.

¿Crees que los dos libros deben aparecer simultáneamente o primero uno y seis meses después el otro? Me inclino por la publicación simultánea. Me parece que sería más eficaz. Pero ustedes *decidirán*.

Todavía me quedan otros ensayos a medio terminar. *De una palabra a la otra* (en una revista catalana apareció el primer fragmento, dedicado a ti, pero con un título que he desechado pues no sabía que Corpus

Barga lo había ya usado); *El cuento y el canto* (un estudio sobre el poema extenso en el que, al final, me ocupo de *Altazor* y de *Espacio*) y un ensayo sobre el amor. Este último es un trabajo comenzado hace muchos años y que nunca he podido terminar. La parte más antigua —sobre Sade— apareció en *Sur* en 1959 o 1960... Pero lo que quiero de veras terminar es el pequeño libro de poemas.

Las Obras: también he comenzado a pensar y a trabajar. He hecho varios índices. Creo que podríamos publicar desde luego el tomo que contenga los libros y ensayos dedicados a la poética. También, uno de *Historia y sociedad* o uno de crítica literaria. ¿Cuántas páginas crees que debería tener cada tomo?

Me alegra que María Rosa haya vuelto al piano. Marie José ha hecho últimamente algunos preciosos *collages*. Te sorprendería verlos: un notable sentido de la composición, un gusto casi infalible en materia de color y una poco frecuente mezcla de fantasía y de humor. Ojalá que se decida a hacer una exposición.

Me imagino que Krauze le habrá ya escrito a Mario. Salúdalo de mi parte, así como a Nicole.

Un doble abrazo para María Rosa y para ti de Marie José y de tu amigo

OCTAVIO

TIEMPO NUBLADO

(Política y literatura)

I. *Los días que corren*
 1. La tradición liberal (Discurso de Alcalá)
 2. Posiciones y contraposiciones (México y Estados Unidos)
 3. América Latina y la Democracia
 4. Ideologías y realidades (México y Estados Unidos en *1982*: *no repito el artículo anterior*)
 5. Estrenar decadencia
 6. Breves anales de noventa días (por hacer)

Sin título todavía
(Arte y literatura)

124

[Paseo de la Reforma 369-104,
México, 5, D.F.]
A 15 de febrero de 1983

Querido Pere:

Hoy por la mañana, ¡al fin!, pude enviarle a José Luis Deta, el director de Planeta (la no invitada rima, como siempre: sin aviso, se arrima) el manuscrito de *Plaza abierta*. Me imagino que la recibirás dentro de unos días, quizá antes que esta carta. Volví a leer esos textos y, con un suspiro y mi bendición, te los envío. Tenía muchas dudas sobre la última sección (*La vuelta de los días*) pero *tout compte fait* esas páginas no son enteramente desdeñables y algunas son curiosas e incluso divertidas. Pensé escribir un corto prefacio; desistí después: no es necesario y ustedes, en la solapa del libro, pueden insertar unas líneas describiendo su contenido. Comprende ensayos y artículos escritos después de *In/mediaciones* (1979) y así representa los últimos cuatro años. Está dividido en tres partes. La primera tiene tres ensayos más bien extensos: «Lectura y contemplación», «Poesía e historia» (el texto sobre *Laurel*) y «Antevíspera: *Taller* (1938-1941)». Este último completa el estudio sobre *Laurel* y es un fragmento de historia literaria que, quizá, interese a los españoles pues casi todo el grupo de *Hora de España* pasó a formar parte de *Taller*. La segunda sección contiene ensayos y estudios sobre temas muy distintos (Quevedo y Heráclito, Picasso, el origen extraterrestre de la vida, los muralistas mexicanos, etc.). En esta parte figuran unas traducciones de Apollinaire que me gustan. La tercera sección se llama *La vuelta de los días* y es la más ligera y amena. Hay algunos textos curiosos como dos traducciones de poesía china y otras minucias. Por un error olvidé incluir en esta sección una nota que te envío con esta carta: «El quinto sol». Por favor insértala en el lugar que le corresponde: entre el «Saludo a C. Milosz» y «Alí Chumacero, poeta».* ¡Gracias!

He terminado también la revisión de *Tiempo nublado*. Ahora pasamos en limpio las correcciones. Dentro de unas dos semanas podré enviarte el manuscrito. Todavía no sé si incluya los doce artículos que forman la cuarta parte y que tienen por título el del libro: *Tiempo nublado*. Me parecen demasiado circunstanciales.

Corto esta carta pues la semana que entra debo viajar a Los Ángeles y tengo todavía muchas cosas pendientes. A mi regreso, a fines de este mes, te escribiré largo para hablarte de los temas y asuntos que me tocas

---

* Hay que hacer la enmienda también en los índices, el de la sección y el general.

en tus cartas. Por ahora sólo te diré que ya tengo el volumen que reúne *Mirall, espai, aparicions*. Espléndido. ¿Cuándo saldrá el libro que reúna esos poemas en versión castellana? Me gustaría mucho escribir sobre tu poesía y ya tengo pensado algo pero espero una ocasión propicia para hacerlo. De ahí que te pregunte si piensas publicar esos poemas en castellano. Y *Fortuny*, ¿cuándo sale? ¿Ya terminaste la revisión? ¿Crees que valdría la pena publicar algún anticipo en *Vuelta*?

Un doble y gran abrazo para ti y María Rosa de Marie José y de tu amigo,

OCTAVIO

P.D.   Estoy encantado con el texto de Rosa Chacel. Lo publicaremos en el número de mayo, al frente de la revista.

Olvidé algo *esencial*: los textos de *La vuelta de los días* deben ir seguidos, uno tras otro, separados sólo por un pequeño espacio y el título —o, más bien, subtítulo.

125

[Paseo de la Reforma 369-104,
México, 5, D.F.]
A 20 de febrero de 1983

Querido Pere:

Unas líneas de carrera, a reserva de escribirte largo a mi regreso: salgo mañana hacia Los Ángeles —leo mis poemas en la universidad— y volveré el sábado o el domingo.

Al revisar «Antevíspera: *Taller* (1938-1941)» encontré una errata en la página 7 (cito por la numeración del ensayo, no por la del libro), línea 11. En donde dice: «joven generación hispanoamericana» debe decir «hispanomexicana». No recuerdo si, en la misma página, se suprimieron las dos últimas líneas de la nota («No sé si la insuficiencia de las páginas se deba a ignorancia o a mezquindad»). No sé si se borraron; si no, hay que hacerlo. Es demasiado duro el juicio. ¡Gracias!

Ya tengo terminada la revisión del libro sobre temas políticos e históricos. Pero sigo dudando: no creo que valga la pena incluir la serie de artículos de *Tiempo nublado*. Son demasiado circunstanciales y habría que o modificarlos un poco o agregar notas y aclaraciones. Tal como está —es decir, sin *Tiempo nublado*— el libro tiene más o menos unas 230 páginas (holandesas, como ustedes dicen, aunque las nuestras son un poco más chicas).

También he pensado en un título: *Al paso... (Política y literatura)*. ¿Qué te parece? A mí me gusta.

He desechado *Plaza abierta* como título del otro libro. Es fácil —y más: vulgar. Anoche, leyendo a Gracián (cada día me asombra más el desdén de Borges, en cambio Schopenhauer lo admiró —tradujo el *Oráculo manual*— y Nietzsche lo envidió un poco) tropecé con una frase (y una idea) sorprendente: «Las palabras son las sombras de los hechos.» Es una cita de Diógenes Laercio, que la atribuye a Demócrito. Por la mañana busqué en *Vidas de los filósofos más ilustres* (en la vieja traducción de D. José Ortiz y Sanz, en la Biblioteca Clásica, Madrid, 1887) y encontré una versión ligeramente distinta: Las palabras son las sombras de las cosas. Mejor dicho: muy distinta. Es una idea más filosófica y teñida de cierto escepticismo. Seguí buscando y en *Los presocráticos* (México, 1944), en la traducción de García-Bacca, hallé esto: «Palabra: sombra de obra». No dudé un instante: el título de mi libro será *Sombras de obras (Arte y literatura)*. En la primera página el epígrafe de Demócrito y, quizá, en la siguiente, una brevísima explicación: mis comentarios y opiniones no son sino las sombras de las obras... ¿Qué piensas? Y aquí corto. Ya es tarde y mañana debemos tomar el avión temprano.

Un abrazo doble a María Rosa y a Pere de su amigo,

OCTAVIO

244

[Paseo de la Reforma 369-104,
México, 5, D.F.]
A 26 de abril de 1983

Querido Pere:

A reserva de escribirte con más calma, te envío estas líneas para avisarte que ya recibí, hace días, tu libro: ¡gracias!, y que hoy he enviado al señor Deta, de Seix Barral, el manuscrito de *Tiempo nublado*. Espero que lo recibas pronto.

Tengo una gran duda: el libro es demasiado extenso. Se me ha ocurrido dividirlo en dos. El primero, que se llamaría *Al paso*, comprendería todos los ensayos incluidos en la primera parte bajo ese título más otro que se llama *Inicuas simetrías* (y que ahora figura en la tercera parte: *Los días que corren*), así como toda la segunda parte: *Hombres en su siglo*. Tendría una extensión aproximada de 180 páginas. El segundo se llamaría *Tiempo nublado* y estaría compuesto por la serie de ensayos que ampara ese título más, como segunda parte, estos ensayos: «México y los Estados Unidos», «América Latina y la democracia» y «Crónicas de la libertad» bajo el título de *Los días que corren* (que hoy es la tercera parte). La extensión: unas 240 páginas.

Mis razones: una, un libro de más de 400 páginas es difícil de leer y más de vender; otra, hay demasiados temas y asuntos. Con la división en dos, un volumen *(Al paso)* estaría dedicado a temas sociales y teóricos así como a distintas personalidades (Dostoievski, Ortega, Sartre, etc.) mientras que el otro *(Tiempo nublado)* comprendería únicamente textos políticos.

Me gustaría mucho conocer tu opinión y también la de Mario. Ojalá que cuando reciban el manuscrito puedan dedicarle dos minutos a este problema. ¡Gracias de antemano!

Un abrazo doble para Pere y María Rosa de Marie José y de

OCTAVIO

P.D.   Acabo de hablar con los de Seix Barral de México. Me dicen que van a comenzar a editar aquí. Magnífico. Por otra parte, en caso de que se decida dividir *Tiempo nublado* en dos, habría que corregir dos pasajes: en la Advertencia, página 228, línea final, debería decir: «la segunda parte de este libro». En el capítulo V, página 365, línea 8, debería decir: «que aparece en la segunda parte de este libro». Por último, Jebelin me dice que el *Sor Juana* se vende muy bien y que dentro de muy poco habrá que hacer una segunda edición. En ese caso, hay que incorporar las correcciones de la segunda edición del Fondo más otras más, entre ellas una fundamental: se ha descubierto una carta de Sor Juana (más bien dicho: una copia de principios del XVIII, poco después de su muerte, de una carta suya) que *confirma* todo lo que sostengo en la sexta parte del libro. La carta está dirigida a su confesor, el Padre Núñez de Miranda y en ella rompe con él. Es probablemente de 1682. ¿Qué te parece? En el próximo *Vuelta* (mayo) toco el tema.

De nuevo, un abrazo,

Octavio

127

[Paseo de la Reforma 369-104,
México, 5, D.F.]
A 28 de abril de 1983

Querido Pere:

Con estas líneas te envío una versión —la definitiva— del ensayo *Inicuas simetrías*, que pertenece a la tercera parte de *Tiempo nublado*. Destruye la versión anterior e incluye la que ahora te envío (un poco más larga).

Ojalá y que pronto puedas darme tu opinión sobre mi idea de dividir en dos libros *Tiempo nublado*. Ayer le envié el manuscrito a Deta y me imagino que lo recibirás casi al mismo tiempo que estas líneas.

Un gran abrazo,

Octavio

[Paseo de la Reforma 369-104,
México, 5, D.F.]
A 6 de mayo de 1983

Querido Pere:

Te escribo de carrera. Ante todo, dos consultas.

La primera: Hugo Verani ha terminado ya el libro de entrevistas y conversaciones. Me dice que será un volumen de unas 300 páginas y que me lo enviará dentro de dos semanas. Creo que ha llegado la hora de escoger título y firmar los contratos. Te confieso, por lo que toca a lo primero, que no se me ocurre nada. Lo más simple sería *Conversaciones con Octavio Paz*. No es muy brillante. De todos modos, hay tiempo para pensar en algo mejor. En cuanto al contrato: recuerda que el 6 % me corresponde a mí y el 4 % a él.

La segunda consulta: la editorial venezolana Biblioteca Ayacucho desearía que Francisco Rivera, al que sin duda conoces, hiciese una antología de mi prosa y mi poesía. Sin embargo, yo prefiero que ustedes publiquen el libro y que la antología se limite a la prosa, ya que hemos decidido publicar una edición ampliada de *La centena*. ¿Qué te parece la idea?

El señor García Píriz[55] me ha enviado los contratos de *Sombras de obras*. Sobre esto debo recordarte que habíamos quedado en que los contratos se firmasen con Seix Barral de México. Así lo hemos hecho hasta ahora. Te suplico que trates este asunto con Mario Muchnik. Les ruego que examinen con cuidado este asunto y que me comuniquen lo que resuelvan. Mientras tanto, no enviaré al señor García Píriz los contratos. ¿Quieres explicárselo? ¡Gracias!

Hace dos días recibí al fin el nuevo ejemplar de *Apariciones y otros*

55. Miguel García Píriz, director general por entonces de Seix Barral. *(N. del E.)*

poemas. ¡Ahora tengo dos! Pienso regalarle uno a un joven poeta de talento: Aurelio Asiain.

Un abrazo doble de tu amigo,

Octavio

Perdón por los errores de mecanografía. Mi máquina se rompió y uso una antediluviana.

Hay que corregir, en *La vuelta de los días*, en el artículo «Las fases de Marcia», el epígrafe. Debe decir: *Edmund Spenser* (con s). ¡Gracias!

129

[Paseo de la Reforma 369-104,
México, 5, D.F.]
A 24 de mayo de 1983

Querido Pere:

Ante todo: ayer me informaron en Seix Barral que te habían otorgado un premio de lengua catalana. Creo entender que se trata de tu novela *Fortuny*. ¡Magnífico! Ya te imaginarás nuestra alegría. Ese premio excita todavía más mi curiosidad por conocer la novela. Lo único que siento es que para mí será muy difícil leer el texto en catalán. Mi temor aumenta pues tú me dices que «el original catalán es irremplazable». Procuraré leerlo, primero, con la ayuda de un diccionario y, si resulta imposible, teniendo al lado la versión en castellano.

Me he enterado con inquietud de que aún no han recibido el manuscrito de *Tiempo nublado*. Me dicen los de Seix Barral en México que lo enviaron el 28 de abril. Es increíble. Ojalá que no se haya extraviado.

Sí, recibí el contrato de *Sombras de obras*. No te lo he devuelto por las razones que te daba en una carta que se ha cruzado con la tuya del 10 de mayo. Ya hablé con Deta y él está de acuerdo. También le escribí a

Muchnik en el mismo sentido. Ignoraba que había dejado Seix Barral.[56] Siento mucho que se haya separado: en sus tratos conmigo fue siempre amable. Aunque me imagino que te habrá transmitido el contenido de mi carta, te envío una copia para mayor claridad.

La separación de Muchnik me alarma un poco por los envíos mensuales a mi hija. ¿Los han seguido haciendo? ¿Quién se encarga de estos pagos? ¿Podrían enviarme una relación de lo que se le ha enviado y de mi estado de cuentas con ustedes? Muchísimas gracias de antemano.

Comprendo perfectamente tus reservas frente a *Larva*. Julián[57] tiene talento pero esta tentativa hoy, en 1983, me parece extemporánea. En el dominio de la pintura la obra de Marcel Duchamp puede parecerse, hasta cierto punto, a la de Joyce; ambos, a pesar de sus invenciones y transgresiones, recogen un tema tradicional: el del amor. Así, en ellos la modernidad más exacerbada se pone al servicio de la tradición. Además, es una modernidad que se burla de sí misma. Pero Duchamp, al final de su vida, en el ensamblaje de Filadelfia, volvió al arte figurativo e incluso al *trompe-l'oeil*. ¿Cómo no darse cuenta del gran cambio que han experimentado todas las artes desde hace más de treinta años? ¿Por qué y para qué empeñarse en repetir lo irrepetible?

Tú lees a Brantôme; por mi parte, yo releo *Las vidas* de Plutarco, en la preciosa traducción francesa de Amyot. ¡Qué terrible época la del fin de la República romana! El fin de Cicerón, Pompeyo, Catón de Utica y Marco Craso me ha entristecido y desvelado: son nuestros contemporáneos.

Un abrazo grande,

OCTAVIO

P.D. La semana próxima entregaré a Deta las correcciones para la nueva edición de *Sor Juana*.

Me preocupa mucho la salida de mis libros. A mi juicio —creo que

---

56. Muchnik cesó en Seix Barral en la primavera del 83. Le sucedió, en septiembre, Mario Lacruz, que compartió, durante su primera etapa, la dirección general con Miguel García Píriz. *(N. del E.)*

57. Julián Ríos. *(N. del E.)*

tú coincides conmigo— deberían aparecer en octubre, a mediados, y simultáneamente. Si deciden —creo que será lo mejor— dividir en dos *Tiempo nublado*, el volumen con ese título debe aparecer primero, con *Sombras de obras* y más tarde, en 84, la otra parte *(Al paso)*. ¿Te parece bien? No dejes de decirme lo que piensas de todo esto y si crees que, efectivamente, los libros saldrán en octubre. ¡Gracias!

130

[Paseo de la Reforma 369-104,
México, 5, D.F.]
A 27 de mayo de 1983

Querido Pere:

Tu carta del 20 de mayo me quitó un peso de encima. Empezaba a temer que *Tiempo nublado* se hubiese perdido en algún aeropuerto. Y que te hayan gustado mis textos me ha tranquilizado y alegrado muchísimo. Tengo una confianza total en tu juicio. Una confianza no ciega sino lúcida. También me alegra que apruebes la idea de dividir el libro en dos. Para equilibrarlos un poco he hecho algunos cambios. Los encontrarás en una hoja aparte. He marcado con una cruz los textos que han cambiado de sitio.

Acabo de recibir carta de Verani. Me dice que esta semana me envía el libro de las entrevistas, con un pequeño prólogo. Propone como título: *Pasión crítica (Conversaciones con Octavio Paz)*. A mí no me disgusta. ¿Y a ti qué te parece? Naturalmente, habría que incluir en la portada los nombres de mis interlocutores, ¿no crees?

Espero la carta que me anuncias del señor García Píriz. Para mayor claridad, te recuerdo los asuntos pendientes: ¿los contratos se firmarán en México o en Barcelona?; una vez resuelto este punto, sería bueno que me enviasen los contratos que debemos firmar desde luego: *Sombras de obras*, *Tiempo nublado*, *Al paso* y el libro de entrevistas (recopilación de Verani);

determinación de las fechas en que deben salir los dos primeros libros (*Sombras de obras* y *Tiempo nublado*): a mi juicio deben salir al mismo tiempo, en octubre de este año (*Al paso* y las entrevistas en el primer semestre de 1984); estado de cuentas. Más adelante podríamos hablar del libro de poemas —espero enviártelo antes de que termine el año— y las dos antologías: *La centena (y pico)* y la de prosa que propone Rivera.

Enrique Krauze me dice que Mario Muchnik no ha contestado a las cartas que le ha escrito en relación con los ensayos sobre *América Latina y la democracia*. Si en un tiempo prudente Mario no contesta a esas cartas —ni a la mía del 6 de mayo— podríamos entonces ver la posibilidad de que Seix Barral publique ese volumen. Es de actualidad. Y ya que hablo de estas cosas: ustedes deberían publicar a Gabriel Zaid. No sé si tenga algún libro de ensayos en preparación pero, independientemente de esta posibilidad, se podría publicar un volumen de sus poemas. Es un excelente poeta, aunque desconocido (salvo en México).

Espero tu *Fortuny* y, de nuevo, te felicito por tu premio.

Un gran abrazo doble para ti y María Rosa de Marie José y de tu amigo que te quiere y admira,

OCTAVIO

P.D.   Con los nuevos sumarios te envío unas pequeñas correcciones de *Tiempo nublado*. Descubrí unas cuantas erratas al leer unas páginas que, tal vez, publique en *Vuelta*, más adelante, como anticipo.

Sumario de *Tiempo nublado*

I.   Tiempo nublado (no hay cambios)

II.   Los días que corren (esta sección precedía antes a *Tiempo nublado*. Además, el ensayo *Inicuas simetrías* pasó al otro libro, *Al paso*).

    1.   México y los Estados Unidos

    2.   América Latina y la Democracia

    3.   Crónica de la libertad

Pág. 75, línea 3: Debe decir: Esto es lo que no han hecho... (Faltaba el no)

251

Pág. 273, línea 8: en lugar de «de Aristóteles:» debe decir «la antigua opinión:»

Pág. 290, línea 18: Debe decir, LEFORT (no Lafort)

Pág. 286, línea 8: Debe decir: de Pol Pot y no *del* Pol Pot

Pág. 308, línea 18: dice *tenido* y debe decir: detenido. Suprimir «y ha sido un terrible retroceso»

Sumario de *Al paso*

I. Al paso
   1. La tradición liberal
   2. Televisión: cultura y diversidad
   3. El pacto verbal
   4. Inicuas simetrías (estaba antes en *Los días que corren*)
   5. Las contaminaciones de la contingencia
   6. Quinta *Vuelta*

II. Hombres en su siglo
   1. Dostoievski: el diablo y el ideólogo
   2. José Ortega y Gasset: el cómo y el para qué
   3. Memento: Jean-Paul Sartre
   4. México y los poetas del exilio español (estaba antes en *Al paso*)
   5. K. Papaioannou (1925-1981)
   6. Cristianismo y Revolución: J. Revueltas
   7. Ignacio Chávez, fundador

131

[Paseo de la Reforma 369-104,
México, 5, D.F.]
A 29 de junio de 1983

Querido Pere:

Unas líneas para enviarte el epígrafe de *Crónica de la libertad*, el último ensayo de la segunda parte de *Tiempo nublado*. Es un texto de Marx de 1864: el discurso inaugural que precede a los Estatutos de la fundación de la Asociación Internacional de Trabajadores en Londres. Lecturas recientes me hicieron volver a ese texto. Hace más de una semana recibí, enviado por Pierre Nora, el volumen de Kostas Papaioannou que acaba de publicar Gallimard con el excelente prólogo de Raymond Aron: *De Marx et du marxisme*. Es un libro que ustedes *deben publicar*. Una obra realmente excepcional, una serie de ensayos a un tiempo brillantes y profundos... Pues bien, la lectura del libro de Kostas me hizo releer algunos textos —entre ellos el que te envío para que sirva de epígrafe— y descubrir un pequeño libro apasionante de Marx, casi del todo desconocido: *La Russie et l'Europe* (publicado también por Gallimard en 1954 y precedido por un interesantísimo estudio de Benoit P. Hepner). El texto de Marx es en realidad una serie de seis artículos que publicó en una revista *conservadora* de Londres y que estaban destinados a ser la introducción de un libro sobre política internacional que no llegó a escribir. Los seis artículos tienen como título general *Revelations on the Diplomatic History of the 18th Century*, 1854. Hay un capítulo soprendente y absolutamente actual sobre la historia antigua de Rusia. Un Marx desconocido, más cerca de Michelet que de Marx. Recomiendo a Seix Barral la publicación de los dos libros. Quiero decir, el de Papaioannou y *La Russie et l'Europe*.

Hablé con Peidró y Puig. Firmé los contratos españoles y espero firmar los mexicanos mañana. Todo marcha muy bien. Saber que *Tiempo nublado* saldrá en septiembre me ha alegrado mucho. La semana que entra escribo a Píriz. Tu libro aún no llega. Es increíble.

Un abrazo doble de tu amigo,

OCTAVIO

132

[Paseo de la Reforma 369-104,
México, 5, D.F.]
A 12 de agosto de 1983

Querido Pere:

Ante todo: ¡albricias! Al fin llegó tu libro.[58] Y a los dos o tres días, la traducción del primer capítulo: «El hombre del turbante». Páginas ricas, densas, veloces: adjetivos contradictorios pero justos. Una sucesión de visiones suntuosas y rápidas, en las que percibo huellas de tu afición al cine: *close ups*, disolvencias, cortes. ¿Me equivoco? El ritmo es cinematográfico pero el ojo tiene la penetración y la sensualidad del pintor, el amor por el trazo y la morosidad en el detalle. El texto es el de un escritor-poeta. La prosa hispánica de estos años, en América tanto como en España, ha sido zarrapastrosa y pobretona, degradada por el periodismo y las traducciones, o en otros casos detonante como un árbol de pólvora, chisporroteo equívoco de luces resuelto en un armazón chamuscado. Los buenos prosistas actuales —pienso en Borges y sus seguidores— tienden más bien a la economía. Una elegancia hecha de omisiones, reticencias y, de vez en cuando, súbito disparo, la paradoja o la ironía. Una reserva británica que no practicaron los grandes ingleses. Pero las nueve páginas de tu primer capítulo me reconcilian con los colores, los matices, los volúmenes, el claroscuro, los reflejos. Me reconcilian con el goce de los sentidos. Es algo más profundo que el lujo e incluso que la belleza: las cosas hermosas —telas, rostros, cuerpos, materias— están heridas

---

58. *Fortuny. (N. del E.)*

por una luz o una sombra que son de aquí y de otra parte. La muerte acompaña siempre a la belleza y por esto la hermosura nunca es superficial: la muerte es la marca, la fuerza de gravedad, lo que da *realidad* a lo que vemos y tocamos... En fin, esas páginas me han entusiasmado y me invitan a penetrar, no sin temor, en el original catalán. ¿Cuándo aparecerá la traducción? Publicaremos «El hombre del turbante» en el aniversario de *Vuelta* (¡siete años!), es decir, en noviembre. Irá con un cuento de Borges, un poema de Segovia, un ensayo de Rossi y otras cosas.

Ya escribí a Bento, el traductor portugués, autorizándolo para publicar algunas de sus traducciones en una revista que aparecerá en Lisboa. En el número próximo de *Vuelta* (septiembre) aparecerá «Una mancha de tinta». ¿Crees que *Tiempo nublado* saldrá *realmente* ese mes?

Montes de Oca me pidió consejo. Le dije que era razonable publicar una antología de sus poemas en Mortiz, que ahora, gracias a Planeta, tendrá la misma circulación de Seix Barral. Creo que lo convencí —aunque no estoy muy seguro.

Movido por mi interés en el fin de la República romana, leí las conferencias de Ortega sobre Toynbee. Hay observaciones inteligentes —como la contraposición entre la monarquía (legitimidad) y el imperio (compromiso entre la legitimidad y el estado de excepción, por decirlo así)— pero todo ahogado en una insoportable palabrería y dañado por una exposición desordenada. Qué lástima. Una vez más los defectos de carácter —en realidad: fallas morales— obscurecen una inteligencia luminosa.

He releído a Teócrito. Entre sus poemas hay uno —es un lugar común decirlo pero no importa: lo digo— que es uno de los más turbadores y punzantes —como la hermosura de la rosa, dijo otro griego— de la poesía universal: «Simaetha» (La hechicera). ¿Lo recuerdas? La otra tarde, como una suerte de homenaje a Teócrito, escribí estas tres líneas de «Paisaje antiguo»:

> *Sol alto. Duerme el llano,*
> *nada se mueve.*
> *Entre las rocas Eco espía.*

Y me despido antes de que la pobre Eco abra la boca —aunque ella tiene voz y no boca.

Un doble abrazo,

Octavio

133

[Paseo de la Reforma 369-104,
México, 5, D.F.]
A 20 de septiembre de 1983

Querido Pere:

Contesto a tus dos últimas cartas —la del 12 de agosto y la del 2 de septiembre— aunque muchos de los temas que tratas en ellas ya fueron resueltos en nuestras conversaciones telefónicas.

A mí también me extrañó el «documento» de Correos. Me aclaró Krauze que es un simple «acuse de recibo». ¡Cuántos inventos burocráticos y cuánta ineficacia! Si fuese un La Fontaine moderno escribiría la «Fábula del avión y la carta».

Los cuatro proyectos de novelas me han asombrado y fascinado.[59] Creo que has encontrado, dentro de un género que parecía agotado después de los grandes novelistas de la primera mitad del siglo, una veta escondida y original. ¿Me equivoco al pensar que todo nació de los textos breves de tu *Dietario*? Intersección de tres planos: la realidad real, la realidad histórico-literaria y la ficción. La realidad, gracias a tantos testimonios, datos y fechas, pierde poco a poco su realidad... Te admiro y te envidio: a mí no se me ha ocurrido nada semejante. En *¿Águila o sol?* hay unos cuentecillos —muy distintos al género fantástico puesto de moda por Borges— en los que la realidad pierde su consistencia, sin dejar de ser «real», gracias a la acción del humor. Pocos lo advirtieron. Julio Cor-

59. No llegué a realizarlos. *(N. del E.)*

tázar sí me habló de ellos y, según me dijo alguna vez, hace muchos años, esos textos míos le habían abierto el camino hacia los Cronopios. Me preguntó ¿por qué no seguiste? No lo sé pero lo siento. Por fortuna tú sí seguirás... Es difícil escoger entre los cuatro proyectos: los cuatro son tentadores. A mí me toca más de cerca, por lo descomunal de la aventura y por su *setting* oriental, «Farghestán». Tal vez sabes que en el otro extremo de Conchinchina, en el Asia Central, a lo largo de la ruta de la seda, entre la frontera de China y el Oxus de Herodoto, hubo una sucesión de reinos, casi todos budistas aunque también aparecen el maniqueísmo y el cristianismo nestoriano. Uno de esos reinos se llamaba Ferghana (la Sogdiana de los griegos). Fue una tierra famosa por sus caballos, codiciados por los chinos. Si no recuerdo mal un emperador de la dinastía Han envió una expedición para capturar aquellos briosos caballos. Me pregunto si Gracq no deformó, quizá sin darse cuenta, Ferghana y la transformó en Farghestán (con la desinencia árabe: país de...)

Leí el poema de Darío que me recomendaste.[60] Me decepcionó. Sobre Eco —la ninfa y el fenómeno acústico—, Calderón escribió, en una comedia, versos inteligentes que después Sor Juana rehízo, en *El divino Narciso*, aunque con mayor intensidad poética y metafísica. Eco (Satanás) *repite* las palabras de Narciso (Jesús) y al repetirlas las *deforma*. El diablo como imitador y sus obras como deformaciones de las obras divinas.

Tengo el epistolario de Cicerón en la vieja edición de la Biblioteca Clásica. Cinco tomos pero sin notas. Eran de mi abuelo. Me prometo leerlos apenas tenga un poco más de tiempo libre. ¿Debo buscar una edición más reciente?

Tienes razón en lo que me dices acerca de *Pasión crítica*. Se hará en la forma que propones. Sin embargo, sigue sin gustarme el título ¿Y a ti? En cuanto a *América Latina: las desventuras de la democracia*: lo mejor será que te entiendas directamente con Krauze. También tienes razón —aunque lo lamento: podía haber sido un bonito libro— en lo del Círculo de

---

60. «Eco y yo», incluido en *El canto errante*. (*N. del E.*)

Lectores. Por su parte, Cátedra me ha propuesto publicar algún libro mío en edición crítica. No he contestado porque deseo conocer antes tu opinión. Presumo que también será adversa y por los mismos motivos. Por último, a reserva de escribirle directamente a García Píriz, te ruego que le confirmes lo que te dije por teléfono: deben seguirle enviando a mi hija la suma convenida. Gracias de antemano...

Un doble abrazo para María Rosa y para Pere de su amigo que los quiere,

OCTAVIO

134

[Paseo de la Reforma 369-104,
México, 5, D.F.]
A 4 de octubre de 1983

Querido Pere:

Unas líneas apresuradas. Más tarde te escribiré con mayor calma. Recibí *Tiempo nublado* (dos ejemplares). Me encanta la portada. El texto es claro y legible. Muy bien y ¡muchas gracias! El 29 de octubre —me dice Manuel Puig (el otro, el catalán)—[61] saldrá a la calle la edición mexicana. Yo ya no estaré aquí —salimos hacia el 16 rumbo a Nueva York— pero antes de salir haré algo en la televisión para animar un poco la salida del libro.

Te envío con estas líneas una lista de personas a las que convendría hacerles llegar *Tiempo nublado*. Unos son amigos, otros «compromisos» y otros, los más, escritores y periodistas que quizá podrían hacer algún comentario. Me imagino que a no pocas de esas personas ya les habrán enviado ustedes un ejemplar.

61. Es decir: no el novelista argentino, sino un catalán relacionado con Planeta. *(N. del E.)*

Veo que hay en París un *revival* de Cocteau. Una verdadera resurrección. Me conmovió un poco: la generación anterior a la mía (la contemporánea) lo admiró y lo imitó. No fue un gran escritor pero dejó algunos admirables poemas, algunas páginas intensas (teatro y novela), aforismos deslumbrantes, o las películas —y una estela: su persona, sus luchas, sus manías, sus debilidades. Me pregunto si no valdría la pena que Seix Barral publicase de nuevo alguna (o algunas) de sus obras.

Llegaremos a Madrid a principios de noviembre. Nada me gustaría más que verte y hablar contigo. Tengo hambre y sed de conversación inteligente.

Un doble abrazo para María Rosa y para ti de Marie José y de su amigo,

OCTAVIO

Perdón por las correcciones de la lista. La secretaria es nueva y novata.

1984

135

[Paseo de la Reforma 369-104
México, 5, D.F.]
A 27 de enero de 1984

Querido Pere:

Hasta ahora puedo escribirte. Desde nuestro regreso a México, a fines de noviembre pasado, he tenido que enfrentarme a un sinnúmero de pequeños pero imprescindibles quehaceres y, sobre todo, a continuas intrusiones. El teléfono, el teléfono... Además, reverso de esta agitación de mosca entre vidrios, la abulia, la desidia, el diablo del mediodía y el de medianoche, las preguntas que nos roen los sesos y nos carcomen la voluntad: ¿para qué, para qué? La verdadera condenación es hacer cosas inútiles y la peor es no hacer nada y saberlo.

La semana pasada releí tu *Fortuny* y escribí unas páginas en forma de carta. Después, suprimí las expresiones epistolares y el texto quedó como una breve nota. La publicaré en *Vuelta*, en el número de marzo. (En el de febrero sale la nota que nos enviaste.) Te envío esas páginas. A mi juicio, podrían salir también en *El País*.[62] En un principio pensé enviárselas directamente a Ortega. Sin embargo, te las envío a ti para que decidas si deben salir en la sección en donde aparecen generalmente mis artículos o en la página de libros. Puedes decirle a Ortega que le envío el artículo por tu conducto.

Muchas gracias por tu extensa y clara carta. Creo que han quedado esclarecidos todos los puntos. Ya recibí los dos ejemplares de *Sombras de*

---

62. Se trata del texto «La trama mortal», que efectivamente apareció en *El País*. (*N. del E.*)

obras. La edición mexicana, según me dice Puig, saldrá a fines de marzo, para dar tiempo a que se venda un poco más *Tiempo nublado*. La acogida de ese libro aquí ha sido excelente: más de 8,000 ejemplares en un mes. ¿Cuándo saldrá el artículo en *El País* sobre mis dos libros?

Me alegra mucho que *Hombres en su siglo* salga en marzo, por mi cumpleaños. Lo del cumpleaños me azora y azara. Ahora se les ha ocurrido aquí celebrarlo con festejos oficiales, exposiciones y conferencias. Me horroriza todo eso y tú lo sabes. Además me quitará calma para terminar mi libro de poemas. En fin, no sé qué hacer: ¿negarme de plano o resignarme o huir?

Un doble y gran abrazo para María Rosa y para ti de Marie José y de tu amigo,

OCTAVIO

P.D.   La novela sigue en su cajón. Espero un momento propicio para hacer el signo de la resurrección.[63]

Olvidé decirte, respecto a *Hombres en su siglo*, tres cosas. La primera: tal vez en la portadilla podría agregarse: *y otros ensayos*. No todos los textos son sobre personas. La segunda: debe agregarse otro pequeño ensayo: «Constelaciones: Breton y Miró». Te lo envío con esta carta. La tercera: debe modificarse el índice como sigue:

Hombres en su siglo y otros ensayos
Epígrafe de Baltasar Gracián

1.   La tradición liberal
2.   Dostoievski: el diablo y el ideólogo
3.   Inicuas simetrías
4.   México y los poetas del exilio español
5.   Televisión: cultura y diversidad

---

63.   Se trata de una novela inédita que Octavio redactó en los años 40. Me habló de ella diversas veces. Ni descartó —como se ve— ni por lo tanto es descartable publicarla, en el caso de que aparezca entre sus papeles. *(N. del E.)*

6. El pacto verbal
7. José Ortega y Gasset: el cómo y el para qué
8. Memento: Jean-Paul Sartre
9. Las contaminaciones de la contingencia
10. Cristianismo y revolución: José Revueltas
11. Kostas Papaioannou (1925-1981)
12. Ignacio Chávez, fundador
13. Constelaciones: André Breton y Joan Miró
14. Quinta vuelta

Querido Pere: He leído dos libros extraordinarios que le recomiendo sin reservas a Seix Barral: *Permis de séjour*, de Claude Roy y la novela de Kundera *L'insoutenable légèreté de l'être*.[64]

Un abrazo,

OCTAVIO

136

[Paseo de la Reforma 369-104
México, 5, D.F.]
A 5 de junio de 1984

Querido Pere:

Muchísimas gracias por tu telegrama de felicitación. El anuncio del premio[65] me sorprendió de verdad. Me pregunto si soy la persona a propósito... En fin, por lo menos no predico la guerra santa como el cura Cardenal.

No contesté antes a tus cartas porque apenas el lunes pasado regresa-

---

64. Seix Barral había publicado ya dos de las novelas anteriores más importantes de Kundera, y publicaría luego *La broma*: pero en el caso de *La insoportable levedad del ser* no se llegó al acuerdo por razones económicas. *(N. del E.)*

65. El premio de la Paz de los libreros alemanes, otorgado en ocasión de la Feria de Frankfurt. *(N. del E.)*

mos de Nueva York, en donde estuvimos dos semanas. Ayer vino Francisco Serrano y me entregó tu *Dietario*. (No he recibido el que me enviaste por correo.) ¡Gracias! Sí, es un libro «singular y considerable», como dice Castellet en su inteligente prólogo, aunque yo añado: no sólo en la literatura catalana sino en la española. La escritura es suelta y veloz pero no atropellada, eres inteligente sin retorcimientos, erudito sin afectación, sensible sin sensiblería, irónico sin crueldad, curioso sin impertinencia y jamás pesado ni abstruso. Me asombra la variedad de temas, épocas y personajes —actrices, poetas, futbolistas, gente de mundo, exploradores, músicos— así como tu sentido de la medida. Nunca traspasas el límite: una y media o dos páginas. Te envidio: yo siempre me excedo. Es difícil escoger entre todos estos textos pero yo tengo mis preferidos: la historia (explicarla «es explicar el mal»), *il gran rifiuto* (ante los ajetreos de mi malhadado aniversario, ¡cómo me gustaría imitar a Celestino V!), Agustín (nunca se me había ocurrido compararlo con Rimbaud —¿realmente crees que se parece a Lautréamont?— y ahora me pregunto si ciertas páginas no recuerdan también a Dostoievski), Ronsard y su «luna ociosa» (admirable), la noticia sobre Baltazzi (me gustaría saber más: ése es uno de los encantos de tu libro, que incita continuamente nuestra curiosidad), los simulacros de Lucrecio (me gustaría volver sobre el tema: el simulacro erótico del romano prefigura la cristalización de la imagen amada en Stendhal), la muchacha de Macao y Errol Flynn, la bella Otero y también Liane de Pougy (hace años, en Delhi, conocí a un hijo del Maharaja de Kapurtala —tuvo cientos—, tenía un puesto menor en el protocolo, en donde lo habían empleado sin duda por sus modales y su impecable francés... No sé si sepas que Kapurtala vivió en Madrid. Su guía fue Valle-Inclán, que lo presentó con una guapa bailarina de flamenco que terminó en su harén. El diplomático que conocí en Delhi, se decía, era hijo de la española. El hijo de Valle-Inclán, Jaime, Marqués de Bradomín por decreto real, puede darte más detalles. Y algo más que te divertirá: Marie Jo me contó que fue a su primer baile ¡disfrazada de Maharaja de Kapurtala!), Wallace Stevens (no: yo prefiero a Eliot y a Pound), Jeanne Duval (habría que hacer una antología de las bellezas negras de la poesía, de la Sulamita a la Duval pasando

por la de Marino que lo único que tenía blancos eran los dientes), Foix...
Casi al mismo tiempo que Serrano me daba tu *Dietario* (¿publicarán pronto el segundo volumen?), recibí unas líneas de Aquilino Duque con un entusiasta e inteligente comentario sobre tu libro. Es un poco polémico como todo lo suyo, pero no contigo sino en contra de las exageraciones del catalanismo *à outrance*. Son quejas que también te he oído a ti. Lo publicaremos en el próximo número de *Vuelta...* Te dije más arriba que me había gustado mucho el prólogo de Castellet: ¿quieres recordarle, en mi nombre, que me prometió enviarnos algo para la revista? ¡Gracias!

Me extraña muchísimo que no hayas recibido la lista con las correcciones de *Sombras de obras*. Con esta carta te las vuelvo a enviar. Acabo de recibir dos ejemplares de *Hombres en su siglo*. Me imagino que habrá una edición mexicana. Esta semana hablaré con los de Seix Barral de México para aclarar el punto. Tengo la sensación de que es un libro de mayor actualidad y más fácil que *Sombras de obras* y que podrá interesar a un público más extenso. Sin embargo, te confieso que entre los textos de *Sombras de obras* hay algunos que me gustan, como el ensayo sobre el lenguaje, las traducciones de Apollinaire, el ensayo sobre Quevedo, Heráclito y Lope de Vega, la divagación en torno al origen extraterrestre de la vida, las historias de *Laurel*, la pintura mural mexicana y algunas de las notas y notículas de la última sección.

Durante nuestros días en Nueva York vimos a varios amigos. Como siempre, Brodsky me deslumbró. Casi nunca tiene razón pero no cesa de asombrarme su inteligencia y su energía. También vimos a John Ashbery (fino aunque tal vez demasiado mundano), a mi viejo colega en la India, Galbraith (su defecto es que cree que debe ser ingenioso las 24 horas del día) y al pintor Rauschenberg, un verdadero tejano pero con fantasía y sensibilidad (algo muy poco tejano). Tuvimos la suerte de ver la exposición de Balthus y una, admirable, de Juan Gris. Al ver esas naturalezas muertas volví a pensar que la perfección es finita. Los griegos tenían razón.

Estoy de acuerdo con la proposición de La Oveja Negra y Origen, que desean publicar *Vuelta* y *Los hijos del limo*. Deben usar la tercera edición (la última) de *Los hijos del limo*, que recoge las últimas correcciones y la versión de *Vuelta* que aparece en *Poemas (1935-1975)*. No conozco esas editoriales pero me basta con que ustedes den su aprobación. Y ya que hablo de editoriales: ¿quién es el Barón de Hakeldama —me ha enviado sus libros— y qué es Swan, Avantos y Hakeldama? ¿Una editorial que hace sus libros en un monasterio de libertinos? Casi al mismo tiempo que los suntuosos volúmenes de Swan/Avantos, recibí el libro también suntuoso pero fúnebre de Julián Ríos: negro como la capa de Don Juan o como la negra del Caballero Marino. Me dio un poco de miedo —¡seiscientas páginas de *calembours* y gimnasia sueca verbal!— pero apenas tenga un tiempo libre lo atacaré... con denuedo.

Y aquí corto con un abrazo grande,

OCTAVIO

137

[Paseo de la Reforma 369-104,
México, 5, D.F.]
A 3 de septiembre de 1984

Estimado Pere:

Con inmenso retraso contesto a tus últimas cartas.

Sentimos muchísimo que ni tú ni María Rosa pudieran estar en la celebración pero, naturalmente, no sólo comprendo sino apruebo tu abstención. Nada hay más cansado que esta clase de festejos. Todo pasó con felicidad. Hubo algunas fallas burocráticas pero también amistad y afecto reales. Estoy conmovido, muy conmovido.

Todavía está con nosotros Rosa Chacel. Parece que de aquí irá a Brasil a visitar a su hijo. Tiene 86 años y su energía es admirable y hasta aterradora. Accedió a cambiar un poco el comienzo de su «Himno».[66] Se lo

---

66. «Himno octaviano», poema de Rosa Chacel en homenaje a Octavio. Una fortuita pero no deseable coincidencia hizo comprender a Rosa que debía cambiar un poco ciertos versos. *(N. del E.)*

agradecí mucho. El poema me recordó, en efecto, a Menéndez Pelayo. ¿Sabes que sus traducciones de Horacio me encantan?

No he contestado a la editorial Perspectiva porque espero respuesta de mi editor brasileño. En caso de que ellos no se interesen en *Tiempo nublado*, se lo daré a Perspectiva.

Te envío con estas líneas un artículo de Enrique Krauze sobre *Tiempo nublado*. Me parece que vale la pena reproducirlo en España. No sé si a los de *El País* les interese: ya publicaron un comentario y, además, el artículo de Krauze es largo. Tal vez Luis María Anson, que siempre ha mostrado buena disposición hacia mí, podría publicarlo, a pesar de su extensión... Pero tú decidirás.

Un abrazo doble y grande para ti y María Rosa de Marie Jo y de su amigo que los quiere,

OCTAVIO

P.D. Acabo de recibir tus líneas con tu precioso artículo, el muy valiente de Goytisolo, el de Rivas (¿quién es?[67] lo que dice me interesa) y la entrevista (inteligente) de Mueller. ¡Qué generosos son todos ustedes! ¡Gracias!

138

[Steigenberger
Hotel Frankfurter Hof
Am Kaiserplatz
D-6000 Frankfurt 1]
A 8 de octubre de 1984

Querido Pere:

Estamos aquí desde el jueves pasado. Ayer fue la entrega del premio. Una ceremonia simple e impresionante, en la catedral de San Pablo, don-

---

67. El escritor gallego Manuel Rivas. *(N. del E.)*

de en 1848, el año de la gran esperanza y de la gran derrota, nació la democracia alemana. La *laudatio* fue pronunciada por el presidente de la República Federal, el doctor Richard von Weizsäcker, un hombre eminente por su saber y su inteligencia, atrayente por sus maneras simples y aristocráticas. (Lo popular y lo aristocrático confluyen, como lo vio Machado, en los mejores.) Su discurso es una pieza notable, más de educador que de político. Quizá la política mejor no sea sino pedagogía. Weizsäcker te citó y más tarde, en el almuerzo que siguió a la ceremonia, me contó que tu ensayo lo había guiado al escribir su texto. Es la mejor introducción, me dijo, no sólo a su poesía sino del espíritu que anima sus escritos. Asentí con alegría. Me preguntó entonces, ¿quién es Gimferrer? Su pregunta nos dio ocasión, a Marie José y a mí, para hablar largo rato de ti. Te envío, por correo aparte, el texto de su discurso y el mío.

Una pequeña queja *muy confidencial*: los de Seix Barral (Planeta) no se dieron por enterados ni del Premio ni de mi presencia en Francfort. No me buscaron, no asistieron a la ceremonia de ayer ni a la conferencia de prensa de antier. Yo visité su *stand* y encontré que sólo dos de mis libros estaban expuestos, en un rincón. Lo contrario de lo que hicieron mis otros editores[68] (Suhrkamp, Gallimard, los holandeses, etc.). Incomprensible actitud...

Pasado mañana emprendemos el vuelo hacia el Oriente: Bombay, Hong Kong, Tokio, Bangkok, Delhi. De todos esos sitios, por anticipado, les envían saludos cariñosos a Pere y María Rosa sus amigos Marie José y

OCTAVIO

---

68. En mi respuesta le aclaré a Octavio lo sucedido. Unseld, editor de Suhrkamp, me hizo mandar una serie de invitaciones *personales*: por serlo, y dado que yo no viajé a Frankfurt, no pude transferirlas a Mario Lacruz, que efectivamente viajó y, falto de invitaciones, tuvo que conformarse con saludar a Octavio en el *stand*. La disposición de éste, por lo demás, se atenía al criterio, usual en las ferias del libro, de presentar sólo los títulos más recientes de cada autor del grupo Planeta, que en el caso de Octavio eran tres. Como se ve en los primeros párrafos de su carta de Delhi del 22 de noviembre de 1984, Octavio entendió perfectamente ambas cuestiones. *(N. del E.)*

Se me ocurre que tal vez podría publicarse un folleto con los dos discursos, el del presidente y el mío. Una edición de quinientos ejemplares, fuera de comercio, para amigos. La portada podría ser ilustrada con una viñeta de la Panekirsche de Francfort. ¿Crees que Seix Barral podría hacer esa edición como publicidad? Gastan más en anuncios que nadie lee y en toda clase de «promociones» —horrible palabra.

Un abrazo,

OCTAVIO

139

[Postal con la imagen de Buda de perfil;
ruinas del templo de Sukhotal,
Thailandia]
Bangkok, a 14 de noviembre de 1984

Señor Pere Gimferrer
Rambla de Cataluña, 113, Apt. 2-A
Barcelona, 8
Cataluña
SPAIN

Este viaje —Bombay, Hong Kong, Tokio, Kioto, Bangkok (mañana volamos hacia Delhi)— ha sido como leer la nueva ficción, no escrita aún, del poeta Pere Gimferrer.

Dobles saludos a María Rosa y Pere de

OCTAVIO Y MARIE JOSÉ

140

[Ashoka Hotel
50B Chanakyapuri
New Delhi 1100221 - India]
Delhi, a 22 de noviembre de 1984

Querido Pere:

Desde hace unos días estamos en Delhi. En la Embajada de México me esperaba tu carta: muchas gracias. No te preocupes por los incidentes y los accidentes del pabellón de Seix Barral en Francfort. Sin duda, exageré; no debes darle demasiada importancia a esas pequeñeces. En cambio, me ha alegrado de verdad saber que han decidido publicar en diciembre el folleto con los dos discursos. Apenas llegue a México te enviaré la lista. Por ahora, te ruego que le envíen unos 50 ejemplares al presidente de Alemania Federal y otros 100 a mí —los distribuiré en México entre amigos y enemigos.

Después de los agitados días de Francfort, nos detuvimos brevemente en Bombay. Paramos en nuestro viejo y querido Taj Mahal Hotel. Conserva su fisonomía, aunque le han añadido un ala charra como un *set* de Hollywood. Cada día me gusta más esa arquitectura de principios de siglo, a la que no hay más remedio que llamar literaria pues parece, más que construida, escrita por un lector de Proust y/o de Raymond Roussell (¿se escribe así?). A ti te fascinaría el Taj Mahal de Bombay: es el mundo de tu *Fortuny*. Volvimos a Elefanta. Esas enormes pero no desmesuradas esculturas están muy lejos de las volutas de 1900. Arte rotundo, amplio y a veces un poco pesado, como todo lo que es sublime. Un Miguel Ángel sin *pathos* y sin vuelo, bien plantado en la tierra. No una escultura que asciende sino que desciende del cielo. Serenidad. Pero la ola de la miseria ya golpea los flancos del Taj Mahal. Desde el campo aéreo se extienden barrios que son llagas inmensas, vastas como Barcelona o Madrid. La gente nace y muere, come y defeca en las calles, en pleno día. Horror excremencial.

Después volamos a Hong Kong. La bahía es muy hermosa, como te lo habrá dicho María Rosa —aunque ella ya no reconocería la ciudad: las graciosas colinas están cubiertas de rascacielos. (La prosperidad y la vitalidad de Hong Kong frente a la desdicha y los andrajos de Bombay me enfrentan a melancólicas reflexiones sobre los hombres y la historia.) Hong Kong es un Nueva York amarillo, más pequeño y más vivaz, sin Biblia y sin remordimientos. También más chato y ruidoso. El contraste con Tokio es impresionante. A Marie Jo le había encantado Hong Kong pero Tokio la cautivó. Hong Kong es un puerto en las afueras de un imperio, un hijo de la geografía y la historia, es decir, de la casualidad; Tokio es la capital de un imperio.

Japón no es «el imperio de los signos», como dijo Barthes: es el imperio de las formas. Pero las formas japonesas, a la inversa de Occidente y del Islam, no son simétricas. No las rige el idealismo de la geometría —el reino incorruptible de las ideas y las proporciones— sino la espontaneidad y la irregularidad de la naturaleza. El jardín japonés es un cosmos diminuto. Me dirás que la naturaleza del arte japonés es muy poco natural. Sí, es un naturalismo estético y sus peligros son la artificialidad y la monotonía. La forma es ceremonia y la ceremonia degenera a veces en tiranía de genuflexiones. Pero dentro de estos límites los japoneses han creado obras raras y únicas. No pienso únicamente en los palacios, templos y jardines ni en las novelas, el teatro Noh, la pintura y la poesía sino en esa multitud de objetos de uso diario que nos maravillan por sus formas simples y refinadas tanto como por su lealtad a las materias de que están hechos. La piedra es la piedra, la madera es la madera, barro el barro y seda la seda.

Algunos de los momentos que vivimos en el Japón serán difíciles de olvidar. En Kioto visitamos un pequeño santuario zen, el templo de Kompu-ji, desconocido por los turistas y aun por los conocedores. Al lado del templo, construido en una colina boscosa, hay una minúscula choza de madera, con un jardinillo hecho de un manantial de agua pura, dos o tres rocas y un pozo de musgo. En este lugar Basho pasó una temporada, según lo cuenta él mismo en uno de sus diarios. Casi un siglo después, el poeta y pintor Buson recorrió esos parajes, en busca de las huellas de Basho. Encontró la choza casi destruida y, con la ayuda de alguno de sus discípulos, la reconstruyó. En los pilares de la choza cuelgan palmas (haikú) de los dos poetas. Extremo ascetismo y elegancia no menos extrema. Ya te imaginarás mi emoción. Podría contarte otras experiencias. Por ejemplo, una jornada de Noh. Marie Jo quedó subyugada. Es comprensible y, al mismo tiempo, asombroso: el Noh, según los entendidos, es un arte de iniciados. Algo en ella es afín a este arte recóndito y tejido de símbolos y alusiones. Pero no sigo: temo aburrirte.

No creas que nos consagramos únicamente al Japón tradicional. Vimos a muchos poetas y escritores notables. En Japón hay una literatura *viva* y *moderna*. Se habla mucho de las literaturas de América Latina y de las de la Europa del Este. Me parece injusto que se hable tan poco de la literatura japonesa contemporánea. Por mi parte, he decidido dedicarle un número de *Vuelta*. También vimos a Donald Keene —un amigo de hace muchos años y al que le debo, en parte, lo que sé de literatura japonesa. Otra experiencia notable: una velada en casa del iniciador de la danza japonesa (Butto: ¿lo conoces o has oído hablar de este tipo de baile?). Una discípula suya bailó para nosotros y un grupo de poetas y novelistas japoneses; espectáculo sobrecogedor: es como si las figuras de Goya o Bacon —pero transfiguradas por un Japón de fantasmas y poseídos, el Japón del Noh y del Kabuki— de pronto se lanzasen a danzar —a reptar.

Sobre el otro Japón —el superpoder industrial y tecnológico— no puedo sino repetirte lo que sin duda ya sabes: ha aparecido en este fin de siglo una nueva constelación histórica, formada por pueblos herederos de la cultura confuciana: Japón, Corea del Sur, Taiwan, Hong Kong, Singapur. Mañana, quizá, surgirá otro astro, un sol: China. Sin embargo, para modernizarse enteramente los chinos tendrán que hacer lo que han hecho los otros: democratizar su régimen. Si lo logran, cambiará la historia mundial.

De Tokio volamos a Bangkok. El Sudeste asiático ha sido el lugar de encuentro de las dos grandes civilizaciones de este continente, la india y la china. La fusión ha dado culturas como la Kmer (Cambodia) y una serie de obras inspiradas por el budismo, de Birmania a Indonesia. En cambio, en Bangkok la influencia de Occidente no ha sido del todo feliz. La ciudad moderna es fea y ahoga a la arquitectura tradicional (palacios y templos del siglo XVIII y principios del XIX). Es una arquitectura vistosa, decorativa, de un mal gusto que habría encantado a un Lorca o a un Valle-Inclán, pero que tiene gracia y brillo (o, más bien: brillos). Los palacios y templos de Bangkok me hacen pensar en una cuadrilla de toreros vestidos con ternos lujosos de lentejuelas que parten plaza no en un circo sino en una explanada rectangular y bajo la mirada benévola de los enormes Budas. Además de los templos, Bangkok tiene tres cosas: la vegetación (árboles, flores, frutos y sus moradores: pájaros, mariposas, insectos), el río y la sonrisa de la gente. Olvido una cuarta: el Hotel Oriental. Conrad vivió en él y se conserva aún el viejo edificio.

Estamos en Delhi desde hace seis días. No sé qué decirte ni cómo decírtelo: demasiadas emociones, recuerdos, encuentros. Hemos visto a nuestros antiguos amigos —al pintor Swaminathan, «místico en estado salvaje», como decía Claudel de Rimbaud, a Krishen Khana, otro pintor, al crítico Sham Lal y a algunos amigos que conocí durante mi primera visita, en 1951, como Narajanan Menon, el musicólogo. Lo más emocionante fue la visita de los empleados y criados que trabajaron con nosotros hace quince años. Se presentaron con guirnaldas de flores para Marie José. La ciudad, al contrario de Bombay, se ha embellecido (aunque en Old Delhi y en las afueras la miseria recomienza). Babur, el conquistador del Indostán, a principios del siglo XVI, escribe en sus memorias que los pobres son incontables como las hojas del baniano. No ha cambiado: la miseria sigue siendo populosa. Pero en Delhi es todavía humana. La ciudad es hermosa: jardines, avenidas, monumentos grandiosos, unos dejados por los ingleses y otros, los más notables, por las sucesivas dinastías musulmanas que han reinado aquí, desde el siglo XII hasta el XIX. La arquitectura de Delhi es esencialmente islámica: geometría de piedra y mármol bajo un cielo inmaculado. Ayer estuvimos en uno de esos mausoleos del período moghul (la tumba de Safdarjang, ejemplo tardío pero espléndido). No había turistas y pudimos recorrer con tranquilidad esas vastas simetrías. Juegos de ecos y reflejos: el cuadrado y el rectángulo, el arco y la esfera, las perspectivas de las cuatro calzadas y sus pórticos, la sucesión de terrazas en el centro, con sus cámaras y galerías; en el centro del centro la tumba del prócer, pequeña entre tanta grandeza. Arriba, la cúpula. Mármol y piedra rasa. Irrealidad de lo más real: los bloques pétreos. La geometría transfigura al espacio, lo vuelve *idea* y así lo disipa. El dios sin rostro del Islam se manifiesta en una geometría insubstancial, aunque está hecha de piedra dura. Lo único irregular es lo que se mueve y cambia, lo que está vivo y sujeto al tiempo: los árboles, los pájaros —cuervos, milanos, buitres, tórtolas, pericos verdes como la primavera— y nosotros mismos, el rumor de nuestros pasos y de nuestras voces, la sombra de nuestros cuerpos sobre la terraza... Nada más contrario al arte de China y Japón que la geometría del Islam. Pero también el arte hindú se opone al de Extremo Oriente. Mientras el artista hindú tiene horror al vacío, el arte de chinos y japoneses es una poética del espacio vacío, de la pausa y del silencio.

No te hablaré de la situación de la India después del asesinato de Indira Gandhi y de los sangrientos disturbios. Todo el mundo siente angustia por lo que puede pasar y muchos se preguntan si es posible encontrar una salida pacífica y democrática. Contestar a esta pregunta —e incluso *formularla* con un poco de rigor— me llevaría muchas páginas y muchas horas de reflexión. Lo único que te diré es que los disturbios y las divisiones así como la situación económica y social indican que estamos ante el fin de un período. Lo que está en crisis es la doble y contradictoria herencia de Gandhi y de Nehru. Gandhi o la santidad: el imposible camino de regreso a una India anterior al Estado y a la historia, una India de ascetas y agricultores; Nehru o la reforma: el no menos imposible camino hacia la modernidad a través de un socialismo más o menos fabiano. La realidad actual muestra que Nehru equivocó no la meta (la modernización) sino el método. Los indios de la nueva generación tendrán que encontrar (o inventar) nuevas soluciones, como lo han hecho los chinos y como *no* lo han hecho los latinoamericanos. Si no lo logran, no sólo India puede escindirse de nuevo en varios fragmentos sino que sus vecinos —Rusia sobre todo— pueden aprovecharse. La presencia de los rusos en la India actual es muy visible —y ya están en Afganistán.

No te hablo del pequeño escándalo que provocó en México mi discurso de Francfort. Cuando me enteré, en Japón, me dio risa y tristeza. La reacción no sólo fue desmesurada sino malévola —el fanatismo ideológico mezclado al resentimiento. Pero, además, fue una reacción tonta —y eso fue lo que me entristeció... Esta carta se ha vuelto interminable. Ha sido un diálogo contigo y conmigo mismo.

Aquí corto, con un doble abrazo para ti y María Rosa de Marie Jo y de

OCTAVIO

141

Querido Pere:

Te escribo desde el jardín de un hotel de Cuernavaca, en donde pasamos el fin de semana. El sol sobre el césped recién pintado, los árboles enormes de follaje intacto (aquí sí es «eterna» la primavera) y en las tapias las llamaradas de las buganvillas, frescas a pesar de la vehemencia de sus colores, me han reconciliado con México. Llegamos hace 10 días apenas. Encontramos una ciudad nublada y fría. Al descender el avión —sin duda te lo han contado— el viajero descubre una inmensa nube parda que cubre todo el valle: es el polumo (polvo+humo) que asfixia y daña los ojos. Me parece que la nube ha crecido durante los últimos meses y que hoy es más densa. No sé si mis compatriotas se hayan dado cuenta del aumento de la contaminación del aire o si, como es ya costumbre, prefieren cerrar los ojos y resignarse. El «fatalismo» de los mexicanos no es un lugar común. Además, el frío. No es excesivo pero, como no hay calefacción, tiritas todo el tiempo. En casa debes abrigarte como si vivieses a la intemperie. Es penoso trabajar pues es imposible estar sentado más de media hora sin congelarse. El remedio es un calentador eléctrico —no muy eficaz y carísimo.

Creo que te conté que cuando estábamos en Japón (más exactamente: en Kioto) nos llegaron noticias del escándalo que había provocado mi discurso de Francfort. Ahora, por los relatos de los amigos y por la lectura de los periódicos y revistas, hemos podido darnos cuenta de las proporciones de la campaña. Porque fue una verdadera campaña, destinada a callarme y atemorizar a los otros escritores independientes. Duró más de un mes y hubo cientos de artículos y notas en las que se me llamó de todos los nombres, incluso los de traidor a México y fascista. Hubo uno que me anunció, feliz, que puesto que había cumplido setenta años y me quedaban pocos de vida, *pronto* me uniría con Ezra Pound en los infiernos. El asunto llegó a la Cámara de Diputados, en donde varios «padres de la patria» me vapulearon como traidor, vendido al imperialismo y a Televisa. En fin, en una manifestación de protesta ante la «inminente invasión de Nicaragua» (sic), quemaron mi efigie como cómplice de Reagan. Mis defensores se cuentan con los dedos pero entre ellos está lo mejor de México. José Luis Martínez, que es diputado, se atrevió a defenderme en la Cámara y un escritor que no comparte mis ideas, García Cantú, tuvo el valor de criticar a sus compañeros. También, claro está, varios escritores amigos: Gabriel Zaid, Salvador Elizondo, José de la Colina, Enrique Krauze, Marco Antonio Montes de Oca, Ramón Xirau y otros más. Pero muchos, atemorizados, no chistaron.

Mi primera reacción fue la risa incrédula: ¿cómo era posible que un discurso más bien moderado hubiera desencadenado tanta violencia? Enseguida, cierta satisfacción melancólica: si me atacan así es porque les duele. Pero, te lo confieso, a mí también me ha dolido. Me sentí (y todavía me siento, sólo que ya no me afecta) víctima de una injusticia y de un equívoco. En primer lugar, como piensan Zaid y otros amigos (también Marie José, que es una mente perspicaz), fue una acción concebida y dirigida por un grupo con el fin de intimidarme e intimidar a todos los que piensan como yo y se atreven a decirlo. Este chantaje político encontró un dócil instrumento en el fanatismo ideológico de muchos intelectuales y contó con la complicidad de algunos politicastros y de no pocos periodistas y escritorzuelos. Por último, el combustible nacional: la envidia, el resentimiento. Es la pasión que gobierna en nuestra época a la clase intelectual, sobre todo en nuestros países. En México es una dolencia crónica y sus efectos han sido terribles. A ella le atribuyo, en gran parte, la esterilidad de nuestros literatos. Es una cólera sorda y callada que a veces asoma en ciertas miradas —una luz furtiva, amarillenta, metálica. En ciertos momentos y ante algunas personas alcanza un encono difícilmente creíble. Pienso en los ataques a Alfonso Reyes, a los poetas de *Contemporáneos*, a Rufino Tamayo. En mi caso la pasión ha alcanzado una virulencia pocas veces vista por la unión del resentimiento con el fanatismo ideológico. Al finalizar el homenaje del año pasado, Savater me dijo: Debes de estar muy contento. Le respondí: Sí, pero tengo un poco de miedo, conozco al género humano y conozco a mis colegas mexicanos: mañana me arrastrarán por las calles. Así ocurrió. Esto me tranquiliza: ya pagué mi deuda y ahora buscarán nuevos objetos de aborrecimiento.

He tenido una inmensa compensación: mucha, muchísima gente me ha mostrado su amistad. En Tokio, a los tres días de la quema simbólica, recibimos varios ramos de flores de algunos mexicanos. También he recibido no sé cuántas cartas y telegramas de felicitación; en la calle la gente me detiene con frecuencia para estrechar mi mano y declararme su solidaridad. Me conmueve descubrir todos los días amigos desconocidos. Todo esto ha sido un desagravio e incluso un premio. El verdadero premio, el único que cuenta: el de los lectores. Frente a la realidad inmensa de México, la física y la humana (los paisajes, las ciudades, la gente, las maravillas y los horrores), ¿qué vale la minoría vociferante? Es un mal, una *dolencia* con la que hay que convivir. La única manera de curarlos y desarmarlos es dialogar con ellos. ¿Es posible? Lo ha sido en Europa y en otras partes, ¿por qué no ha de serlo en México? Tal vez mi misión —o más bien dicho: mi *función*— en la historia de la cultura moderna de México ha consistido en preparar ese diálogo. No me tocará participar en él pero lo habré hecho posible. Con esto te quiero decir que siento que se ha cerrado un período de mi actividad: desde ahora mi tema no será ya ideológico —dije lo que tenía que decir— sino poético: mi propia vida (y mi propia muerte), Marie José, mis amigos, mis sueños y pesadillas, mis muertos y mis fantasmas, el lugar donde vivo, mi tiempo —el tiempo, los tiempos... Debo terminar el libro de poemas —no más de cien páginas en total— y otras pocas cosas más. Estoy en una pausa y tengo miedo: hay que volver a empezar. ¿Podré?

Recibí, con tu carta del 21 de noviembre, el discurso de Von Weizsäcker (¡qué hombre inteligente y generoso!). No me siento con ganas (ni con fuerzas) para corregir el estilo de la traducción. Creo que hay que dejar el texto como está. Paso a las citas. La de la página 1, línea 21: en mi telegrama corregí dos palabras. El resto hay que dejarlo como está. Me parece que él unió dos frases de dos párrafos distintos —pero con sentido semejante— en una sola. No está mal. También corregí en mi telegrama la cita de la página 5, líneas 8, 9 y 10. De nuevo: unió dos frases para hacer una sola. En la misma página 5, líneas 16 a 21, la cita es exacta. En la página 6, línea 5, en donde dice «el guerrillero», debe decir «el comisario». Las otras dos citas de esta página están bien y lo mismo sucede con las de las páginas 7, 9 (el fragmento de un poema no recogido aún en libro) y 10. ¿Cuándo crees que podré recibir ejemplares del folleto?

Sentimos muchísimo, Marie José y yo, no haberlos visto en París. Estuvimos allá hasta el 25 inclusive y hubiéramos podido verlos. ¡Qué pena! Los días de París fueron espléndidos: la ciudad, el teatro (vimos *La ilusión*, de Corneille: una pieza admirable, muy española en el fondo —y en la superficie—, en una puesta en escena también admirable), las exposiciones (Watteau, El Aduanero, Kandinsky, el arte chino Chou —fue lo que más le gustó a Marie José y con razón), los amigos. Sobre todo los amigos. En París todavía está vivo el arte de la conversación. Qué placer inteligente conversar con Cioran y Bonnefoy, con Kundera y Claude Roy, con Castoriadis y Roger Munier. Conocimos a dos jóvenes de talento: Jacques Réda y Pascal Quignard. ¿Los has leído? Un gran ausente: Michaux. Pero ¿estuvo realmente *presente* alguna vez? Lo quise y admiré mucho pero siempre su presencia me pareció una *aparición*. También visitamos a Elisa Breton —melancólica y poética. Hace objetos con una poesía secreta e insólita... Y no olvido a Lévi-Strauss, el taciturno. Me impresionó, como siempre. Quizá es la cabeza más original de su generación, no sólo en Francia sino en la Europa entera. ¿No lo crees tú también?

Tengo un gran deseo de ver *Pasión crítica*. Me intriga ese Turner «casi abstracto» que has escogido como portada. Estará muy bien, sin duda. Ojalá que hayan corregido con cuidado las pruebas. A mi regreso me encontré con una montaña de cartas. ¿Por dónde empezar? Pienso contestar sólo lo más urgente —espero tener pronto una secretaria, quizá la misma— y volver a los poemas. No, no tengas cuidado: *Todavía* nunca me gustó enteramente. ¿Y tú? ¿Escribes otro texto en prosa? ¡Cómo me gustaría conversar contigo! Aquí me siento solo y lo mismo le pasa, creo, a Marie José. ¿Cómo está María Rosa? ¿Volvió a la música?

Un gran abrazo,

OCTAVIO

142

[Paseo de la Reforma 369-104,
México, 5, D.F.]
A 1 de marzo de 1985

Querido Pere:

Contesto brevemente a tu carta del 13 de este mes. Si no recuerdo mal, habíamos decidido esperar hasta la aparición del nuevo libro de poemas para, inmediatamente después, publicar *La centena y pico*. Tengo ya hecha la selección y en ella incluyo una decena de poemas del libro próximo. Pero creo que hay que esperar todavía. Espero enviarte los originales del nuevo libro antes de que termine el año. En realidad, el libro está *casi* terminado. Ese *casi* es lo que me desazona...

Dentro de poço, apenas me aligere un poco de los quehaceres, te escribo largo. He escrito varios poemas y me gustaría que los conocieras.

Un abrazo grande para ti y María Rosa de Marie José y de tu amigo,

OCTAVIO

143

[Paseo de la Reforma 369-104,
México, 5, D.F.]
A 15 de abril de 1985

Querido Pere:

Al cumplir años respiramos con un poco de alivio (¡otro más!) y un mucho de incertidumbre (¿cuántos más?). Pero tu telegrama me conmovió: ¡diecisiete años de amistad y correspondencia! Recordé tus primeras cartas y cómo las contestaba yo desde Delhi, en un cuarto con unos estantes y una mesa de madera rojiza, una cama baja y, tras las vidrieras de la puerta, las hojas del jardín y el rumor del agua y de los pájaros. Y el calor, el calor... O más tarde, recién casado en Ithaca, cuando recibí tu primer libro, *Arde el mar,* con una línea mía como epígrafe y le conté a Marie José que eras un poeta joven de España al que no conocía sino por sus cartas y sus poemas. Aquel invierno fue rudo y todas las cascadas y corrientes de agua de Ithaca se helaron. Mientras tanto, en las páginas de tu libro el mar ardía. Qué extraño es todo.

Hace unos días el embajador de España me envió un recorte de prensa con una entrevista que te hacen a propósito de tu candidatura a la Academia. Me divirtieron mucho las preguntas y comentarios de la periodista —una falsa ingenua—[69] y aún más tus respuestas serias como las de un Buster Keaton de la literatura. Te acabo de hacer un elogio inmenso: para mí el cómico sublime del cine, su gran poeta, no ha sido Chaplin sino Buster Keaton. Lo mismo pensaba Roman Jakobson. A mí me hace pensar en los maestros Zen o en Chuang Tsu.

Te felicito por tu inminente elección a la Academia. Es curioso: cuando yo era muchacho era casi un deshonor, para un poeta, ser académico. Recuerdo que el olvidado poeta modernista Rafael López conquistó el aplauso de los «estridentistas» (algo así como los ultraístas de México pe-

---

69.   Lola Díaz, entrevistándome para el semanario *Cambio 16. (N. del E.)*

ro más ruidosos y tontos) por haber rechazado su candidatura a la Academia. Todo cambia: hoy ese gesto resultaría arcaico y ridículo.

¿Cómo va *Salón rosa*?[70] ¿No podríamos publicar algún anticipo en *Vuelta*? Y el segundo volumen de *Dietario* en español, ¿ya salió? Por mi parte, he escrito algunas cosas desde mi regreso: unos pocos textos en prosa y, sobre todo, cuatro poemas, uno de ellos más bien largo y dedicado al pintor Matta. Un viejo amigo y un ser deslumbrante, aunque me separan de él no sólo ciertas actitudes políticas suyas sino incluso ciertos tics surrealistas. La vanguardia fue un *kindergarten* para adultos, ¿no crees? En fin, tu profecía resultó cierta: mi viaje al Asia ha sido una suerte de resurrección. Quizá sí podré mandarte el libro de poemas a fin de año. Por desgracia (también por fortuna) se ha presentado otra interrupción. Debo emprender un viaje, la semana que entra, hacia Buenos Aires. Nos invitó *La Nación*, a Vargas Llosa y a mí. Marie José y yo después iremos a Montevideo y, si todo va bien, al Brasil. Tengo una gran curiosidad por conocer las ciudades barrocas del Noreste. Estaremos de vuelta hacia el 20 de mayo. Este viaje me emociona: desde mi adolescencia quise conocer el Río de la Plata. Fui un gran lector de Lugones y de Herrera y Reissig; después, del grupo de *Sur*, especialmente de Borges, cuando nadie lo conocía y era un escritor minoritario. En esos años (1938) Pepe Bianco me invitó a colaborar en *Sur*. Recuerdo que Neruda, un poco después, hacia 1941 o 1942, me aconsejó que consiguiese un puesto en el Servicio Exterior de México. «No», me dijo, «en el cuerpo diplomático sino en el consular: se trabaja menos y es menos comprometedor». También Alfonso Reyes me animó y me sugirió, puesto que estábamos en guerra, Buenos Aires. Reyes adoraba, ésa es la palabra, esa ciudad. Por consejos suyos me atreví a pedirle a Torres Bodet, que en aquella época era subsecretario de Relaciones, que me enviase a Buenos Aires con un pequeño puesto de canciller de tercera, el más bajo del escalafón. Pero él me lo negó. Me dolió mucho por una temporada. Lue-

70. Grupo de breves poemas en prosa que acabó integrado en mi libro *El vendaval*. (N. del E.)

go, lo olvidé. Y ahora, medio siglo después, viajo al fin a Buenos Aires. No triste ni contento: con una sonrisa escéptica.

Sí, Francisco Rico me invitó para que asistiese a un curso en la Universidad de Santander. No me fue posible aceptar pero tal vez el año próximo sí podré concurrir a ese Seminario. Rico me parece un hombre inteligente y de gran cultura. Su libro sobre el microcosmos —mejor dicho sobre la historia de la idea del microcosmos en Occidente— es notable. Un poco árido. La culpa es de esa prosa universitaria. Pero el libro contiene noticias y observaciones agudas.

También recibí, entre otros libros, el de Goytisolo.[71] Un libro honrado, agudo, bien escrito. Me pidió un artículo. No podré hacerlo por ahora y es una lástima: el libro vale la pena. Quiero escribir unos pocos poemas más y dos o tres ensayos pendientes: el *Itinerario poético* dedicado a ti (sólo salió la primera parte), otro ensayo sobre el poema largo (escrito casi totalmente), uno más acerca de la melancolía (también muy avanzado) y, en fin, si tengo aliento y espacio aquellas páginas sobre el amor que desde hace muchos años preparo... Y aquí te digo que ¡hasta luego!, con un doble abrazo para María Rosa y para ti de Marie José y de su amigo que les quiere,

OCTAVIO

144

[Paseo de la Reforma 369-104,
México, 5, D.F.]
A 29 de mayo de 1985

Querido Pere:

A mi regreso de Río de Janeiro (última etapa de nuestra peregrinación) me encuentro con tus cartas del 11 de abril y el 9 de mayo. Las con-

---

71. *Coto vedado. (N. del E.)*

testo brevemente, con la esperanza de contarte más adelante, en una verdadera carta, las impresiones de mi viaje sudamericano. Por ahora sólo te diré que la visita a Buenos Aires y Montevideo (el Brasil es otro cantar) fue también un viaje al pasado, al de la historia de nuestra América (esas dos ciudades se detuvieron en la década de los treinta) y a mi propia biografía. Encontrarme con Bianco, Bioy, Silvina, Girri, Molina, Olga Orozco y otros —para no hablar del fantasma de Julio Cortázar y de otros espectros— fue encontrarme con el que fui hace treinta años. Perplejidad y melancolía...

Por correo aparte te enviaré una lista de 150 personas, más o menos, a las que ustedes podrían enviar el folleto de Inter-Nations. El resto (100) pueden enviármelos a mí. ¡Gracias!

Me gustaría mucho publicar en *Vuelta* tu discurso de ingreso en la Academia. Ojalá que pudieses darme la exclusividad, no para España e Hispanoamérica sino únicamente para México. En otras ocasiones hemos publicado los discursos de ingreso de Lévi-Strauss, Dumézil y, en el caso de México, el de Zaid al Colegio Nacional.

El Círculo de Lectores (Ana María Deluca) me pide nuevamente que firme un contrato para editar una antología de mis poemas hecha por Juan Luis Panero y que circularía en circuito cerrado. Ana María Deluca me dice que no hay inconveniente por parte de Seix Barral y que así se lo has dicho a ellos. Para mayor claridad te envío una copia xerox de su carta. Por mi parte, si ustedes lo autorizan, tampoco hay impedimento. He leído la selección de Panero: no es la que yo hubiera hecho pero no es descabellada y, además, ¿por qué ha de prevalecer mi gusto? Me inquieta, sí, que ese libro pudiese perjudicar u obscurecer al que publicaré con ustedes apenas te envíe mi nuevo libro de poemas. A mi juicio no hay peligro: la antología de Panero circulará solamente entre los miembros del Club. De todos modos, necesito conocer tu opinión: si Seix Barral no se opone y tú no crees que le haga sombra a *La centena*, yo me inclino a concluir el contrato. Para ahorrar tiempo te ruego que me comuniques tu decisión por cable. ¡Gracias de nuevo!

En cuanto a *La centena y pico*. Ya hice la selección: 160 poemas. Así pues, el título no es utilizable. Quizá sea mejor: es ligeramente cómico. Suprimí todos los textos en prosa porque se me ocurrió publicar simultáneamente dos libros: los 160 poemas y, en un volumen, *¿Águila o sol?*, *La hija de Rappaccini* y *El Mono Gramático*. ¿Qué te parece? En cuanto al nuevo libro de poemas: espero enviártelo dentro de unos tres o cuatro meses. Está (casi) terminado. Sufro con el título...

Un abrazo,

OCTAVIO

145

[Paseo de la Reforma 369-104,
México, 5, D.F.]
A 10 de julio de 1985

Querido Pere:

En Oslo, durante los largos crepúsculos de verano —a las once de la noche todavía hay luz y los pájaros de los parques vuelan de rama en rama no menos extraviados que los humanos que se pasean por las calles— pensé más de una vez en el *Persiles* y en aquel verso de Góngora: «los raudos torbellinos de Noruega». Pero no vi halcones sino muchas gaviotas pacíficas girando sobre el fiordo azul de Oslo. Los noruegos no son bárbaros vestidos de pieles ni habitan ya en cuevas sino en casitas que hacen pensar en las de los cuentos. Hay muchos ojos azules inocentes o bobos, aunque allá en el fondo aparecen de pronto remolinos sombríos. Comprendí a Munch y a sus obsesiones... Al regreso, vimos desde el avión los fiordos profundos, cuchilladas color turquesa. En la costa del oeste, la geografía delirante de Islandia y después de volar sobre Groenlandia, cubierta de nubes, la inmensa y blanca desolación del Labrador. Si Dante hubiese conocido esta región, otra habría sido la geografía de su infierno. Villaurrutia lo dijo en una línea: el infierno frío. Pero tal vez no es un infierno sino un cielo —el cielo frío, inhumano, de los ángeles. Marie José, aterrada y fascinada, no podía apartar los ojos de esa extensión hecha de hielo, nieve, estrías azules (ríos) y rocas negras. Pensé con admiración en los exploradores y viajeros del pasado. También en los esquimales. Y sentí orgullo de ser hombre. Una sensación poco frecuente en estos días: en general, siento vergüenza de mi humanidad, sobre todo en las mañanas, al leer los periódicos con su diaria ración de horrores sangrientos y estúpidos. ¿Por qué te cuento todo esto? Tú lo sabes mejor que yo y me lo dijiste en una carta: apenas si tenemos interlocutores en nuestros países.

No sabía que Seix Barral estaba a punto de reeditar *El Mono Gramático*. Si es así, olvida el proyecto de edición con *¿Águila o sol?* y *La hija de Rappaccini*. En cuanto a Skira: en realidad lo único que puede alegar —y aun eso es debatible— es la propiedad de las ilustraciones.

Ojalá que puedas enviarme tu discurso pronto. Si nos llega antes del 30 de septiembre, lo podríamos publicar en noviembre (número de aniversario: cumplimos nueve años). Si lo recibimos antes del 31 de octubre, saldría en diciembre. ¿Quién te recibirá? ¿Valdría la pena publicar también ese texto?

Me sorprende un poco lo que me dices acerca de mis colaboraciones en *El País*. Conozco las rivalidades entre los tres periódicos pero yo siempre me he sentido colaborador de *El País*. A ellos les envío siempre mis artículos aunque desde hace tiempo me tratan con más frialdad que los del *ABC* y *Diario 16*. Es verdad que *ABC* y *Diario 16* han publicado algunos textos míos en sus suplementos literarios; me los pidieron y yo se los di tanto porque *El País* no me los pidió como porque yo pensé que no podrían interesarles, dada su índole (algunos, incluso, han sido poemas). Ahora he enviado una serie (ocho o nueve artículos) a *El País*: «Inventar la democracia en México y América Central.» Supongo que los publicarán pronto, aunque algunas de las opiniones que en ellos expreso no sean las del diario ni las de muchos de sus colaboradores. Se trata de un diálogo con Gilles Bataillon, el nieto del hispanista. Creo que esta nueva colaboración disipará cualquier *malentendu*. Es una muestra más de que deseo continuar en *El País* y de que mis apariciones en *ABC* y

Diario 16, a pesar de la amistosa insistencia de Anson y de Ullán, son episódicas y circunstanciales: notas y notículas de *Vuelta*. En cuanto a la reserva que adivino en ciertos dirigentes de *El País* frente a mi persona: no es un recelo imaginario pues han sentido la misma frialdad (en algún caso hostilidad) algunos amigos como Vargas Llosa y Cabrera Infante. En fin, todo esto, además de fastidioso, es lamentable. Comprendo el horror de Baudelaire ante el periodismo. Yo mismo, hace muchos años, escribí en un poema en prosa: «pace hasta reventar: hay inmensos predios de periódicos... desplómate cada noche sobre la mesa del café con la lengua hinchada de política». Volvería a escribirlo.

No sé si te conté que mientras estuve en Buenos Aires vi muchas veces a Borges. Hablar con él —o más bien: oírlo— es pasearse por los corredores de su memoria. Sus recuerdos son casi siempre librescos, incluso cuando habla de gente que trató, como Lugones, o de la que fue amigo, como Reyes. Pero esa literatura se vuelve vida en su conversación. Letras vividas. Oír el relato de una de sus lecturas es como oír el relato de una aventura o una expedición. Marie José le dijo a María Kodama, la amiga y guía de Borges, que nosotros nos hospedábamos siempre en un hotelito de Nueva York. Pues bien, hace unos días, de regreso de Oslo, estábamos en un saloncito del hotel con un amigo cuando se presentaron María y Borges. Naturalmente inscribimos nuestro encuentro en el espacio mágico de las afinidades y las correspondencias —Blake y Swedenborg. En el curso de la conversación Borges recitó, como es su costumbre cuando habla con mexicanos, unos versos de López Velarde: «Suave patria, vendedora de chía, / He de raptarte en la cuaresma opaca...» De pronto, me preguntó si la chía era una bebida popular. Asentí pero cometí la estupidez de decirle que no era un refresco únicamente mexicano. Mi respuesta lo sorprendió. Mi confusión se debe a que antes, en México, se vendían los refrescos de chía y de horchata en los mismos lugares, en enormes vasijas de vidrio. Como la horchata es valenciana, pensé que la chía también se bebía en España. En el avión de regreso a México, al recordar mi conversación con Borges, descubrí mi error y temblé: ¿qué cosas se le ocurrirán?... ¿Cómo lo encontraste? Yo lo veo más joven y alegre. Ha conquistado a la muerte, se ha reconciliado con ella —y tal vez está enamorado. ¿No es maravilloso?

Un abrazo doble,

OCTAVIO

146

[Paseo de la Reforma 369-104,
México, 5, D.F.]
A 30 de julio de 1985

Querido Pere:

Por lo visto, ustedes también viajan mucho: París, Granada, La Coruña (qué pena no conocer Galicia: ya sabes que tengo la inocente vanidad de creerme celta —y más, por ser poeta: druida). Y ahora Roma y Santander. Ojalá que esta carta te alcance.

Espero tu discurso. Lo publicaremos entre salvas y vítores cuando tú lo dispongas pero debes enviarnos una copia con un mes y medio de anticipación, ya que entregamos los originales a la imprenta un mes antes de que salga la revista. Sí, tienes razón: sería conveniente publicar también el discurso de Francisco Ayala. Le escribiremos. Ojalá que acepte... Para el número de aniversario de *Vuelta*, en noviembre, ¿no podrías enviarnos algo? Cumplimos nueve años, ¿no es increíble?

Espero la carta de Javier Pradera. La idea de que tú hagas para Alianza Editorial una antología de mis cosas me conmueve.[72] ¡Gracias! Hoy justamente me entregaron varios ejemplares de *Prueba del nueve*, la pequeña antología que hice para Círculo de Lectores y que va precedida por tu magnífico ensayo. La edición es feúcha y pobretona; en algunos de los poemas extensos no respetaron las separaciones entre las estrofas y la impresión no es muy clara pero, por lo menos, no hay demasiadas erra-

---

72. No llegó a materializarse el proyecto. *(N. del E.)*

289

tas y, sobre todo, ¡qué inteligente y penetrante es tu ensayo! No sólo es lo mejor que se ha escrito sobre mi poesía sino que, por sí mismo, es una reflexión vasta y profunda sobre «la poética del instante». Poética y metafísica. El instante: la otra cara de la eternidad, la única que nosotros, mortales, podemos ver... Gracias otra vez por esas páginas espléndidas. Lo único que lamento es que tu nombre no aparezca en la portada con el mío. ¡Esos editores!

Vuelvo a Pradera: te agradezco lo que me cuentas y me alegro. Yo también lo estimo —es inteligente— aunque ciertas actitudes suyas últimas me han dejado un poco perplejo. Pero sus actitudes quizá se explican no tanto por razones ideológicas como psicológicas. Nada nos marca más que el fantasma paternal... Pradera me pidió, hace años, una antología de Huidobro. ¿Crees que todavía le interesaría publicarla?

En tu carta mencionas a Jaime Gil de Biedma. ¿Qué hace? Si lo ves, salúdalo de mi parte y dile que me gustaría mucho publicar algo suyo en *Vuelta*. Ya sabes que es uno de los pocos escritores que de verdad estimo. Al poeta y al prosista.

El viaje a Oslo interrumpió mi trabajo poético pero estoy decidido a reanudarlo pronto. Qué difícil se ha vuelto, para mí, escribir una línea de poesía. Por una parte, mi exigencia es mayor: aspiro a una suerte de transparencia y economía en la que lo no dicho sea siempre el núcleo, el corazón secreto del poema —un misterio límpido, claro; por otra, esta época no es propicia a la creación poética. Tampoco el país en que vivo. Pero Luis Cernuda me decía ¿qué tiempo y qué país lo son?

No es accidental que haya aparecido en esta carta el nombre de Luis Cernuda: hace unos días, buscando un texto mío perdido —un ensayo sobre Proust, lo primero que escribí: tendría unos dieciocho años— encontré entre viejos papeles un legajo: Luis Cernuda / *Fantasías de provincia (1937-1940)*. Se trata de una colección de cuatro textos en prosa, escrito en máquina, precedidos por un breve prólogo de diez líneas. Probablemente me envió este manuscrito en 1944, cuando yo vivía en los Estados Unidos. No recuerdo la fecha exactamente. Esos años fueron para mí muy agitados, cambié de ciudad y domicilio varias veces (México, Berkeley, San Francisco, Middlebury, New York). Durante dos años viví en distintos hoteles. Cernuda vivía entonces en Inglaterra. Si no recuerdo mal había dejado Glasgow y vivía en Cambridge o en Londres. Tenía miedo de perder en un bombardeo la vida y la obra. Por esto me envió el original de *Como quien espera el alba* y sin duda también los textos en prosa de *Fantasías de provincia*, aunque te confieso que, por más que me esfuerzo, no recuerdo si fue entonces cuando me los confió. Debe de haber sido en esos años por las fechas del manuscrito (1937-1940) y por una mención que aparece en el extremo derecho superior de la portada, Luis Cernuda / Spanish Dept. / Glasgow University. En diciembre de 1945 me detuve en Londres unos días, de paso hacia París, y vi con frecuencia a Cernuda. En realidad, fue nuestro primer encuentro, salvo el pasajero de Valencia en el verano de 1937. Le devolví el manuscrito de *Como quien espera el alba*, que publicó en 1947. No sé por qué me quedé con *Fantasías de provincia*. Quizá convinimos en que yo guardase la copia en mi poder —él tenía otras— para tentar fortuna con algún editor mexicano. Yo sólo le había echado un vistazo al manuscrito, vi que contenía un relato que ya había sido publicado en *Horas de España* («Sombras en el salón») y creí que los otros textos eran también narraciones. En 1947 Luis me envió un ejemplar de *Tres narraciones* y yo pensé que ese libro era el mismo que él me había enviado con otro título (*Fantasías de provincia*). Lo más extraño no es que yo no me haya ocupado más del asunto sino que él tampoco, durante todos los años de nuestra larga amistad, no me haya vuelto a hablar del manuscrito... En fin, hace unos días, lo redescubrí. Contiene tres narraciones, todas publicadas («El viento en la colina», «Sombras en el salón» y «El indolente») y una pieza de teatro en dos actos: *La familia interrumpida*. La pieza y el pequeño prólogo son inéditos. Acabo de escribir al sobrino de Cernuda, que es su heredero, pidiéndole permiso para publicar en el número de aniversario de *Vuelta*, en noviembre (ya te pedí colaboración) la pieza de Cernuda, con un prólogo mío en el que contaría la historia del manuscrito (y un poco la de nuestra amistad), seguida de unas pocas reflexiones sobre su obra de ficción (un tema no tocado por la crítica). Espero que acepte. También le digo que a mí me gustaría mucho proponer a Seix Barral (es lo que ahora hago) la publicación de la pieza y de mi prólogo en un volumen. La pieza tiene 59 páginas y mi prólogo tendrá unas 12 o 15. ¿Qué te parece mi idea? Por último, te ruego por lo pronto una absoluta discreción. Gracias por tu silencio...

Ya te imaginarás que el hallazgo del inédito de Cernuda, pasada la sorpresa inicial, me entristeció. Qué lejos estoy y estamos de todo eso... Y qué cerca.

Aquí corto, querido Pere, con un cariñoso saludo para ti y María Rosa de Marie José y de su amigo que los quiere y admira,

OCTAVIO

P.D. Después de escrita esta carta he recabado más datos sobre la pieza perdida. Germán Bleiberg, en un interesantísimo artículo publicado hace años en la *Revista de Occidente*, habla de que asistió a una lectura que hizo de Cernuda de *La familia interrumpida* (en aquella época se llamaba *El relojero*) en Madrid, en 1937. Da por perdida la obra... También Gil Albert recuerda vagamente otra lectura de la misma pieza en Barcelona, en 1938...

147

[Paseo de la Reforma 369-104,
México, 5, D.F.]
A 10 de octubre de 1985

Querido Pere:

Te escribo de prisa. No sé por dónde empezar: ¡tengo tantas cosas que decirte y dispongo de tan poco tiempo!

Ante todo: el temblor.[73] Nos conmovió tu telegrama y más aún la vi-

---

73.   Evidentemente, el terremoto que afectó a México en aquellos días. *(N. del E.)*

sita de tu amigo, el señor Lluch, el ministro de Salud. Se presentó en nuestra casa al día siguiente de la visita de Felipe González a México y nos dijo que venía a enterarse de nuestra situación por encargo de tres personas —en este orden: Pere Gimferrer, Felipe González y el Rey de España. El ministro es muy poco ministro. En cambio, es inteligente, culto y extraordinariamente simpático. Un rasgo suyo que me conquistó inmediatamente: es un economista pero su especialidad son los fisiócratas. Es un buen signo: el siglo XVIII ha sido el último siglo realmente civilizado. Ya te habrá contado que nos encontró bien aunque marcados —ésa es la palabra— por el acontecimiento. Fue espantoso. Mostró la fragilidad no sólo de nuestros cuerpos sino de nuestras orgullosas construcciones. Hay que recobrar la humildad que todas las religiones superiores (y unos pocos filósofos) han predicado. Un amigo nos visitaba la noche del segundo temblor. Salimos corriendo de nuestro edificio, que crujía como un esqueleto atacado del mal de San Vito. El Paseo de la Reforma —un Champs Elysées con edificios a la New York— estaba lleno de gente. Éramos muchos y, no obstante, éramos poca cosa. Los enormes edificios seguían en pie pero podían derrumbarse. Temí escenas de pánico. No fue así. Algunos, arrodillados, rezaban; otros abrazaban a sus familiares y amigos; las parejas jóvenes se besaban con furia y tristeza. La gente no perdió la serenidad y a los pocos minutos, espontáneamente, surgieron voluntarios que comenzaron a dirigir el tránsito y a ayudar a los viejos, a los niños y a los enfermos. Los jóvenes fueron los más decididos y generosos. Me sorprendió el valor callado del pueblo, su paciencia y su fraternidad. Le agradezco a la naturaleza que, a pesar de tanta destrucción, me haya concedido ser testigo del estoicismo y del espíritu caritativo de la gente.

Recibí tu carta del 7 de agosto y con ella los poemas de *Salón rosa*. ¡Gracias! Se los dimos a un joven poeta que conoce bien el catalán: José María Espinasa. Creo que es hijo de catalanes refugiados. Tiene talento, te admira y estoy (casi) seguro de que su traducción será excelente. Digo *casi* porque el arte de traducir es el más difícil, sobre todo si se trata de textos que tienen la densidad y la concentración de los poemas que nos has enviado. No los podemos publicar en la forma en que tú y yo desearíamos pero les daremos el mayor espacio posible.

También recibí, hace apenas unos días, *Los raros*. La carátula es preciosa. Veo que Turner sigue siendo uno de tus favoritos. Es un pintor para el que el mundo no es geometría; lo ve en el momento de aparecer entre la niebla o de ocultarse en ella. Pintor del centelleo, el reflejo, el vislumbre: pintor del tiempo. No es casual tu predilección por Turner: veo en tu poesía y en tu prosa más de un parecido con esa pintura en la que las formas están suspendidas en un espacio aéreo, flotando en la luz o reposando sobre unas sombras errantes. Los dibujos que ilustran tu libro me encantaron: tienen fantasía y humor. No sé quién es Pol Borrás pero es un extraordinario dibujante. Ya empecé a leer *Los raros*, aunque de una manera desordenada. Continuaré este fin de semana. Veo que hay muchas maravillas y, también, algunos horrores no menos maravillosos y... seductores. Me encontré con fantasmas familiares y que, algunos, todavía me desvelan: el peruano Eguren, el bizantino Procopio, Germain Nouveau que escribió una defensa de la mendicidad, Lord Dunsany que ahora pocos leen pero que yo adoré en mi adolescencia gracias a la *Revista de Occidente* y del que guardo todavía un pequeño volumen de teatro, *Five plays*, comprado hace muchos años en una librería de libros usados de Nueva York, Babur que amaba —como yo— los melones y las naranjas de Afganistán y encontraba detestables las frutas de la India (grave injusticia: ¿y el mango y el chicozapote?)... ¡Qué lástima que no pueda comentar tu libro de viva voz contigo! Al leer el índice, pensé que hay dos raros que tú deberías incluir un día en tus libros. Ambos son mexicanos: Julio Torri y Carlos Díaz Dufoo. Haré que mi amigo, el joven escritor Adolfo Castañón, te envíe las obras de los dos. Hace poco las volvió a editar el Fondo de Cultura Económica.

Por correo aparte te envío *La familia interrumpida*, precedida por un prólogo mío («Juegos de memoria y olvido»). Yanguas Cernuda está de acuerdo. Ya le escribo para decirle que te he enviado los dos textos. Sería bueno que tú le escribieses para formalizar el trato. También escribí a Javier Pradera para confirmarle que estoy de acuerdo con la idea de que tú publiques con ellos una antología de mis poemas. He escrito algunos más y creo que ahora sí, a fin de año, podré enviarte el libro. Busco aún un título. Tengo varios pero ninguno me satisface.

Alberto Ruy Sánchez ha escrito a Gil de Biedma para recordarle su promesa de enviarnos algo a *Vuelta* (quizá su prólogo a la traducción de *Four quartets*). Espero el envío de tu discurso y el de Ayala: ¿cuándo será la ceremonia?

Aquí corto con un doble abrazo para ti y María Rosa de Marie José y de tu amigo

OCTAVIO

P.D.   Después de escrita esta carta he continuado con la lectura de *Los raros*. Es un libro fascinante. Escribes ya en una prosa admirable, la mejor quizá de España: clara, veloz, con suavidades felinas y centelleos súbitos. Hace pensar, más que en la prosa española moderna, en los mejores de América: Reyes, Villaurrutia, Borges. Sin embargo, no se parece a ninguno de ellos como tampoco se parece a la de algunos franceses con los que podría compararla —la de Breton (pero menos elocuente), la de Aragon (pero más sólida), la de Gracq (pero más amplia). Lluch me contó que durante el viaje a México le había prestado tu libro a Felipe González y que él, al día siguiente, le dijo: no pude dormir porque me pasé la noche leyendo el libro de Gimferrer. Los españoles son afortunados: tienen un presidente que es un buen lector. Y no de cualquier clase de libros sino de esos que los necios llaman exquisitos —y que lo son pero como es exquisito el domo blanco de una tumba moghul en un jardín en sombras de Delhi.

De nuevo, un abrazo de

OCTAVIO

Las páginas que dedicas a Procopio me hicieron releer un capítulo de un librito que quizá tú conozcas: *Justinian and his age*, de P. N. Ure. Hace muchos años me interesé, pasajeramente, en Bizancio. Primero por los mosaicos de Ravena —después, mucho después, vería los de Sicilia y, sobre todo, los de Constantinopla— y un poco más tarde por la influencia de dos amigos: Kostas Papaioannou, que escribió un luminoso y poco conocido ensayo sobre el arte bizantino, y un español que, a su modo, también fue un raro: el sutil Ricardo Baeza, el traductor de Nietzsche. Quizá has oído hablar de él. Debo a Baeza los dos tomos, que todavía guardo, de *Figuras bizantinas* de Charles Diehl. El capítulo que dedica Ure a Procopio es realmente espeluznante, con todas esas historias acerca de la naturaleza demoníaca de Teodora y Justiniano, como la del monje que vio sentado en el trono del emperador, mientras todos los cortesanos le hacían reverencias, al mismo Diablo Mayor. Había olvidado todo esto. En cambio, sigo leyendo a los poetas de ese período: Agatías, Paulo el Silenciario (mi favorito) —un verdadero poeta erótico— y Juliano, el ex prefecto de Egipto. Este último escribió un epigrama, bastante gracioso, sobre (contra) Pirrón. En defensa suya, yo escribí esto:[74]

> *Juliano, me curaste de espanto, no de dudas:*
> *contra Pirrón dijiste:* No sabía el escéptico
> si estaba vivo o muerto. La muerte lo sabía.
> *Y tú, ¿cómo lo sabes?*

Otro abrazo,

OCTAVIO

---

74.   El poema pasó al libro *Árbol adentro* (1987) còn sólo una leve variante en el texto mismo, pero convirtiendo lo que aquí son hemistiquios de alejandrino en versos heptasílabos. *(N. del E.)*

1986

148

[Paseo de la Reforma 369-104,
México, 5, D.F.]
A 10 de febrero de 1986

Querido Pere:

No sé si te enteraste de nuestro viaje. Estuvimos ausentes más de dos meses, desde fines de octubre. No recuerdo si te avisé antes de salir pero, si no fue así, tal vez algún amigo te puso al tanto. Estuvimos en Londres, Delhi (pasamos unos pocos días en Rajastán —un viaje precioso) y pasamos un mes muy agradable en París, *chez* Claude Gallimard. Después estuvimos en Nueva York pero, por fortuna, salimos antes de que empezara la sesión del PEN Club. Llegamos a México hace tres semanas y pico pero sólo hasta ahora puedo escribirte.

Ante todo: gracias por el envío de tu discurso de ingreso en la Academia. Espléndido. Un texto conmovedor e inteligente. También me gustó el de Ayala. Aparecerán ambos en el número próximo de *Vuelta* (marzo). No fue posible publicarlos antes porque tú me enviaste los discursos a mi casa y yo no los pude leer sino hasta mi regreso en enero.

Me alegro que te haya gustado *Juegos de memoria y olvido*, aunque me desconcierta un poco que prefieras esas páginas a las que escribí sobre Cernuda en *Cuadrivio*. Aquel ensayo fue escrito con cierta pasión —tristeza por su muerte y un poco de cólera ante algunas inepcias que se publicaron en aquella ocasión. Tienes razón: apenas leí tu carta recordé que en una o dos ocasiones habíamos hablado de Aldana y su soneto. Incluso creo que en aquel paseo que hicimos a Aranjuez me dijiste de memoria algunas líneas. ¿Cómo pude olvidarlo y, sobre todo, olvidar las páginas tan agudas en que comparas un soneto de Foix con el de Aldana? Para desagraviarte, quiero publicarlas en un número próximo de *Vuelta*... Un ensayo de Cernuda en *Cruz y Raya*, hace ya cincuenta años, me dio a conocer a Medrano; casi al mismo tiempo, también por *Cruz y Raya*, descubrí a Aldana.

Supongo que ya tendrás completa la versión de *Juegos de memoria y olvido*. Me parece muy bien tu proposición: ustedes podrían firmar un contrato con Yanguas Cernuda para la edición de la comedia y a mí me darían una suma por la inclusión de mi texto.[75] Yo tendría el derecho de publicarlo más tarde en algún libro en que reúna varios ensayos —seguramente también con Seix Barral. ¿Qué te parece unos $ 1,500 dólares? Si están de acuerdo, pueden enviarme, desde luego, el cheque. Te pido esto último, en lugar de que incluyan esa suma en la cuenta de derechos de autor, porque necesito ahora un poco de dinero: debo hacer reparaciones en el apartamento, que fue dañado por el terremoto. Incluso no sería imposible que nos viésemos obligados a buscar otra casa. Sufrimos las consecuencias del sismo. Fueron terribles. Pero no te fastidio (ni me fastidio a mí mismo) con el relato de estas desdichas.

La traducción de *Salón rosa*, hecha por Rico, llegó tarde y cuando yo estaba fuera de México. Qué lástima. La nota sobre *Los raros* la escribirá Alberto Ruy Sánchez. No sé si hayas leído algo suyo. Tiene verdadero talento; sus preferencias literarias no están muy lejos de las tuyas. La simpatía es una condición de la crítica. Sin ella no puede haber ni comprensión de la obra ni juicio sobre ella. Por eso le he pedido a Ruy Sánchez que escriba este comentario.

Espero que nos veamos en Santander este verano. Rico me ha invitado a un coloquio sobre el romanticismo. Me imagino que estarás al corriente de su idea. A mí me gustaría mucho que tú fueses uno de los participantes.

Me alegra que hayan decidido publicar en edición de bolsillo *Tiempo nublado*. Y ya que hablamos de esto: hace unos días recibí varios

---

75. Finalmente el libro, demasiado breve para los formatos de Seix Barral, fue publicado por Sirmio. *(N. del E.)*

ejemplares de un folleto publicado por Planeta y que es un capítulo de una historia de la literatura hispanoamericana. Con el folleto, a manera de propaganda, llegaron ejemplares de dos libros míos en uno: *Los hijos del limo* y *Vuelta*. Son reproducciones de las ediciones anteriores. Te confieso que no me gustó mucho, en primer término, la combinación de unir en un libro un texto de crítica e historia de la poesía con una colección de poemas. Tampoco me gustó que no me hubiesen avisado. Ya sé que estas maniobras, mitad editoriales y mitad mercantiles, se justifican porque se piensa que así se pueden vender más los libros del autor; como se cuenta con que la historia de la literatura será comprada sin duda por los estudiantes, se agregan, como complemento, dos libros en uno. Temo que se trate de una fantasía de los expertos en mercadotécnica, como se llama por aquí a esas especulaciones. Pero incluso si hubiese razón para juntar dos libros en uno, deberían haberme consultado por lo menos... Ya sé que tú no tienes la culpa de esto pero si no me quejo contigo, ¿con quién podría hacerlo? En fin, a lo hecho, pecho. Lo único que deseo es que, en lo futuro, se me consulte con anticipación. Perdona esta explosión de (justificado) mal humor.[76]

El libro de poemas está casi terminado. Creo que te lo enviaré en el curso de la primavera. Una pregunta: ¿crees que podríamos agregar, como un anexo o parte separada, *Hijos del aire*? Se trata de ocho sonetos que, hace años, escribimos Tomlinson y yo. Podríamos publicar únicamente la versión en español. A mí me gustan esas composiciones. Apenas si son conocidas pues sólo hubo una edición en México, limitada a unos trescientos ejemplares. El libro tendrá unas ciento sesenta páginas pero, si añadimos *Hijos del aire*, podríamos llegar a unas ciento ochenta... Te confieso que veo con sentimientos contradictorios la aparición del libro. Quisiera que la edición fuese sencilla pero elegante, nítida: caracteres claros, bien impresos, aireados y, sobre todo, con pocas erratas. En mis últimos libros abunda esa plaga. Al mismo tiempo siento cierta

---

76. A causa del tiempo transcurrido, Octavio había olvidado que en la carta del 5 de junio de 1984 *(vid. supra)* autorizó el proyecto, que inicialmente iba a ser coedición de La Oveja Negra y Origen. *(N. del E.)*

tristeza: ¿después de esto, tendré vida para escribir otro libro de poemas? Apenas me hago esta pregunta, me alzo de hombros: no, no quiero repetir las tonterías de los que no supieron callarse a tiempo. Su abundancia es realmente garrulería...

Con la esperanza de verlos pronto a los dos, a ti y a nuestra querida María Rosa, les envía un doble abrazo su amigo

OCTAVIO

Escribí varios poemas en las últimas semanas. Copio dos:[77]

INSOMNE

Vigilia del espejo:
la luna lo acompaña;
de reflejo en reflejo
teje tramas la araña.

Apenas parpadea
el pensamiento en vela:
no es fantasma ni idea
mi muerte centinela.

No estoy vivo ni muerto:
despierto estoy, despierto
en un ojo desierto.

LA NARANJA

Pequeño sol,
sobre la mesa quieto.
Mediodía fijo.
Algo te falta: noche.

---

77. Ambos poemas, con cambios respecto a la versión que aquí aparece, pasaron a figurar en *Árbol adentro* (1987). *(N. del E.)*

149

[Paseo de la Reforma 369-104,
México, 5, D.F.]
A 10 de febrero de 1986

Querido Pere:

Al releer mi carta, advierto una omisión. No sé si te hablé alguna vez de una idea del joven escritor y profesor cubano Enrico Mario Santí, buen amigo mío y de Rodríguez Monegal (estudió con él): recoger y publicar los textos que yo escribí en mi adolescencia y juventud, hasta 1943, año en que comenzó mi primera gran ausencia de México (regresé hasta 1945). Santí no se propone publicar todos los textos, claro, aunque sí la gran mayoría. Entre ellos hay algunos curiosos: («Vigilias»: una suerte de diario, un ensayo sobre Proust, artículos y notas que prefiguran *El laberinto de la soledad*, *El arco y la lira*, etc.). Ninguno de estos textos ha sido recogido en un libro, salvo dos o tres pequeños ensayos sueltos. Enrico Mario ha terminado ya la recopilación y la selección; ahora escribe el prólogo. Será un libro de más de trescientas páginas. ¿Le interesaría a Seix Barral publicarlo? Si es así, le escribiré a Santí para que éste se comunique contigo.

Otro abrazo grande,

UCTAVIO

1987

150

[Paseo de la Reforma 369-104,
México, 5, D.F.]
A 19 de enero de 1987

Querido Pere:

Por fin puedo escribirte. La calma de los últimos días del año —la gente salió de la ciudad o se encerró en sus casas para celebrar en la intimidad los ritos de pasaje— me ha dado un respiro y ocasión de poner un poco de orden, ya que no en mi cabeza, al menos en mis papeles. Han sido días alciónicos, como decía Henríquez Ureña.

Sí, el viaje a España fue memorable. Cada día me enamora más tu tierra, que es también, creo, la mía. Recordaré siempre nuestras conversaciones y paseos en Madrid; no tanto lo que dijimos como nuestra emoción, nuestra sorpresa y nuestra alegría al encontrar correspondencias en nuestras ideas y nuestras afirmaciones estéticas, en los nombres admirados y en las obras, en fin, ese continuo rimar que es la verdadera amistad. No es que la amistad sea un género poético sino que la poesía es una forma de amistad, ¿no crees? La poesía: el acuerdo, el acorde.

Después, ya en México, no pude escribirte: montañas de papeles, la corrección de las traducciones al inglés de dos libros míos (el *Sor Juana* que publicará Harvard y uno de ensayos que saldrá en Harcourt Brace), la revisión de los tres volúmenes de *México en la obra de O. P.* que saldrán en el Fondo... y los cuidados pequeños y grandes, las congojas y rabietas diarias que son mi vida en esta terrible y difícil ciudad.

En una de tus cartas me preguntas sobre tu libro, *Cine y literatura*. No sólo lo recibí, lo leí y me gustó sino que le he pedido a Juan Nuño, el venezolano, que escriba un comentario para *Vuelta*. Accedió y ha prometido enviarlo en breve. ¿Conoces a Nuño? Es inteligente y escribe bien. Los ensayos últimos que ha publicado en *Vuelta* —uno sobre Sartre y otro sobre el fútbol— han sido luminosos. También recibí tus poemas. Magníficos, densos y aéreos a un tiempo. Aparecen en este número de enero. Aún no tengo la revista conmigo —sale hasta el lunes, por las fiestas— pero le he pedido a Aurelio Asiain —al que también le gustaron mucho— que te la envíe inmediatamente. Recibí igualmente, hace unos días, el *Ernst* y el *Magritte*.[78] Es admirable tu capacidad de trabajo y tu entusiasmo creador. ¿Qué haces ahora? ¿Y aquellos proyectos de novelas? Novelas como nubes, para emplear la preciosa expresión de Owen. Ojalá que no hayan sido nubes de verano.

Respondo a tu pregunta sobre *El Mono Gramático*. Sí, Flammarion compró los derechos a Skira (así, por fortuna, ya no tiene vela en el entierro). La última jugada de Skira (el hijo, no Albert, que fue una excelente persona) fue prometerme que me enviaría una suma por la edición japonesa. Claro, nunca la recibí. Es verdad que yo cedí mis derechos a Skira. Fue una tontería. Lo hice por amistad a Albert y, sobre todo, al pobre Gaëtan Picon, que dirigía la colección y que murió al poco tiempo. Pero no creo que *hoy* Flammarion se oponga a una reedición en español. Tampoco se opuso a las ediciones alemana y norteamericana.

El libro de ensayos y notas recopilados por Enrico Mario Santí. Él desea aumentar su porcentaje en los derechos: 5 % para él y 5 % para mí. Estoy de acuerdo: yo nunca me habría metido a buscar y recopilar todos esos textos. Merece ser compensado por su dedicación. Quiere conservar sus derechos sobre su prólogo. Concedido, por mi parte. En fin, quiere que el libro, en su forma actual, no pueda ser reeditado sin su consentimiento. Por mi parte no hay objeción, aunque me parece difícil separar en dónde termina mi propiedad sobre esos textos y en dónde comienza la suya. Sobre esto último no insiste demasiado y creo que aceptará la so-

78. Mis monografías sobre estos pintores, publicadas por Ediciones Polígrafa. (*N. del E.*)

lución que tú propongas: es hombre inteligente y generoso. En cuanto al título: tienes razón. Se me han ocurrido varios: *Aprendizajes, Ejercicios y comienzos, Primeras letras.* Me inclino por el último: me parece divertido. Y tú, ¿qué opinas?

Para terminar con los asuntos editoriales. Me alegra muchísimo la salida de *Los hijos del limo.* Es un libro que quiero y que tiene hoy una actualidad mayor que cuando apareció; ahí están ya todos los temas, ahora a la moda, de la *postmodernidad.* O como dicen los arrogantes críticos anglosajones, ignorando una vez más a su vecino: *postmodernismo.*

Mi libro de poemas: está casi terminado. Lo copio ahora y lo reviso. Creo que te lo enviaré en el curso de febrero. Quiero añadir todavía unas pocas cosas más que tengo casi terminadas. Se me han ocurrido varios títulos pero no te consultaré sobre ellos sino en el momento de enviarte el manuscrito. ¿Y la portada? Aunque me sigue gustando la cometa de Vernet, no sé si sea la ilustración más adecuada. No importa: podríamos usarla como portada de *Primeras letras.*

En junio volveremos a España, para asistir al Congreso de Valencia. Después, tengo la firme intención de visitar Barcelona. Es una ciudad que siempre me ha atraído, como por otras razones, no menos poderosas, Sevilla.

Les deseamos a los dos lo mejor y les enviamos, con nuestra amistad un gran abrazo,

Octavio

Escribí esta carta al finalizar el año. La dicté en un aparato que tengo pero no pudo ser copiada sino hace dos días. Los fallos de mecanografía son lo que llaman los lingüistas: corrupción del mensaje... Deformaciones de la voz.

Otro abrazo,

Octavio

151

[Paseo de la Reforma 369-104,
México, 5, D.F.]
A 25 de febrero de 1987

Querido Pere:

Cada vez se hace más difícil sostener una correspondencia continua con los amigos. Demasiadas interrupciones entorpecen nuestro trato amistoso: desde hace más de un mes tenía el propósito de escribirte una larga carta y sólo hasta ahora puedo hacerlo y toda ella sobre asuntos de orden práctico.

Acabo de recibir la nueva edición de *Los hijos del limo*. Muchísimas gracias. La portada con el Moreau me encantó, aunque tiene que ver más con el simbolismo que con la vanguardia.

Santí me entregó al fin el manuscrito. Acabo de escribirle indicándole que ustedes aceptan los porcentajes que él sugirió, es decir, el 5 % para él y el otro 5 % para mí. También le digo que, como lo pide, podrá publicar su ensayo sobre mis escritos juveniles de manera independiente en algún otro libro. De paso: ese ensayo es un texto inteligente. Por último, le indiqué que no me parece fácil aceptar su tercera condición, por dos razones: la primera, porque esos textos me pertenecen a mí; la segunda, porque él y yo le hemos cedido a Seix Barral nuestros derechos.

En cuanto al título: tal vez sea mejor *Aprendizajes* pero me parece que ya ha sido usado. De ahí que prefiera *Primeras letras*. Además, me parece divertido.

Confirmo lo que te dije en Madrid: los amigos de *Vuelta* se han juntado para crear una pequeña editorial. Los libros, por ahora, circularán únicamente en México, de modo que sigue en pie el proyecto original: Seix Barral editará *Primeras letras* para todo el ámbito de lengua española y *Vuelta* para México. Creo que podríamos adoptar el mismo procedimiento que se siguió con mi libro sobre Sor Juana: la tipografía se haría en México y, una vez que estuviese lista, Enrique Krauze enviaría a Seix

Barral los negativos para la edición española. Menciono a Enrique Krauze porque, aunque soy el presidente de la pequeña editorial, él es el director-gerente. Krauze me indicó ayer que va a comunicarse con el representante de Planeta-Seix Barral en México para concluir estos arreglos. Yo te avisaré si hay algún cambio. Un asunto que no hemos determinado: el monto del anticipo. ¿Qué suma le parece adecuada a Seix Barral?

El libro de poemas está copiado casi enteramente. Me falta todavía corregir tres textos y redactar algunas notas finales. Espero enviártelo a fines de marzo o principios de abril. La extensión será de unas doscientas holandesas, a renglón doble y contando unas 25 o 26 líneas por página. Si ustedes son generosos con los espacios puede ser un libro de unas 192 páginas.

Tengo una duda y quisiera que me dieras tu opinión. Tal vez recuerdes que hace años escribí, en colaboración con Charles Tomlinson, ocho sonetos. Fueron publicados, precedidos de dos notas, una escrita por él y otra por mí, en una reducida edición secreta de trescientos ejemplares que circularon únicamente en México y entre un pequeñísimo grupo de lectores. Fue una *plaquette* más pretenciosa que elegante, un capricho de un *amateur* metido a editar. En Inglaterra salió una edición normal y otra más en Holanda. En lengua española esos poemas son casi desconocidos y por esto se me ha ocurrido que, quizá, valdría la pena incluirlos al final del libro de poemas, como una suerte de apéndice. Naturalmente, sólo la versión española. ¿Qué opinas?

Me parece que el libro de poemas debe salir en la que llamas Serie Mayor. No he visto el libro de Rosales pero me imagino que será como mi *Sor Juana*. Tampoco me parece mal que la cubierta sea puramente tipográfica. Al contrario: las prefiero. La cometa de Vernet sería para *Primeras letras*.

Espero que nos veamos en junio. Comprendo que no te entusiasme la idea de asistir al Congreso de Valencia. Mi caso es distinto: el de 1937 fue un episodio capital en mi juventud. Después del Congreso iré a Málaga por dos o tres días pues la Sociedad de Amigos de la Generación de 1927 (creo que así se llama) me ha invitado a leer mis poemas. Es mi único compromiso. Una vez cumplido, estaré libre y podríamos vernos con calma, ya sea en Barcelona o en algún otro lugar.

Un gran abrazo doble para María Rosa y para ti, de tu amigo y lector fiel,

OCTAVIO

152

[Paseo de la Reforma 369-104,
México, 5, D.F.]
A 18 de marzo de 1987

Querido Pere:

Contesto tu carta del 5 de marzo. Para mayor claridad respondo punto por punto a cada uno de los temas que me tratas.

Primeras letras. Sí, el anticipo también deberá repartirse entre Santí y yo. Extensión del libro: unas 400 páginas (me refiero a páginas impresas).

Composición tipográfica. Haré que te envíen una página de muestra. Se van a ajustar estrictamente al formato de Seix Barral (Biblioteca Breve). Aunque los libros de *Vuelta* serán un poco más grandes (14 × 21 cm) les he pedido que la caja del libro sea *idéntica* a la de ustedes. Seguirán el modelo de *Tiempo nublado*. Por supuesto, les enviaremos los fotolitos (vía Planeta de México). Creo que los gastos de composición deberán repartirse por partes iguales. Sobre esto Krauze te escribirá dentro de unos días.

Portada de «Primeras letras». La portada de la edición española será la cometa de Vernet. Me gusta tanto que quizá podríamos usarla también para la edición de *Vuelta*. Envíame por favor el *ektachrome*. *Vuelta* reembolsará los gastos. Gracias de antemano.

Fecha. Se ha pensado que *Primeras letras* podrá salir en octubre o noviembre de este año. Hay tiempo de sobra. Ayer se envió el original a la computadora para el trabajo de composición.

El libro de poemas. Gracias por el envío de la sobrecubierta del libro de Rosales. Estaba en un error. Ahora me doy cuenta de que no hay diferencia de tamaño entre la Serie Mayor y la Biblioteca Breve. Me decido por Biblioteca Breve. Por supuesto, Seix Barral tendrá la exclusiva de la publicación del libro en todo el mundo hispánico, incluido México. El título posible (pero es un secreto: no se lo digas a nadie, ni siquiera a tu almohada): *Árbol adentro.* El libro está dividido en 5 secciones (más una de notas): la primera compuesta por poemas cortos más bien líricos; la última por poemas cara al sol de la muerte («un sol más vivo», según dice admirablemente el olvidado Sandoval y Zapata); la segunda y la cuarta están dedicadas a amigos, ciudades y obras de arte; la tercera, el centro *(Árbol adentro)* está compuesta por poemas de amor. Un cuadrado y en el centro, como entre los antiguos chinos y mexicanos, el punto sensible, eje del universo. La figura doble del 4 y el 5 siempre me ha obsesionado: los cuatro puntos cardinales y el quinto punto, compuesto por dos números igualmente misteriosos: el 2 y el 3. Los otros, la otra y lo otro. Haré todo lo posible por enviarte el original completo en abril o mayo. Debo antes terminar 3 poemas, los únicos que me faltan, todavía informes. Por último: el libro no debe salir coincidiendo con mi aparición en Valencia durante el mes de junio. La significación de ese Congreso es sobre todo histórica y política. Te confieso que no sé si esa reunión no terminará en un San Quintín. Pero la poesía es otra cosa y hay que preservarla de los accidentes y contaminaciones de la publicidad.

Composición tipográfica del libro de poemas. Ya te dije que me he decidido por el formato de Biblioteca Breve. Pronto te daré una información más precisa acerca de la portada. Creo que he encontrado algo. He revisado las ediciones de Seix Barral y encuentro, teniendo en cuenta la índole del libro, que la más adecuada y elegante es la de *El Mono Gramático.* Cada página tiene 28 líneas pero creo que podrían reducirse a 26 si se suprimen las dos primeras. En cuanto a las páginas en que comienza cada poema: el texto podría reducirse a 20 líneas. La composición resultaría muy despejada e incluso elegante. Además, nos permitiría llegar a las 192 páginas. Te envío copias xerox de las páginas de *El Mono Gramá-*

tico que podrán servir de modelo (anoté al margen los pequeños cambios que sugiero).

Querido Pere: al terminar esta carta repito la reflexión melancólica con que terminas la tuya: a ti todo se te fue en preguntas y a mí en respuestas...

Un abrazo doble,

OCTAVIO

Para aliviar la monotonía de esta carta te envío un poema reciente. Tal vez te divertirá.

153

[Paseo de la Reforma 369-104,
México, 5, D.F.]
A 9 de mayo de 1987

Querido Pere:

Al fin puedo enviarte el libro. Me alegra que te haya gustado el título. Dudé mucho, temía ser demasiado sentimental. Tú me tranquilizas. Gracias.

El manuscrito estaba ya copiado y corregido desde hace cuatro semanas pero quise aguardar todavía un poco antes de enviártelo. Tuvimos que pasar dos semanas en los Estados Unidos y a mi regreso, hace cuatro días, volví a leer los poemas. Dudé, temblé, me arrepentí, maldije mi funesta afición —pero no quemé el manuscrito. Al contrario, te lo envío por correo extraordinario —ruinoso pero rapidísimo: lo recibirás pasado mañana.

Mientras escribo estas líneas, recuerdo los *affres* de Baudelaire cuando preparaba la edición de sus poemas y las cartas, alternativamente plañideras e irritadas, que escribía a Poulet-Malassis. En una de ellas le decía: *Faites-moi un joli volume*. Lo mismo les pido, por tu conducto, a las divinidades de Seix Barral. Sí, ya sé: *Árbol adentro* no es *Les fleurs du mal* pero *quand même*... Ya te dije mi modesta pretensión: un libro claro, legible. Pienso en *El Mono Gramático* por los tipos, la composición espaciada, el papel... y sin erratas. Si se atienen a mis cálculos —están en mi carta del 18 de marzo— y si éstos no son erróneos, el libro tendrá entre 192 y 200 páginas.

Una de las razones que me impulsaron a no enviarte antes el manuscrito fue la esperanza de escribir dos poemas más. En mi proyecto original esos dos poemas deberían cerrar la sección *Un sol más vivo*... No sólo tengo los títulos sino que escribí unos borradores todavía informes. Pero el viaje a los Estados Unidos me hizo ver las cosas con más claridad y me decidí a dejar esos dos poemas para más adelante. Tener algo por hacer es dejar la puerta abierta. No quise encerrarme en mí mismo. O más exactamente: no quise enterrarme —los poemas de esa sección son algo así como ejercicios preparatorios (o exorcismos) ante la muerte. Así pues, no sólo no escribí los dos poemas que faltan sino que cambié el orden de las secciones. ¿Superstición? Tal vez. Pero también una consideración estética y moral: hay que afirmar a la vida. Ser fiel a lo que llamaba Breton, citando a Basho, la «metáfora ascendente».

Además, no deseo darles gusto a algunos de mis compatriotas mal querientes que, periódicamente, propalan que estoy gravemente enfermo. Incluso hace unos meses me declararon muerto. Ignoro el origen de esos rumores y quiénes son los que los transmiten pero me parece que revelan un curioso estado de espíritu... En suma, ahora la sección que da título al libro, *Árbol adentro*, pasó a ser la final. Termina con un poema que tengo la inocente vanidad de pensar que es uno de los mejores que he escrito: «Carta de creencia». Está compuesto como una cantata, dividido en tres partes o movimientos y una coda. Un poema para una sola voz. Pero en el segundo movimiento aparecen y desaparecen, ecos y reflejos, otras voces que tú reconocerás pues son las de nuestros maestros.

Las notas. Las escribí para acompañar a poemas publicados en revistas o, en el caso de algunos pintores, como textos complementarios en el catálogo de una exposición. Todas ellas son prescindibles pero las he dejado no sólo por inercia sino ¡para aumentar el número de páginas del libro! Al verlas, Eliot Weinberger (mi traductor) se rió y me preguntó si no podría cortarlas en la edición que prepara en inglés de mis poemas. Naturalmente accedí pero creo que hay que dejarlas tal como están en nuestro libro. En algunos casos son mini-ensayos (Jakobson, Kostas, Hipatía) y alguna es un pequeño estudio (Matta). ¿Crees que hay que cortar alguno de esos textos?*

El viaje a los Estados Unidos fue memorable por varios motivos. El primero: la reunión internacional de Washington organizada por la Fundación Wheatland. Entre los asistentes había antiguos amigos (Brodsky, Enzensberger, Bondi, Biancciotti, Vargas Llosa) pero, sobre todo, fui emocionado testigo del encuentro entre los escritores rusos que viven en la URSS y los disidentes desterrados. Es la primera vez que ocurre esto desde la Revolución de 1917. Encontré inteligentes, abiertos y cordiales a los soviéticos. Rusia es una gran nación y, como le decía a un amigo, el «alma eslava» no es una invención literaria. Otra cosa es el régimen... En Nueva York pude ver qué avanzada está la edición de mis *Collected poems*. Es una obra de amor y amistad del poeta Eliot Weinberger. Lo conocí cuando era un adolescente, a fines de los 70, y desde entonces somos amigos. El libro comprenderá, en edición bilingüe, desde *Piedra de sol* hasta *Árbol adentro* (cerca de 800 páginas). Un libro semejante a los *Collected poems* de William Carlos Williams que la misma editorial, New Directions, acaba de publicar. El editor, James Laughlin, publicó mis primeros poemas en inglés allá por 1940. Ya te imaginarás mi emoción. Por último, en Houston vi una exposición de arte hispánico contemporáneo de los Estados Unidos (chicanos, cubanos, portorriqueños y otros latinoamericanos que viven en ese país) y me sorprendió la vitalidad de esas comunidades tanto como el indudable genio artístico de muchos de esos pintores. Los «cachorros del león español», como decía el pobre Rubén Darío, no padecen anemia.

Tienes razón: es absurdo publicar este año el libro de los primeros escritos juveniles. Lo haremos el año que viene. Así se lo escribiré a Enrico Mario Santí. En una carta próxima contestaré a los otros temas de la tuya. Por ahora, te doy un pequeño respiro y corto este río de palabras.

---

* Pienso en el dedicado a Matta.

Muchos saludos para María Rosa de la parte de Marie José y de la mía. Para ti, con nuestro afecto, mi admiración fraternal,

OCTAVIO

P.D.   Te enviaré la semana próxima la ilustración para la cubierta. Todavía dudo.

Hablé ya, por teléfono, con Santí. Está de acuerdo. Dentro de poco te enviaré el índice de la Antología. *La centena* se ha casi duplicado: ¿te parece demasiado incluir unos 150 o 175 poemas? He pensado que los textos en prosa podrían formar un volumen separado: *¿Águila o sol?*, *La hija de Rappaccini*, *El Mono Gramático* y otros textos viejos (tres o cuatro) y unos contemporáneos de *¿Águila o sol?*, escritos en 1950 pero que, por consejo de Carlos Martínez Rivas, deseché —y que ahora, al releerlos, no me parecen tan malos... En fin, ya hablaremos de todo esto en España. De nuevo, un abrazo,

OCTAVIO

Decidí, finalmente, suprimir —mejor dicho: dejar para una edición por separado en alguna pequeña editorial de poesía— los sonetos escritos en colaboración con Tomlinson (*Hijos del aire* —unas 14 páginas). Me pareció que rompían la unidad del libro. Tengo mis dudas también acerca de las dos traducciones —Dharmakirti y Hrieh Jing-yün.

154

[Paseo de la Reforma 369-104,
México, 5, D.F.]
A 27 de mayo de 1987

Querido Pere:

No sabes (sí, sí lo sabes) la inmensa alegría que me dio tu carta. Las opiniones de mis contemporáneos sobre la poesía apenas si cuentan para mí. Pero hay excepciones. Una de ellas —y primordial— es la tuya. Claro, descuento la amistad, que te hace benevolente; sin embargo, aunque exageras, tu juicio me devuelve la confianza. La poesía es cruel: siempre nos pide más de lo que podemos darle. También es el gran consuelo: escribir una línea que valga la pena, más que una recompensa, es una absolución. Nuestros errores y fallas cobran sentido, no fueron en vano —son las huellas de una peregrinación. Entonces podemos ver con menos rubor a nuestros maestros e incluso pensamos que alguno de ellos —Góngora, Darío o el adusto Quevedo— aprueba con una sonrisa... Gracias, querido Pere.

Regreso a la prosa administrativa. Creo que los temas que tratabas en tu carta del primero de abril han sido ya resueltos, salvo el del monto de los dos anticipos. (*Primeras letras* y *Árbol adentro.*) Estoy de acuerdo con ambos. No sé si haya tiempo todavía para que me envíes por correo los contratos o si es mejor que los firme cuando esté en España. Otro asunto pendiente: *Primeras letras* se publicará simultáneamente en Barcelona y en México, en los primeros meses de 1988. ¿Te parece buena fecha abril?

Te agradezco de verdad tus atinadas observaciones sobre errores, erratas y anomalías que has encontrado en *Árbol adentro*. Enseguida las comento:

P. 45.   *Polumo* es una palabra de mi invención, hecha de *pol*vo y *hu*mo, a la manera de *smog*, compuesto de *smoke* y *fog*. Tal vez para mayor claridad debería haber conservado la hache. Inmediatamente después de «Hermandad» y antes de «Aunque es de noche», hay que insertar esta pequeña nota: «*Hablo de la ciudad*. La contaminación de la atmósfera de la ciudad de México es el resultado de la mezcla del polvo, por la desecación de los lagos donde se asentaba la antigua ciudad, y el humo de los automóviles y las fábricas. *Polumo*: polvo + humo.»

P. 49.   «Caben tú y tus obras completas y tus fantasmas.» Sí, la sintaxis pide *cabéis* pero en México y en toda América la segunda persona del plural no es vosotros sino ustedes.*

---

* Pero si tú te empeñas —tal vez tienes razón— puedes cambiar *caben* por *cabéis*.

P. 49. Yo tampoco sé quién es Víctor Manuel. Aparece en un poema de Lezama Lima como un amigo que le pide un regalo para regalarlo. Para evitar la confusión —aunque aquí nadie conoce al cantante español Víctor Manuel sino al mexicano Emmanuel— se me ocurre suprimir Manuel: «como tu amigo Víctor...»

P. 52. *Cenzontle* se escribe generalmente con ce y también con ese; muy pocas veces lo he visto con zeta. Hay que dejarlo como está. En cuanto al nombre de la colección del Fondo: es *Tezontle*. Una piedra porosa de color rojizo, usada en los edificios precolombinos y en los novohispanos.

P. 57. Claro, debe ser «ciego el ojo». ¡Gracias! Después de *sílabas* no debe ir punto sino dos puntos. Me refiero a las islas Azores, no a los pájaros. Veo a las sílabas como un archipiélago caído en el mar de la página.

P. 62. «Brindis» es un poema de ocasión, una improvisación. Mi amigo el poeta brasileño Fernando Ferreira de Loanda, hombre de inmensa cordialidad, en una de sus visitas a México estuvo en el pueblo de San Juan de los Lagos, famoso por sus artesanías. A su regreso, lo invitamos a comer en un restaurante y se presentó con un extraordinario sombrero rojo de charro que, ante el asombro del camarero, colocó sobre la mesa, como si fuese un volcán portátil. Durante la comida me pidió un poema y yo escribí sobre una servilleta esas líneas. Pero creo que no hay que dar ninguna explicación. No hace daño un poquito de obscuridad.

P. 71. Tienes razón. Debe de ser un mexicanismo. Restablece la lección correcta: «de la sístole y la diástole».

P. 83. Tienes razón. Debe ser: «y en la hora...».

P. 84. Es un galicismo, aunque puede defenderse: «a la (manera de) Epitecto». Debemos atenernos al uso: «y a lo Epitecto».

P. 86. Te envío en copia xerox la página de los *Essais* de Montaigne, edición de La Pléiade (la primera, preparada y anotada por Thibaudet), en la que aparecen las frases que te intrigan *(Que philosopher c'est apprendre à mourir)*. Al consultar otra vez los *Essais,* tropecé con el pasaje final del último capítulo («De l'experience»). Parece escrito para responder a mis dudas y a mi más íntimo deseo: conservar la lira.

No resisto la tentación de citar ese párrafo: «Les plus belles vies sont, à mon gré, celles qui se rangent au modelle commun et humain, avec ordre, mais sans miracle et sans extravagance. Or la vieillesse a un peu besoin d'estre traictée plus tendrement. Recommandons-la à ce Dieu, protecteur de santé et de sagesse, mais gaye et sociale:

> Frui paratis et valido mihi,
> Latos, dones, et, precor, integra
> Cum mente, nec turpem senectam
> Degere, nec cythara carentem.»

Miguel Antonio Caro, un venezolano al que debemos algunas traducciones de Horacio elogiadas por María Rosa Lida, tradujo así estos versos:

> Dame, hijo de Latona, dios clemente,
> disfrutar de los bienes acopiados
> con salud firme, y lúcida la mente,
> vejez no deshonrada,
> ni de la dulce cítara privada.

El hijo de Latona es Apolo, dios de la poesía pero, dice Montaigne, alegre y *sociable*. ¿Qué edad tendría Horacio al escribir esta oda? Montaigne tenía 55 años.

P. 169.   *Vita Nova*. Aunque resulta extraño, es la lección correcta. Consulta las ediciones italianas. Dante no traduce al italiano sino que deja en latín su título y escribe en el preámbulo: *Incipit vita nova*...

P. 180.   Tienes razón. Debe ser: «Hay en el poema...»

P. 182.   No, esos ensayos sobre Solyenitzin fueron recogidos en *El ogro filantrópico*. Pero hay un error en la fecha, que debe ser 1979 y no 1983. De ahí tu confusión.

P. 189.   *Bizarro*: después de muchas dudas me decidí por el galicismo. Lo usó muchas veces Darío. ¿No es bastante para que lo aceptemos?

Encontré otra errata. En el poema «Carta de creencia», en la segunda parte, en la página 8, línea 5, donde dice *puente* debe decir: *fuente*. El verso dice así: «la muchacha convertida en fuente».

También hice una pequeña corrección en el poema a Kostas. En el verso 5, en donde dice «cubierta Demeter» hay que escribir «velada Demeter». La expresión es muy obscura pero no puedo ya (ni debo) aclararla. Me refiero a las estatuas de Demeter que se adoraban en algunos templos de Tracia; la diosa tenía cabeza de yegua y estaba cubierta por un velo negro.

La centena. Hay que olvidar ese título. Tal vez: *El fuego de cada día*. La antología tendría unas 350 páginas. Sigo pensando que es mejor excluir los textos en prosa.

La semana que entra te enviaré la ilustración que podría ir en la portada. Pero no tengo en este momento humor ni claridad para escribir el texto de la contracubierta. Ya veremos más adelante. Por último: ojalá que el libro salga en el último trimestre del año. Estoy dispuesto a corregir las pruebas durante mi estancia en España.

Muchas gracias por los poemas para *Vuelta*. Se los daré a Xirau. Está fuera de México pero regresa a fines de esta semana.* Ayudado por un diccionario, los leí. La «Balada» me encantó —es perfecta. Pero me sorprendieron aún más «Exili» y «Caiguda». Gran poesía. Visión, suntuosidad verbal y rítmica. Qué fortuna tener en catalán *mot* y *món*: el sonido invisible y el mundo visible, apenas separados por un fonema. El final de «Caiguda» es heráldico y metafísico. *En un sol traç el dia / esdevé un mot: l'estol dels boscaters del temps*. Inolvidable. Envidio esas dos líneas y me gustaría verlas grabadas en un trozo de madera o en un lingote de hierro.

Te doy las gracias por la postal de Romero de Torres. Es preciosa. El número de *Vuelta* fue ilustrado, por un error imperdonable, con reproducciones de sus cuadros más cursis. Una de esas barbaridades que suelen cometerse en las imprentas: yo había escogido otras muy distintas.

He tomado nota de los días en que estarás en Madrid y de las horas en que puedo llamarte a Barcelona durante junio.

---

* Lo vi hace unas horas —acaba de volver. Traducirá inmediatamente tus poemas.

Esta carta termina con una pausa. Continuaremos nuestra conversación en Madrid o en Barcelona...

Un gran y doble abrazo para ti y María Rosa de Marie José y de tu amigo,

Octavio Paz

155

[Palace Hotel
Plaza de las Cortes, 7
28014 Madrid]
A 28 de junio de 1987

Querido Pere:

Te envío, con estas líneas, ya corregidas, las pruebas. Para el autor es difícil percibir las erratas y temo que se me hayan pasado muchas cosas. Confío en que otros, más alejados del texto, vean lo que yo no he visto. De antemano: ¡muchas gracias!

Recomendaciones y cambios:

a)   La paginación. El texto debe comenzar en la página 7. Cada sección debe comenzar, asimismo, en página impar.

b)   Cambié el título del poema dedicado a Roman Jakobson (página 11, antigua 8): «Decir: hacer». Debe corregirse también el índice; y en donde dice: «Entre lo que veo y digo»..., debe decir: «Decir: hacer».

c)   El poema «Acertijo» (página 27, antigua 24) está dedicado a Andrés Sánchez Robayna. Él me pidió que le dedicase «Cuatro chopos» pero, como ya te expliqué, preferí dedicarle este pequeño poema —me parece más apropiado, por decirlo así...

Y eso es todo —salvo un gran y doble brazo para ti y María Rosa de Marie José y de

Octavio

Fue maravilloso verte en Málaga. ¡Qué lástima no vernos en Santander o en Madrid!

156

[Hotel Formentor
Mallorca - España
Puerto de Pollensa]
A 11 de julio de 1987

Queridos María Rosa y Pere:

¡Qué lástima que no estén aquí para oír con nosotros la conversación de los pinos y el viento de Formentor! Los turistas se disuelven en la luz. El paisaje respira. Marie José dice: es maravilloso descubrir, cada minuto, al Mediterráneo. La sombra de Rubén Darío me acompaña y antier, eco y réplica, escribí estas cuatro líneas:

EN MALLORCA

A Rubén Darío

Aquí, frente al mar latino,
palpo lo que soy:
entre la roca y el pino
una exhalación.

¿Crees, Pere, que hay tiempo (y espacio) para añadir estas cuatro líneas al final de «Al vuelo» (2) —sin, por supuesto, trastornar la paginación o retrasar la impresión? En caso contrario, olvida mi ruego.

Pere: necesitamos vernos y hablar, hablar, como los pájaros del coloquio persa.

Un doble abrazo, azul y blanco, ala y espuma, cielo y ala,

OCTAVIO   MARIE JO

_1988_ /

157

[Paseo de la Reforma 369-104,
06500 México, 5, D.F.]
A 13 de enero de 1988

Querido Pere:

Mi intención era escribir una larga carta. Imposible. Debo contentarme con una misiva telegráfica.

Ante todo: gracias por el _Laúd para el soneto_.[79] La edición es preciosa. Los sonetos a Herrera y Reissig me gustaron mucho. En la tradición de _Carmen y Lola_, aquella doble revista de Gerardo Diego: homenaje y guiño. Me imagino que habrás recibido _Carta de creencia_, dedicado a ti y a María Rosa. Ayer les envié un ejemplar de _Árbol adentro_. Como desconozco las señas de Juan Luis Panero, le he enviado por tu conducto _Árbol adentro_ y _Carta de creencia_. Te ruego que se los hagas llegar. Gracias de antemano.

Ya tengo el índice de _El fuego de cada día_. No te lo envío porque me pregunto si vale la pena publicar esa antología. ¿No sería mejor editar toda la obra poética en cuatro volúmenes, incluyendo las traducciones? Otra duda: Marco Antonio Montes de Oca acaba de publicar un volumen (impresionante) con sus poesías completas y el título es _Pedir el fuego_. ¿No se parece demasiado al mío?

Otro proyecto: recoger los ensayos de los últimos años y publicar un nuevo volumen. ¿Qué te parece la idea?

79. Opúsculo mío, escrito a comienzos de los años sesenta, pero publicado por Ángel Caffarena en Málaga en 1987. _(N. del E.)_

Visitaremos España en mayo. El Instituto de Cooperación Iberoamericana quiere dedicarme la segunda semana de ese mes en la Biblioteca Nacional. He pedido que te inviten. Además, participaré en una reunión en Sevilla, en torno a la obra de Luis Cernuda, del 1º al 7 de mayo. Así pues, espero verte con un poco más de calma y tiempo que la vez pasada.

A reserva de escribirte pronto con mayor desahogo, les transmito a ti y a María Rosa los saludos de Marie José y les envío un doble y cariñoso abrazo,

OCTAVIO

158

[Paseo de la Reforma 369-104,
06500 México, 5, D.F.]
A 16 de febrero de 1988

Querido Pere:

Contesto a tu carta del 11 de este mes. Me alegra que te hayan llegado los ejemplares de *Árbol adentro*, pero me inquieta que no hayas recibido *Carta de creencia*: envié ese paquete al mismo tiempo que el libro.

Descubrí que las traducciones de tus poemas se habían traspapelado. Le pedí a Xirau que nos enviase otra vez sus versiones; las rehíce un poco. A mí me gustan pero me gustaría que tú las revisases. Si deseas cambiar algo, dímelo por cable o por teléfono —quiero que salgan pronto en *Vuelta*.

Con estas líneas encontrarás el índice de *El fuego de cada día*. (El título me seduce y me repele; además de los otros «fuegos», de Cortázar a Montes de Oca, ¿no es demasiado «poético» y aun enfático?) Escogí ciento cincuenta y tres poemas, más un «Complemento»: un poema de *Renga* y otro de *Hijos del aire*. En total: ciento cincuenta y cinco. Hay muestras de todos mis períodos —salvo los textos en prosa, que deberían publicarse por separado. Te envío también unas páginas —*Addenda et corrigenda*: cambios, enmiendas, fe de erratas. Incluí las notas. No todas: algunas son innecesarias. Falta el prólogo. Lo escribiré más adelante. Muy breve: una página. Aludiré a *La centena* diciendo que, después de veinte años, resulta natural añadir medio centenar más. También explicaré la ausencia de los poemas en prosa. Dos dudas: la del título y la extensión. ¿No son demasiados poemas? Dame tu franca y severa opinión sobre estos dos puntos.

La publicación de esta selección no me hace olvidar el otro proyecto: publicar en tres o cuatro tomos mi obra poética, con las traducciones y algunos poemas juveniles.

Espero con impaciencia la fecha de nuestra reunión en Madrid. Lástima que no puedas ir a Sevilla. ¿No podrían tú y María Rosa escaparse por unos días? Me imagino que habrás recibido otra invitación para Aix-en-Provence, en junio. Ojalá que pudieras asistir. Y aquí corto con un gran abrazo,

OCTAVIO

P.D.   Te envío también los dos poemas del «Complemento» (154 y 155) así como la nota correspondiente, que debe ir al final de las otras.

159

[Paseo de la Reforma 369-104,
México, 5, D.F.]
A 10 de marzo de 1988

Querido Pere:

Un mensaje rápido. Primero: me dio mucho gusto saber que aprobabas mis traducciones de tus dos poemas. Saldrán en el próximo número de *Vuelta*. Segundo: te ruego que me envíes una copia del índice de *El fuego de cada día*. Perdí la que yo tenía. *Gracias de antemano*. ¿Te sigue gustando el título?

Un abrazo doble,

OCTAVIO

160

[Paseo de la Reforma 369-104,
México, 5, D.F.]
A 12 de julio de 1988

Querido Pere:

Los viajes en avión son rápidos pero el cuerpo y el espíritu son lentos. Hace ocho días llegamos y todavía no logro acostumbrarme a la realidad mexicana. Ni a la física ni a la moral. Tengo sueño, y también, un vago horror, una angustia indefinible pero muy conocida y vívida. Es una sensación que me acompaña desde mi niñez: ¿qué hago aquí? Un perpetuo *malentendu* envenena mi relación con mi propia gente, sobre todo con los escritores, los artistas y los intelectuales, es decir, con todos aquellos que deberían ser, ya que no mis amigos, al menos mis compañeros. He escrito páginas y páginas —más de dos mil— para desvanecer ese equívoco y todo ha sido en vano. Cada regreso es un volver a empezar; cada salida, una fuga. Ya te imaginarás mi estado de espíritu. Me será difícil reconciliarme con mi realidad y volver al trabajo.

Los dos meses pasados en Europa fueron un baño de amistad y claridad. Comprobé, de nuevo, que tengo más y mejores amigos en España, Francia y aun en Inglaterra, que en México. El inesperado final veneciano —me invitaron cuando yo estaba en Sevilla— nos exaltó a Marie José y a mí. Venecia volvió a seducirme. Descubrimos a Veronés. Antes, lo había visto mal, deslumbrado por la sensualidad monumental de Ticiano y por el dramatismo de Tintoretto. Visitamos, por consejo de Pierre Schneider, varias iglesias poco frecuentadas por los turistas y que guardan telas prodigiosas de ese pintor meridiano. Lo llamo así porque es el más luminoso de los tres y el que más se acerca a la difícil *mesura*. En el genio veneciano —tú lo has visto muy bien— hay siempre algo excesivo y, a veces, superfluo. No en Veronés: nada le sobra a su plenitud.

Sobre la Bienal podría escribirte muchas páginas pero me basta con decirte que confirmó mis ideas acerca de la situación del arte contemporáneo. Estamos ante las últimas expresiones de un poderoso movimiento que comenzó al despuntar el siglo. En las telas de los *fauves*, los cubistas y los futuristas comenzaba, con una suerte de violencia feroz y auroral, *algo* que literalmente nunca se había visto desde el Renacimiento. Con ninguno de los artistas que hoy exponen en la Bienal comienza una nueva visión. No excluyo a talentos mayores —Jasper Johns, Chillida, De Kooning y otros; tampoco a las elegantes variaciones de un Twombly. Representan un fin, a ratos espléndido, otros melancólico (Matta) y con frecuencia más hábil que inspirado. Los italianos de la «transvanguardia» (¡qué palabreja!) me decepcionaron. Recorrí con Marie José la sección *Aperto*, dedicada a los jóvenes, en el impresionante edificio que albergaba a los cordeleros en el viejo Arsenal (¿lo conoces?). Confío mucho en el juicio de Marie José porque tiene ojos, sensibilidad e imaginación. En esa sección había cosas interesantes, más del lado del ingenio y la curiosidad que de la invención artística propiamente dicha. Unas cuantas excepciones, entre ellas la pieza, realmente poética, de Barbara Bloom, una artista norteamericana que yo no conocía. Nos encantó y creo que influimos para que le diesen el premio destinado al mejor artista joven. La mayoría de esas obras obedece a la estética de la *trouvaille*, fuera del dominio de la pintura y la escultura en sentido estricto. Triunfo póstumo del último Duchamp —*Étant donné*....

El viaje a Venecia me recordó vívidamente mi primera visita, en 1948. Escribí entonces un poema, «Máscaras del alba». A pesar de sus imperfecciones, fue un comienzo verdadero, lo mismo en mi evolución personal que en la poesía de esos años. Si mi juicio te parece desmesurado, compara ese poema con lo que se escribía entre 1940 y 1950. Fue una tentativa, no lograda del todo, por encontrar un lenguaje moderno que pudiese expresar (y explorar) un mundo apenas tocado por la poesía de lengua española (e incluso por la francesa): la ciudad. Pero no la ciudad como un paisaje o un escenario por el que transcurre una anécdota sentimental o erótica, a la manera de Apollinaire, sino la ciudad como una condensación histórica y espiritual: piedras y gentes, signos y destinos: tiempo. Hay más de un eco de Eliot en mi poema. No me refiero únicamente a la yuxtaposición de distintas visiones, situaciones y momentos ni a la supresión de los correctivos de la sintaxis tradicional sino también y sobre todo al acto de insertar (y enfrentar) la conciencia individual en y ante la realidad de la ciudad. Una realidad de gente viva y de fantasmas también vivos. Los cinco versos de la primera estrofa me siguen pareciendo eficaces —comienzan como una descripción y terminan como una visión, a un tiempo histórica y espiritual, de nuestro tiempo:

> *Sobre el tablero de la plaza*
> *se demoran las últimas estrellas.*
> *Torres de luz y alfiles afilados*
> *cercan las monarquías espectrales.*
> *¡Vano ajedrez, ayer combate de ángeles!*

Lo que sigue es una sucesión de momentos, situaciones, personas, incidentes. El alba y la duda de la realidad sobre ella misma. El alba y la disolución de los fantasmas. Técnica de la *presentación*, para emplear la expresión de Pound, sin enlaces ni comentarios. La estrofa quinta (El prisionero de unos pensamientos...) es un pequeño autorretrato. Fue un tiempo de incertidumbre y de búsqueda, de aventuras y desventuras. Creo que con ese poema, y con otros poemas escritos durante esos años, comenzó realmente mi poesía. Pienso en «Virgen», escrito hacia 1944, en los Estados Unidos, y en «Himno entre ruinas», otro poema italiano de 1948. Hay en estos poemas, me atrevo a decirlo, un *tono* que no encuentro en la poesía que se escribía en esos años en España y en América Latina. Tampoco en Francia.

Consulté *La centena*. Apareció en 1969 y la selección comprende poemas escritos entre 1935 y 1968. En consecuencia, debemos cambiar un poco las primeras líneas de la Advertencia, como sigue: «Hace veinte años publiqué un volumen de poemas, *La centena*, escogidos entre los escritos de 1935 a 1968; ahora, en 1988, aparece *El fuego de cada día*. Esta nueva selección..., etc.». Otro cambio: en donde dice «a través de los cambios del gusto», debe decir: «a través de los vaivenes del gusto...».

Tengo una duda: ¿no añadí dos poemas más en la sección III, *Semillas para un himno (1943-1955)*? Me refiero a «Tus ojos» y «Escrito con tinta verde», ambos de *El girasol*. Esta adición modifica la numeración («Tus ojos» sería el número 28 y «Escrito con tinta verde» el 29); el libro queda compuesto por 155 poemas más los 2 del «Complemento», es decir: 157. Naturalmente, si este cambio entraña algún problema o trastorno, *olvídalo*.

El poema «La casa de la mirada» debe ir dedicado así: «A Matta» (sin nombre de pila —él lo omite con frecuencia).

Tal vez habría que incluir, en las *Notas*, la relativa al poema «El mismo tiempo». Te envío una copia. Tú decidirás si vale o no la pena incluirla. Por último, la *Addenda et corrigenda* que acompañaba a mi carta del 16 de febrero contiene varios errores. Olvida las enmiendas de las páginas 21, 28, 32, 107, 113, 115, 120 (dos), 121, 122 (tres), 214 y 680. Todas ellas se refieren a poemas y textos *no* incluidos en *El fuego de cada día*. Pero hay que agregar esta enmienda: página 390, línea 11, debe decir: «Fuente de claridad» (y no frente). En la sección *Notas*, hay que agregar dos, ambas de *Árbol adentro*: página 188, «Hablo de la ciudad» y página 189 «Kostas» (sólo el primer párrafo, hasta la línea 25 de la página 190, bondad).

Ya no te doy más latas. Esta carta se ha vuelto un río. Lo detengo, aunque no sin antes recordarte que espero algo tuyo para *Vuelta* —poemas, prosa, lo que quieras Para María Rosa y para ti, el doble abrazo y el afecto de Marie José y de

OCTAVIO

P.D. Ya terminada esta carta y antes de echarla al correo, vuelvo al primer párrafo. Perdóname el pequeño desahogo que vas a leer. Como si no fuese bastante con el desajuste íntimo que experimento apenas regreso a México, debo ahora enfrentarme al pequeño escándalo provocado por el ensayo de Enrique Krauze sobre (contra) Carlos Fuentes. Yo hubiera preferido no publicar ese texto en *Vuelta*. No pude. Lo siento de verdad. Tú me conoces y sabes que lo que digo es cierto. Y no hubiera querido publicar ese escrito apasionado, por dos motivos. El primero: la vieja y sincera amistad que me une (o unía, no sé) a Fuentes. Una amistad desde hace años resignada a sus intermitencias y a sus desapariciones súbitas seguidas por sus apariciones no menos súbitas. El segundo, porque soy enemigo de las querellas personalistas. Mis polémicas y batallas han sido siempre (o casi siempre) intelectuales e ideológicas. Pero, ¿cómo hubiera podido yo, que tantas veces he defendido la libertad de opinión, negar las páginas de la revista a un escritor mexicano —aparte de que ese escritor es, nada menos, el subdirector de *Vuelta*? La reacción, previsible, no se hizo esperar: varios artículos de desagravio a Fuentes y otros de crítica acerba en contra de Krauze. Naturalmente, no han faltado los renacuajos que dicen —uno ya lo escribió— que se trata de una maniobra inspirada por mí para desacreditar a un rival aspirante al premio Nobel. ¡Qué infames! Jamás he ambicionado ese malhadado premio —es *otra* mi idea de la gloria— y nunca he movido ni moveré un dedo para tenerlo. Pero este incidente ha hecho más amargo mi regreso. No solamente he perdido a un amigo (inconstante y escurridizo, es cierto, pero también inteligente, generoso y cálido) sino que debo soportar callado las calumnias... Para colmo, regresé en el momento de las elecciones. La incompetencia de los del Gobierno —deberían haber aceptado la derrota del PRI hace dos años, en Chihuahua y en Sinaloa: eso les habría dado autoridad moral y credibilidad— y la antidemocrática intolerancia de los dos partidos de oposición me hacen temer lo peor. Ojalá y no perdamos en estos meses próximos los pocos espacios democráticos que habíamos ganado en los últimos años. Y aquí, ahora sí, termino con otro abrazo,

OCTAVIO

161

[Paseo de la Reforma 369-104,
06500 México, 5, D.F.]
A 18 de agosto de 1988

Querido Pere:

Te envío la traducción de «Himno de invierno».[80] Suntuoso y fúnebre. Me impresionó como un nocturno de Chopin, menos nervioso y más solemne. Decidí traducirlo solo, ayudado únicamente por un diccionario «català-castellà» (Arimany). Debo haber cometido muchos errores. He numerado los versos para mayor comodidad tuya y mía. Espero tus correcciones y sugerencias. Me imagino que ya habrán recibido los fotolitos de *Primeras letras*. El libro aparecerá dentro de unos días. En breve recibirás un ejemplar. La edición es modesta pero limpia.

¿Recibiste mi carta última?

Un abrazo doble para los dos de,

Octavio

P.D.   ¿Cómo va *El fuego de cada día*? Acabo de leer tu artículo sobre la poesía en el *ABC*. ¡Espléndido!

162

[Paseo de la Reforma 369-104,
México, 5, D.F.]
A 31 de octubre de 1988

Querido Pere:

Contesto a tus dos cartas de septiembre. Empiezo por la última, la del 27, la más breve. Me alegra saber que *Primeras letras* aparecerá en no-

80.   Poema de mi libro *El vendaval. (N. del E.)*

viembre, con la cometa de Vernet en la portada. ¡Gracias! Era muchacho cuando, en uno de los *Salones* de Diderot, leí su nombre y una descripción de sus marinas y de sus escenas de costumbres, como la del cuadro de la cometa. Había visto obras de Vernet en el Museo de la Marina, en el Louvre y, hace poco, en una exposición dedicada a Diderot como crítico de arte. Aunque su maestría me impresiona pero no me entusiasma, al ver en el anexo del Prado, hace tres años, el cuadro de la cometa, sentí lo que se siente cuando buscamos una rima y, en el momento en que ya no la esperamos, «cae» de no sé dónde. Nada más a propósito para ilustrar un libro que recoge mis trabajos primerizos: ¡un rapaz que echa a volar un frágil *papalote*! Así llamamos en México a ese juguete. Creo que la palabra viene del nahua: *papalotl*, mariposa.

Y ya que hablo de Vernet; en el último libro de Lévi-Strauss *(De près et de loin)* encuentro un elogio encendido de sus marinas, que termina con este juicio: «Un grand port de Vernet, ce n'est pas très loin de la soirée de l'Opéra vue par Proust.» Y esto me lleva —otra «rima»— a tu artículo sobre el «París de *Du coté de chez Swann*». Me encantó (creo que te lo dije ya, por teléfono) y pensamos publicarlo en el número de diciembre, si Anson, como espero, nos da el permiso. Me sorprendió la fecha del comienzo de los amores entre Odette y Swann —la noche famosa de las *catleyas*— que yo creía mucho más tardía, a principios del siglo XX y no en 1882: ¡el día del entierro de Gambetta!

La historia pública y las historias privadas son series de sucesos paralelos e independientes que nunca o casi nunca se cruzan. Mejor dicho: se cruzan pero no se tocan. O se tocan de una manera incongruente, como el joven Fabrizio y la batalla de Waterloo. Sin embargo, a veces, por pasadizos secretos, se comunican lo público y lo íntimo. En estos meses he releído a Eliot y he vuelto a comprobar que en su obra hay un tránsito —mejor dicho: momentos de fusión— entre la vida histórica pública y la vida espiritual íntima. En esto reside su paradójica modernidad y lo que, desde el principio, me atrajo en su poesía. Ya te he contado que lo leí por primera vez en 1930, cuando tenía 17 años; desde entonces me acompaña, me intriga, me irrita, me conmueve. Para Eliot lo único que de verdad cuenta y hace soportable el diario tedio y el horror diario no está en el tiempo sucesivo, sea el de la historia o el del vivir cotidiano, sino en la intersección de los tiempos, en esos raros momentos en que, simultáneamente, somos tiempo y destiempo. Esos momentos en los que, como él dice, se juntan el ahora y el nunca *(never and always)*. Son nuestra porción de paraíso. Éste fue también el tema de Proust, aunque sin más allá, sin trascendencia. Tal vez por esto, al cerrar su libro, nos preguntamos desconsolados: ¿por qué, para qué? Éstas fueron las preguntas que me hice en mi adolescencia, al leer por primera vez *Por el camino de Swann*, en la traducción de Pedro Salinas. En mi torpe ensayo no acerté a formular con claridad esas preguntas pero en ellas está todo lo que entonces quise decir. Todo lo que he querido decir desde que comencé a escribir poemas. Doble tentación: la tentativa por *decir* esos momentos y revivirlos con palabras pero, al mismo tiempo, la conciencia de su fugacidad. Por esto comprendo a Eliot y lo admiro, aunque no comparto su fe en la salvación ni su terror ante la condena. En fin, la intersección de los tiempos —o la condena a los trabajos forzados del tiempo sucesivo— es el tema de los poetas verdaderos, en prosa y en verso. El tema, sobre todo, de aquellos poetas que tú y yo amamos, nuestros maestros.

Es increíble que hayas recibido con tanto retraso los fotolitos. En cuanto a los dos ejemplares de *Primeras letras*: me consuela que, por lo menos, encuentres «sobria y elegante» a la portada (a mí también me gusta) aunque me molesta que hayas recibido el libro sin mi dedicatoria. No me avisaron que te lo iban a enviar. Te confieso que me enfurecen y avergüenzan tantos errores, olvidos y tropiezos. Lamento también que no se haya indicado que la edición de *Vuelta* sólo circulará en México y, finalmente, la omisión del nombre de Santí en la portada. Coincido contigo: su introducción es excelente. Supongo que en la edición de Seix Barral su nombre figurará en la portada, como autor de la recopilación y el prólogo. Es justo.

No he tenido humor ni tiempo para revisar *Primeras letras*. Leí las pruebas y encontré pocas erratas. La persona que se ocupa de las ediciones es inteligente y capaz. De todos modos ayer, al darles un vistazo a algunos textos, encontré dos erratas. Una en la página 137, línea 8: en donde dice «escondiendo su importancia», debe decir «escondiendo su impotencia» (ese articulejo, por lo demás, es bastante malo); otra en la página 239, línea 12: en donde dice «proclamo» debe decir «proclaman». Debe de haber otras erratas pero ninguna, espero, grave.

Gracias por las otras noticias. Me conmovió la carta de Helsinki de Anneli Mäkelä. El verdadero y único premio del escritor son sus amigos desconocidos. Y que hayan escogido mi pequeño poema como un *leit-motiv* en la representación de una pieza de Ende (un autor que me encanta, como Tolkien), es un premio doble. Ojalá que *Árbol adentro* salga en portugués —pero ¿quién será el traductor? A mí también —mejor dicho, a nosotros, a Marie José y a mí— nos anima muchísimo la idea de volver a Madrid el año que entra. Ojalá que en esta ocasión podamos ver a María Rosa. Y para terminar: me emociona saber que pasaron unas semanas en Venecia. ¡Qué suerte vivir en Europa y poder hacer con frecuencia esos viajes! Aquí las distancias son enormes. Estuvimos fuera, dos semanas en Nueva York, Boston y Washington. Regresamos exhaustos. No fue un viaje de placer sino de trabajo. Y aquí corto con un doble abrazo, para los dos, de Marie José y de tu amigo,

OCTAVIO

P.D.   Ya recibí el cheque por los fotolitos. Se lo entregué a *Vuelta*. Gracias de nuevo...

En el número de noviembre, que sale dentro de tres días, aparece tu *Himno de invierno* y en el de diciembre tu pequeño y precioso ensayo sobre Proust.

163

[Paseo de la Reforma 369-104,
México, 5, D.F.]
A 20 de diciembre de 1988

Querido Pere:

Ante todo muchas gracias por el envío de *Primeras letras*. La portada resultó de verdad hermosa. Me encanta el cuadro de Vernet. Lástima que haya sido necesario suprimir el nombre de Santí. Al principio, se molestó. Sin embargo, hablamos por teléfono y creo que logré consolarlo.

Caminos cruzados:[81] no he tenido ni tiempo ni humor de revisar esas páginas. Me parecen incompletas y quisiera añadir, entre otras cosas, algunos retratos de escritores y artistas. Para hacerlo necesito un poco de tiempo —y no me dejan. Me parece muy bien tu idea: hay que agregar «Los pasos contados» (aunque debo cambiar el título: ignoraba que las memorias de Corpus Barga se intitulaban así). Lo que tú conoces es sólo un fragmento: hay más de cincuenta páginas en borrador y todavía informes. Se trata de un verdadero itinerario poético. Cuando pienso en esta pluralidad de textos —«Caminos cruzados», «Los pasos contados» y las entrevistas— me inquieto: temo que el libro resulte un tanto reiterativo. En el momento de preparar el manuscrito para la imprenta, suprimiré o modificaré los pasajes en que haya repeticiones.

Es muy acertada tu reflexión acerca de mi alusión a Proust y Eliot en mi última carta. Yo me referí únicamente a «Un amor de Swann» y esto explica mi opinión. Sin embargo, incluso si se lee toda la *Recherche* como una unidad, la respuesta que da el narrador al enigma de su vida (la recuperación del tiempo pasado y, en cierto modo, su redención) tiene un carácter fatalmente personal: la redención del tiempo por la memoria creadora es obra de una conciencia aislada y se realiza a través de una obra de arte. Es

81. Proyecto de libro de conversaciones de Octavio con el alemán Thomas Brons, que no pasó de la fase de borrador que aquí se refleja. *(N. del E.)*

una respuesta que atañe, sobre todo, al artista y a sus lectores. Eliot dice que el tiempo es «irredimible»; tal vez quiere decir que el objeto de la redención es el alma humana y no el tiempo. La redención que busca Eliot no es estética ni subjetiva: es una salvación religiosa que comprende a todos los hombres y a todos los tiempos. Su búsqueda es personal (la salvación de su alma), histórica (¿qué hacer con nuestro mundo?) y transhistórica (la redención del género humano). Como todos nosotros, Proust no puede decir nada sobre esta búsqueda. Como todos nosotros también —aunque con más genio que nosotros— Proust substituye a la revelación religiosa por la revelación poética. En cambio, Eliot rechaza la estética y la poesía (o las coloca en un segundo plano) en favor de lo único que de verdad le importa: la revelación religiosa. O sea: la salvación (o la pérdida) de todos los hombres. Por esto, aunque en «formato reducido», por decirlo así, Eliot es un descendiente de Dante. Yo me quedo con la respuesta de Proust pero me doy cuenta de que es incompleta. En realidad no es una verdadera respuesta: es menos que una religión y más que una estética. Comprendo que Proust fue un talento mucho más amplio y poderoso que Eliot: fue el creador de un mundo imaginario mientras que el otro fue el autor de unos admirables poemas líricos y religiosos... Las piezas teatrales de Eliot, sus comedias y sus dramas, están bien construidas, bien escritas y son inteligentes pero no nos conmueven. Sin embargo, fue un gran poeta lírico y religioso. Su obra es corta, poco variada —Eros es el gran ausente— y, no obstante, su delgada voz penetró en zonas espirituales que no rozó Proust.

Te envío con esta carta dos fotos para la portada de *El fuego de cada día*. Una en color y otra en blanco y negro. Tú escogerás. Me ha encantado saber que has prometido a Javier Pradera una antología de mis poemas. Creí que la publicación de *El fuego de cada día* había arrinconado ese proyecto. Tu futura selección despierta en mí, desde ahora y como es natural, una gran curiosidad.

Marie José se une a mis saludos: les deseamos a ti y a María Rosa una feliz Navidad y lo mejor para 1989.

Un gran y doble abrazo de tu amigo

OCTAVIO

334

P.D.   Supongo que habrás recibido los números 144 y 145 de *Vuelta* en los que aparecieron tus colaboraciones (el espléndido poema y el precioso texto sobre Proust).

Me gustó mucho tu libro sobre Chirico y, sobre todo, me descubrió aspectos que yo no conocía. Te debo un nuevo Chirico —que no desmiente al antiguo. *Gracias.*

164

[Paseo de la Reforma 369-104,
06500 México, 5, D.F.]
A 19 de enero de 1989

Querido Pere:

Ante todo, ¿te has fijado que este año, si se omite el uno del milenario, es capicúa? El ocho está crucificado entre dos nueves. ¿Buen o mal agüero? Todo depende, quizá, del ocho: ¿fasto o nefasto? El nueve es un número muy rico: tres veces tres, el número de la Trinidad. En el ocho hay algo incompleto, indefinido; está entre el nueve y el siete (otro número fasto pues es la suma de dos números perfectos, el tres y el cuatro). ¿Te interesa la numerología? A mí me parece fascinante, aunque apenas si he frecuentado sus arcanos. Aparte de que muchas de las especulaciones de Pitágoras y sus discípulos son la base de nuestras ciencias —matemáticas, física, astronomía— su influencia en la poesía ha sido constante y casi siempre fértil. Las divisiones de la *Comedia* y su forma misma obedecen a consideraciones numerológicas y astrológicas, como lo dijo el mismo Dante. No es el único ejemplo pero es el más ilustre. En Nerval, el siete (*Aurelia*) y el doce (*Quimeras*) son dos centros magnéticos. Por mi temeraria parte, yo me propuse reproducir en algunos poemas ciertas correspondencias, oposiciones y simetrías fundadas en los números y sus relaciones. Nunca he olvidado que la poesía es número. Ésta es la idea que inspira a *Piedra de sol*, *Homenaje y profanaciones*, *Blanco* y otros textos, por más imperfectos y torpes que sean todos ellos. No afirmo, naturalmente, que esas correspondencias y analogías numéricas reflejan a la realidad real; observo, simplemente, que son estimulantes y «conformantes»; quiero decir: nos incitan espiritualmente y nos dan formas o configuraciones que debemos *llenar* con nuestras percepciones. Son ventanas para *ver* a la realidad que sustenta a las apariencias que percibimos con los ojos de carne. Andamios mentales, para decirlo con una metáfora de albañil (un oficio noble).

Te envío con esta carta las pruebas de *El fuego de cada día*. Sólo las que contienen correcciones, según convinimos en nuestra conversación telefónica del viernes pasado. Las revisé de prisa —no hubo tiempo para más— pero con gran cuidado. Mejor dicho, con el máximo cuidado de que soy capaz. No es mucho, por desgracia: soy distraído por naturaleza. Además, conozco esos poemas casi de memoria, de modo que *no veo* las erratas; leo el texto grabado en mi mente, no el que aparece en la página. Por esto, pido de rodillas a los desconocidos y muy poderosos señores correctores que revisen de nuevo y con atención las pruebas. Por fortuna, los dos textos de base son muy confiables. Me refiero a *Poemas (1935-1975)* y a *Árbol adentro*.

Entre mis recomendaciones, una se refiere a dos palabras y sus derivados: obscuro y substancia. A veces aparecen con una *b* y otras sin ella. Hay que unificar la ortografía. Prefiero que se conserve, en ambos casos, la *b*. Estoy en contra del bárbaro fonetismo impuesto desde hace muchos años por la Academia. Además de ser una meta inalcanzable, el fonetismo nos aleja más y más no sólo de nuestras lenguas madres (el latín y el griego) sino de las lenguas modernas de Occidente. Escribir posdata (como lo hizo Orfila con mi libro), sicología, siquis y seudónimo es una práctica bárbara. No me resigno a escribir Pitágoras o Pirrón sin la y (justamente llamada griega), mientras que en inglés, francés, alemán e italiano se procura conservar la grafía original. Incluso los chinos y los japoneses, en sus intentos de reforma fonética de sus sistemas de escritura, se preocupan por conservar lo más posible los antiguos caracteres. Psiquis es el nombre de una diosa pero ¿qué o quién es Siquis? Si me dejasen, yo volvería a escribir philosophía, physica y photographía.

Tu observación acerca de *Pasado en claro* es muy justa. Se trata de un error en el índice que te envié hace meses. Es una obra independiente y debe publicarse con su portadilla y fecha correspondiente. ¡Muchísimas gracias! También me parece acertado distribuir las notas al final de cada sección. ¿Fue idea tuya? De nuevo: gracias, a ti o a la persona que se le haya ocurrido. Por último: hablé con la gente de Seix Barral en México. Son amables y me parecen eficaces. Esperan que les envíen pronto los fotolitos (o photolithos). Yo también lo espero: el 31 de marzo cumplo setenta y cinco años.

La lectura de las pruebas de mi libro fue una experiencia ambigua, a ratos exaltante y otros, los más, penosa. Al leerme subí, en ocasiones, al cielo pero sólo para, un instante después, caer pesadamente. Tengo muchos huesos rotos. Huesos poéticos, claro. ¡Qué cierto es aquello de que el gozo se va al pozo! Juan Ramón decía que cada poema tiene su momento. Es una media verdad, es decir, un error completo (no hay medias verdades). Cierto, nuestra percepción de un poema —como la de cualquier realidad— depende de varias condiciones y, entre ellas, algunas son subjetivas. Se necesita cierta afinación espiritual que, ante el poema, se convierte en afinidad. Sin esta simpatía es imposible la comprensión de un poema. Pero, a su vez, el poema debe poseer ciertos valores o cualidades. Debe *decirnos* algo y provocar en nosotros una respuesta. El poema es una realidad fonética y espiritual, hecha de número y proporción, que no depende ni de la hora ni de la subjetividad del lector. Ahora bien, el autor del poema es un lector *sui generis*: sabe más que nadie de su poema y, sin embargo, casi nunca puede juzgarlo. Lo ama tanto que lo aborrece; espera tanto que, invariablemente, lo decepciona. Esto es lo que yo sentí al leerme. El mismo Juan Ramón me ofreció un remedio: «No lo toques ya más, que así es la rosa...» Mi único reparo: ¿por qué la rosa y no el pulpo, el ratón, el astro, el escorpión, la pantera, la pulga o cualquier otra criatura viva? Aunque el poema no es rosa ni tortuga, es un ser vivo, como ellas. Vivo y dormido: el lector lo despierta... En fin, la lectura de las pruebas de mi libro me hizo palpable un misterio psicológico y (quizá) metafísico. Puede condensarse en esta pregunta: ¿qué lee realmente el poeta al releer su poema? Para contestar habría que tener el genio de Proust.

El nombre de Proust me lleva al de Eliot y a nuestra conversación. Sí, estamos de acuerdo. Yo añadiría dos puntos más. La obra de Proust es la respuesta moderna ante la desaparición de las antiguas certidumbres. Es tu respuesta y es la mía: la literatura, la poesía, es una ética y una estética que colindan con la religión. La obra literaria nos deja vislumbrar, como los sacramentos religiosos, el *otro lado* de la realidad. Es una comunión y una visión. Pero no es un ritual ni un sacrificio; es un fragmento de la antigua totalidad. Es una experiencia solitaria y entre solitarios. Incluso podría añadirse: es una comunión con fantasmas (aunque estos fantasmas sean más reales que la gente de carne y hueso con que hablamos todos los días). ¿Por qué me impresionan los poemas de Eliot, más allá de cualquier comparación estética con la novela de Proust, que es más rica y vasta? Pues porque están inspirados por el sentimiento de la pérdida de la comunidad religiosa. Son poemas traspasados por la conciencia de la separación, testimonios de la atomización de los hombres y de la división de las almas. No nos restituyen esa comunidad que fue la sociedad cristiana medieval: son obras modernas y expresan nuestra situación. Una situación que quizá comenzó en el siglo XVII, con Descartes y Newton (en esto Blake no se equivocó: Urizen es el diablo, *Your reason*). A mí Eliot me conmueve no porque yo acepte su fe sino por su conciencia de la pérdida. Su fe se sustenta en una ausencia: no es la revelación sino la nostalgia de la presencia. Su tema es la mutilación: fuimos separados, cercenados del cuerpo de la palabra sagrada. El cuchillo fue la razón moderna. En suma, la conciencia de la escisión lo convierte en nuestro contemporáneo, como a otros pocos (Kafka entre ellos). Y esto me lleva al segundo punto: la generación de Eliot fue más sensible que la de Proust a la condición dividida del hombre moderno. Por esto casi todos ellos quisieron reconstruir la antigua unidad y abrazaron filosofías y utopías que se proponían reunir lo que la Ilustración había separado. O como dice uno de sus maestros (Hegel): *curarnos de la escisión*. De ahí que no sea difícil comprender la inmensa seducción que ejercieron esas doctrinas, sobre todo apenas se advierte su pretensión reparadora, en el sentido religioso de la palabra *reparación*. Se ha hablado de la tentación totalitaria. Yo prefiero decir: tentación religiosa, aspiración hacia la totalidad. Isis junta los pedazos del cuerpo despedazado de Osiris, sopla sobre ellos y el dios resucita. Ésta fue la tentación que perdió a Pound y a Heidegger pero también a Breton, Brecht, Neruda y tantos otros. Todos ellos adoraron *Strange gods*, como dice Eliot, y comulgaron en abominables altares. Mi generación participó en estas herejías y toda mi vida ha sido una larga pelea con los demonios que han chupado la sangre y sorbido el tuétano de los hombres de nuestro siglo... ¿Y ahora? Creo que podemos doblar la hoja: los fantasmas, poco a poco, se disipan. ¿Qué ha quedado? No sé. Tal vez un inmenso desierto poblado de máquinas y de seres ávidos y vulgares. La nueva Jerusalén comunista fue una cárcel que hoy comienza a ser desmantelada; tampoco apareció, en Alemania, el superhombre. Esas ideologías no levantaron catedrales pero cubrieron el planeta de campos de concentración. Han sido vencidas y hoy se disipan las pesadillas. No obstante... ¿quién ganó? Ganó H.C.E., el *Everybody* de Joyce... Perdona estos exabruptos. Vivo bajo Saturno.

Leí en el *ABC* tu precioso artículo sobre la visita de ustedes a París en 1984. Me encantó y me conmovió. Sentí que tenía un amigo ¡el gran don de la vida! ¡Gracias! Recibí también *El vendaval*. Lo leeré ayudado por el diccionario y por la simpatía poética. Presiento que los sonetos de «El Beldevere», en metros cortos, me cautivarán, como ocurrió con la música solemne (y casi palpable) del «Himno de invierno» y los otros poemas de esa sección.

Gracias por los recortes sobre *Primeras letras*. ¡Qué bien quedó la portada de ese libro! En cuanto a *Caminos cruzados*: tienes razón. Tal vez será mejor aplazar ese libro y terminar *De una palabra a otra*. Por otra parte, he reunido los ensayos escritos y publicados en los últimos años (entre ellos aquél, breve, sobre *Fortuny*: ¿lo recuerdas?). Pronto te enviaré el manuscrito. Si le interesa a Seix Barral, ese libro podría aparecer después de *El fuego de cada día*. Pero ya hablaremos de todo esto. Por lo pronto, corto esta carta demasiado larga con un gran y doble abrazo de tu amigo,

Octavio

P.D.   Un pequeño gran favor: Hans Meinke me propuso editar mis obras en varios tomos. No todas pero casi. Incluso te invitó a participar en algún tomo, ¿lo recuerdas? A mí el proyecto me interesó porque esos libros también podrían publicarse más adelante en Seix Barral y, así, resucitar la idea aquella de publicar mis obras completas. Pues bien el 24 de octubre del año pasado le envié un telegrama a Meinke aceptando en principio su proposición. Me temo que no lo haya recibido pues no me ha contestado. Es extraño: es un hombre muy cumplido. El telegrama decía así: «De acuerdo espero carta suya para concluir trato. Saludos. Octavio Paz». ¿Quieres preguntarle a Meinke si recibió mi telegrama y, en caso contrario, transmitírselo? ¡Muchísimas gracias!

Un abrazo grande de

OCTAVIO

165

[Paseo de la Reforma 369-104,
México, 5, D.F.]
A 22 de enero de 1989

Querido Pere:

Volví a revisar las pruebas y encontré unas pocas erratas en las páginas 19, 46, 66, 67, 115 y 120. Te las envío.

Asimismo, sugiero algunos cambios. No en el texto sino en la disposición. Te envío también esas páginas: 99, 309, 342 y 344. Entre ellas una tiene cierta importancia: sugiero pasar el poema «Epitafio sobre ninguna piedra», que está en la página 309, antes de «Ejercicio preparatorio», a la página 316, después de «La cara y el viento», es decir, al final de la sección *(Un sol más vivo)*. Naturalmente, debe modificarse el índice. El cambio que propongo obedece a razones lógicas, estéticas e, incluso, existenciales: El «Epitafio» debe cerrar esa sección —como todos los epitafios. Sin embargo, si este cambio entraña tropiezos o dificultades, de-

342

jen las cosas como están. Lo mismo digo de los cambios, menos importantes, en las páginas 342 y 344: son deseables, no indispensables. Por último, los de la página 99 son leves.

Perdona todas estas recomendaciones de última hora. Supongo que ya habrás recibido mi carta anterior con las primeras pruebas.

Para María Rosa y para ti, con mi afecto, un doble abrazo,

Octavio

Fue muy agradable conversar contigo esta mañana.

O. P.

166

[Una postal de Roma
con un detalle del fresco
Domus Aurea]
Roma, a 22 de septiembre de 1989

Pere y María Rosa Gimferrer
Rambla de Cataluña, 113, 2A
Barcelona, Spain

Centauros, pegasos y sierpes sobre los muros neronianos y los nombres de Pere y María Rosa en las frentes de

Octavio y Marie Jo

167

[Paseo de la Reforma 369-104,
México, 5, D.F.]
A 20 de febrero de 1990

Querido Pere:

Te envío, al fin, *Poesía y fin de siglo*. Está dividido en dos partes. La primera, «Poesía y modernidad», está compuesta por tres ensayos sueltos aunque emparentados; son el antecedente necesario de la segunda parte, la más extensa y actual («Poesía y fin de siglo»). En el primer capítulo («Los pocos y los muchos») me refiero extensamente a tu ensayo «La poesía y el libro». Creo que ya no volveré más sobre estos temas. Si todavía tengo algo que decir, lo diré entre líneas o lo dejaré flotando en una pausa. Al pensar en todo lo que he escrito sobre esto, me doy golpes de pecho: tal vez fui demasiado categórico, demasiado tajante en mis afirmaciones y negaciones. No por exceso de seguridad sino por lo contrario: desconfiaba de mis opiniones y, para darme valor, las exageré. Fui temerario. Ojalá que mi suerte no sea la de Carlos el Temerario. Fue una figura que, en mi juventud, me impresionó: su destino de meteoro y su muerte miserable. Pero de nuevo exagero: yo no luché con espadas y lanzas sino con palabras e ideas...

Hace unos días recibí un telegrama de Enrique Loewe; me anuncia su llegada a México en los primeros días de marzo, acompañado de Luis Antonio de Villena. Haremos algo en *Vuelta* para promover el premio Loewe de Poesía. Espero verte en junio, en Madrid. También me han invitado a inaugurar los cursos de verano, en El Escorial, de la Universidad Complutense. Se me ha ocurrido un ciclo de cuatro conferencias cuya substancia sería, precisamente, el libro que te envío ahora con estas líneas: *Poesía y fin de siglo*. Creo que las conferencias prepararían la aparición del libro en el otoño. ¿Qué te parece la idea?

La exposición en torno a mis escritos de arte (*Los privilegios de la vista*), se inaugura el 27 de marzo.* Aunque traté de no ocuparme directamente de la exposición, fue imposible: ando (me traen) de cabeza. La gran novedad: Marie José expone ¡por fin! sus *collages*. Estoy seguro de que, si los vieses, te sorprenderían por sus exquisitos valores visuales, por su humor y por su extraña, intensa poesía. No exagero...

En esta carta he hablado demasiado de mí. Perdóname. Vivo en un torbellino. Ahora tú debes darme noticias tuyas y de María Rosa.

Un abrazo grande,

OCTAVIO

168

[Paseo de la Reforma 369-104,
México, 5, D.F.]
A 18 de abril de 1990

Muy querido Pere:

Desde hace más de un mes quiero escribirte pero por angas o por mangas —la exposición, los periodistas, los visitantes, los teléfonos, etcétera— no he podido hacerlo sino hasta ahora. Y tendré que ser breve pues no dispongo de mucho tiempo. Perdóname.

Me alegran mucho, como siempre, nuestras grandes coincidencias. También, claro, nuestras pequeñas diferencias. De unas y otras está hecha la amistad. En el caso de *El corsario*: tienes razón y voy a agregar una nota reproduciendo tu dato y tu opinión. Sobre Góngora: mi admiración no es menor que la tuya. Diré que es inmensa, como su poesía. Me gus-

---

* ¡Qué lástima que no hayas podido colaborar en el catálogo! Lo sentí mucho.

tan muchísimo sus obras menores: romancillos, villancicos, letrillas y algunos sonetos (sin embargo, prefiero los sonetos de Lope y de Quevedo). Su gran poema —acabado, perfecto— es la «Fábula de Polifemo». Una de las obras centrales del siglo XVII europeo. En cambio, aparte de que no las terminó, las «Soledades» son un poema divagatorio y no pocas veces hueco, aunque esmaltado con pasajes memorables. El juicio de Menéndez Pelayo, a pesar de su parcialidad y dureza, es justo. En suma, Góngora es uno de los grandes poetas líricos europeos pero no es Milton. En cuanto a las imitaciones: las que tú citas (Villamediana, Bocángel, Soto de Rojas): creo que ninguna posee la densidad, la originalidad y la pasión intelectual de «Primero sueño». Es un poema en la tradición de los grandes poemas filosóficos del siglo XX, algo que no puede decirse de los otros ni tampoco de las «Soledades». El de Sor Juana es *otra* dimensión de la poesía. Lo mismo digo de las «recreaciones arqueológicas», como diría Darío, de Diego y Alberti. Aunque hay una diferencia entre ellos: la «Fábula de Equis y Zeda» es una prodigiosa invención, a un tiempo gongorina, cubista y creacionista, mientras que lo de Alberti es un hábil *pastiche*. El Alberti que yo amo es el de *Marinero en tierra, La amante, El alba del alhelí* y de algunos poemas de *Cal y canto* y de *Sobre los ángeles*. Entre los últimos, por ejemplo, el «Madrigal al billete de tranvía» y el poema «A Miss Equis, enterrada en el viento del Oeste». Y claro, los «Sonetos corporales» de *Entre el clavel y la espada*. Entre los primeros, «Mito»: un inmenso poema de cinco líneas,[82] Es verdaderamente milagroso que Alberti lo haya escrito cuando no tenía sino veintiún años. Las grafías: la de «Queene» es la de Spenser pero puede cambiarse; también la de Dante, aunque el título original está en latín y por eso escribí «Nova».

Espero con impaciencia los sonetos que me anuncias. Has llegado a una perfección admirable y que no ahoga la palpitación poética. Me con-

82. Octavio alude aquí al poema cuyo primer verso dice «¡Jee, compañero, jee, jee!». Dicho poema apareció con el título de «Mito» en la primera edición de *El alba del alhelí*. En las ediciones posteriores de Alberti pasó, sin título, a *Marinero en tierra*. Octavio cita, a todas luces, por la primera edición. Debo esta información a la generosidad erudita de mi querido amigo Robert Marrast. *(N. del E.)*

formo con la edición corriente pues la de Tàpies debe ser inalcanzable. ¡Qué lástima que no hayan podido ver, tú y María Rosa, la exposición! Te enviaré un catálogo. Marie José estuvo representada por treinta *collages*. Han gustado mucho y algunos entendidos, como Pierre Schneider, Claude Esteban, Robert Litman y otros han quedado impresionados. Ahora, el 15 de mayo, hará una exposición. Les enviaremos el catálogo.

Te envío, firmado, el contrato. Y te ruego (¡gracias de antemano!) que le entregues a Hans Meinke una copia de los originales de *Poesía y fin de siglo*, salvo el primer ensayo «Contar y cantar», que no será incluido en el volumen que publicará Círculo de Lectores. En hoja aparte te envío una corta lista de correcciones a erratas mecanográficas de *Poesía y fin de siglo*. Cambié el título de *Poesía y modernidad* por otro un poquito mejor: *Ruptura y convergencia*.

Un abrazo grande para los dos de Marie José y de su amigo que los quiere,

OCTAVIO PAZ

Por correo aéreo te envío «Pequeña crónica de grandes días», título quevedesco. Es un folleto que recoge mis comentarios sobre la actualidad internacional.

Espero nuestro próximo encuentro en junio, en Madrid. *Me hace falta tu conversación.*

He releído a Neruda, en una antología un poco descosida que hizo Alberti. Volvió a conquistarme: en *toda* su obra, aun en los momentos más deleznables, hay poemas extraordinarios. Tal vez es el gran poeta de su generación, en América y en España. La voz más amplia, la que viene de más lejos y la que va más allá. La palabra *océano* le conviene.

169

[Editorial Vuelta]
México, a 22 de octubre de 1990

Fax: 98(34-3) 218 47 73

Señor Pere Gimferrer
Planeta-Seix Barral
Barcelona

Querido Pere:

Te envío, según quedamos en nuestra conversación telefónica del lunes 22, las enmiendas y correcciones a *Poemas (1935-1975)*, así como a *Árbol adentro*.

Título: *Obra poética (1935-1988)*

Página 13, línea 8: Después de *Octavio Paz* agregar la fecha de la Advertencia: (1979). A continuación, en la línea siguiente: *Post-scriptum* (1990). La mayor novedad de esta nueva edición, once años después de la primera, consiste en la inclusión de mi último libro de poesía, *Árbol adentro (1976-1988)*. Asimismo, he corregido algunas erratas y modificado levemente unos pocos poemas.

O. P.

Pág. 21, línea 2 de abajo para arriba.   Dice ruinas; debe decir: rüinas.

Pág. 28, III, línea 9.   Suprimir la línea (esa ceguera alada por el cielo).

Pág. 32, III, línea 8.   Dice: detiene la; debe decir: detiene a la.

Pág. 32, III, línea 13.   Dice: húmedo; debe decir: prófugo.

Pág. 39, «Jardín», línea 7.   Dice: se bañan. Pasa el aire entre murmullos; debe decir: se bañan. Pasa el viento entre alabanzas...

Para mayor claridad, ver *El fuego de cada día*, la página 13, verso penúltimo.

Pág. 42, «Arcos», líneas 11 y 12.   Dice: por el río feliz que se desliza/y no transcurre, liso pensamiento; debe decir: que feliz se desliza y no transcurre. Se suprime una línea.

Pág. 73, II, líneas 7 y 8. Dice: calles en donde lívido, de yeso, /late un sordo vivir vertiginoso; debe decir: calles en donde, anónimo y obseso, /fluye el deseo, río sinúoso;... Para mayor claridad, ver en *El fuego de cada día* la página 29, líneas 3 y 4.

Pág. 73, II, línea 10. Dice: trémula llaga torna a cada muro; debe decir: llaga indecisa vuelve cada muro... Ver en *El fuego de cada día* la página 29, línea 6.

Pág. 75. Suprimir el soneto V. En consecuencia, el soneto VI debe ser el V.

Pág. 75. A continuación del soneto V (nueva numeración, termina con la línea «que mana sólo, estéril, impaciencia», en la página 76), incluir el antiguo soneto V («Fluye el tiempo inmortal y en su latido...») pero con las siguientes modificaciones:

a) Sin número y con el título «Pequeño monumento».

b) A Alí Chumacero.

c) Versos 5 y 6. Dice: Hechos ya tiempo muerto y exprimido/yacen la edad, el sueño y la inocencia; debe decir: Resuelto al fin en fechas lo vivido/veo, ya edad, el sueño y la inocencia.

d) Versos finales (12, 13 y 14). Dice: Todo se desmorona y se congela;/del hombre sólo queda su desierto,/monumento de yel, llanto, delito; debe decir: Mirada que al mirarse se congela,/haz de reflejos, simulacro incierto:/al penetrar en mí, me deshabito.

Para mayor claridad, ver las páginas 30 y 31 de *El fuego de cada día*, que recogen la nueva disposición y las otras enmiendas.

Nota. Si el cambio de orden presentase dificultades mayores que pusiesen en peligro la aparición del libro en tiempo oportuno, puede dejarse el texto como está, es decir, sin cambiar el orden y la numeración ni incluir el nuevo título. En cambio, sí son necesarios los otros cambios (b, c y d), es decir: añadir la dedicatoria y corregir las líneas 5 y 6 así como las 12, 13 y 14.

Pág. 107, líneas 14 y 15. Dice: Algo, invisible,/la amenaza y la fas-

cina; debe decir: Alucinante luz por ella misma,/y en ella misma, aluci-
nada.

Pág. 107, líneas 20 y 21.   Dice: Sol desolado por un desierto pasillo-
/¿de quién huye, a quién espera?; debe decir: Sol desolado en un pasillo
desierto,/¿a quién espera, de quién huye?

Pág. 107, línea 23.   Dice: ¿Vio al inmundo brotar de su espejo?; debe decir: ¿Vio brotar al inmundo de su espejo?

Pág. 107, línea 27.   Dice: Se detiene al borde de un latido; debe decir: Al borde de un latido se detiene.

Pág. 107, línea 28.   Dice: No respira,; debe decir: No respira; no brillan...

Pág. 107, línea 29.   Dice: su pecho de espuma no se mueve; debe
decir: en su pecho de espuma.

Pág. 107, línea 30.   Dice: su collar de ojos no brilla; debe decir: las
cuentas del collar, fulgor quebrado.

Nota.   Para mayor claridad repito el nuevo texto de las líneas 27, 28,
29 y 30: Al borde de un latido se detiene./No respira; no brillan/en su pecho de espuma/las cuentas del collar, fulgor quebrado.

Pág. 113, línea 11.   Dice: Principio; debe decir: principio.

Pág. 115, línea 5.   Dice: Mañana; debe decir: mañana.

Pág. 120.   «El Prisionero». Suprimir: (Homenaje a). Dejar únicamente: (D. A. F. de Sade).

Pág. 120, línea 5.   Dice: y rutilante cola dialéctica; debe decir: cola
fosfórea: razones-obsesiones.

Pág. 121, líneas 3 y 2 de abajo para arriba.   Dice: ¿Cómo saciar esta hambre,/cómo acallar y poblar su vacío?; debe decir: ¿Cómo saciar su
hambre,/cómo poblar su vacío?

Pág. 122, línea 1.   Dice: Sólo en mi semejante me trasciendo,; debe
decir: En el otro me niego, me afirmo, me repito,

Pág. 122, línea 2.   Dice: da fe de esta existencia; debe decir: da fe de
mi existencia.

Pág. 122, línea 5 de abajo para arriba.   Suprimir esa línea (la libertad es la elección de la necesidad).

Pág. 122, línea 4 de abajo para arriba.   Dice: Sé el arco; debe decir: sé el arco (minúscula).

Pág. 156.   «La piedra de los días». El breve poema de tres líneas ha sido substituido por el siguiente: El sol es tiempo;/el tiempo, sol de piedra;/la piedra, sangre. Ver en *El fuego de cada día* la página 58, tres primeras líneas.

Pág. 158.   «Campanas en la noche». El nuevo texto dice así: Olas de sombra/mojan mi pensamiento/—y no lo apagan. Ver en *El fuego de cada día* la página 59, «Campanas en la noche».

Pág. 214.   «Mayúscula». Añadir la dedicatoria: A Artur Lundkvist.

Pág. 318, línea 2.   Dice: Resuenan; debe decir: resuenan (minúscula).

Pág. 319.   «Reversible». Añadir la dedicatoria: A Alberto Gironella.

Pág. 320.   «Disparo». Añadir la dedicatoria: A Lasse Söderberg.

Pág. 323, línea 2.   Dice: *ni pájaro de lujo*; debe decir: ni *pájaro de lujo*. (Ni en redondas.)

Pág. 327, línea 8.   Dice: escricto; debe decir: estricto.

Pág. 331, línea 5.   Dice: no es el mar subiendo las escaleras; debe decir: no es la sombra subiendo las escaleras.

Pág. 373, línea 2 de abajo para arriba.   Debe decir: complicidad de ratas, identidad. (Falta la coma.)

Pág. 390, línea 11.   Dice: Frente; debe decir: Fuente.

Pág. 403, línea 5.   Dice: corre; debe decir: canta.

Pág. 403, línea 3 de abajo para arriba.   Dice: Decapitada; debe decir: decapitada (minúscula).

Pág. 408.   «Epitafio de una vieja». Nueva disposición de las líneas: La enterraron en la tumba familiar/y en las profundidades/tembló el polvo del que fue su marido:/la alegría de los vivos/es la pena de los muertos.

Pág. 427, línea 11.   Dice: en los huecos; debe decir: en los huesos.

Pág. 607, línea 9.   Dice: los nombres; debe decir: los hombres.

Pág. 615, línea 10.   Dice: el árbol; debe decir: El árbol (mayúscula).

Pág. 633, línea 18.   Falta el punto después de apagados.

Pág. 669, línea 25.   Dice: primeros frescos; debe decir: primeras obras.

Pág. 676.   A continuación de la nota sobre «La hija de Rappaccini» (línea 9), y antes de «Homenaje y profanaciones», podría introducirse, *si es posible y no causa demasiados trastornos*, la siguiente nota:

El mismo tiempo.

En los primeros meses de 1943 visité en tres o cuatro ocasiones a José Vasconcelos en su despacho de la Biblioteca Nacional de México. En aquella época yo escribía para una agencia distribuidora de artículos que dirigía el historiador José C. Valadés. Mis colaboraciones eran semanarias y aparecían en *Novedades* y en otros diarios de provincia. Uno de aquellos artículos era un pequeño comentario sobre la definición platónica de la filosofía como «preparación para la muerte», una idea muy del gusto de Montaigne, al que yo frecuentaba con fervor en esos años. Vasconcelos era lo contrario de un escéptico pero me habló con benevolencia de mi articulito. Después me dijo: «La filosofía no puede darnos la vida. Dios da la vida y a Él hay que pedirle la vida eterna, que es la única vida verdadera. Pero es cierto que la filosofía nos ayuda a bien morir: nos desengaña de la vida terrestre y así nos defiende de la muerte. A usted, que no es creyente, no le queda sino dedicarse a la filosofía. En mi juventud yo también perdí la fe y de ahí viene quizá mi vocación filosófica. Sí, ¡dedíquese a la filosofía! Lo hará más fuerte...» Diez años más tarde, en Ginebra, José Ortega y Gasset me dio el mismo consejo aunque en términos más imperiosos: «Estamos al final de un período. La literatura ha muerto. Sólo queda el pensamiento: es la tarea de hoy. Deje la poesía ¡y póngase a pensar! Como ya es un poco tarde para que comience con el griego, aprenda la otra lengua filosófica: el alemán. Y olvide lo demás...» En un ensayo sobre Ortega y Gasset recogido en *Hombres en su siglo* (1984) he referido mi conversación con el filósofo español. Apenas si necesito repetir que poesía y pensamiento forman, para mí, un invisible pero muy real sistema de vasos comunicantes.

Pág. 679, línea 9.   Después de: el *mundum*). añadir: Véase Julio Caro Baroja: *Los pueblos de España* (1946).

Pág. 680, «Tumba de Amir Khusrú», línea 2.   Dice: son las; debe decir: son la.

Pág. 689, «Carta a León Felipe», línea 1.   Dice: contienen una; debe decir: contiene una.

Pág. 700, «Pasado en claro», línea 4.   Dice: El algún libro; debe decir: En algún libro.

Árbol adentro

Pág. 61, línea 11.   Dice: sílabas. Azores; debe decir: sílabas: Azores.

Pág. 63, última línea del soneto III.   Dice: que inventó el enemigo en sí mismo; debe decir: que inventó el enemigo de sí mismo.

Pág. 65, «Fuegos lúdricos», línea 6.   Dice: y los echa a volar en ese lado de allá; debe decir: y los echa a volar hacia ese lado/que no es ni aquí ni allá. Se añade una línea.

Querido Pere: Espero que estas enmiendas y correcciones lleguen a tiempo y que sea posible incorporarlas al texto sin comprometer la fecha de salida del libro. Dejo todo en tus manos. Un gran abrazo a María Rosa y Pere de Marie José y de

Octavio Paz

170

[Paseo de la Reforma 369-104,
06500 México, D.F.]
A 5 de noviembre de 1990

Querido Pere:

Tres líneas de prisa. No pude enviarte el ejemplar de *Conjunciones y disyunciones* porque se interpusieron las fiestas y el domingo. Te lo envío ahora, *corregido* (le di un vistazo ayer), así como la versión nueva del texto sobre López Velarde, que debe ir en *Cuadrivio* (agrego algunos datos sobre la influencia de Andrés González Blanco, poeta olvidado en España, Francis Jammes y otros). Los tres libros que faltan (*Cuadrivio*,

El signo y el garabato y *El nuevo festín de Esopo*) te los enviará Planeta de México... Y aquí corto con un doble y gran abrazo para ti y María Rosa,

OCTAVIO

171

[Paseo de la Reforma 369-104,
06500 México, D.F.]
A 16 de noviembre de 1990

Querido Pere:

Te envío el contrato, ya firmado, por las cuatro obras publicadas anteriormente por Mortiz. Le ruego a la persona encargada de la impresión que se sirva de la última edición de *Claude Lévi-Strauss o el nuevo festín de Esopo*, que recoge todas las enmiendas y correcciones. Me refiero a la «quinta edición corregida» de 1984. En cuanto a *El signo y el garabato*: por favor, pídanle a Círculo de Lectores el texto corregido y ampliado de *Ezra: galimatías y esplendor*. Corregí un poco mi traducción y, sobre todo, agregué un extenso comentario («Afterthought») de ese «Canto», el último que terminó Pound. Los demás son fragmentos. Tal vez te interese lo que ahí digo.

Me encanta que te encante Heredia. A mí también me encanta. En ese género del medallón, que oscila entre el retrato y el camafeo, es uno de los mejores. Superior a Arguijo aunque inferior a Quevedo, que nos ha dejado algunos sonetos que son medallones espléndidos —triunfos del clarobscuro— como el dedicado a Escipión o los que escribió en memoria del Duque de Osuna. También le debemos varios a Darío, todos ellos soberbios y todos descendientes directos de Heredia. El soneto es propicio al género y Robert Lowell intentó una serie de retratos en forma de sonetos (los llamó así *loosely* ya que, aunque divididos en dos cuartetos y dos tercetos sin rima, no son realmente sonetos). Algunos son notables y otros deleznables (valga la rima). Hace unos años recibí una traducción de cincuenta y pico de sonetos

355

de *Los trofeos*, hecha por Eliseo Jiménez Sierra. No lo conozco pero después de leer su traducción lo estimo. Es una traducción excelente, rimada y en rotundos alejandrinos que revelan a un aventajado discípulo de Darío. Un modernista en la segunda mitad del siglo, ¿no es extraño? Nada sé de Jiménez Sierra excepto que el prólogo a su traducción está fechado en 1957. Él me la envió en 1980... Me detengo a regañadientes. Tal vez en Madrid o en Barcelona (temo que en Estocolmo no será fácil) podamos conversar con un poco de desahogo de lo que de verdad amamos y nos gusta. Mientras tanto, un doble abrazo,

OCTAVIO

P.D.   Olvidé una de las cosas que quería decirte cuando empecé esta carta (mis distracciones comienzan a inquietarme). Recordarás que desde hace más de un año tenía pensado publicar un nuevo libro que reuniese mis ensayos y artículos de los últimos años. Tú aprobaste la idea. Pasó el tiempo, los textos se acumularon y a fines de septiembre, un poco antes de mi viaje a Nueva York, al tratar de hacer un índice encontré que el libro resultaba demasiado voluminoso para una obra de ese género. Ése fue el defecto de *Sombras de obras*: el número y la variedad de ensayos y textos mareaba un poco al lector y dificultaron no sólo su lectura sino su recta comprensión. Decidí dividir el volumen en dos libros. Uno reúne nueve ensayos, casi todos en torno a escritores contemporáneos. Tiene unas ciento ochenta holandesas. El título: *Convergencias*. Te envío el índice. El segundo reúne textos breves —los más cortos de una página y los más largos de doce— divididos en cuatro secciones: «Letras», «Teatro de miradas» (artes visuales), «Al paso» (miscelánea) y «Tres poemas de la dinastía T'ang». Tiene también una extensión aproximada de 180 holandesas. Sigue un poco la variedad y concentración de *Corriente alterna* y de ahí el título: *Corriente alterna (Segunda serie)*. Iría precedido de una breve nota explicativa de una página, aún no escrita. Te envío el índice. Dime si Seix Barral se interesa en los dos libros o en uno solo y, entonces, en cuál de ellos. El otro lo podría publicar *Vuelta*. También dime el calendario. Tal vez podría aparecer uno en el primer semestre de 1991 y el otro en el segundo. ¿O al mismo tiempo? Por último: me parece que *Convergencias* es más apropiado para el público español pero tú tienes, sobre esto, una opinión más clara. Perdona esta larguísima postdata.

Un abrazo que pienso materializar en Estocolmo,

Octavio Paz

172

[Paseo de la Reforma 369-104,
06500 México, D.F.]
A 19 de noviembre de 1990

Querido Pere:

Te envío por DHL mi carta del 16 porque de otro modo no sé cuándo podría llegarte. En el mismo sobre envío otra al señor Soriano de Plaza & Janés (no lo conozco personalmente). *Te ruego encarecidamente que se le entregue lo más pronto posible.* Es muy urgente pues en ella niego mi autorización a esa editorial para publicar *Signos en rotación*. Sin consultarme les pidieron el libro a los de Alianza Editorial. Lo destinan a una colección en preparación dedicada a los premios Cervantes. Me lo notificaron hace unos días, casi como un hecho consumado. También me enviaron un cheque que les devuelvo con esa carta. Hay que detenerlos. ¡Gracias, otra vez gracias por este pequeño gran favor!

Un abrazo de tu amigo,

Octavio Paz

_1991_ /

173

[Paseo de la Reforma 369-104,
06500 México, D.F.]
A 30 de abril de 1991

Querido Pere:

Hace un siglo que no te escribo, aunque a menudo converso mentalmente contigo para comentar algo que he visto, leído u oído —un cuadro, una página, un nombre.

Me conmovió muchísimo tu artículo sobre mí.[83] Exageras pero tu exageración me da alas y me ayuda a perseverar. No te di a tiempo las gracias porque vivo amarrado no a la concha de Venus sino a la noria del quehacer de cada día. Estos últimos meses han sido, a un tiempo, productivos, atareados y siniestros. Lo primero (bueno) porque he escrito tres prólogos a tres volúmenes de las _Obras_ en Círculo de Lectores; también otras cosas más breves, como el ensayito sobre Sade, otro sobre Lawrence y (lo mejor) dos poemas, uno aparece en el número de mayo de _Vuelta_. Revisé además _Al paso_ (deseché como título _Teatro de miradas_, aunque me gusta más, como a ti, porque es menos exacto) y _Convergencias_. Escribí dos prologuillos para ambos libros. Lo fastidioso: las continuas interrupciones para pedir absurdas entrevistas, conferencias, homenajes (no aceptados) y otras zarandajas. Y lo malo: la semanaria ración de maldicencias, insidias y mezquinerías que publican

83. Publicado en _América_, revista del V Centenario. Sirvió luego de prólogo a un tomo de obras de Octavio editado por Planeta, en su sello Planeta Crédito, en 1993, al que aludirá la carta de Octavio del 27 de abril de 1993. _(N. del E.)_

los diarios y revistas sobre (contra) mí. Hoy recibí una carta de un viejo amigo, un poeta que vive en la provincia; confiesa su asombro y me dice: «nunca supuse que tuvieses tantos malquerientes». Durante muchos años esto me apesadumbraba pero ahora me hace reír. No hay que decirlo: si los mosquitos y las avispas lo supiesen, dejarían de zumbar y de picar...

Te envío con esta carta los textos de *Al paso* y *Convergencias*. Como no son muy extensos, sería bueno que se emplease un tipo de letra grande y espaciada, como en *Conjunciones y disyunciones*. ¿Saldrán al mismo tiempo o separados por un intervalo? Si lo segundo, ¿cuántos meses entre uno y otro? ¿Y cuál debe salir primero? No me contestes inmediatamente pues salimos dentro de unos días hacia Europa. Iremos primero a París; debo asistir a una velada en memoria de Roger Caillois y, sobre todo, Marie José presenta una exposición en una galería de la *rive gauche*. Está emocionadísima. Ha trabajado mucho y sus últimas cosas —cajas y ensamblajes— me asombran por su inventiva, su humor y su poesía. Después iremos a Alemania, con Siegfried.[84] Llegaremos a España a principios de junio. Por Meinke o por Loewe te podrás enterar de la fecha exacta de nuestra llegada; yo todavía no la sé. Ojalá que nuestro encuentro no sea tan breve como el anterior. Y con menos gente alrededor.

Guardo tu pequeño ensayo entre unas cuantas cosas preciosas para mí —cartas de Cernuda, Bianco, Buñuel, Elizabeth Bishop, Reyes, libros de Breton, Camus, Michaux, Caillois...

Un gran abrazo para María Rosa y otro para ti de tu amigo,

OCTAVIO PAZ

---

84. Siegfried Unseld, editor de Suhrkamp. *(N. del E.)*

174

[Paseo de la Reforma 369-104,
06500 México, D.F.]
A 14 de agosto de 1991

Querido Pere:

Ante todo: no sé como agradecerte ese texto extraordinario y extraordinariamente generoso que has escrito sobre mí para Coron Verlag de Zurich.[85] Ha sido un regalo suntuoso. Me dices que lo publicarás en España, probablemente en Círculo de Lectores. ¿Cuándo? ¿Y podríamos publicarlo, después, en México? Cierto, exageras y exageras mucho pero yo veo esas exageraciones no como juicios sino como dádivas. Mejor dicho, más que dádivas caídas de un cielo mentiroso, son frutos muy reales del árbol de nuestra amistad. No, no soy Lucrecio y lo sé. Ando perdido en este siglo, como casi todos, sin un sistema de creencias o una filosofía que me explique el universo y me defienda de los otros y de mí mismo. Tal vez estoy más cerca de Pirrón y de Montaigne, aunque sin alcanzar su sonriente sabiduría: soy colérico, tengo el «genio irritable» de los poetas, el mundo me sigue hechizando y no me resigno a la desdicha y a la muerte. Pero algo me une a Lucrecio: venero como él a la gran diosa, al ánima del mundo, alma Venus, «de hombres y dioses deleite» (él emplea una palabra más fuerte: *voluptas*). ¿Qué más puedo decirte? A través del mar, calladamente y con el pensamiento, abrazo a los dos, a ti y a María Rosa. ¡Gracias!

Ayer por la mañana intenté llamarte por teléfono a Seix Barral. La voz del contestador me informó, con ese tono de superioridad insufrible de los aparatos cuando hablan con los simples humanos, que están de vacaciones y que no volverán sino hasta el 2 de septiembre. Siempre olvido

85. Texto editado en alemán por esta editorial suiza a modo de prólogo a un tomo de obras de Octavio. Está previsto que se publique en español en el volumen *Retrato de Octavio Paz* que prepara Círculo de Lectores. *ABC* publicó un fragmento de este texto al día siguiente del fallecimiento de Octavio. Dicho fragmento apareció también poco después en *Vuelta*. *(N. del E.)*

que el período de vacaciones de ustedes no coincide con el nuestro. En México no hay realmente estaciones: hay temporada de lluvia y temporada seca. Mi llamado se debe a otro llamado de Madrid, de Elvira González, directora de la Galería Theo. Un poco antes de volver a México, la conocimos; nos dijo que se interesaba mucho en el trabajo de Marie José y le propuso hacer una exposición, semejante a la de París, aunque con más obras. La exposición se celebrará en Madrid, en una de las tres salas de su galería (creo que se llama Cellini, ¿por Benvenuto?) y en Barcelona en una galería suya y que tú conoces sin duda. Aunque muy amablemente Hans Meinke le había ofrecido a Marie José el Círculo de Lectores, ella decidió aceptar la proposición de Elvira González por una razón muy simple: se trata de una verdadera galería —creo que es una de las mejores de España— mientras que la del Círculo de Lectores es más bien un lugar de exposición de obras relacionadas con la editorial. Creo que tuvo razón. Pues bien, al hablar de la persona que podría encargarse del texto en el catálogo se mencionó tu nombre. Yo recordé que tú me habías dicho que te interesaría escribir algo sobre Marie José. Al oírme, Elvira se entusiasmó con la idea. Ésta es la razón de su llamada telefónica de hace unos días.

Me ha rogado que te pida en su nombre ese pequeño texto. Yo me uno a su petición. Nos daría muchísima alegría a Marie José y a mí que tú la presentaras en España. Por favor, llámanos por teléfono apenas recibas esta carta y dinos si aceptas el encargo. En caso afirmativo, y si necesitases más documentos, podríamos enviarte algunas fotos. Tú tienes, por otra parte, el catálogo de la exposición de París. La de España será esencialmente la misma aunque con más obras: pequeños objetos en tres dimensiones (algunas esculturas conceptuales y cajas) así como un grupo de *collages* en dos dimensiones, como los de su primera exposición en México (tú tienes también ese catálogo). Elvira González puede darte más informaciones. Ella o su colaborador: Antonio Ruiz. El teléfono de Elvira en Madrid: 308 53 59.

Espero con ansiedad tu respuesta y les envío a los dos otro gran y fuerte abrazo, tu amigo

OCTAVIO PAZ

Sánchez Robayna me envió diez ejemplares de *Air-Born*, *Hijos del aire*. La edición es preciosa, ¿no te parece?

O. P.

175

[Paseo de la Reforma 369-104,
06500 México, D.F.]
A 20 de septiembre de 1991

Querido Pere:

Me dio mucho gusto conversar la otra mañana contigo. Te envío ahora, como habíamos quedado, el pequeño texto sobre Rodolfo Usigli. Me asombró que lo recordases. Eres un «sabelotodo». Debe ir en la primera sección («Letras») de *Al paso*, después de «El verso y el viento» (Dámaso Alonso) y antes de «Polvo, sudor de hombres» (Schéhadé). ¡Muchísimas gracias!

Marie José está emocionadísima con la idea de que tú presentes su exposición. Creo que el conjunto de obras que ha enviado representa con bastante fidelidad las distintas direcciones de su trabajo: la vertiente en dos dimensiones, fuertemente colorida y más bien abstracta, aunque siempre colindando ya sea con el lirismo o con el humor, y la otra vertiente, obras en tres dimensiones y que son verdaderas «construcciones poéticas», en el sentido en que Miró usaba esta expresión, es decir, objetos que participan de la escultura y del ensamblaje. Abundan en todas estas obras las alusiones literarias y visuales. Pienso en los «retratos» proustianos de la serie «Personajes saliendo de un libro» (no sé si ella te la enseñó pero puedes verla en la revista *Artes de México* —la galería Theo tiene un ejemplar); en su *Blasons du corps masculin*; en «Une nuit, minuit étant sonné», frase de Casanova al relatar el episodio aquel de la monja de Murano (si no recuerdo mal), con la foto de un canal de Venecia y un fragmento de un cuadro de Longhi (*El rinoceronte*), en *Les armes du mé-*

tier: las manos que tejen vienen de un Vermeer *(La dentellière)*; en *El se-llo (Le Sceau)*: la pareja que se abraza procede del mango del espejo del retrato de Diana de Poitiers (École de Fontainebleau); en *Espacios cruza-dos* (la composición de una veleta en forma de gallo) aparece también un fragmento de un cuadro de un pintor poco conocido del siglo XVII: Lau-rent de la Hyre; en *El pájaro azul* las figuras de atletas vienen del gabine-te de Canova (Museo del Vaticano) y representan a Perseo y a dos pugi-listas; etc. Entre los nuevos objetos hay uno, bastante gracioso e intere-sante: *El huevo de Colón*, que te divertirá, así como una serie consagrada a Mozart. Te he contado todo esto porque sé que a ti, autor de *Fortuny*, te encantan estos juegos de reflejos e imágenes... Y aquí corto —me he extendido demasiado— con un doble abrazo para María Rosa y para ti,

OCTAVIO

No olvides enviarme por fax tu poema. Ya me contarás tu visita a Es-tocolmo.[86]

Marie José me aclara la alusión a Casanova: la frase aparece en el ca-pítulo XVII de las *Memorias*, página 418, edición de La Pléiade: «C'était pendant le Carnaval de 1745 qu'une nuit, minuit étant sonné...»

---

86.   En realidad, a Gotemburgo, en ocasión de la Feria del Libro. *(N. del E.)*

[Paseo de la Reforma 369-104,
06500 México, D.F.]
A 4 de octubre de 1991

Fax: 98(34-3) 218 47 73

Señor Pere Gimferrer
Seix Barral, Barcelona

Querido Pere:

Ante todo: muchísimas gracias por tu hermoso poema... Te envío otro texto olvidado para *Al paso*: «El azar y la memoria (Teodoro González de León)». Debe ir en la sección *Teatro de miradas*, después de «II. Historias de ayer» y antes de «La espuma de las horas». Ojalá y llegue a tiempo. Te doy las gracias de antemano. Te escribiré pronto. Mientras tanto,

Un doble abrazo

OCTAVIO PAZ

[Paseo de la Reforma 369-104,
06500 México, D.F.]
A 22 de octubre de 1991

Fax: 98(34-3) 218 47 73

Señor Pere Gimferrer
Seix Barral
Barcelona

Querido Pere:

Hace unos días la Galería Theo informó a Marie José que tú habías quedado en enviarles tu texto de presentación en los primeros días de noviembre. Te ruego encarecidamente que al mismo tiempo envíes una copia a *Vuelta*: tenemos la intención de publicarlo en el número de diciembre, acompañado de algunas ilustraciones. De antemano: *muchísimas gracias*.

Te envío, para *Al paso*, otro texto que acabo de escribir: «La verdad contra el compromiso» (sobre Gide y su *Regreso de la URSS*). Tal vez te divertirán un poco las dos páginas sobre Bergamín.* Este nuevo texto deberá ir en la tercera sección, inmediatamente después de «Cárceles de la razón» (D. A. F. de Sade) y antes de «Cannes, 1951» *(Los olvidados)*. Espero que llegue a tiempo. Te pido perdón por estos envíos intempestivos y te prometo que no se repetirán.

Un doble abrazo,

OCTAVIO PAZ

---

*   Que no empañan mi admiración.

[*Vuelta*
Presidente Carranza #210
Coyoacán, 04000 México, D.F.]
A 31 de octubre de 1991

Fax: 98(34-3) 218 47 73

Seix Barral
Barcelona, España
Sr. Pere Gimferrer

Querido Pere:

Muchísimas gracias por el puntual envío de tu presentación de Marie José. El texto es espléndido y ella está encantada, conmovida y muy reconocida. Me uno a ella: tienes ojos para ver y mente para decir lo que ves.

Me alegra que haya salido *Convergencias*. Espero el ejemplar que me anuncias. Hablé con Seix Barral de México —con el señor Aljure pues no pude comunicarme con el señor Gayosso— para pedirles que hiciesen lo posible por imprimir pronto el libro en México. Me prometieron hacerlo pero no tengo confianza. Aún no han podido imprimir el libro de poemas (1935-1988) que salió en Barcelona hace más de un año. ¿Es incompetencia o falta de interés? Me temo que las dos cosas. En todo caso, te confieso mi disgusto ante esos beocios. Ojalá que se pudiera encontrar la solución para este problema... Perdona mi desahogo y te envío un abrazo grande.

OCTAVIO PAZ

P.D.   Queridos Pere y María Rosa:
¡Ahora sí estoy en El país de las maravillas!
Muchísimo cariño a los dos.

MARIE JO

[Editorial Vuelta
Paseo de la Reforma 369-104,
06500 México, D.F.]
A 8 de noviembre de 1991

Fax: 98(34-3) 218 47 73

Sr. Pere Gimferrer
Editorial Seix Barral, S.A.
Barcelona

Querido Pere:

De acuerdo: queda reservado el día 27 para nuestro almuerzo. Por desgracia ya no estaré en Madrid el 5 de diciembre: salimos el 4.

Un abrazo doble,

OCTAVIO PAZ

180

[Paseo de la Reforma 369-104,
06500 México, D.F.]
A 27 de abril de 1993

Señor Pere Gimferrer
Editorial Seix Barral
Barcelona, España

Querido Pere:

Unas líneas rápidas. No hay tiempo para más. Ante todo: te agradezco tu felicitación por el premio concedido a *Vuelta*.[87] A mí me ha alegrado mucho: es un reconocimiento a veinte años (si cuento los de *Plural*) de trabajos continuos y que me han causado no pocos contratiempos y disgustos. También varias satisfacciones, como la de publicar a personas que admiro, como a ti, y defender mis ideas. Estos veinte años han sido, como dicen los atletas, una «carrera de resistencia».

Gracias también por tu texto sobre Goytisolo.[88] Apareció en el último número de *Vuelta*. Dejamos el nombre de Carlos Barral pero el de Ugné lo substituimos por sus iniciales: U. K. Me pareció poco elegante mencionar su nombre con todas sus letras.

Recibí hace unos días tu Miró.[89] Un libro espléndido y que, como tú dices y no exageras, es *monumental*. Lo leeré despacio. ¡Muchas gracias!

---

87. El premio Príncipe de Asturias. *(N. del E.)*
88. Acerca de su novela *La cuarentena*. *(N. del E.)*
89. *Las raíces de Miró. (N. del E.)*

Parerga y Paralipomena (lástima de título), es también uno de mis libros favoritos. Tengo la edición inglesa, que es excelente. Las diatribas en contra de Hegel son muy divertidas. Schopenhauer fue uno de mis dioses. Muy joven aún leí *El mundo como voluntad y como representación*, en una edición de La España Moderna de fines o principios de siglo, y que todavía conservo. Me marcó. Después, leí a Nietzsche. Fue una buena iniciación y que, aunque yo no lo sabía entonces, me vacunó contra Hegel y sus discípulos marxistas.

Ahora viene lo más difícil: me parece que no es muy equitativo el ofrecimiento de Planeta del 4 % por tres libros en una colección de venta casi segura. En realidad, me proponen un 2,66 %, que es a lo que equivalen los dos tercios. Creo que debería dárseme el 4 % íntegro. Seix Barral es parte de Planeta según entiendo y no habrá dificultad, supongo, para fijar el porcentaje que se juzgue adecuado. No pido mucho; estoy seguro de que cualquier agente literario sería más exigente. Piensa, querido Pere, que siempre he aceptado las proposiciones de ustedes y que *nunca* he discutido temas de dinero. Esos asuntos me inspiran un horror enfermizo y no puedo hablar de ellos sin rubor. Huellas de mi mala educación hispánica.[90]

Estaré por allá al comenzar junio. Pero antes espero tus noticias. Respóndeme por DHL. Gracias de antemano.

Saludos a María Rosa y un abrazo muy grande para ti.

Octavio Paz

Querido Pere:

Con esta carta van otras dos, que te ruego hagas llegar a su destino. Perdona este pequeño abuso. Una está dirigida a José Manuel Lara Bosch, director de Planeta. Ignoro las señas de Planeta en Barcelona y no quiero pedírselas a los de Planeta de México, que ni siquiera han tenido

---

90. Se formalizó el acuerdo y el libro apareció en septiembre del mismo año. *(N. del E.)*

la atención de felicitarme por el premio concedido a *Vuelta*. En mi carta, muy cordial, a Lara, le digo que no sólo no tengo quejas contra Seix Barral de Barcelona (es decir: tú y Mario Lacruz) sino motivos de gratitud. Otro tanto digo de Seix Barral en Buenos Aires. Pero la actitud de indiferencia y mala voluntad de Seix Barral de México me hace pensar que sería mejor no continuar publicando con ellos (es decir, con los de México). Intencionadamente he dejado la cosa en suspenso, para oír su reacción. La otra carta —tres líneas— está dirigida a Juan Malpartida. Quiero que le llegue *antes* de mi viaje a Madrid y de ahí que haya usado el servicio DHL. Pero era demasiado pagar (más de cincuenta dólares) por una carta en realidad insignificante y por esto me he atrevido a usarte como conducto —perdón. Y nada más, salvo mi afecto,

OCTAVIO

181

[Paseo de la Reforma 369-104,
06500 México, D.F.]
A 7 de julio de 1993

Querido Pere:

Me imagino que habrás recibido nuestro fax.[91] Intentamos enviar el mensaje desde el aeropuerto de Nueva York precisamente el día de tu aniversario y del premio; por desgracia, el aparato de Seix Barral, sin duda por la diferencia de horas, estaba desconectado. Ahora acabo de leer en *ABC* la crónica de la fastuosa ceremonia. Me impresionó.

Para evitar confusiones, te envío otra copia de *La llama doble*. En consecuencia, destruye la que tienes. Esta nueva copia recoge todas tus

91. Con motivo de habérseme concedido el premio Mariano de Cavia, que me fue entregado la víspera de mi cumpleaños. *(N. del E.)*

371

correcciones y sugerencias —salvo unas cuantas— e incluye otras pocas más, hechas en lectura posterior. También contiene la perdida página 96 y otras cinco páginas que he escrito a propósito del soneto de Quevedo (páginas 64 y siguientes). Tu acertada observación me hizo releerlo y esa relectura me llevó a escribir este pequeño comentario. Ojalá que logre interesarte. Como verás, he matizado un poco la afirmación relativa al rito de la incineración.

Enumero las sugerencias que no adopté (cito el número de la página): 40, 57, 78, 212 y 225. ¡Poquísimas! A continuación aclaro algunos puntos. Es usual en la India decir «yoguín»; también en la literatura de lengua inglesa sobre este tema. Pero puedes dejar yogui, más conocido en español. Aunque acepté substituir «desapercibida» por «inadvertida», creo que el galicismo puede justificarse: no es lo mismo *percibir* que *advertir*. Las resonancias psicológicas y filosóficas son muy distintas; recuerda todo lo que se ha escrito sobre la percepción.

No necesitas leer de nuevo el manuscrito: el texto que te envío es una copia del que tú tienes. Te ruego que ordenes el envío de esta nueva copia a Hans Meinke.* Gracias de antemano. Me llamó Gayosso, el director de Planeta en México. Quiere lanzar el libro al mismo tiempo que en España. A mí me parece que es una buena idea. Sin embargo, hay un pequeño problema: tanto ellos como yo debemos ausentarnos de México a fines de octubre, de modo que la presentación del libro tendría que hacerse en la primera quincena de octubre. Me parece muy difícil. Tal vez será mejor salir a la calle en enero, en la segunda quincena. ¿Qué te parece?

Un doble abrazo para María Rosa y para ti de Marie José y de tu amigo,

OCTAVIO

---

* Mejor dicho: que se haga otra copia para Hans Meinke. ¡Gracias!

[Paseo de la Reforma 369-104,
06500 México, D.F.]
A 14 de julio de 1993

Fax: 98(34-3) 218 47 73

Señor Pere Gimferrer
Seix Barral, Barcelona

Querido Pere:

Acabo de recibir tu carta con las pruebas, la selección de posibles ilustraciones para la portada y el contrato.

Ante todo: muchísimas gracias por tu generosa y empeñosa investigación acerca de «completud» y «compleción». Cuando me habías convencido y me decidía a aceptar «compleción», te conviertes en inesperado defensor de «completud». Creo que nuevamente me harás cambiar de opinión.

Espero enviarte las pruebas en las fechas que me indicas. Las corregiré con mucho empeño aunque con escepticismo: soy un mal cazador de erratas. El contrato te lo enviaré en los primeros días de la semana próxima, por DHL. Estoy de acuerdo en principio. En cuanto a la ilustración de la portada: aunque me gustan dos de las que tú me propones, se me ha ocurrido que tal vez podríamos utilizar algún cuadro que represente a Eros y a Psiquis. Pienso en algún artista del siglo XVIII.

La presentación del libro. Como te dije en nuestra conversación telefónica, tendrá que ser a fines de noviembre. Hay una pequeña dificultad: debo participar en la última semana de ese mes en varios actos públicos: el premio Loewe (el 24), la ceremonia de premios en Oviedo (el 26 y el 27), la presentación de *La llama doble* en Seix Barral, la de mis *Obras completas* en Círculo de Lectores (Meinke insiste desde hace mucho en la necesidad de realizar en Madrid un acto semejante al de Barcelona en el que tú participaste, ¿lo recuerdas?) y, en fin, un acto en torno a *Vuelta* y al premio (30 de noviembre). Es demasiado y el público acabaría por cansarse.

Se me ha ocurrido una solución: adelantar un poco la fecha de presentación de *La llama doble* y de las *Obras completas* y unir las dos presentaciones en una sola. La fecha podría ser el 19 de noviembre, es decir, cinco días antes de lo de Loewe. El local: el que ustedes escojan, ya sea el de Círculo de Lectores en Madrid o algún otro. ¿Qué te parece mi idea? He escrito a Meinke en el mismo sentido. Ojalá que tú puedas hablar con él.

Sobre *Vuelta*. Queremos celebrar el premio con un acto en Madrid que sea una suerte de presentación de la revista en España. Hemos pensado en la Residencia de Estudiantes. El acto estaría presidido por tres escritores españoles y dos mexicanos: Pere Gimferrer, José Ángel Valente, Fernando Savater, Enrique Krauze y Octavio Paz. Las intervenciones tendrían una duración máxima de cinco minutos cada una. Después, un *cocktail*. Tu presencia en la mesa es, para nosotros, doblemente valiosa: por ser quien eres y por ser un amigo de *Vuelta* desde el nacimiento de la revista. ¿Aceptarías presidir la mesa con nosotros? ¿Te gustaría decir algunas palabras?

Te ruego que saludes de nuestra parte a María Rosa. En espera de tus noticias, te envío un gran abrazo,

Octavio Paz

[Paseo de la Reforma 369-104,
06500 México, D.F].
A 20 de julio de 1993

Señor Pere Gimferrer
Editorial Seix Barral
Barcelona, España

Querido Pere:

Contesto brevemente a tu última carta.

Ante todo: gracias por el envío de las pruebas. Llegaron dos días después de nuestra conversación telefónica. Este fin de semana las corregí. Ya sabes que no soy un buen corrector de pruebas, de modo que es posible que no haya pescado muchas. Ojalá que el corrector, con mejores y más despiertos ojos, advierta las que se me han escapado. Te envío con estas líneas únicamente las páginas en donde encontré erratas. También te envío el texto de la perdida página 96 (92 en las pruebas), así como las páginas que añadí sobre el soneto de Quevedo: 64, 65, 65bis, 65c, 65d, 65e y 65f.

También te envío un ejemplar del contrato. Yo me quedo con la otra copia. Por lo que toca al anticipo del volumen de Planeta con los tres libros (*Los hijos del limo*, *Al paso* y *Árbol adentro*): pueden guardármelo. Lo recogeré en noviembre.

La portada: me gustan mucho dos de las que me enviaste pero todavía tengo algunas dudas. Te comunicaré mi decisión al final de esta semana.

La fecha de presentación de *La llama doble*. Recordarás mi sugerencia: el 19 de noviembre, en un acto que abarcaría también la publicación de las *Obras* en Círculo de Lectores. ¿Has hablado con Hans Meinke? Yo le envié un fax pero aún no recibo respuesta.

No me extraña lo que me dices de la princesa Bibesco. Hace muchos años leí sus memorias y me encantaron. Pero me intriga que la compares con Odette Swann. Yo la llamaría Odette de Crécy. Nunca me resigné a verla casada con Swann. Era ignorante y tonta;* su amante, alguna vez, la comparó a «un pez sin memoria...».

Un abrazo,

OCTAVIO

184

[Paseo de la Reforma 369-104,
06500 México, D.F].
A 7 de septiembre de 1993

Fax: 98(34-3) 218 47 73

Señor Pere Gimferrer
Editorial Seix Barral
Barcelona, España

Querido Pere:

Contesto a tu fax del 31 de agosto. Ante todo: haré lo posible por llegar el 16 por la noche a Madrid para tener libre todo el día 17 para las entrevistas. Pero no estoy seguro de poder hacerlo pues tengo varios compromisos pendientes en París y Bruselas. Te comunicaré dentro de unos días la fecha exacta de mi llegada. También he tomado nota de los antecedentes de la Editorial Bertrand. Ya le pido a Socorro Cano, la encargada de asuntos exteriores en el Fondo de Cultura Económica, que suspenda cualquier trato. En cuanto a Vega Editora: muchísimas gracias por el envío del catálogo y de algunas de sus publicaciones de poesía. Su catálogo me gusta y sus ediciones me parecen decorosas. Puedes decirles que me escriban y que me hagan proposiciones concretas. Gracias por tu amistosa gestión.

---

* Pero lista.

Tengo curiosidad por saber en qué restaurante se encontraron tú y María Rosa con los Xirau. ¿No es aquel en el que cenamos juntos hace dos veranos?[92] Recuerdo aún el libro con los dibujos de Miró y de otros artistas.

Un abrazo doble,

OCTAVIO PAZ

185

[*Vuelta*
Presidente Carranza #210
Coyoacán, 04000 México, D.F.]
México, a 17 de diciembre de 1993

Fax: 98(34-3) 218 47 73

Pere Gimferrer
Editorial Seix Barral
Barcelona, España

Querido Pere:

Al fin hemos regresado a México salvos, aunque en mi caso no completamente sano: aún me asedia, sobre todo en la noche, la terca tos que comenzó en Oviedo. Me siento un fortín sitiado que no se derrumba por milagro.

A reserva de escribirte largo, te recuerdo nuestra última conversación sobre mis derechos de autor. Les agradeceré que me envíen la suma de las regalías que aún tiene Seix Barral así como el anticipo de Planeta, en un cheque a mi nombre. De antemano: ¡muchísimas gracias!

Leo un pequeño y admirable libro de Bonnefoy, *La vie errante* (pro-

---

92.   Se refiere al Orotava, en el que María Rosa y yo cenamos con Octavio y Marie Jo en el verano del 92. No fue ahí el encuentro casual con Xirau. *(N. del E.)*

sa y poesía), así como unas apasionantes conversaciones con y sobre Heidegger de Frédéric de Towarnicki (Arcades, Gallimard).

Espero que nuestro próximo encuentro esté libre de virus fisiológicos y de los otros, no menos nocivos, morales y psicológicos, que dificultaron nuestras conversaciones: las mundanidades y el cacareo de los reportajes y las «actualidades». ¿Leíste *Instantáneas*? Forma parte de una serie nueva. Más que escribirlos, destilo con lentitud exasperante mis poemas...

Un abrazo.

Octavio Paz

186

[Paseo de la Reforma 369-104,

06500 México, D.F.]

A 23 de diciembre de 1993

Fax: 98(34-3) 218 47 73

Pere Gimferrer
Seix Barral, Barcelona

Querido Pere:

Muchas gracias por el envío del cheque. Me alegra que te haya gustado *Instantáneas*. Te pido un nuevo favor: ¿puedes ordenar que se envíen dos ejemplares de *La llama doble* a Monsieur Yannick Gillou, de Gallimard? Los necesitan para proceder a la edición francesa. Gracias de antemano.

Marie José y yo les deseamos a los dos, a ti y a María Rosa, muy felices poemas y lo mejor de lo mejor para 1994.

Un doble y gran abrazo,

Octavio Paz

1994

187

[Paseo de la Reforma 369-104,
06500 México, D.F.]
A 7 de abril de 1994

Querido Pere:

Te devuelvo el contrato de *Itinerario*, ya firmado. Sí, será mejor que me envíen el anticipo a México. Gracias de antemano. Gracias también por tu felicitación telefónica de la otra mañana. La recibí con alegría, no sólo por venir de ti, a quien tanto quiero, sino porque tus palabras fueron una prueba tangible, otra más, del hecho que no cesa de maravillarme: ¡ochenta años! Decirlo es fácil; sentirlo es complejo, contradictorio.

Siempre había visto con indiferencia a mi cumpleaños; no sé si por estoicismo o por cristianismo. Tal vez por lo primero. Vivir me parecía, más que un bien o un mal, un reto: había que enfrentarse a la vida, que no era (no es) sino la máscara de la muerte. Pero mi estoicismo nunca me llevó a desdeñar a la vida. Siempre la amé, siempre veneré al ser. En esto, a pesar de la influencia del budismo, fui fiel a mis orígenes mediterráneos y católicos. Fiel a Platón: el ser es el valor supremo. Mejor dicho: es la medida del valor. Por esta predisposición mía, más temperamental que intelectual, la rama del budismo que me sedujo hace años fue la llamada «vía media» (Mahayana, el Gran Vehículo). Los muros de sus santuarios están cubiertos de parejas eróticas.

Cumplir ochenta años me ha hecho reflexionar un poco sobre mis comienzos poéticos. ¿Nostalgia de mi adolescencia o narcisismo? Si lo segundo, hay que agregar: narcisismo crítico. Siempre creí que los espejos son engañosos. Desde que comencé, me interrogo, dudo. En mi poesía no hay

379

una afirmación sin ambages del ser, como en Guillén. En esto me acerco más a su maestro Valéry, al que leí casi al mismo tiempo: *Il faut tenter de vivre...* ¡Qué exacto! La vida se vive no tanto *frente* a la muerte como *en* ella: la vida nos tienta y su tentación se llama muerte. Hay que aceptar el reto, abrazarla y caer con ella en la yerba. En la poesía de Guillén no hay caída ni abrazo ni muerte. No hay amor, en el sentido fuerte de la palabra; y como no hay amor, no hay odio. No hay crepúsculo ni noche: todo es mañana y mediodía. Hay, sí, entusiasmo, grandes alas y poderosas. Pero son alas a las que les falta la resistencia del aire, la negatividad del tiempo, esa atracción por la tierra que es fascinación por la caída. Hablo de *Cántico*. Hablo, específicamente, de la segunda edición: su plenitud.

En estos días —¿la edad?—, impulsado por la nostalgia de mis días adolescentes, he vuelto a leer a dos poetas que en aquella época me sedujeron: Alberti y Neruda. Al primero me unía también mi origen: él es gaditano, creo que del Puerto de Santa María, y mi abuela materna era de esa ciudad (mi abuelo de Medinasidonia). Al releerlo, busqué la alegría y la sorpresa que experimenté al descubrirlo, cuando tenía veinte años. Me habían deslumbrado sus primeros libros, esa serie memorable que va de *Marinero en tierra* a *Sermones y moradas* (seis años de prodigiosas invenciones); hoy descubro que aquello que me maravilló era más que nada un *ejercicio*. Reconozco su destreza verbal y su gracia natural y adquirida. Un verdadero «maestro», en el sentido taurino de la palabra, un Joselito. El otro, el pesado y torpe Neruda, adormilado y balbuciente, me sigue fascinando. No siempre: así como en Alberti hay un cirquero (también lo había en Picasso), en Neruda hay un orador populachero. Con frecuencia habla para la galería y no le da vergüenza mentir con descaro. También es un paquidermo que avanza lentamente por la selva, destrozando ramajes y pisando hierbas ásperas y bichos diminutos del primer día del mundo. Un gran cetáceo que nada en las profundidades con ojos que perforan la obscuridad. Ojos en las manos y en la nuca, en las rodillas y en los dedos de los pies: ojos tentáculos para ver y palpar al mundo, ojos raíces para descender al submundo. En la frente el gran ojo del cíclope, el tercer ojo de las divinidades tibetanas. Y este Neruda sonámbulo se transforma

de pronto en un delgado chorro de agua o de aire, ya no géiser sino sur-
tidor, que abre el piso, entra en la casa, se tiende en el mantel, convierte
al mantel en un jardín y al jardín en un sistema solar, se acerca a la ventana y le toma el pulso a un rayo de sol que se filtra por la vidriera...

En estos años tuve otras revelaciones: *The waste land*, *Anábasis* y *Le
château étoilé* (un capítulo de *L'amour fou*, leído en *Sur*). Los tres me
abrieron (o entreabrieron) las puertas de la poesía moderna. No te hablo
de ellos porque ya no tengo ni humor ni tiempo. Además, te aburriría.
Leí también muchas, muchas novelas (en el centro, perla venenosa:
Proust) y no sé cuántos libros de filosofía e historia. Ansia de vida y ansia de saber... Ya no sigo e interrumpo este exabrupto con un abrazo,

OCTAVIO PAZ

¡Nos veremos en junio, en Barcelona!
Un abrazo doble para María Rosa.

188

[*Vuelta*
Presidente Carranza #210
Coyoacán, 04000 México, D.F.]
A 14 de diciembre de 1994

Fax: 98(34-3) 218 47 73

Señor Pere Gimferrer
Editorial Seix Barral, S.A.

Querido Pere:

Gracias por tu fax del 14 de diciembre. A mí también me dio mucha
alegría hablar contigo por teléfono hace unos días.

Estoy de acuerdo en que ustedes se encarguen del asunto de la traducción al griego de *La llama doble* y de su publicación en Exandas Publishers. Sin embargo, sería bueno consultar con el señor Víctor Ivanovici, traductor al griego de *El Mono Gramático* y que parece ser un buen crítico literario. Quizá se le podría enviar un ejemplar de *La llama doble* y pedirle su opinión acerca de la proposición de Exandas (a no ser que ustedes ya tengan información sobre esa editorial). Por desgracia, no encuentro en mi agenda las señas de Ivanovici. Muy probablemente en la revista *Nea Estia*, de Atenas, podrían tenerla pues ahí ha publicado un ensayo sobre mí. Por desgracia, tampoco encuentro ahora la dirección de esa revista. Vivo en una selva de papeles y con frecuencia no encuentro la salida.

Precisamente cuando recibí tu fax me disponía a enviarte uno. Hace un año escribí unas notas rápidas sobre la India. Quise resumir en ellas no mi experiencia vital, que está en *Ladera Este* y en *El Mono Gramático*, sino mis ideas sobre esa nación (o conjunto de naciones): religiones, castas, lenguas, historia, política y, en fin, un capítulo final en el que me ocupo de la sensibilidad estética hindú y de su pensamiento tradicional. Al preparar el tomo X de mis *Obras* para Círculo de Lectores me di cuenta de que esos apuntes eran un pequeño libro que debería incluirse en ese volumen. Mi operación[93] suspendió el proyecto pero desde hace dos meses me he dedicado a corregir esas notas y a darles forma. Ahora estoy en el proceso de revisión del texto. Creo que terminaré hacia fines de este mes. Se trata de unas 170 páginas. Su título: *Vislumbres de la India*. En efecto, son vislumbres, tentativas de fijar en unas pocas páginas una realidad inmensa y abigarrada.

Aparte de incluir el libro en el tomo X, Círculo de Lectores se propone hacer una edición ilustrada como en el caso de *La llama doble*. Tal vez a ustedes les interesaría, como en el caso de *La llama doble*, publicar una edición más popular de *Vislumbres de la India*. Tengo un escrúpulo:

---

93. Octavio fue operado del corazón a su regreso de Europa, en el verano del 94. (*N. del E.*)

el libro, por su tema, difícilmente puede interesar al gran público. Tampoco es un libro para especialistas: es una visión de la India. En cierto modo podría parecerse a *El laberinto de la soledad*, sólo que el tema, además de ser más amplio y complejo, está visto desde afuera y con lejanía en el espacio y en el tiempo. Dime qué es lo que piensas. Tu opinión me interesa muchísimo. Por mi parte, apenas tenga listo el original, se lo enviaré a Hans Meinke, que podrá darte una copia. Después de leerla, tú decidirás. De todos modos, y cualquiera que sea tu respuesta, te agradezco de antemano el interés que prestes a este asunto.

Esperamos ir a Europa en la primavera próxima. Ojalá que podamos vernos. Mientras tanto, muchos cariñosos saludos, de Marie José y míos a María Rosa. Para ti, aparte, un abrazo grande.

OCTAVIO PAZ

1995

189

[Paseo de la Reforma 369-104,
06500 México, D.F.]
A 19 de enero de 1995

Fax: 98(34-3) 218 47 73

Señor Pere Gimferrer
Editorial Seix Barral, S.A.
Barcelona, España

Muy querido Pere:

Hasta hoy puedo escribirte. Ayer, precisamente cuando me disponía a hacerlo, recibí una llamada inesperada invitándome a ser testigo del «Acuerdo de los partidos por la democracia», un acto semejante al Pacto de la Moncloa, aunque el caso mexicano es un poco distinto. No podía rehusarme y de ahí mi retraso.

Ayer por la mañana te envié el texto de *Vislumbres de la India*. Tiene 236 páginas, una extensión semejante a *La llama doble*. Te ruego encarecidamente que envíes una copia a Círculo de Lectores, ya sea a Hans Meinke o a Nicanor Vélez, que es el encargado de la edición. Tienen urgencia en conocer el texto para poder escoger las ilustraciones de su edición. Te doy las gracias de antemano.

Lo que me dices acerca del interés que hay en España por la India me alienta. También me agrada la idea de ver publicado el libro en Seix Barral-Buenos Aires. Aparte de que los lectores argentinos están mejor dispuestos hacia esa clase de libros —son más cultos que los de acá— tengo una muy buena impresión de la sucursal de Argentina. Exactamente lo contrario de lo que pienso de la de acá. Pero creo que si Seix Barral publica el libro en España y Sudamérica, también tiene que publicarlo en México, de modo que me resigno de antemano. No creas que tengo nada en contra de ellos. Algunos son buenas personas y son muy corteses conmigo pero están interesados en otro tipo de libros y autores. Otros son gente que no me tiene la menor simpatía, muy cercana a varios escritores que desde hace años me distinguen con su malevolencia. Pero no hay remedio: Seix Barral publicará el libro en Barcelona, Buenos Aires y México... Espero las condiciones. Ojalá que sean generosas.

La mayor dificultad ha sido no tanto la redacción del libro, de por sí ardua, como la transcripción de las palabras sánscritas. Aunque se ha llegado a ciertas reglas, la verdad es que la ortografía cambia con cada época e incluso con cada autor. Mi libro no es un libro de erudición pero no me gustaría incurrir en errores groseros y en solecismos. No dispongo de un diccionario de términos orientales. Nicanor Vélez me dice que hace poco apareció uno en España, traducido del alemán. Me envió unas páginas y me parecieron excelentes.

Otra preocupación: no hay que seguir servilmente las reglas modernas. Son útiles para el especialista pero repelen al lector normal. Por ejemplo, escribir Şiva con un punto abajo de la ese en lugar de Shiva, o abusar de otros signos, como āsana por asana, etc. Mi libro no es un libro de filosofía, ni de antropología o historia; como el título lo dice, *Vislumbres de la India*, es una serie de reflexiones sobre distintos aspectos de esa realidad inmensa: religiones, castas, lenguas, historia y la tradición filosófica, estética y sensual. Hay unas pocas páginas, al final, que te divertirán: la yakshi y la apsara.

Un abrazo de nuestra parte a María Rosa y otro para ti, con el afecto de tu amigo,

Octavio Paz

Al guardar el original, di un vistazo a unas cuantas páginas y encontré una errata en la 86, línea 5 de abajo para arriba. En donde dice «como se llama el idioma oficial», debe decir: «como llaman, con un retintín, al idioma oficial...».

[Paséo de la Reforma 369-104,
06500 México, D.F.]
A 25 de enero de 1995

Fax: 98(34-3) 218 47 73

Señor Pere Gimferrer
Editorial Seix Barral, S.A.
Barcelona, España

Querido Pere:

Me dio mucha alegría conversar contigo la otra mañana (tarde para ti). He pensado en lo del Bhagavad Gita y sigo creyendo que debemos dejar el artículo masculino. La traducción de ese texto, tanto al español como al francés, es «El canto del Señor». El título, en traducción literal, «la enseñanza dada en canto por el Supremo». Gita es canto y Bhagavad designa a un personaje venerable o, más frecuentemente, al mismo dios (Krishna, Visnú, Hari, etc.).

Ayer envié por DHL las fotos a Nicanor Vélez. Pueden ustedes escoger una para la portada. Me gustaría que fuese alguna de la cueva de Elefanta, sea la del Shiva Trimurti o sea la del matrimonio de Shiva y Parvati. Pero salieron muy obscuras. Ustedes decidirán.

También ayer envié a Nicanor, en la misma carta, una lista de las correcciones y enmiendas. La encontrarás anexa.

Un abrazo grande,

OCTAVIO PAZ

[Paseo de la Reforma 369-104,
06500 México, D.F].
A 6 de febrero de 1995

Fax: 98(34-3) 218 47 73

Señor Pere Gimferrer
Editorial Seix Barral, S.A.
Barcelona, España

Querido Pere:

Aún no recibo la edición crítica de *Arde el mar*. Me interesa mucho. Fue el primer libro tuyo que leí. Recuerdo el lugar y la estación: un otoño, en la Universidad de Cornell (Ithaca, N.Y.), en donde pasé un semestre. Tampoco han llegado la hoja de *La Vanguardia* ni el contrato. ¿Y tú has recibido el libro de mis ochenta años, *Las palabras son puentes*?[94] A mí me ha gustado mucho. Y más: me ha conmovido. Yo no supe nada sino un poco antes de que saliese el libro. Marie José, Marco Aurelio, Asiain y los otros amigos guardaron muy bien el secreto.

Acerca del Romancero y de las versiones judías en Sarajevo: nosotros, en *Vuelta*, publicamos un artículo sobre este tema. Como es posible que no hayas recibido ese número, le diré a Aurelio Asiain que te envíe un ejemplar. El autor, que es un profesor norteamericano de origen judío y gran conocedor de España (fue amigo cercano de algún dirigente del POUM), no dice nada, que yo recuerde, sobre lo que te interesa. En todo caso, Tito no fue antisemita. Las persecuciones fueron de los nazis y de sus aliados, los croatas.

Al comparar la versión inglesa con la francesa del poema de Bilhana,

94. Libro conmemorativo publicado por *Vuelta* en edición no venal que, entre textos de otros varios autores, contenía la traducción por Aurelio Asiain de mi poema en francés a propósito de los chopos de Monet (véase nota 48, página 208). *(N. del E.)*

página 182, encontré ciertas discrepancias. Las aproveché para rehacerlo. Me tomé ciertas libertades que lo mejoran, creo, y que, en el fondo, no son infieles al texto original. Mi nueva versión es la siguiente:

ARRIBA Y ABAJO

Todavía hoy recuerdo sus aretes de oro,
círculos de fulgores, rozando sus mejillas
—¡era tanto su ardor al cambiar posiciones!—
mientras que su meneo, rítmico en el comienzo,
al galope después, en perlas convertía
las gotas de sudor que su piel constelaban.

Además, encontré una pequeña errata en la página 134, línea 121. Debe decir: tuvieron apenas (hay que suprimir *no*). Te ruego que comuniques la nueva versión del poema y la enmienda a Nicanor Vélez. Te doy las gracias desde ahora y te envío un doble abrazo,

OCTAVIO PAZ

P.D.   Salimos mañana hacia Houston para asistir a la inauguración de un pequeño museo dedicado a Cy Twombly. Aprovecharé el viaje para que me examinen los médicos que se encargaron de la operación. Estaremos de vuelta el domingo 12.

192

[Paseo de la Reforma 369-104,
06500 México, D.F.]
A 21 de febrero de 1995

Señor Pere Gimferrer
Editorial Seix Barral, S.A.
Córcega, 270
08008 Barcelona, España

Querido Pere:

Gracias por el contrato de *Vislumbres de la India*, la hoja de *La Vanguardia* y, sobre todo, por la edición crítica de *Arde el mar*. No sé por qué
la llamas «curiosa». ¿Tal vez por ser demasiado minuciosa en ciertas partes y en otras, en las notas a los poemas, a veces aventurada? A mí me habría gustado que el estudio preliminar se hubiese dedicado más exclusivamente al libro de poemas. Quizá mi observación es injusta: el ensayo de
Jordi Gràcia es muy amplio y contiene informaciones sobre la totalidad
de tu obra, que ya es considerable y variada. En el capítulo consagrado a
Arde el mar hay comentarios sagaces. Mi reproche sería el énfasis que pone en la presencia de Eliot. A mí me parece más decisiva la de Pound.

Todo lo que he dicho son minucias. La gran y verdadera sorpresa es
el libro mismo. No ha perdido nada de su frescura original. Además, ha
ganado con los años otra dimensión: ahora puede verse *qué es* la vanguardia redescubierta, con una sonrisa de aprobación y otra de ironía, por un
joven que se inicia, e inicia otra modernidad, muy distinta a las de hace
sesenta o setenta años (1920 y 1935). Es útil comparar tu iniciación con
la mía. Yo descubrí a la poesía moderna hacia 1931, de modo que tu relación con la modernidad, hasta cierto punto, es análoga a la mía: ambos
nos encontramos ante movimientos poéticos que habían cambiado la
sensibilidad, el pensamiento y aun la sintaxis, pero que ya habían terminado. No nos quedó más remedio que *volver a empezar*. Estas dos pala-

bras definen nuestra situación: la vuelta que es un comienzo y el comienzo que es una vuelta. Pero los años que separan tu evolución poética de la mía introducen, en los dos comienzos, una diferencia capital: la ironía. No creo que sea una cuestión de temperamento (aunque también eso cuenta) sino de la historia de la sensibilidad moderna. La vanguardia se burlaba con risotadas del pasado inmediato, el simbolismo; tú sonríes ante la vanguardia, no la tomas completamente en serio (aunque tus poemas sean enteramente serios y aun, a veces, dolorosos)... pero no te ríes. La vanguardia se reía a carcajadas del pasado, sobre todo del pasado inmediato: tú sonríes ante la carcajada de la vanguardia. Así creas una distancia. Tu sonrisa es ironía y la ironía es distancia. Esa sonrisa, esa ironía, faltan en mis comienzos y en los de los poetas de mi generación. Yo descubrí más tarde la ironía, no frente al pasado reciente sino frente al mundo. Yo introduje la distancia a través de una lectura y una síntesis de dos movimientos en apariencia incompatibles: la poesía de lengua española y francesa frente a la de lengua inglesa. Fue una lectura contradictoria que me abrió el camino hacia mí mismo. Tres modos distintos de la modernidad en este siglo: la que la inaugura con una carcajada brutal que se transforma después en obras que buscan arquetipos no en el pasado simbolista sino más atrás (casos de Pound, Eliot y, en español, Cernuda, Borges o el Neruda de las *Odas elementales*); la de mi generación, que busca y a veces encuentra la extraña fusión entre pasión y geometría, el grito obscuro y la palabra transparente; y la tuya, que es un entusiasmo irónico: una poesía que sabe que estar en el secreto no es saber el secreto, es decir, *que sabe el saber secreto*. ¿En qué consiste ese saber? Es un secreto que no se dice. Es la sonrisa que apenas es una sonrisa, es la melancolía en el entusiasmo, es la niebla en una temprana primavera.

Al releerte me pregunto: ¿los poemas que ahora leo son los mismos que leí hace treinta años? Sí, son los mismos pero iluminados por otra luz. Son más vivos, más ricos en ecos y en perspectivas insólitas. Sorprende también la unidad y la continuidad. No hay ruptura entre *Arde el mar*, el poema en memoria de Cocteau y «Otros poemas». Leí con particular emoción «Primera visión de marzo». Contiene pasajes memorables y enigmáticos. Una tarde de marzo en un jardín inventado, más hecho de palabras que de árboles y fuentes, realidad fantasmagórica vista en «la pausa entre relámpago y relámpago». Reconocerse en aquel que está bajo «los sauces tártaros / y estar allí sin que nadie lo sepa / como uno que viajó consigo mismo...». Espejeo de palabras y de imágenes, crueldad de la luz y melancolía del que mira todo a través del vidrio verde de marzo. Es difícil olvidar esos «sauces tártaros», aunque no sepamos por qué esos árboles son de Tartaria ni quién es el desconocido que se reconoce en su sombra. *Arde el mar* es una llama azul y verde que baila sobre el oleaje y se desliza en nuestro cuarto por el ojo de la cerradura. A veces es una estridente sirena de alarma y otras un concierto en el fondo de un cráter.

Te envío con estas líneas, ya firmado, el contrato y tomo nota de que los pagos serán hechos por Planeta-México. Que lo hagan pronto. He enviado a Nicanor Vélez, por fax, varias correcciones de erratas que he encontrado en *Vislumbres de la India*. Le he rogado que te las transmita inmediatamente.

Estuvimos fuera, en Houston, durante cuatro días. Nos invitaron a la inauguración del pabellón de Cy Twombly, construido por Piano, un gran arquitecto y un hombre de inteligencia e imaginación. Un técnico y un poeta. Aproveché la estancia en Houston para consultar con mis médicos. Me hicieron un examen y me encontraron repuesto. Esto, la pintura de Twombly y el encuentro con Renzo Piano me alegraron mucho. Fue un respiro dichoso. La vuelta a México ha sido más bien amarga. Vivimos días nublados por la cólera y la incontinencia verbal. Los políticos y los intelectuales se arrojan con saña puñados de arena en los ojos. Algunos se han quedado ciegos: ven sólo sus fantasmas, sus obsesiones. La mayoría ha perdido el habla, no la voz: gritan sin parar. ¿Cómo acabará todo esto? No lo sé. Estas agitaciones, ¿son signos de vida o son movimientos agónicos de una nación que no sabe convivir con su pasado ni con ella misma? De nuevo: no lo sé. Y aquí corto esta carta, que comienza a convertirse en un largo lamento.

Un abrazo,

Octavio

193

[Paseo de la Reforma 369-104,
06500 México, D.F.]
A 11 de marzo de 1995

Querido Pere:

Con esta carta te envío el contrato, ya firmado, de *Vislumbres de la India*. Perdón por el error...[95] Mientras ese papel recorría los aires —de México a Barcelona, de Barcelona a México y, de nuevo, de México a Barcelona— del peso se le cayeron las alas —estaban mal pegadas— y se desplomó verticalmente. Todavía, me temo, no toca fondo. Algo parecido le ocurrió a la peseta, aunque en menor grado. El dólar también se tambalea. Ojalá que Seix Barral considere con simpatía este caso: la suma que se me debe pagar tiene que ser el equivalente en dólares de la suma pactada.[96] Estoy dispuesto, claro está, a asumir las pérdidas, si las hubiese, pero me parece que en ese caso, Seix Barral debería compartirlas. Perdóname por tratarte estos asuntos tan *terre à terre* pero estoy seguro de que tú comprendes mi preocupación. Te doy las gracias desde ahora.

Comprendo tus reparos. Es cierto: la perspectiva del ensayo de Jordi Gràcia es más bien estrecha por lo que toca a tu poesía; sin embargo, y esto redime a su estudio, es amplia cuando trata el tema de tus distintas actividades y logros. En este sentido me parece que merece el adjetivo «curioso», no porque sea extraño o singular, sino por la *curiosidad* que revelan sus exploraciones. Y sin curiosidad, tú lo sabes mejor que yo, no hay crítica. No ahonda y sus comparaciones no son afortunadas —especialmente cuando se refiere a Eliot en lugar de Pound; en cambio, traza una suerte de mapa de tu obra literaria y esto es de agradecer. Dos familias de poetas: los que son únicamente poetas, como Alberti y Neruda, y

95.   Octavio había devuelto por error el contrato sin firmarlo. *(N. del E.)*
96.   La peseta se había depreciado frente al marco, pero no frente al dólar, y, por lo tanto, ello no afectaría a lo pactado en el contrato, según le expliqué a Octavio y se refleja en su carta siguiente. *(N. del E.)*

los que son capaces también de pensar y reflexionar, como Cernuda y Machado. Tú perteneces a la segunda estirpe —como yo. En fin, creo que estamos de acuerdo tanto acerca del ensayo de Gràcia como del lugar que tiene *Arde el mar* en la poesía de lengua española. Con ese libro comenzó algo... que todavía no termina.

Sí, me hubiese gustado corregir las pruebas de *Vislumbres de la India*. ¡Qué lástima! Los asuntos de México —la situación económica, los escándalos, la sangre y lo de Chiapas— me acongojan. Los intelectuales europeos *no saben de lo que hablan*. Esto es particularmente bochornoso en el caso de los españoles —México se llamó Nueva España. Le he pedido a Asiain que te envíe el manifiesto que publicamos: suscita firmas de distintos grupos y horizontes y, entre ellos, los mejores de México con poquísimas excepciones. Recibirás también el número de *Vuelta* con los epigramas de la India clásica.

Un abrazo doble para ti y María Rosa.

Octavio

194

[Paseo de la Reforma 369-104,
06500 México, D.F.]
A 4 de abril de 1995

Fax: 98(34-3) 218 47 73

Señor Pere Gimferrer
Editorial Seix Barral, S.A.
Barcelona, España

Querido Pere:

Contesto a tu último fax. Acabo de recibir *Vislumbres de la India*. La portada es preciosa. Salió muy bien la reproducción del Trimurti. Aún no he comenzado a leer el libro pero lo haré este fin de semana. Espero que no haya muchas erratas aunque, ya lo sabemos, son imprevisibles, como los temblores y otros fenómenos naturales independientes de nuestra voluntad.

Tus explicaciones me tranquilizan enteramente. En realidad, después de haberte escrito esas líneas, me di cuenta de que mis temores eran infundados. Lo que sí es alarmante es la debilidad del dólar frente al marco y el yen. ¿Quién nos hubiera dicho que las dos naciones que perdieron la guerra estarían hoy a la cabeza de sus vencedores? El descenso del dólar ¿es un signo *avant-coureur* del fin de la hegemonía norteamericana o un anuncio de una crisis general de la economía contemporánea?

Sí, pueden enviarme, a mi dirección de México, un cheque. Yo lo depositaré después. Es lo más fácil.

Espero que nos veamos pronto. Tenemos la intención —pero guárdatela para ti— de pasar una semana en España en junio.

Mientras tanto, para ti y María Rosa, un doble abrazo,

OCTAVIO PAZ

[Paseo de la Reforma 369-104,
06500 México, D.F.]
A 19 de abril de 1995

Fax: 98(34-3) 218 47 73

Señor Pere Gimferrer
Editorial Seix Barral, S.A.
Barcelona, España

Querido Pere:

Muchísimas gracias por el envío del texto aparecido en *Diario 16*.[97] El misterio se aclara: es una parte del prólogo que escribí para el tomo X de las *Obras* que publica el Círculo de Lectores y en consecuencia fue Hans Meinke el que se lo dio. Me parece que lo publicaron muy bien.

Un abrazo grande,

OCTAVIO PAZ

---

97. El texto que, con el título de «El corazón de Octavio Paz», narraba en primera persona su operación cardíaca, y que, según yo le había comentado por teléfono, había aparecido, sin que lo supiera Octavio, en *Diario 16*. *(N. del E.)*

[Paseo de la Reforma 369-104,
06500 México, D.F.]
A 2 de mayo de 1995

Fax: 98(34-3) 218 47 73

Señor Pere Gimferrer
Editorial Seix Barral, S.A.
Barcelona, España

Querido Pere:

Hoy recibí el cheque que cubre mis regalías y el anticipo por *Vislumbres de la India*. ¡Muchísimas gracias!

He corregido ya el ejemplar que me enviaste de *Vislumbres de la India*. Hoy me llamó Homero Gayosso, director de la editorial Planeta en México, para decirme que había recibido dos ejemplares del libro y que me enviaba uno. Anotaré en el que me envía las erratas advertidas. Supongo que ese libro saldrá en unos dos o tres meses. Hay que aguardar un poco porque nosotros, como sabes, estaremos fuera durante el mes de junio.

No he recibido aún los veinte ejemplares de costumbre de *Vislumbres do la India*. Espero que me lleguen pronto. Además, quisiera pedirte un señalado favor: ¿podrían enviarle, lo más pronto posible, un ejemplar a mi traductor al francés, Jean-Claude Masson? Sus señas: 91, rue La Fayette, París, 75007, Francia. También les agradecería que enviasen un ejemplar a Teresa Cremisi (Ediciones Gallimard)... Marie Louise Zarmanian (Ediciones Garzanti) y Drenka Willen (Ediciones Harcourt Brace, 15 East 26th Street, New York, NY 10010). También sería bueno enviarle el libro, aunque creo que ya lo tiene, a Michi Strausfeld. Supongo que conoces sus señas. Creo que ahora comparte su tiempo entre París, donde vive su amigo, y Madrid. De antemano te doy las gracias por todo esto.

En una noticia aparecida ayer en algunos diarios mexicanos, vi que firmabas una carta en la que varios intelectuales piden la renuncia de Felipe González. Comprendo, aunque no comparto, tu actitud y la de Francisco Nieva. Dicho esto, agrego: deben tener cuidado para no ser utilizados por la propaganda más o menos demagógica (más que menos) de la izquierda, en México, España y otras partes.

Saluda de nuestra parte y con mucho cariño a María Rosa. Y para ti un abrazo grande de tu amigo,

OCTAVIO PAZ

197

[Hotel Lutetia Paris
45 Blvd. Raspail
75006 Paris]
Fax n.º 34-3-218-4773, Barcelona
Date: Paris, Juin 2, 1995

Señor Pere Gimferrer
Seix Barral, Barcelona

Querido Pere:

Acabo de recibir tu fax. Se trata de una confusión.[98] Se me ocurrió añadir los 25 epigramas y la nota que los precede en la edición mexicana de *Vislumbres de la India*. Imposible hacer lo mismo con la española pues el libro ya había salido. Sin embargo, a los pocos días Aljure me llamó para decirme que ustedes deseaban incluir esos textos en una reedición próxima. Me encantó la noticia y le rogué que te lo comunicase en mi nombre (yo salía el día siguiente hacia Nueva York). Por otra parte, no hay nada más que agregar, salvo una lista de erratas que le entregué a Aljure y que completa la que te había enviado antes de que se imprimiese el libro. No son muchas y ninguna es grave.

---

98.   Supe que Aljure, de Planeta México, tenía un añadido acerca del cual yo no sabía nada, y dudaba sobre si debía también publicarse en España. (*N. del E.*)

Me emociona que seas tú el que dirá el discurso en el acto del premio Cavia.[99] En cuanto a mi participación: hablé anoche con Anson y me dijo que debería limitarme a unos cinco minutos, es decir, a dos folios. Seguiré su indicación aunque es más difícil escribir dos páginas que treinta.

Un abrazo de tu amigo,

OCTAVIO PAZ

198

[Paseo de la Reforma 369-104,
06500 México, D.F.]
A 31 de agosto de 1995

Querido Pere:

Esta carta es absolutamente confidencial. Como tú sabes, tengo la posibilidad —mejor dicho: el derecho— de proponer candidatos tanto para el premio Cervantes como para el premio Príncipe de Asturias. Me parece que tú serías un candidato ideal para uno de esos premios. Lo digo inspirado no tanto por la amistad que nos une como por la valía de tu obra, lo mismo la de lengua española que la escrita en catalán. Si aceptases mi proposición, tendríamos que pensar para cuál de los dos premios debería proponerte. ¿Qué piensas de esta idea?[100]

Un fuerte abrazo,

OCTAVIO PAZ

99. Un jurado que yo presidía le había otorgado a Octavio el premio Mariano de Cavia. *(N. del E.)*
100. Informé a Octavio de que el Cervantes sólo se otorga a escritores en castellano, mientras el Príncipe de Asturias (aunque no, por ahora, el de las Letras) se ha otorgado a autores con obras en castellano y en catalán (Riquer, Batllori). *(N. del E.)*

[Paseo de la Reforma 369-104,
06500 México, D.F.]
A 1 de septiembre de 1995

Fax: 98(34-3) 218 47 73

Señor Pere Gimferrer
Editorial Seix Barral, S.A.
Barcelona, España

Querido Pere:

Te escribo para decirte que recibí hace unos días una interesante carta de Ignacio Echevarría (Círculo de Lectores), en la que me comunica,
en términos muy generales, la lista de obras que podrían publicarse en la
colección de Poesía Universal.[101] Según entiendo, la lista refleja en buena
parte tus ideas. Me alegra coincidir contigo en muchos nombres. Era
inevitable. Sin embargo, me parece que, para proceder con un poco de
orden y tal como lo sugiere Ignacio Echevarría, deberíamos ponernos
de acuerdo sobre algunos puntos.

El primero se refiere al ámbito lingüístico. Tienes razón: sería muy
difícil hacer una buena selección de poetas que sean representativos de la
poesía oriental. No hay en nuestra lengua traductores para acometer una
empresa de semejante envergadura. Así pues, me parece que deberíamos
limitarnos a la poesía en las lenguas de Occidente.

La cronología. El primer problema que se presenta es la poesía gre-
co-latina. Aunque en otras colecciones de la Biblioteca Universal aparecen algunos poetas griegos y latinos, faltan algunos, centrales a mi juicio,
como Teócrito. Sugiero publicar solamente los poetas realmente impor-

---

101.   Proyecto de una serie cerrada que hubiéramos codirigido Octavio y yo, y que
no llegó a realizarse. Aunque contaba con la aprobación de Fernando Lara, mi
participación en el proyecto era, por el tiempo de que podía disponer, difícilmente
compatible con mis otras actividades. Las ocupaciones del propio Octavio demoraron la
cuestión. *(N. del E.)*

tantes que no aparezcan en las otras dos colecciones (griego y latín). En cambio, me parece indispensable publicar dos antologías: una de la poesía griega y otra de la latina. Y para terminar con la cronología: tal vez deberíamos buscar una fecha límite más próxima: no es posible suprimir la mitad del siglo xx.

En su carta, Ignacio Echevarría me dice que, en principio, habría que evitar las antologías. Pienso lo contrario. Creo que cada una de las áreas lingüísticas debería contar con una antología que incluyese desde los orígenes hasta el siglo xx. Las antologías nos ahorrarían espacio y tiempo. Como no me parece que sea posible publicar más de cinco poetas de cada lengua (salvo en los casos del español y el inglés) las antologías repararían un poco las ausencias. En otros casos, un solo volumen podría incluir a dos poetas (Verlaine y Rimbaud o Wordsworth y Coleridge). ¿Has visto las dos antologías que La Pléiade ha publicado recientemente (poesía alemana e italiana)? Al mismo tiempo, si en la Biblioteca Universal aparecen Dante, Petrarca, Goethe, Shakespeare y otros, no veo la necesidad de incluirlos también en nuestra colección.

Una pequeña observación: es necesario considerar, tanto en la elección de los autores como en las antologías, las dos proyecciones del inglés y del español: la poesía norteamericana y la hispanoamericana. En el caso del portugués, quizá podrían agregarse uno o dos nombres brasileños en la selección de poetas de esa lengua.

Hablé con Hans Meinke sobre todo esto y le propuse que la colección se ampliase a treinta y dos títulos. Aceptó la idea. Pero he vuelto a pensar en este asunto y creo que deberíamos ampliar aún más el número de volúmenes: cuarenta y dos. Justifico mi idea con un sencillo cálculo: poetas de lengua inglesa, española, portuguesa, italiana, francesa, alemana y rusa: ¡siete lenguas y ocho siglos! Además, las otras lenguas: el catalán, los idiomas escandinavos, los eslavos (aparte del ruso), el griego moderno…

Todo esto, querido Pere, no son sino puntos de vista que podríamos discutir, en mi próxima visita a España en noviembre, tú, Echevarría y yo.

Saludos cariñosos a María Rosa y para ti un abrazo.

OCTAVIO PAZ

P.D.   Envío una copia de esta carta a Ignacio Echevarría, que será, según entiendo, el encargado de la coordinación general del proyecto.

200

[Paseo de la Reforma 369-104,
06500 México, D.F.]
A 8 de noviembre de 1995

Señor Pere Gimferrer
Editorial Seix Barral, S.A.
Barcelona, España

Querido Pere:

Consulté acerca de la fecha en que debo proponer tu candidatura para el premio Príncipe de Asturias de las Letras. Me dicen que lo mejor será hacerlo a fines de febrero o marzo del año próximo. Necesito que tú me envíes un pequeño curriculum y una sucinta bibliografía. Todo el mundo te conoce en España pero me parece que es bueno acompañar mi proposición con esos datos.

Pensaba ir a España a fines de noviembre para asistir a las deliberaciones del premio Loewe y dar una conferencia en la Biblioteca Nacional. A última hora desistí: apenas empiezo a recobrarme de la flebitis y al médico le pareció imprudente ese viaje. Resignado, lo obedecí.

Aunque esta carta va por correo aéreo ordinario, te sugiero enviarme por fax los datos que te he pedido, sin mencionar naturalmente lo del premio.

Un abrazo doble para María Rosa y para ti de tu amigo,

OCTAVIO PAZ

201

[Paseo de la Reforma 369-104,
06500 México, D.F.]
A 20 de febrero de 1996

Señor Pere Gimferrer
Editorial Seix Barral, S.A.
Barcelona, España

Querido Pere:

Esto no es una carta sino un brevísimo mensaje. Más adelante te escribiré largo.

Ya envié la presentación formal de tu candidatura con el curriculum sintetizado que pide el reglamento. Aún no he recibido respuesta pero me imagino que ya habrán recibido mi comunicación.

Un abrazo afectuoso,

OCTAVIO PAZ

[Paseo de la Reforma 369-104,
06500 México, D.F.]
A 22 de abril de 1996

Fax: 98(34-3) 218 47 73

Señor Pere Gimferrer
Editorial Seix Barral, S.A.
Barcelona, España

Querido Pere:

A reserva de contestar dentro de unos días a tu fax del 19 de abril (me planteas un problema que debo pensar un poco)[102] quiero decirte que mis planes de viaje han variado un poco. Pensaba estar en Madrid para asistir, invitado por ese periódico, a la celebración de aniversario de *El País*, los días 6 y 7 de mayo. Después, el 8, me había comprometido a dar una conferencia en la Biblioteca Nacional sobre Quevedo. Pero he sufrido un nuevo ataque de bronquitis, consecuencia de mi pequeño viaje a Miami hace unos días, y el médico me ha recomendado muy seriamente que retrase por dos semanas mi viaje. Así pues, cuento con estar en España hacia fines de mayo. Ya te informaré oportunamente de las fechas exactas.

Me parece que me será muy difícil asistir al premio Octavio Paz.[103] ¿Has tenido noticias de Oviedo? ¿Quiénes serán los jurados del premio de Letras?

Un abrazo,

OCTAVIO PAZ

102. Seix Barral había recibido una propuesta de Plaza & Janés para editar un tomo de Octavio. *(N. del E.)*

103. Naturalmente, no se refiere al premio de este nombre que se otorgó en México por primera vez en 1998, sino al premio homónimo que se otorga en Barcelona desde 1996, para jóvenes poetas catalanes. *(N. del E.)*

[Paseo de la Reforma 369-104,
06500 México, D.F.]
A 26 de julio de 1996

Querido Pere:

Regresamos a México hace unos diez días. Tu poema,[104] que envié desde Madrid, me esperaba. Lo he leído con más calma y, aunque no sin dificultad, como un ciego ayudado por el bastón del diccionario, he recorrido ese extraño mundo en el que la ciudad se vuelve cuerpos y los cuerpos, movidos por el viento pasional, se abrazan, se desgarran, desaparecen y reaparecen convertidos en reflejos. Fantasmagoría brillante y abismal, ballet fúnebre del erotismo. Espero ahora la versión española para penetrar más plenamente en lo que podríamos llamar tus «misterios de París».

Me alegro que hayan pensado editar como libro de bolsillo *El Mono Gramático* y que publiquen el mismo número de fotos que utilizó el Círculo en su edición. ¿Por qué no pueden ser las mismas fotos? Creo que los del Círculo no tendrían dificultad en prestárselas.

Gracias por tu aviso acerca de Dorotea Bromberg.[105] En efecto, desde hace tiempo no tengo noticias de ella. Su editorial estuvo en dificultades pero, según parece, ya las superó. Voy a escribirle.

Un abrazo para los dos de

OCTAVIO PAZ

P.D. ¿No podrías enviarme una copia de la traducción de Justo Navarro de *Mascarada*? Gracias de antemano.

Acabo de leer, no sin asombro, la antología *La nueva poesía (1975-1992)*. ¿En eso ha parado la poesía contemporánea española? Me gustaría conocer tu opinión.

---

104. *Mascarada. (N. del E.)*
105. Editora en Suecia de varios libros de Octavio y de mi *Fortuny. (N. del E.)*

[Paseo de la Reforma 369-104,
06500 México, D.F.]
A 12 de septiembre de 1996

Querido Pere:

Tres líneas de carrera. *Mascarada*: me alegra que pienses que acerté, «en lo esencial». Pero *ardo* por conocer pronto la versión al español de Justo Navarro.

Lamento (no demasiado) que no hayan llegado a tiempo mis sugerencias acerca de las ilustraciones de *El Mono Gramático*... No conozco el libro de José María de Cossío[106] pero me lo imagino. En materia poética el desierto hispánico durante los siglos XVIII y XIX, con las excepciones que sabemos, rivaliza con el páramo francés del XVIII... Dorotea Bromberg: no sé que decir.[107] En efecto, la editorial tiene una nueva accionista. De vez en cuando recibo noticias relativas a mis derechos de autor pero firmados no por Dorotea sino por otra persona. ¿La nueva accionista? Lo ignoro. Para satisfacer tu pregunta necesito antes saber si alguna editorial de Europa del Este se interesa en algún libro mío. En ese caso podríamos consultar con la Editorial Bromberg, sean quienes sean los accionistas, o anular el trato con ellos y arreglar las cosas directamente.

Perdona la sequedad y la premura de esta carta. Aparte de los *embêtements* cotidianos, estoy dedicado a una tarea que alternativamente me repele y me fascina: la corrección de las pruebas de imprenta del primer tomo de mi *Obra poética*. No hay nada más angustioso que leerse. No es como dictar tu testamento sino como oír al Juicio Final...

Un doble abrazo para María Rosa y para ti,

OCTAVIO PAZ

106. *Cincuenta años de poesía española (1850-1900). (N. del E.)*
107. Bromberg representaba en 1990 a Octavio en los países de la Europa del Este, pero, dado su silencio, no sabíamos si este acuerdo seguía vigente en 1996. *(N. del E.)*

205

[Paseo de la Reforma 369-104,
06500 México, D.F.]
A 24 de enero de 1997

Sr. Pere Gimferrer
Editorial Seix Barral, S.A.
Córcega, 270
Barcelona 08008, España

Querido Pere:

He leído varias veces *Mascarada*. La versión al francés[108] es excelente y gracias a ella pude percibir numerosos esplendores que antes se me habían escapado. Comienzo por el comienzo: los antecedentes. Son varios en el género —el poema erótico extenso, el largo monólogo delirante— pero no te equivocaste, buen crítico de ti mismo, al hablar de Aragon. Sí, la brillantez, el uso inspirado de la retórica (por decirlo así), la velocidad de las imágenes, las asociaciones imprevistas, los cambios súbitos. Pero hay algo más, mucho más en tu poema y que sólo a ti te pertenece. Tu poema es más robusto o, mejor dicho, más enérgico; también es más directo y natural. A la inversa de Aragon no hay coquetería alguna en los cambios imprevistos, no hay piruetas ni guiños de complicidad con el lector y el manar incesante de las imágenes tiene una autenticidad que no encuentro sino muy pocas veces en el poeta francés. Hay, ya lo seña-

---

108.   Dado que Justo Navarro no había terminado su versión, le mandé a Octavio la traducción francesa llevada a cabo por Patrick Gifreu. *(N. del E.)*

lé, una retórica que busca lo inesperado y lo insólito en la realidad cotidiana y vivida —una retórica que no repruebo sino que admiro— pero hay asimismo una suerte de inocencia incluso en los momentos más perversos. En *Mascarada* la atracción física se transforma en idolatría pero el amor integra a la idolatría y a las perversiones: no las anula, las transfigura.

En cierto modo, *Mascarada* puede verse como un gran poema postsurrealista. Quiero decir: sería incomprensible sin cierta poesía surrealista, pero va más allá de ella y nos lleva a otro mundo. Es un poema que nadie ha escrito en español (¿y en francés?), tal vez porque es imposible escribirlo en nuestra lengua pero que, por lo visto, sí ha sido posible hacerlo en catalán. Gran triunfo de la lengua y gran triunfo tuyo. Me impresiona sobre todo la visión de París. Está visto no de fuera sino desde la pasión de los dos enamorados. A la manera de un semáforo mágico, la aparición repentina de los nombres de calles y lugares *puntúa* —ésta es la palabra— el fluir de las imágenes, como las figuras de un caleidoscopio. Signos, visiones alternativamente suntuosas y espectrales. Delirio visual y delirio verbal. Pero todo controlado, regido por la lógica de la pasión que es igualmente una estética. El poema está recorrido por un erotismo fantasmal y que merece el adjetivo tan amado por los surrealistas: escandaloso.

¿Reparos? En verdad, sólo uno: me parece que no eres justo con Felipe González. Condenar es fácil... Hay también la cuestión espinosa del «ángel de la coprofilia». Amo los excesos pero las metáforas audaces que envuelven a esa práctica con una luz sulfurosa y, hay que decirlo, inocente, no me reconcilian. He leído cientos de novelas libertinas y te confieso que ciertas páginas de esos libros provocan en mí una invencible repulsión. Pero no condeno esos pasajes por lo demás —con aciertos admirables— sino que los aparto de mí. Mi reacción es física, no moral ni estética. (Sobre el lugar del excremento y de los hedores en la imaginación y en la sensibilidad humana he reflexionado varias veces, sobre todo durante una visita, hace unos diez años, a una ciudad casi abandonada de Rajastán, en donde nos alojamos en el antiguo palacio de los seño res, hoy vuelto hotel. La inmundicia de las calles y de muchas antiguas residencias, hoy ocupadas por familias miserables, contrastaba de manera violenta y obscena con la belleza de algunos edificios y sus pinturas. La habitación en que nos alojamos Marie José y yo, los muros y el techo cubiertos de espejos diminutos —fantástica multiplicación de los cuerpos— y las vitrinas repletas de pequeños frascos de perfumes, hoy evaporados, nos pareció como habitar en la casa misma de los aromas. Y todo rodeado, afuera, del hedor: la muerte. Escribí unas notas sobre esta experiencia y, si la enfermedad al fin me deja, me propongo darles forma y publicarlas. Creo que te interesarán.) Perdona esta interrupción y perdona también mi franqueza. Tenía el deber de decírtelo. Y apenas lo digo, agrego: esto no empaña tu poema. Si me es difícil seguirte en esos atrevimientos, no lo es decirte que mis escrúpulos no son morales ni estéticos: son una sensación y nada más. En fin, *Mascarada* es una obra singular, a un tiempo negra y luminosa; una obra única en la poesía moderna de este tercio final del siglo. Un texto como la aparición en una solitaria calle nocturna de una figura con el rostro absolutamente blanco en un traje flotando y absolutamente negro.

En cuanto a mi salud: me recobro pero con demasiada lentitud; los dolores y las molestias todavía no me dejan. Escribí esta carta como un recurso en contra de las embestidas de la enfermedad, que se resiste a dejar mi cuerpo. Los trabajos de reconstrucción del departamento han avanzado muchísimo gracias a los esfuerzos de Marie José. Quizá podremos regresar en la segunda quincena de febrero. Espero ya estar bien para esa fecha.

Un doble abrazo para María Rosa y para ti de su amigo,

OCTAVIO PAZ

206

[Paseo de la Reforma 369-104
06500 México, D.F.]
México, a 11 de abril de 1997

Fax: 98(34-1) 218 47 73

Señor Pere Gimferrer
Editorial Seix Barral
Barcelona, España

Querido Pere:

Gracias por tu interés. Aunque no tengo conmigo el libro en cuestión,[109] cito al autor en un texto que tienen los del Círculo de Lectores. Nicanor Vélez te dará el dato. Me parece que el autor se llamaba Campillo pero no estoy seguro y he olvidado el nombre de pila. El tratado apareció hacia 1870 y el autor era sevillano.

Saludos a María Rosa y un gran abrazo para ti.

OCTAVIO PAZ

---

109. Por teléfono, Octavio me había preguntado por un tratadista literario sevillano del XIX, a quien leyó en su juventud. Descartado Alberto Lista, yo le sugerí los nombres de José Amador de los Ríos y José Fernández Espino. Esta respuesta suya —la última comunicación escrita que de él recibí— me permitió identificarlo: Narciso Campillo y Correa, amigo y editor de Bécquer, autor de *Retórica y poética* (1871). *(N. del E.)*

ÍNDICE ONOMÁSTICO

418

421

ÍNDICE